ALINE SANT'ANA

VIAJANDO COM ROCKSTARS – 1

7 DIAS
com b

Editora **Charme**

Copyright© 2015 Aline Sant'Ana
Copyright© 2016 Editora Charme

Todos os direitos reservados. Nenhuma parte deste livro pode ser utilizada ou reproduzida sob qualquer meio existente sem autorização por escrito dos editores.

Esta é uma obra de ficção. Nomes, personagens, lugares e acontecimentos descritos são produtos de imaginação do autor. Qualquer semelhança com nomes, datas e acontecimentos reais é mera conhecidência.

1ª Impressão 2016

Produção Editorial: Editora Charme
Capa e Produção Gráfica: Verônica Góes
Copidesk: Janda Montenegro
Revisão: Ingrid Lopes
Foto: Dollar Photo Club

Este livro segue as regras da Nova Ortografia da Lingua Portuguesa.

CIP-BRASIL, CATALOGAÇÃO NA PUBLICAÇÃO
SINDICATO NACIONAL DE EDITORES DE LIVROS, RJ

Aline Sant'Ana
7 dias com você / Aline Sant'Ana
Editora Charme, 2016

ISBN: 978-85-68056-20-2
1. Romance Brasileiro - 2. Ficção brasileira

CDD B869.35
CDU 869.8(81)-30

---

www.editoracharme.com.br

ALINE SANT' ANA

VIAJANDO COM ROCKSTARS – 1

7 DIAS
com você

Editora Charme

"Se não for hoje, um dia será. Algumas coisas, por mais impossíveis e malucas que pareçam, a gente sabe, bem no fundo, que foram feitas para um dia dar certo."

— CAIO FERNANDO ABREU

*Para todos aqueles que apreciam
as incontáveis voltas que a vida dá.*

Aline Sant'Ana

7 dias com você

PRÓLOGO

Spend my days locked in a haze
Trying to forget you babe
I fall back down
Gotta stay high all my life
To forget I'm missing you

— Tove Lo, "Habits".

Um ano atrás

CARTER

Uma vez, me disseram que os momentos que passamos em nossa vida não são medidos pelos instantes que respiramos, mas pelos quais perdemos o fôlego.

Bem, eu concordo com isso totalmente.

Durante cada segundo da minha vida, fui guiado por grandes emoções. Fortes, intensas, impensadas e irracionais. Uma batida do coração e eu já estava beijando uma desconhecida; um fechar das pálpebras e a inspiração para uma nova música surgia; um falhar na voz e não havia como fugir: eu estava arrasado. Todos os memoráveis segundos entre a dor e o prazer que ditam as lembranças que são postas no mural da vida.

Mas havia algo errado.

Há muito tempo, meu coração não batia por alguém. Há muito tempo, a música não encontrava o caminho até a minha alma. Há muito tempo, eu me sentia amargurado e talvez cansado demais para ver colorido onde o mundo só pintava em preto e branco. Isso poderia ter a ver com o meu recente divórcio, porém, um vestígio de consciência me dizia que a influência das reações que a vida oferece não tem absolutamente nada a ver com quem você coloca nela, mas com as atitudes que você toma.

Quando partimos de nossas casas pela manhã e pegamos a rua à direita, tomamos uma decisão. A cada decisão, nos deparamos com um novo cenário com inúmeras variáveis. Quando conheci minha ex-esposa, tão deslumbrante naquele evento beneficente, estava ciente de que, se eu conversasse com ela, algo poderia acontecer. A iniciativa de dar o primeiro passo ia me levar a dois

Aline Sant'Ana

panoramas e, por sorte — ou azar —, Maisel se interessou pelo ponto de vista romântico da coisa.

Em um piscar de olhos, me encantei.

Não de propósito, não porque eu quis me encantar, apenas porque era fácil demais olhar para ela e querê-la pra mim. Cabelos escuros ondulados, olhos amendoados, curvas interessantes e sotaque levemente italiano. Atraente, sem dúvida. Ótima conversa, incrível opinião sobre as questões do evento, bom gosto musical e excelente paladar para bebidas.

Acontece que isso tudo mudou a minha vida. No momento em que me decidi por aquela mulher, decidi pela perda da metade dos meus bens — não que isso fosse tão significativo quanto a decepção —, a dor de cabeça de ter a cobertura da mídia e a polêmica sobre uma traição que não aconteceu. Quer dizer, o tempo todo Maisel quis apenas levar uma parcela do meu dinheiro. Inventar que ela me traiu para sair por cima era somente um brinde que queria carregar consigo mesma, quem sabe para seduzir outros caras. Afinal, quem não quer ter a garota que não se contentou com Carter McDevitt?

Virei a dose de uísque e deixei que o líquido amadeirado zombasse da minha solidão. Eu não ia ser amargo sobre isso. Por mais que Maisel tivesse ido embora há alguns meses, não seria um fodido filha da puta que sofre por gostar de alguém. Até porque aquilo não era amor, era? Não, não era. Um relacionamento fadado ao fracasso e ao interesse financeiro não pode ser amor.

Para ser amor, precisa acontecer entre as duas pessoas simultaneamente. Não precisa ter anos de duração, mas, se houver a faísca, a fidelidade, a durabilidade do sentimento, você pode se jogar sem pensar em puxar um paraquedas. Amar precisa ser com o corpo todo, com a alma completa e o coração entregue. Nada de amar mais ou menos, amar pela metade, amar apenas de segunda à quarta. Isso não existe. Maisel não me amava com tudo o que tinha. E por que o faria? Em sua cabeça, seu objetivo eram as notas de cem dólares.

O meu?

Eu queria alguém que me completasse, que não tivesse medo da minha fama, que pudesse me amar além da porcaria financeira e da distância. Tinha que ser alguém que suportasse a minha mudança de humor, que variava apenas do cômico para o cara ligeiramente romântico... E, se eu não me engano, mulheres gostam disso, não é?

7 dias com você

Talvez a bebida estivesse mexendo com o meu bom senso e a minha capacidade de pensar direito. Talvez eu só estivesse tão solitário, que preferia criar monólogos filosóficos sobre o amor e a capacidade que algumas pessoas têm para amar. Talvez eu só fosse um músico que estivesse sofrendo uma crise existencial. Quem se importa? Jogando a verdade em uma rodada final de cartas, ninguém se interessa se você sabe o que é o amor, se você sofre por ele ou se você vai viver para sempre sem conhecê-lo. As pessoas só querem viver.

E eu acho que me esqueci como se faz isso. É, porra, como se vive? Como seguimos em frente?

*Evitei pensar, mas a sensação era de que a resposta estava no fundo da garrafa de **Johnnie Walker**.*

*A vida tem maneiras engraçadas de dizer que você está bêbado. Pensamentos sobre o amor e em como eu era um homem divorciado aos vinte e seis anos de idade era uma dessas formas. Mas eu não estava parando nessa garrafa, estava? Não, não mesmo. O **Johnnie** dourado me esperava para mais uma reconfortante sessão da meia-noite.*

Eu tinha um encontro marcado com alguns cubos de gelo e o copo quadrado do uísque envelhecido.

Aline Sant'Ana

7 dias com você

CAPÍTULO 1

I'm skipping through the days to come home,
A million conversations, autopilot, steer, flow,
I'm on one one-man mission, eyes down, take note

— James Arthur, "Faded".

Dias atuais

Erin

— Vire-se, Erin — disse ele. — Isso. Incrível!

Meus pés estavam doendo, mas nada me faria ceder. O sorriso no rosto denunciava o quão feliz eu estava por fazer parte daquela campanha. O fotógrafo, Jean Pierre, era um profissional excelente e possuía o dom de deixar qualquer mulher inacreditável através das suas lentes.

Segurei a saia longa do estilista Elie Saab, tomando cuidado com o tecido frágil repleto de pequenos diamantes. A *Semana de Alta Costura de Paris* me fizera vestir um dos tradicionais vestidos de noiva da temporada para a última fotografia. As tendências — bem amplas em relação à outra estação — eram refletidas nas saias supervolumosas e nos babados no quadril. Soube de algumas grifes que chegaram a investir no contraste de pequenos pontos de cor vibrante com o branco, aproveitando-se dos bordados de flores coloridas e dégradé.

Incrível como o mundo da moda me fascinava. A vida *fashion* era agitada, mas nunca me cansava à exaustão. Viagens para os quatro cantos do mundo, descobrir novas culturas, novas costuras, novas peças e estilistas. Aprender línguas e conhecer pessoas diferentes, viver diversas vidas intensamente... Era exatamente isso o que me encantava. Adotava todos os tipos de cabelos possíveis, unhas grandes e curtas, sapatos altos e baixos. Não havia nada mais mágico do que esse universo.

Segui fazendo caras e bocas para Jean, mudando a posição dos pés e dos braços, percebendo o vinco entre as sobrancelhas do fotógrafo por sua concentração. Sorri, segurando o buquê de tulipas, ouvindo os comandos de Jean sobre caminhar, abaixar, sorrir e me manter séria. A uma distância

Aline Sant'Ana

relativamente boa de mim, ele acompanhava as mudanças dos passos como se estivéssemos dançando.

— Só mais cem e eu te deixo em paz — garantiu.

— Tudo bem, Jean. Preciso pegar meu voo hoje às cinco da tarde. Acha que conseguimos?

— *Chéri*, nem que você tenha que entrar de noiva no avião — provocou, erguendo a sobrancelha definida, e nós dois rimos.

Fazer a parte fotográfica era a segunda coisa que eu mais gostava da minha carreira. O que eu adorava mesmo era desfilar. A semana de moda já havia acabado e esse era o último trabalho a ser realizado. Se tudo acontecesse de acordo com os planos, num piscar de olhos, eu estaria de volta ao meu espaçoso apartamento, assistindo algum filme de terror ao lado da Lua, minha melhor amiga.

Jean Pierre terminou a sessão comigo por volta das treze horas, despedindo-se com um caloroso abraço e uma taça de champanhe. Após encerrar a comemoração social, saí apressada do estúdio parisiense, com medo de perder o voo. Fui tão depressa ao hotel *Four Seasons* que sequer tive tempo de dar mais uma olhadinha para a vista da Torre Eiffel. Também não retirei a maquiagem. Provavelmente as pessoas me achariam uma esnobe por estar rebocada como uma princesa da noite.

Ignorando esses pensamentos, coloquei um short jeans, por causa do clima de verão, e sapatilhas baixas e macias, que casavam com a camiseta branca. Dei graças a Deus ao alívio instantâneo que envolveu meus pés.

O celular tocou quando eu estava dentro do táxi e tive que interromper o animado motorista, que me contava sobre os encantos da França. Olhei para janela, já me sentindo nostálgica pela paisagem. Se eu pudesse escolher um lugar para envelhecer, seria aqui.

— Oi, Lua.

— Quando você chega?

— Estou bem e você? Geralmente as conversas começam assim.

— Estou ansiosa, só isso. — Ela bufou e pude ouvi-la batucar as unhas em algum lugar. Seu hábito desde a adolescência nunca ia mudar. — Já encontrou algum francês gato?

7 dias com você

— Lua, eu estou saindo da França. Tive sete dias de caos e agora preciso de sete de sossego. Você acha que eu estou me preocupando com homem?

Ela soltou uma risada e eu sorri, mesmo que Lua não pudesse me ver. Pelo retrovisor, o taxista me direcionou um olhar bondoso, como se soubesse e compreendesse a praga que eu chamava de melhor amiga.

Só Deus para entender essa criatura.

— Acho que Nevin quer encontrar você. Ele disse que a última vez foi meio...

— Estranha? — Bufei, puxando os fios de tecido do short, desfiando-o no processo. — Ele foi bem sinistro.

— Dê mais uma chance, Erin. Acho que ele pode te surpreender.

Ultimamente, a palavra *surpresa* no âmbito masculino era, no mínimo, preocupante. Não me sentia apaixonada e arrebatada, ninguém me causava aquela sensação de frio na barriga e borboletas no estômago. A dificuldade estava em me envolver. Os homens todos voltavam-se para seus próprios problemas e pareciam não se importar em satisfazer física e emocionalmente uma mulher. Eram egoístas e estúpidos, e Nevin não parecia ser diferente disso.

— Só mais uma, Lua. Pelo amor de Deus, não sei onde você encontra essas pessoas.

— Eu te disse que ele é amigo de um colega meu — ela contou, sussurrando. — Não posso falar em voz alta sobre ele. Alguém pode escutar. Mas vamos falar de coisas boas, sobre as quais eu possa falar. Como está Paris?

— Incrível — suspirei, admirando as ruas, as lojas, as grandes galerias e as pessoas pela janela do táxi. — Pena que não tive tempo de passar nas boutiques e comprar algo. Visitei a Torre Eiffel tão rapidamente, que nem deu para sentir o gostinho. Terei que te comprar uma lembrança do aeroporto, Lua.

— Não se preocupe comigo, amor — garantiu Lua. — Desde que você possa voltar para casa e fazer maratona de filmes de terror comigo, nada mais importa. Aliás, uma coisa importa: tenho uma novidade.

— Acredita que estava pensando na maratona de filmes? — indaguei. — Hum, vindo de você, não sei se essa novidade é boa.

Aline Sant'Ana

— Claro que é, confia em mim. Assim que colocar os pés na América, você vai ficar chocada com a surpresa que tenho para te contar.

— Lua...

— Não use o tom de repreenda comigo, Erin. É só uma bobagem.

— Tudo bem. Agora eu preciso ir, já estou avistando o aeroporto.

— Ok, querida. Faça uma ótima viagem.

— Obrigada.

O taxista me disse o valor da corrida e eu prontamente o paguei, saindo do táxi com a mala cor-de-rosa. Minha mente não parava de arquitetar sobre o que Lua estava planejando. O que seria dessa vez? Da última que a minha melhor amiga tinha aprontando, foi mesmo uma "surpresa": uma casa de striptease masculino.

Ri enquanto caminhava com a mala, lembrando-me da cena. Entrei naquele local escurecido, tarde da noite, pensando que era um dos novos clubes latinos que Lua tanto amava, mas, assim que vi um cara vestindo uma cueca de couro, com o quepe na cabeça e algemas na cintura, soube o que ela havia aprontado. O rapaz com fantasia de policial sequer me deu tempo de protestar: ele me envolveu pelas mãos e me puxou para o palco.

Foi o dia em que mais paguei mico na minha vida.

— *Passage*, senhorita?

Distraída, entreguei o papel que me permitia passar para o setor de embarque. Lua e suas artes sempre vinham à minha mente e era impossível não pensar o pior a respeito dos seus planos. O que quer que minha amiga estivesse planejando, eu precisava primeiro me despedir da tão apaixonante Paris e voltar para o calor insustentável de Miami.

Au revoir, France!

Carter

A batida ressoava nos ouvidos enquanto minha voz soava no microfone. Sentia-me vivo, expondo através das palavras o que guardava dentro de mim, cantando e compondo melodias que tinham significados mais profundos do que apenas a venda de faixas e ingressos para os shows. Não era pelo sucesso, mas pela arte. Porra, expor sonoramente os sentimentos não era um dom incrível? As pessoas ao menos diziam que não havia uma banda tão profunda e emocional quanto a The M's. E, talvez, essa fosse a razão de tamanho sucesso.

— Mais uma vez. Do refrão, Carter — pediu Stuart, por trás do vidro, com toda a equipe de gravação nos olhando.

Lancei um olhar para Zane e Yan, meus companheiros, melhores amigos e integrantes da banda. Zane estava carregando a guitarra e brincando com as cordas. Yan girou a baqueta algumas vezes entre os dedos antes de assentir, permitindo que eu continuasse de onde precisávamos. Olhei para frente e suspirei fundo.

A música citava uma espécie de amor que nunca vivi. Boa parte das coisas que eu sentia conseguia passar para o papel, porém, as idealizadas eram melhores. Imaginar algo eterno era o que fazia as canções bonitas. Os sonhos eram o que fazia tudo bonito, na verdade.

Pena que eu tinha cansado de sonhar.

— Carter, você está longe, cara. Preciso de você aqui — reclamou Stuart no alto-falante. Ele ergueu os braços e deu de ombros.

— Nós precisamos de um tempo, Stu — pediu Zane. — Nosso amigo aqui precisa de uma pausa.

— Vocês estão gravando há três horas — ele advertiu. — Preciso de mais do que isso. O material tem que ser lançado em dois meses, garotos.

— Sabemos disso — respondeu Yan, girando as baquetas. — Só relaxa que a gente se vira.

— Dez minutos, depois vocês voltam.

Não tinha intenção de atrapalhar a merda toda, mas eu estava me sentindo sufocado. Precisava de ar, paz de espírito e sossego. Precisava também de um propósito para não enlouquecer.

— Está difícil te ver assim, McDevitt — disse Zane, empurrando-me para fora com a mão nas minhas costas. Antes de eu sair, vi Yan lançando-me um de seus olhares que diziam tudo, pedindo que eu acompanhasse o guitarrista para onde ele quisesse me levar.

Julho era o mês mais quente em Miami. Hoje a temperatura havia batido recorde e eu estava com suor brotando na testa. O boné que cobria meus

Aline Sant'Ana

cabelos bagunçados já estava grudado na porcaria da cabeça.

— O que houve? — Zane puxou o cigarro mentolado para a boca. Ele o acendeu e tragou lentamente, semicerrando os olhos enquanto sorria.

Fiquei perdido por um tempo, encarando a ponta incandescente e alaranjada do cigarro queimar enquanto Zane abusava do fumo. Não compreendia como ele curtia aquilo, mas parecia uma das poucas coisas que o deixava mais tranquilo.

— Nada — respondi, enfiando as mãos nos bolsos traseiros dos jeans. — Sei lá. Estou me sentindo meio desanimado.

Não era culpa da minha ex-mulher. Claro que ela ferrou comigo e com meu emocional por longos meses, mas eu já havia superado. Maisel não era carinhosa e muito menos presente. Ela só se interessava por si mesma e pelas regalias que tinha por ter fisgado o vocalista da The M's. O que, francamente, era um pensamento para lá de estúpido. Pessoas que vão por esse caminho só podem se ferrar no final.

Existia algo diferente em mim. Talvez uma inquietude própria, uma vontade de estar longe dos problemas — dos outros problemas, quero dizer. Tinha muitas coisas para fazer, músicas para terminar de elaborar e planos para a banda...

— Você está pensando demais, Carter — avaliou, olhando de canto de olho para mim. — Você não está vivendo, cara. Parece que está inseguro e resguardado. Precisa voltar a ser aquele homem animado que fazia todo mundo rir. Até a sua performance no show está diferente.

— Sim. Eu sei.

— Olha só — Zane murmurou, tragando o resto do cigarro. Ele jogou metade fora com um peteleco e se virou de frente para mim. Duas garotas do outro lado da rua conversavam entre si e, pelo modo como olhavam para nós, soube que eram fãs. — Vou encontrar uma maneira de você relaxar. Mês que vem é o seu aniversário e eu e Yan já estamos planejando algo bem foda. Escuta o que eu estou falando, cara. Vai valer a pena.

Incertas e tímidas, as garotas atravessaram a rua movimentada. Como já estava há um bom tempo nessa, me acostumei a lidar com todos os tipos de fãs, desde as atiradas até as que não conseguiam sequer dar um oi. Ao lado dessas garotas e garotos, que realmente curtiam a The M's, eu conseguia ser o que eles precisavam: o rockstar divertido e amigo de todo mundo.

7 dias com você

Ainda era um mistério para mim o porquê de alguns artistas tratarem mal seus fãs. Eu simplesmente adorava aquilo! Era uma grande motivação para seguir adiante, não havia nada de negativo. Claro que, às vezes, me sentia irritado por alguma razão pessoal e isso refletia em como eu tratava as pessoas, mas nunca fui rude ou grosseiro. Sei lá, não combinava comigo.

Zane era um caso à parte, não no quesito paciência, mas na intimidade que tinha com as pessoas. Qualquer mulher — independentemente da idade — conseguia atrair a atenção dele. Se fosse fã, ele já planejava uma maneira de levá-la para a cama — o que, de fato, não exigia muito esforço, já que, por idolatrarem o cara, faziam o que ele queria. A situação era tão ridícula que poderia ser comparada a colocar uma barra de chocolate na frente de uma criança.

— Depois a gente conversa, tem umas garotas se aproximando.

— Durante esse mês, eu vou te levar a todos os clubes de Miami. Vou fazer você beber até esquecer que está na merda e vai transar com muitas garotas. Você finalmente vai poder ter a vida de um astro, Carter. Prometo que essa fase vai passar.

Quis contra-argumentar, mas não tive tempo. As garotas se aproximaram com as bochechas coradas e suor no rosto. Uma foi direto para o Zane, enquanto a outra veio até mim, pedindo para tirar uma selfie. Abaixei-me para ela, pois sua altura era bem desproporcional à minha, e sorri.

— Posso tirar mais uma? — ela pediu delicadamente e eu assenti.

Tirei três fotos com cada uma das garotas. Zane contou que estávamos gravando o CD novo e elas tiveram que conter os gritos histéricos. Voltamos para o estúdio e, graças a Deus, para o ar-condicionado.

— Pronto, senhor McDevitt? — zombou Stuart, me fazendo soltar uma risada leve.

— Vamos terminar logo isso, Stu.

Depois de fazer alguns exercícios de aquecimento de voz e de esperar os caras arrumarem os instrumentos, deixei que a nova faixa de sucesso da The M's saísse dos meus lábios. Por alguma razão, consegui me sentir um pouco mais tranquilo, e a ansiedade dentro de mim foi passando conforme novas canções foram sendo gravadas. Eu, Zane, Yan e Stuart perdemos a noção do tempo e só fomos sair quando o sol já não estava mais no horizonte.

Aline Sant'Ana

— Pizza e cerveja? — ofereceu Yan, da calçada do estúdio.

Zane deu de ombros e eu sorri.

— Estou faminto — confessei.

— Então, vamos beber e comer, porra! — o guitarrista comemorou, fazendo todo mundo soltar uma gargalhada antes de seguirmos para os nossos respectivos carros.

Erin

Eu não podia acreditar que havia chegado a Miami. Estava exausta, pois o voo tinha sido longo e cansativo. Nove horas dentro daquele espaço claustrofóbico, sem contar a comida do avião que não desceu muito bem.

Lua já estava no meu apartamento, tagarelando a respeito do trabalho e das coisas que seu pai planejou para o próximo final de semana. Por mais que eu tivesse passado apenas sete dias longe dela, sentia sua falta. Lua era otimismo, energia e empolgação, tudo isso em uma só pessoa. Para mim, era um mistério o fato de ela nunca se cansar de ver a vida de forma tão alegre.

— Nós vamos jantar o quê? — perguntou, jogando seus pés com o salto *Louboutin* sobre a mesa de centro. — Pensei em fazer algo bem prático, o que acha?

— Você e cozinha em uma mesma frase? — provoquei, semicerrando os olhos.

Lua sorriu maliciosamente.

— Eu sei cozinhar, Erin — garantiu, suspirando. — Você está fingindo que não aprecia as minhas receitas.

— Da última vez que comi algo que você fez, passei mal por três dias.

— Em minha defesa, eu não sabia que aquela maionese estava estragada. O macarrão frio estaria incrível se não fosse por aquele pormenor.

— Pormenor? — rebati, esticando-me no sofá ao lado dela. Virei lentamente a cerveja *light* na garganta, experimentando o sabor das minhas férias em forma líquida. — Você quase me matou de intoxicação alimentar.

— Exagerada! Você tomou soro na veia por alguns minutos no hospital e só. E outra coisa: eu não passei mal. Meu estômago é de ferro e o seu é de princesinha.

Lua se levantou para preparar a tal receita e eu fechei os olhos, pensando que teria que me encontrar com Nevin no início do mês que vem. A sorte é que o homem estava viajando e não tinha chance alguma de me incomodar até lá. Prometi para Lua que daria uma chance para seu amigo, mas, francamente, já conseguia prever o fracasso desde agora.

— O que você vai querer assistir na maratona dos filmes de terror? — Observei minha amiga se mover com as unhas compridas e vestido império curto e elegante no pequeno espaço da cozinha. Da sala, eu podia vê-la pelo balcão baixo. — Nossa, Lua. Vamos pedir comida chinesa ou vegetariana.

— Vou me concentrar nos meus dotes culinários enquanto a senhorita curte e relaxa em seu sofá macio e maravilhoso — ela falou, e eu soltei uma risada. — Vamos, Erin. Está na hora de eu te contar a novidade.

— Se for um clube de *striptease* masculino, deixa eu me preparar psicologicamente, ok?

— Não é isso, mas é algo bem mais interessante.

Empertiguei-me no sofá, pois Lua tinha ideias tão loucas quanto a sua personalidade atrevida.

— Diga.

— Tem uma amiga minha, na verdade, uma conhecida... Enfim, Donnie planejou a comemoração do divórcio da irmã mais velha dela nesse local.

— Comemoração do divórcio? — indaguei. — Eu nem sabia que isso existia.

— O ex-marido da irmã da Donnie é um idiota — explicou, batendo as portas dos armários para encontrar os ingredientes. — Quando conseguiram que o homem assinasse os papéis, acharam que deveriam comemorar. Ela me contou tão animadamente sobre o local, que meus olhos só faltaram brilhar, Erin. Tem festas de todos os tipos, as comidas mais requintadas, salão de jogos e bailes de máscaras! Ah, amiga, você não faz ideia do quão incrível parece ser.

— Como assim, Lua? — questionei, tentando pensar em um lugar que abordaria temáticas tão diferentes. — É um *resort*?

— Não. — Ela lavou as mãos na pia e a vi despejar um copo do iogurte

Aline Sant'Ana

natural num recipiente, misturando vinagre, mostarda, sumo do limão e queijo parmesão ralado. Percebi que estava fazendo uma salada ao molho *Caesar* e torci o nariz ao ver a quantidade de azeite de oliva que despejou na alface. — É um cruzeiro.

Agora eu conseguia compreender. Cruzeiros possuem tantas atividades, que fica quase impossível realizar tudo. O que me incomodava era o pouco tempo para aproveitar. A última vez que tinha ido foi a um curto cruzeiro nos Estados Unidos mesmo, e durara apenas três dias. Foi como um sonho breve.

— Prefiro um passeio em terra firme, Lua. A gente pode realmente planejar uma viagem para sossegar. Algo em que eu possa descansar e curtir o lugar, ao invés de trabalhar.

— Você não esperou eu terminar de contar. — Ela franziu o nariz arrebitado da forma que fazia quando se incomodava com interrupções. — Posso falar e você promete que não vai me interromper?

Joguei a almofada atrás da minha nuca e retirei as sapatilhas dos pés. Deitei-me no sofá, de frente para a minha amiga, e assenti.

— Esse cruzeiro é diferente dos outros. Ele possui um tema — falou pausadamente, como se estivesse com medo da minha reação. Conhecia Lua o suficiente para saber que era algo que eu não gostaria de escutar. Mesmo assim, ela estava jogando aquele assunto para mim como se nada de chocante fosse sair dos seus lábios. — As pessoas vão para se conhecer, namorar e curtir. É um cruzeiro no qual você pode se sentir desinibida, ser você mesma e até ser quem você não é, mas desejaria ser. Pode ocultar a sua identidade e não dizer seu nome, também. Enfim, é uma forma de se libertar das amarras, Erin.

Tentei juntar as informações na minha cabeça. Não conhecia nada parecido com aquilo, a não ser nos filmes. Já havia assistido coisas desse tipo, sociedades secretas para as pessoas se desinibirem, serem quem elas quisessem ser...

Mesmo com medo do que vinha a seguir, tive que perguntar:

— Do que se trata esse cruzeiro?

Ela parou de mexer os ingredientes e trouxe o pote para nós com um par de garfos para comermos. Lua me estregou mais uma cerveja e virou um generoso gole da sua pela garganta.

— É um cruzeiro erótico, Erin.

Cuspi toda a maldita cerveja sobre a mesa.

— Um o *quê*?

— Um cruzeiro erótico — ela explicou novamente e senti meu coração bater tão forte no peito que pensei que fosse explodir. — As pessoas vão para se conhecer, para transar sem compromisso. Imagina que maravilhoso você poder fazer sexo com pessoas que estão lá com o mesmo objetivo? Isso é modernidade, Erin. É algo que você pode apenas ir para se divertir. E outra: você não é obrigada a nada, pode só relaxar e curtir. Tem festas de todos os tipos. Tanta coisa divertida e...

— Nem pensar, Lua!

— Por quê? — Ela pareceu subitamente chateada.

— Porque isso é depravado demais! Não combina comigo e você sabe disso. Eu não conseguiria transar com um estranho, por mais que ele me proporcionasse um momento inesquecível.

— Isso é tolice, Erin. Você vive reclamando que suas experiências sexuais são frustrantes, que os homens com quem você transa não se garantem na cama. Eu tenho certeza de que para um cara aceitar ir para um cruzeiro desses ele deve ser, no mínimo, fantástico.

— Ou pervertido — completei.

— Amiga. — Lua suspirou pesadamente. — Você não está vendo pelo ângulo certo. O lugar é luxuoso, não é qualquer boteco de esquina. É um cruzeiro elegante, de cinco estrelas, quase secreto, pois só as pessoas com convite podem entrar. É seletivo, entende? Quem vai é porque é convidado por alguém e eles não deixam qualquer um entrar. Tem seguranças dentro do navio, além de políticas e leis próprias. É um negócio muito sério.

Levei a alface até a boca e soltei o garfo, encarando minha amiga em seus olhos ansiosos.

— Amor, eu entendo que isso pareça animador, mas eu vou ter que recusar. Isso é algo que eu não penso agora. Não sei se quero essa experiência.

— Eu vou estar com você, Erin. Pensa com carinho. Você não é obrigada a transar com ninguém, pode ir só para curtir. Mas eu não aguento ouvi-la reclamando desses caras idiotas que só pensam em si mesmos. Eu também

Aline Sant'Ana

estou sem sorte, e quem sabe o que a gente pode encontrar? Imagina conhecer um homem que abale as suas estruturas?

— Encontrar um príncipe encantado em um cruzeiro erótico é meio difícil, não acha?

— E quem falou em príncipe encantado?

Carter

— Eu amo pizza de pepperoni — elogiou Zane, colocando um pedaço enorme na boca. — Não sei por que vocês não pediram duas dessa só para mim.

Estávamos esticados no meu apartamento, ignorando a reprise da competição de surf na Austrália, transmitida por algum canal aleatório de esportes. Zane e Yan conversavam sobre as porcarias que tínhamos pedido para jantar e as músicas que tínhamos conseguido gravar.

— Acho que falta pouco agora — comentou Yan. — Nós conseguimos várias faixas e depois precisamos ir ao estúdio para verificar as modificações.

— Não acredito que vá levar muito tempo, mas a gente precisa criar mais umas três ou quatro músicas — completou Zane. — Nada ainda, Carter?

Eu era o responsável pelas composições das músicas novas e até me arriscava na melodia. Gostava de criar e, com a ajuda de Zane e Yan, as letras ficavam completas e com batidas incríveis. No entanto, estava com bloqueio há mais de dois meses e não fazia ideia de quando ia retornar à ativa.

— Nada, cara — respondi. — Vamos ver com o passar do tempo.

— É, vamos ver — concordou Yan, mordendo a pizza e virando a cerveja em seguida. — Sem pressão, Carter.

— Estou tranquilo, vai sair quando tiver que sair — garanti a eles.

Zane se ajeitou no sofá e ficou me olhando de lado, como se tivesse algo a dizer. Soltei um suspiro pesado e Yan começou a rir.

— Fala logo, Zane. Essa cara de psicopata não combina com você — brinquei, e o escutei soltar um palavrão.

— Falta um mês para o seu aniversário. Quando comecei a introduzir a porcaria do assunto, você desviou. Sabe que vamos fazer algo especial, não é? — inquiriu, sorrindo maliciosamente, arrancando mais um cigarro do bolso do jeans.

Olhei para Yan, o mais sensato de nós três, e o maldito, ao invés de me ajudar, deu de ombros.

— Não quero nada especial — pedi, pois Zane era criativo pra caralho e eu não estava ansioso para ver o que viajava na sua cabeça.

— Você é o vocalista da The M's. — Yan me fez perceber que aquilo estava com cara de complô. Quando os dois se juntavam, só podia dar merda. — E você precisa de algo especial.

— Vamos para um clube, então. A gente curte a noite toda e fica em paz — sugeri, imaginando que pior do que isso não poderia ser. — Satisfeitos?

— Tenho um plano, Carter. — Zane sorriu como o gato da Alice no País das Maravilhas. — Se der certo, se eu conseguir o acesso, você vai saber quando tiver que saber.

A cerveja já estava quente na minha mão, então me levantei para pegar outra da geladeira. Voltei para a sala, tentando interpretar a fisionomia de Zane e Yan, mas era difícil lê-los. Os filhos da puta sabiam esconder bem um segredo.

— Desde que me anime...

— Vai te animar — prometeu Yan. — Cara, vai te animar pra caramba.

— Eu acho que o Carter vai me agradecer pelo resto da vida — concluiu Zane, pensando alto. Ele tragou o cigarro escuro e abriu alguns botões da camisa. — Acho que essa vai ser a experiência mais foda de todos os tempos. E sabe o que mais? Acho que ele vai esquecer a desgraçada da Maisel.

— Eu já a esqueci, Zane.

— Não, você não esqueceu — continuou ele, intensificando o sotaque britânico que tinha por ter nascido em Londres. — Se faz de forte e que não liga para essa merda toda, mas eu e Yan te conhecemos desde a infância, não tem como não percebemos o quanto isso te afetou.

— Mas nós vamos te tirar dessa — prometeu Yan. — Se eu e Zane conseguirmos a festa de aniversário dos seus sonhos, você nem vai lembrar que Maisel um dia existiu. Isso eu garanto.

Aline Sant'Ana

Com a cerveja gelada nos lábios, sem ter sequer uma pista do que Yan e Zane estavam planejando, deixei que eles ficassem confabulando sobre a festa de aniversário. Não tinha como fugir desses idiotas, eles faziam parte da minha vida desde sempre.

CAPÍTULO 2

You're better off letting the first time be the
last time
But really,
what's the worst thing that could happen
When the worst thing that could happen
Could be the best thing ever

— Tove Lo, "Timebomb".

CARTER

Peguei meu celular e acessei o Instagram, sequer pensando em me policiar depois de tanto tempo sem vê-la, percorrendo as fotos que eu havia tirado ao lado dela, enchendo a minha mente de memórias que agora pareciam tão falsas quanto o sorriso da Maisel. Hoje, depois de tanto tempo, era fácil ver o quanto tudo aquilo era estúpido. Embaixo das imagens, os comentários horrorosos sobre minha ex-mulher eram os mais comuns, mas eu podia entender a razão de os meus fãs estarem tão chateados. Além de me iludir por três anos, Maisel me fez acreditar que casamento era uma coisa para durar a vida toda, ao invés de somente seis meses. Também levou metade das minhas economias e, de quebra, recentemente, anunciou no Twitter que todas as minhas fãs eram loucas e psicopatas.

Resumindo: a mulher fez uma bagunça com o meu coração, a minha vida, o meu dinheiro e a minha banda, mas agora eu já conseguia ver o horizonte, conseguia me sentir mais tranquilo sobre esse assunto.

A fase obscura passou.

Como um furacão, o baterista da The M's entrou no quarto de hotel, interrompendo completamente os meus pensamentos. Vestindo apenas uma calça jeans preta, Yan lançou um olhar para mim — eu provavelmente estava um lixo por passar a noite em claro por causa do planejamento do CD — e jogou no meu colo um cartão preto opaco, semelhante a um convite, com letras douradas e brilhantes em alto relevo.

Aline Sant'Ana

> **Cruzeiro Heart On Fire.**
>
> **Parabéns!**
>
> **Você foi convidado para passar sete dias conosco. Esperamos que aprecie a experiência.**
>
> **Atenciosamente,**
>
> *Equipe Magestic*

— O que é isso? — Girei o papel sedoso de um lado para o outro. Interessante. Não havia mais nenhuma informação atrás ou na frente.

— Você vai, Carter — sentenciou Yan, praticamente jogando as minhas roupas em uma mala e as dele em outra.

— Só se você me disser o que é primeiro.

Ele soltou uma risada maliciosa.

— Seu presente de aniversário está finalmente sendo revelado.

— Uma viagem em um cruzeiro? — Virei o cartão entre o indicador e o dedo médio, assistindo Yan nervosamente socar tudo na mala e procurar mais peças limpas. Não existia nada de malicioso ou problemático nesse convite, o que era definitivamente estranho. — Achei que íamos ter uma noitada ou sei lá. Bebidas, música e *lap dance*, afinal, estou fazendo vinte e sete anos. Pelo que Zane disse há um mês, era algo assim que vocês planejavam. Ou me enganei?

— Você precisa de algo diferente, amigo. E isso que você está segurando, acredite, não é tão simples assim. Nada como uma *lap dance*. Isso já está ultrapassado — continuou Yan.

— Então, acabe com o mistério, cara. Não faço ideia do que é isso — murmurei sinceramente, tentando compreender o que diabos era aquilo.

Yan pareceu ponderar por um momento o que ia me dizer, sinal claro de que não vinha boa coisa. Eu estava tentando imaginar durante todo o último mês os planos de Zane e Yan, mas nenhum deles havia me dado sequer uma pista.

7 dias com você

Vi o baterista tensionar o maxilar por uns instantes e voltar sua atenção para as roupas, como se pudesse fugir do que ia dizer em seguida.

— Sinceramente — uma pausa —, acho que um cruzeiro erótico é tudo o que você precisa.

— O *quê*? Erótico? Cruzeiro erótico?

Soltei uma gargalhada, absorvendo a piada, observando a pressa do cara ao recolher nossas coisas. Cruzeiro erótico... ele estava totalmente louco.

Quando a minha risada diminuiu, Yan não rebateu e ficou totalmente mudo. Meus olhos se arregalaram quando percebi que a ideia era mesmo verdadeira, e eu automaticamente percorri meus dedos pelo cabelo, puxando-os no processo, tentando clarear os pensamentos.

— Você está alucinando, Yan — garanti a ele, com um meio sorriso.

— Caralho, não estou. Pense no quanto isso vai ser incrível. Carter, essa é a oportunidade que você tem para esquecer a Maisel, cara. Colocar um ponto final e seguir em frente.

Incrível? Isso era, no mínimo, a coisa mais louca que ele já me disse. Além disso, que espécie de pessoa vai para esse tipo de lugar? Eu nem sabia que essa ideia pirada existia. Cruzeiro erótico, que insanidade! Como se eu precisasse disso para transar. Francamente, era só encontrar uma fã e pedir para ela tirar a roupa que eu já garantia a noite toda.

— Nós podemos ir a uma festa — contrapus, tentando negociar. — Um *ménage à quatre*, que tal?

Yan riu alto, sabendo que eu não era dessas coisas, como ele e Zane, e lançou uma piscadela para mim, enquanto o guitarrista entrava no quarto do hotel. Ótimo. A última coisa que eu precisava era do britânico dizendo o que eu devia fazer. Ele conseguia ser ainda pior do que Yan, quando se tratava desses assuntos, e estamos lidando com um nível alto de depravação aqui.

— Ele está reclamando? — arguiu Zane, intensificando o sotaque.

— Você conhece o McDevitt — murmurou Yan, como se eu fosse uma pedra no sapato difícil de tirar. — Ele acha que enlouquecemos de vez.

— Vocês estão loucos! Primeiro, eu nem sei o que fazer nesse lugar. Segundo, as pessoas vão me reconhecer. Terceiro, se é por causa do sexo, vocês sabem que transar é a coisa mais fácil do mundo para mim. Sou o vocalista da

Aline Sant'Ana

The M's, se não sabem disso ainda.

— Para de se achar — brincou Zane, com um rolar de olhos fingido. — Você não é o Jon Bon Jovi ou o Adam Levine.

— Eu estou entre os cinco homens mais gostosos do mundo, segundo a revista *The Rockstar*.

Ri com eles, me sentindo leve novamente. Há muito tempo não me sentia assim. Yan e Zane agilizaram a organização das roupas. As três malas já estavam prontas e eu não estava nem um pouco a fim de ir para essa loucura. Era completamente o oposto do que eu imaginava para a minha festa de aniversário. O nível de promiscuidade ia muito além do que eu esperava de Zane e Yan. Eles realmente me surpreenderam.

— Lá é como se fosse um clube discreto — articulou Zane, tentando me convencer. — Somente convidados entram, e esse convite para nós três foi muito difícil de conseguir. O ambiente é de luxo, caras. Estou falando sério. O negócio vale totalmente a pena.

— Tinha que ser coisa sua, né, Zane? — joguei a culpa nele, pegando uma cerveja do frigobar, percebendo que eles não me deixaram com uma saída sequer.

Eu teria que enfrentar esse tal cruzeiro. Conhecia bem meus amigos. Zane e Yan me chamariam de todos os nomes possíveis se eu desse pra trás, e eles conhecem um repertório imenso de xingamentos.

— Apenas aproveite, cara — respondeu ele, soltando uma risada. — Tenho certeza de que vai ser a melhor experiência das nossas vidas.

— Você faz alguma ideia do tipo de coisa que acontece lá? — Yan indagou, a curiosidade estampada em seu semblante.

— Sei que quem vai quer ir de novo — anunciou o britânico, orgulhoso de si mesmo.

— Conversa fiada. — Dei de ombros. — Deve ser um local cheio de gente querendo transar e só.

— Pelo que Zane disse, acredito que não, Carter — respondeu Yan.

— McDevitt, você vai esquecer a Maisel — afirmou Zane, totalmente convicto. — Ou eu não me chamo Zane D'Auvray.

7 dias com você

Ficamos em silêncio por algum momento até eu terminar a minha cerveja e puxar a mala, em rendição. Talvez eu precisasse provar para os meus amigos, mais do que para mim mesmo, que eu já havia superado a Maisel. Eu já sabia o que se passava no meu coração, mas Zane e Yan não.

— Vocês são completamente doidos. Sabem disso, não é? — perguntei retoricamente, percebendo o brilho no olhar de ambos em expectativa.

Pervertidos.

— É por isso que você tem nos aturado todos esses anos na banda, seu puto — provocou Yan, jogando a mala por cima do ombro. — Vamos, temos um horário a cumprir e uma estrada para pegar. O porto fica na nossa cidade, em Miami.

— Não vamos chegar a tempo — falei.

— Estamos a cinquenta minutos de casa, claro que vamos — afirmou Zane decididamente.

Esperava saber o que estava fazendo ao aceitar ir com esses caras para um cenário desconhecido como esse tal de *Heart On Fire*.

Erin

— *Bem forte*. Isso!

Meu estômago se revirou ao ver a garota morena do curta-metragem recebendo um pênis do tamanho do Burj Khalifa no ânus. Oh, Jesus! Essa, com certeza, estava na lista de coisas mais bizarramente grotescas para se fazer antes de morrer. Ver um filme pornô totalmente machista ao lado do homem com quem você está saindo é tão broxante como se ele estivesse me beijando com os dentes podres.

Ao contrário de todo o meu pensamento desgostoso, Nevin estava apreciando muito tudo isso, acariciando lentamente a sua ereção por cima dos jeans branco, mordendo o lábio inferior ao olhar com tesão o filme passando na televisão.

Estúpido.

Imediatamente, percebendo que aquilo não ia rolar para mim, pesquei o controle remoto da tela LCD e desliguei a imagem perturbadora, bufando irritada enquanto saía do sofá e de perto de toda a onda quente e negativa que aquele homem emanava.

— Boneca, o que houve?

Eu devia saber que um homem com o nome Nevin, que não tinha apelidos criativos para as mulheres e somente as chamava de "boneca", não poderia ser certo para mim. Aliás, eu não deveria estar surpresa. Já tinha previsto que esse encontro seria um fracasso desde que o vi pela primeira vez. Quando Lua insistiu que eu o conhecesse, foi como se uma nuvem negra sobrepusesse a minha cabeça. Eu já conhecia o tipo dele antes mesmo da primeira tentativa. O estereótipo do homem idiota que acha que filme pornô reflete a vida real e a única coisa que importa é o seu pênis recebendo atenção.

— Não vai acontecer, Nevin — esclareci, caso tivesse restado alguma dúvida, pegando a minha bolsa da cadeira e fazendo um rabo de cavalo meio solto e repleto de nós no cabelo. — Isso é nojento demais.

— Você estava gostando — ele recorreu, sentindo-se ofendido.

Eu soltei uma risada.

— Não, querido. *Você* estava gostando.

— Bem, é uma pena — murmurou, ainda sentado e estático no sofá, enquanto eu praticamente revirava o seu apartamento atrás das minhas coisas. — Pensei que você achasse bem excitante eu assistir pornôs e curtir.

— Você sequer me disse que curtia essas... coisas. — Não escondi o nojo e peguei as minhas chaves. — Dane-se, estou de saída.

— Erin! — Ele enfim se levantou, me segurando pela mão. — Você é tão linda, me dá mais uma chance.

Olhei para aqueles olhos castanhos tão bonitos e o cabelo preto como ônix, totalmente embaraçado. Nevin tinha lábios vermelhos e uma rala barba por fazer. Olhando-o assim, ele parecia um amante italiano, com sua pele dourada, mas era como um adolescente de quinze anos que precisava assistir sexo de terceiros para se sentir confiante.

Nossa, é uma pena um homem tão gostoso ser um completo babaca.

— Desculpa, Nevin.

— Tudo bem — sussurrou e deu um casto beijo na minha bochecha. — A gente se vê por aí.

7 dias com você

Eu duvido, querido.

Assim que desci as escadas do seu apartamento, meu celular tocou, e Lua estava do outro lado da linha. Dei um longo suspiro, pensando sobre a proposta que ela me fez há um mês. Lua insistia que ia ser uma ótima experiência e uma aventura inesquecível. Droga, apesar de ser contra essa ideia maluca dela, eu estava muito cansada da mesmice. Nevin talvez tenha sido a gota d'água depois de tanta decepção que tive com os homens ao longo da vida. Antes que pudesse pensar mais sobre isso, fechei os olhos, tomei coragem e respondi a ligação:

— Estou dentro.

— Jura? — ela perguntou do outro lado da linha, praticamente gritando de felicidade. — Eu não acredito, Erin. Você vai me deixar te levar para o Caribe em um cruzeiro erótico?

— Você é uma safada, Lua. Mas, sim, droga, eu estou cansada desses homens idiotas.

— Sexo frustrado?

— Nem cheguei perto disso. O cara colocou um filme pornô para rodar e...

— Nossa, nem precisa me contar o resto. Sério que ele é desses? Olhando para a pele bronzeada e o sorriso sedutor, ninguém diz.

— Eu juro que é, Lua. Inacreditável, mas beleza não faz um homem ser bom de cama.

Ela soltou uma risada e pude ouvi-la caminhar animadamente em seus saltos.

— É hoje? — questionei, chegando ao ponto. — O tal cruzeiro?

— É. E a sua mala já está pronta, a propósito.

Atravessei a rua, sinalizando para um Honda Civic e o rapaz que estava dirigindo pacientemente me esperou passar. Acenei em agradecimento, correndo, e ele buzinou de leve para mim em retorno.

— Como assim pronta? — Ofeguei.

— Eu estou na sua casa, querida.

Aline Sant'Ana

— Você sabia que eu ia aceitar? De última hora? — Eu estava incrédula por Lua ser tão segura de si. — Eu não te dei nenhum sinal de que...

— Querida, entenda uma coisa: faz meses que te escuto reclamar do sexo oposto e das experiências que teve, principalmente o desânimo para ver Nevin novamente. Era questão de tempo, ou de apenas um encontro, para te fazer ceder — respondeu, apressada. — Enfim, de qualquer maneira, temos uma hora para estarmos lá.

— Eu nem estou arrumada e...

— Não se preocupa, Erin — garantiu. — Eu vou dar um jeito.

— Por quê? Como assim?

— Nós vamos nos arrumar lá dentro, amada. Tem salão.

— Salão? Sério? Não é para tanto, Lua. Eu não quero parecer uma louca e...

— Você não vai parecer uma louca, meu amor. Lá é o *Heart On Fire*! Todo mundo se arruma, todo mundo quer surpreender.

— Eu não quero nada disso, Lua.

— Se não quisesse, não teria dito sim ao convite.

Carter

Avistando o porto de embarque, percebi que o *Heart On Fire* era realmente enorme, ainda mais quando refletia o céu azul, o mar e o sol quente. O navio, segundo Zane, tinha capacidade para quatro mil passageiros e mil e quinhentos tripulantes. Apesar do nome chamativo e romanticamente envolvente, não se diferenciava em nada dos outros ancorados ao seu lado. Apenas um simples e doce cruzeiro que ninguém imaginava o que, de fato, acontecia lá. Estranho, não? Ao meu lado, famílias embarcavam em férias no *Disney Dream*, enquanto eu entrava para uma aventura erótica e totalmente lasciva.

Bem, não que eu quisesse entrar nessa experiência arriscada; eu praticamente estava sendo obrigado pelos dois merdas que eu chamava de amigos. Yan e Zane me passaram algumas instruções sobre a viagem, como, por exemplo, o fato de que ficaríamos por lá durante sete dias inteiros. O itinerário da viagem incluía Miami, Ilhas Cayman, Cozumel, Freeport e, novamente, o retorno para Miami. Um cruzeiro pelo Caribe, México e Bahamas completo.

Claro que conhecer esses lugares estava nos planos que eu vivia adiando há muito tempo, porém, não era como se eu quisesse visitar esses lugares sozinho. Havia algo mágico em estar com uma mulher e desfrutar das praias, e não com mais dois homens babacas do meu lado em uma aventura sexual em grupo.

Sério. Onde diabos eu fui me meter?

— Não acho uma boa ideia — eu disse, a um passo de subir as escadas.

— Eu acho uma ótima ideia. Você já reparou nos tipos de mulheres que estão entrando aqui? — indagou Zane, no meu ouvido, me empurrando para ir adiante.

Eu não podia discordar do Zane. Realmente, havia muitas mulheres, mais do que homens, com certeza. Todas bonitas, gostosas, com corpos curvilíneos e óculos escuros escondendo a identidade. Cara, eu também estava mais do que escondido. Em pleno verão, com o sol a todo vapor, mantinha uma touca preta na cabeça, óculos escuros e uma camiseta fina de manga comprida para esconder as tatuagens. Morrendo de medo, na verdade, de que alguém me reconhecesse.

A última coisa que eu precisava era de publicidade negativa dizendo que eu era um pervertido que frequentava cruzeiros eróticos, mesmo que Zane tenha me dito que isso era uma espécie de sociedade secreta. Só entrava quem era convidado e quase ninguém sabia a respeito.

Rendido aos impulsos dos caras, entreguei o cartão aveludado para uma garota que vestia um short preto e uma regata polo da mesma cor, com pequenos dizeres em vermelho *Heart On Fire* no lado esquerdo. Com toda certeza, uma funcionária do navio.

— Sejam bem-vindos ao *Heart On Fire* — disse, automaticamente, com um brilho nos olhos ao nos encarar —, o navio que fará você ultrapassar o céu. Esperamos que a sua viagem seja inesquecível.

— Obrigado, querida — respondeu Yan, empertigando-se entre nós para passar na frente. — Você pode me explicar qual é o procedimento?

Sim, o baterista era o cara que assinava os contratos, que olhava a nossa agenda, e estava por dentro de tudo. Yan, se não estivesse com um

Aline Sant'Ana

cronograma na mão, era capaz de surtar pela falta da organização. Então, droga, ele precisava saber do que isso tudo se tratava.

— Effect, a nossa guia, terá o prazer de mostrar as acomodações para vocês, senhores. Tenham uma ótima viagem.

Os nomes das meninas não eram os verdadeiros, notei, ao encarar a pequena plaquinha que sinalizava a garota que conversava conosco. Effect provavelmente não tinha esse nome tão óbvio e eu comecei a pensar se eu saberia o nome dos passageiros ou se tudo aqui era discreto a esse ponto.

Uma ruiva não natural, alta, com pernas bronzeadas e olhos castanhos nos recepcionou. Conforme as pessoas passavam, percebi que algumas pediam auxílio, outras, por talvez já conhecerem como funcionava o cruzeiro, apenas iam direto para os seus quartos ou para as inúmeras opções que o local oferecia. *Caralho, esse navio é enorme*! O corredor, coberto com um carpete vermelho e estampado, era iluminado por pequenas luzes circulares no teto, parecendo ainda mais elegante do que os hotéis cinco estrelas nos quais eu me hospedava. O jogo de iluminação que elas faziam deixava o ambiente mais íntimo, e toda a tapeçaria persa dava a impressão de estarmos visitando a mansão de um erudito muito antigo.

— Eles capricham — falou Yan, verbalizando meus pensamentos.

— Vocês podem me chamar de Effect — disse a guia, sorrindo largamente enquanto nos guiava pelo extenso corredor. — Vejo que estão com o cartão preto. Então, vocês pertencem à suíte Royal, no deque Dez. A mais luxuosa e elegante suíte que temos.

— Vamos dividir o quarto? — perguntou Yan.

— Claro que não, idiota. Eu consegui um para cada — explicou Zane, rolando os olhos.

— Pois bem — continuou Effect, com um sorriso que jamais saía do rosto. — Explicarei melhor a acomodação de vocês quando chegarmos ao quarto, mas, primeiro, devo citar o tipo serviço que oferecemos. Evidentemente, funcionamos como qualquer outro cruzeiro. Então, vocês encontrarão diversos *lounge bar*, cassinos, boates, academias, lojas, restaurantes, teatros, salões de beleza, acomodações nas áreas externas como piscinas, quadra poliesportiva e *SPA*.

Ela fez uma pausa e, depois, continuou:

— Porém, o foco deste cruzeiro não é apenas fornecer as experiências costumeiras, mas, sim, proporcionar experiências sexuais e empolgantes. Para melhor compreensão, temos as áreas temáticas e eventos que acontecerão no meio-tempo entre os cassinos, boates, restaurantes e bares. Esses eventos são marcados e colocados no cronograma, que estará no quarto de vocês e poderá funcionar como uma agenda.

— Desculpe, eu nunca estive em um cruzeiro erótico antes. Pode me explicar como funciona a temática de vocês? — Zane indagou com curiosidade.

— As pessoas que buscam essa experiência vêm aqui para conhecer novos parceiros sexuais em potencial. Claramente, a maioria está solteira e quer aproveitar, de maneira livre, o que bem quiser. Então, fazemos festas que proporcionam determinado tipo de experiência. Para dar um exemplo, nessa noite e na próxima, teremos um baile duplo de máscaras e lingerie, no Dazzles Bar e Club. Ou seja, quem estiver interessado nessa experiência anônima, poderá comparecer e se divertir da forma que sentir vontade.

— Entendi o lance da festa, mas essa coisa de se divertir à vontade... Quer dizer que podemos fazer sexo em público? — perguntou Yan.

Ela sorriu.

— Nós não privamos os desejos dos nossos clientes. Sim, se for de interesse das pessoas, haverá sexo em público. O foco principal do cruzeiro vai além do turismo. Levamos as pessoas a praias incríveis, mas a verdadeira diversão está dentro do *Heart On Fire*. Entendem o que eu digo?

— Completamente — respondeu Yan por nós três.

Jesus, eu não conseguia nem piscar diante da explicação dela. Praticamente, Effect estava dizendo que aqui funcionava como um cruzeiro de luxo, porém, com experiências sexuais livres. Transe com quem quiser, a hora que quiser, e se divirta. Você não é obrigado a curtir, a não ser que queira.

É, talvez não fosse de todo mal.

— E as pessoas que comparecem são apenas os pagantes? — questionou Zane.

— Sim, os funcionários não têm qualquer acesso a vocês. Se acabarem se envolvendo com alguém dentro deste cruzeiro, poderão ter certeza absoluta de que se trata de um convidado.

Aline Sant'Ana

— Então, o que mais precisamos saber? — Queria sondar melhor do que se tratava tudo isso.

— Vocês precisam saber que todo e qualquer envolvimento não é de responsabilidade do navio. Apenas se acontecer alguma agressão ou qualquer situação delicada, então, sim, nós nos envolvemos. Deve ficar claro que o respeito é importante, mas todos nós somos adultos e sabemos bem o que fazemos, certo, meninos?

— Sim — concordamos em uníssono.

— Agora venham — murmurou ela —, vou mostrar o quarto de vocês.

Erin

— Eu não acredito nesse quarto, Lua. É enorme! — Eu estava totalmente incrédula. — Você pagou quanto nessa porcaria?

— Está louca? — Ela jogou sua pequena bolsa sobre a cama, enquanto o rapaz calmamente posicionava as malas no local certo. — Você é modelo internacional, amor. Como pode reclamar do dinheiro?

— Como posso? Não, isso é questão de... Argh, Lua. Pelo amor de Deus!

— Querida, sinta o cheiro desse quarto. Está sentindo? Isso é riqueza, meu amor. Riqueza erótica de alto nível.

— Deus, você é uma depravada! — Girei os olhos, bufando e me jogando na cama.

Em seus saltos altos, Lua parecia ainda mais alta do que os meus um metro e setenta e cinco. Seus olhos enigmáticos e cabelos loiros estavam perfeitamente alinhados, como se ela fosse encontrar o príncipe encantado na próxima esquina, e o vestido curto cor-de-rosa dava a impressão de eu estar no filme *Legalmente Loira*. Minha amiga sempre se parecia com uma patricinha completa, ainda aparentando ser adolescente, mesmo com vinte e quatro anos de idade.

— Vocês precisam de mais alguma coisa, senhoritas? — indagou o rapaz que fez o *tour* conosco pelo navio.

Ele era bonito. Ombros largos, braços fortes, pele morena e olhos cinzentos. Se eu pudesse, o levava para casa. Ele não aparentava ser como o

Nevin, que precisava de filme pornô para ser feliz. Além do mais, o homem ainda tinha um leve sotaque hispânico.

— Entendemos tudo, amor — respondeu Lua sedutoramente. — Vamos para o salão, que é no deque...

— Deque cinco — explicou, sorrindo. — Vocês estão no sete.

— Eu certamente preciso me arrumar para o baile de máscaras.

— Não se esqueça de que deve ir de lingerie! — O rapaz corou absurdamente ao dizer. — Desculpe.

— Amor, entenda uma coisa — ronronou Lua. — Estamos em um cruzeiro erótico, certo?

Ele assentiu.

— A última coisa que se espera ver em mim é um pedaço de roupa. Então, falar que eu devo ir de lingerie é quase pedir que eu me confesse na igreja. Entende o que eu digo?

Jesus Cristo, ela ia espantar o homem. Lua não tinha escrúpulos e a sua ansiedade para vir a esse cruzeiro estava ecoando há um mês na minha cabeça. Eu sabia que minha melhor amiga ia aprontar e não havia maneira de isso ser diferente. Eu conhecia completa e totalmente Lua Anderson.

— Sim, senhorita, claro como o sol.

— Bem, então, não se preocupe — ela murmurou, piscando para ele em seguida. — Espero que a gente se encontre por aí, Diego.

— Com toda certeza — ele falou, com uma meia risada, os olhos brilhando ao fechar a porta.

Levantei-me da cama e dei um cutucão na Lua antes de soltar uma risada estranha. Ela começou a gargalhar comigo enquanto eu negava com a cabeça a sua atitude totalmente louca.

— Acho que você fará os homens corarem nesse navio, Lua. Já pensou em trabalhar com algo do tipo? Você seria ótima para quebrar qualquer gelo dos iniciantes.

— Amor, já disse pra você: eu falo o que penso, sem filtro. Se eu pudesse peneirar as minhas palavras, acha que eu não o faria?

Olhei por todo o seu corpo e o curto vestido.

Aline Sant'Ana

— Não, não faria.

Saímos do quarto e esbarramos com poucas pessoas no caminho. Pelo visto, a maioria era bem reservada e se mantinha nas acomodações até os eventos acontecerem. Eu e Lua pegamos o elevador, apontando hora ou outra para os principais e mais chamativos pontos que nos encantavam. Deus, tudo aqui era muito lindo, brilhante, vermelho e preto. A maioria dos detalhes era em dourado e as paredes sempre tinham toques de muito bom gosto, além de quadros abstratos que faziam a decoração se assemelhar a uma espécie de clube secreto. Tudo aqui dava a entender que existia um significado por trás que merecia ser descoberto.

— Temos que pagar o salão? — questionei Lua, assim que demos de cara com um local enorme de vidro onde várias mulheres já se preparavam para o tal evento das máscaras.

É, pelo visto todo mundo teve a mesma ideia.

— Temos, mas eu já disse para não se preocupar com o dinheiro. Aliás, por que você é tão controlada, Erin? Você ganha tanto quanto um astro de Hollywood.

Eu ri.

— Quem me dera, *baby*. — Suspirei, pensando em coisas nas quais havia gastado sem poder. Eu tinha uma poupança que juntava para me aposentar cedo e poder viver tranquilamente com os juros.

— Então, não se preocupe, eu tenho algo especial comigo — garantiu ela, movendo as sobrancelhas loiras sugestivamente.

— Você está com o cartão de crédito do seu pai, né? — Logo interpretei sua reação ao dinheiro.

Ela gargalhou, confirmando com um aceno.

— Você precisa realmente de tratamento psicológico. Já pensou se o nome do cruzeiro aparecer no extrato e ele pesquisar?

— Erin, você realmente acha que o meu pai pensa que sou virgem? — Ela fez pouco caso do assunto, admirando suas lindas e compridas unhas. — Ele sabe onde eu estou.

— Sabe? — praticamente gritei, corando fortemente. — Com que cara você disse isso para ele? Como teve coragem, Lua?

7 dias com você

— Expliquei que era um cruzeiro para encontrar um namorado — gracejou, piscando em minha direção. — Só não disse a parte do erótico, claro.

— Ah — suspirei, aliviada. Deus bem sabia que eu jamais poderia olhar para a cara do prefeito Anderson se Lua dissesse tal coisa. Bem, sorte a dela que isso aqui era um clube secreto, não? — Você quase me matou de susto.

— Erin, você é tão bobinha e inocente, às vezes.

— Vai se ferrar, Lua.

— Querida, eu sei que você me ama. — Foi sua resposta, antes de praticamente me jogar dentro do salão de beleza.

Eu já estava contando os minutos quando anunciaram que meu cabelo estava pronto. Pela demora e puxões, o negócio era mesmo sério. Apesar de ser modelo e desfilar para Deus e o mundo, eu sabia bem que o sonho de desfilar acabava com a minha liberdade de ter o cabelo que quisesse. Se, em um evento, eu precisasse cortá-lo, assim seria feito. Eu não era nada além de uma boneca nas mãos dos estilistas e profissionais de estética.

Além de todo o esforço para o tratamento dos meus cachos ruivos, tive as minhas unhas feitas, fiz uma depilação brasileira e uma massagem linfática para reduzir a retenção de líquidos. Tudo isso pago, claro, pelo prefeito da cidade de Miami. Que ironia, não é mesmo? O que o homem tinha a ver com os meus pelos, afinal de contas?

— Terminamos, definitivamente. — Suspirei quando o último fio desalinhado da minha sobrancelha foi arrancado com precisão.

— Não, ainda temos que passar na loja e comprar a lingerie certa para o evento.

— Você vai me fazer ir a esse baile?

— Você escutou alguma coisa do que eu te disse nas últimas horas, Erin? Eu só falo nessa maldita festa.

— Sim...

— Vamos repetir para você pegar a importância de um evento mágico como esse: vai ter um baile de máscaras de dois dias. As garotas precisam ir de lingerie, Erin. Nós precisamos ficar incríveis!

Eu estava acostumada a posar com pouca roupa e, depois de anos, parei

Aline Sant'Ana

de ser paranoica com o meu corpo. Não seria problema, mas... sinceramente? É algo bem diferente de tudo o que já fiz na minha vida. Baile de máscaras de lingerie. Só nesse cruzeiro louco mesmo, ainda mais ao lado da Lua.

— Eu tenho calcinhas lindas, sabe? Não preciso comprar nada além da máscara.

Lua bufou, impaciente.

— Mas nada que faça valer a pena um homem largar os filmes pornôs por você.

Abri a boca, totalmente chocada por ela ter jogado na minha cara a situação com Nevin. Lua soltou uma risada.

— Você é má, Lua — murmurei, chateada. — Muito má mesmo. Esse não é o tipo de coisa que se fala.

— Ah, amor. É sim. A verdade pode ser dura.

— Pelo visto, é mesmo — concordei a contragosto.

— Agora vamos — apressou-me Lua. — Eu tenho uma princesa sexy para montar.

CARTER

O espelho dizia aos meus olhos tudo o que eu não era. O homem com cabelo castanho-claro e olhos verdes refletido vestia um smoking de abotoamento simples, de gola arredondada tipo lapela de pontas para cima, com acabamento em cetim. A camisa tradicional branca, com a frente de peitilho casa de abelha, não deixava a desejar. O colarinho com as pontas viradas e as calças pretas, com uma pequena tira de cetim na costura lateral, combinavam perfeitamente com o conjunto. Como acessório, os sapatos pretos cromados, sem cadarço, seguiam a moda *slipper*.

E eu sabia isso tudo porque Yan havia me dito.

— Eu posso, pelo menos, tirar a gravata borboleta e desabotoar três casas da minha camisa social? — Eu sentia saudades das camisetas velhas e calças jeans.

— Cara, você sabe que não — disse Yan, me repreendendo.

O filho da mãe era o único que se importava com elegância. Eu era mais no estilo "pegue a primeira roupa que encontrou e vista". Não fazia questão nenhuma de me arrumar.

— Deixe o homem vestir o que quiser — defendeu Zane, arrumando suas abotoaduras. — Ele vai ficar sem roupa mesmo.

— Na *Festa das Máscaras* e *Lingerie*, situada na *Dazzles Bar e Club*, somente as mulheres poderão ir com peças sensuais. Os homens deverão utilizar traje de gala — explicou Yan, automaticamente, lendo o panfleto com o cronograma. Ele deixou claro que, assim como na vida real, seguiria as regras do cruzeiro.

— Certo, droga. Então, vamos logo com isso — murmurei.

— Tire da cabeça que a experiência vai ser ruim, Carter — pediu Zane, terminando de abotoar a camisa. — Você precisa entender que tem sete dias e seis noites para expandir seus horizontes. É isso que importa. Nada de ficar se sentindo mal por Maisel ou até cogitando que deveria estar em outro lugar. Este é o seu agora. Então, aproveite. Não é como se você fosse sair daqui, de qualquer maneira.

— Eu sei — respondi. — Vou tentar me divertir.

— Teremos bebida, mulheres de lingerie e sexo. O que pode ser melhor do que isso? — Zane não se conteve.

— Não existe nada melhor do que isso — completou Yan, adicionando um sorriso ao rosto tão costumeiramente preocupado.

Saímos do quarto como se fôssemos um trio de James Bonds ou até mesmo os Três Mosqueteiros. Não importa. Eu podia reclamar o quanto quisesse da maldita roupa, mas, ao ter um pequeno vislumbre meu a cada reflexo nas paredes de vidro, sabia que eu estava atraente. Não do tipo de cara que sente que vai pegar toda e qualquer mulher essa noite, mas o suficiente para começar a confiar que eu poderia achar a certa; a que faria tudo isso aqui valer a pena.

Fazia meses que eu não me deixava levar. Talvez o *Heart On Fire* fosse a porta de entrada para eu voltar a aproveitar a vida.

Sentindo-me um pouco mais animado com essa expectativa, chegamos à porta do *Dazzles Bar e Club* e fomos recepcionados por uma garota de *lingerie* cor-de-rosa. Ela estava usando uma máscara e seu sutiã trazia uma pequena

Aline Sant'Ana

plaqueta dourada sinalizando seu nome de serviço no cruzeiro: *L'Amour*.

— Boa noite, senhores.

Após murmurarmos a saudação em retorno, ela nos estendeu uma máscara para que a colocássemos. A minha não precisava segurar para fixar no rosto, o que era bom. Ela possuía poucas ramificações e era totalmente negra. Reta, como a do Zorro, porém mais decorada e não feita de tecido. Passei os pequenos elásticos transparentes atrás da orelha e pisquei várias vezes para me adaptar à visão limitada. Bem, não é que cabia perfeitamente?

— Tenham uma boa experiência. — Ela piscou para nós e abriu a grande porta.

Demorou algum tempo para eu me acostumar à escuridão do ambiente, mas, quando meus olhos se adaptaram e capturaram a fraca iluminação, além dos flashes constantes conforme a batida da música soava, pude ver o quanto aquilo tudo era luxuoso. Senti-me como se estivesse naqueles cabarés em Paris, nos quais as mulheres andam mascaradas e com poucas roupas, e os homens viram drinques e fumam cigarros ou charutos. Porra, o negócio era sensacional. Nunca, em toda a minha vida, tinha visto uma festa temática tão bonita quanto essa e, olha, estamos falando de um nível alto de requinte.

Os bares estavam cheios, mas as mesas pareciam ainda mais lotadas. Alguns caras já tinham encontrado parceiras ou vieram para cá acompanhados, em busca de aventura. De qualquer forma, tudo remetia a sexo ali. Os toques nas garotas, o jeito que elas andavam, a maneira como os beijos ocorriam, a música de fundo e a luz fraca. Era íntimo, sexy, e francamente? Dava vontade de experimentar um pouco disso tudo.

— Seu semblante mudou totalmente, posso ver até além da máscara — disse Zane, batendo no meu ombro. O objeto que envolvia o seu rosto era acastanhado como os seus cabelos, que batiam nos ombros. — E aí, quebrando o preconceito?

— Pensei que já ia estar todo mundo transando — falei verdadeiramente, soltando uma risada.

Yan, que usava uma máscara cor de vinho, também riu.

— Não, cara, o ambiente varia. Se todo mundo ficar no clima, pode rolar, mas não é sempre — contou. — Acredite, o meu amigo que veio aqui me contou algumas boas experiências.

7 dias com você

— Então foi assim que você conseguiu os convites? — questionei, abrindo mais os olhos.

— Claro, você só consegue o convite com alguém de dentro. Como eu disse, foi difícil — respondeu, antes de partir para o bar. — Vamos nos dispersar, assim, fica mais fácil sermos notados. Boa noite para vocês, caras.

— Esperem! — eu pedi. — Vocês vão dar o nome de vocês?

Zane disse que sim e Yan disse que não, ou seja, grande merda para mim, que não sabia o que fazer. Com um aceno, o britânico se despediu e, Yan, com um dar de ombros, seguiu o mesmo caminho, porém, ao invés de ir para o bar, foi até os caça-níqueis que estavam na extremidade esquerda.

O local era enorme, o tipo de ambiente que você não imagina caber em um cruzeiro, até lembrar-se do quão grande o navio verdadeiramente é. Havia uma porção de luzes multicoloridas e a música sensual tocava a todo vapor, rouca como a voz fica durante o sexo, e ofegante como se, no fundo, houvesse um convite para você provar a sensação.

Engoli em seco, tentando não pensar nisso, e pedi ao barman uma dose de *Johnnie*. Eu estava no bar oposto ao que Zane tinha ido e já não tinha nenhum dos meus amigos à vista.

Relaxei os ombros e aproveitei para curtir o som.

— Mais, senhor?

A primeira dose se tornou a segunda e a terceira, a quinta. Já conseguia sentir o sangue correr mais depressa pelas veias e estava me desinibindo, sentindo a cabeça mais pesada, e o coração mais leve. Mas o senso de percepção, ainda sim, mantinha-se completamente apurado.

Olhei para o lado, distraidamente, e minha visão parou em um casal na mesa a dois metros de mim, que estava ardentemente se beijando. Por alguma razão, eu não conseguia desviar o olhar. Ela estava sentada no colo do homem e arranhava lentamente o abdômen dele por cima da camisa. O cara parecia totalmente pronto para a garota, mas parecia haver um acordo mútuo entre eles que denotava a preferência pela provocação. Por um momento, fiquei apenas observando a maneira como ela remexia os quadris na ereção dele e o modo como ele apertava os seios dela sobre a fina camada do sutiã lilás, me perguntando mentalmente há quanto tempo eu não sentia o corpo de uma mulher que não fosse Maisel.

Aline Sant'Ana

— Algo me diz que você sabe fazer mais do que olhar, amor — soou uma voz sensual atrás de mim.

Virei para a voz e notei olhos castanhos e cabelo loiro em meu campo de visão. Ao seu lado, havia uma garota com os cabelos cor de cobre e, cara, meu coração parou um pouco. Os lábios cheios dela estavam vermelhos, mas as peças íntimas que vestia eram totalmente brancas, justas e perfeitas para as poucas curvas que tinha. Havia uma espécie de meia-calça da mesma cor, alcançando metade das suas coxas, dando uma surpreendente realçada na sua intimidade. Seus seios eram cheios e estavam semicobertos pelo sutiã, que apenas servia para levantá-los e juntá-los um pouco mais em sua tez branca.

Umedeci os lábios e senti um leve arrepio no meu corpo.

— Você acha? — perguntei, semicerrando os olhos.

— Eu acho. Ainda mais com uma voz bonita como a sua. Rouca e grossa — continuou a loira, fitando-me com atenção, mas ela sabia que o meu olhar estava totalmente focado na sua amiga — a dos cabelos levemente cacheados e ruivos, olhos azuis nublados e máscara branca. Uma fada sexy para eu desfrutar.

Porra. A música, o uísque, o clima, tudo aqui remetia a sexo, e era impossível não desejar uma coisa linda como a garota de lingerie branca. Ela queria parecer inocente com aquilo? Estava mais para a maldita perdição dos meus pensamentos.

— Gostou da minha voz, então. — Meu tom saiu mais rouco do que o normal.

— Acho que a minha amiga gostou mais — a loira esclareceu, sorrindo um pouco. — Vou deixá-los sozinhos.

Rebolando, ela saiu do meu campo de visão. Mas a Fada, a garota que era totalmente do meu interesse, se colocou na minha frente, piscando aqueles longos cílios arruivados que saíam da sua máscara, como se não pudesse conter a beleza que ela representava.

Sim, seu rosto era como um morango: as bochechas levemente rosadas e os lábios cheios como se precisassem ser beijados. A máscara, infelizmente, cobria boa parte da sua face, mas eu podia ver que ela era linda. Deus, ela era muito linda. Ainda que eu admirasse o seu corpo, eu não conseguia tirar o foco dos seus olhos tempestuosos.

— Eu realmente gostei da sua voz. — A Fada sorriu, exibindo dentes brancos e alinhados.

— Que bom que gostou. — Eu sorri também e franzi meus olhos quando o fiz. — Qual o seu nome?

— Pode me chamar de Ellen.

— Ellen, somente?

— Sim — disse ela. — Não quero dar meu nome, entende?

— Eu gosto mais de Fada, Ellen.

— Fada? — questionou, com os lábios entreabertos de surpresa. — Por quê?

— Você brilha. Parece uma fada. É muito linda.

Ela sorriu sinceramente, parecendo gostar da criatividade do apelido. Era tolo, eu sabia, mas talvez tenha sido a coisa mais verdadeira que eu já disse a uma mulher.

— Eu gosto de Fada.

— Então, assim será. — Joguei o gelo do copo na minha língua, sorvendo a sensação gelada na boca, na tentativa de esfriar meu corpo, que estava ardendo pela desconhecida.

— E o seu nome, qual é?

— Pode me chamar de Cam, porque, como você disse, não quero usar o meu nome.

— Não gosto de Cam — ela murmurou a contragosto. — Tenho um apelido melhor para você.

— E qual é? — Eu me diverti pela maneira como a Fada agiu.

— Zorro — respondeu de supetão. — Sua máscara parece muito com a do Zorro, tirando os efeitos.

— Então, para você, eu sou o Zorro?

— Sim, para mim, é esse o homem que você é.

Mordi meu lábio inferior e fiquei por longos minutos hipnotizado por aquela mulher. Minhas batidas aceleraram, meu estômago revirou, meu sexo

Aline Sant'Ana

lentamente se aqueceu.

Deus, eu a desejava tanto e em tão pouco tempo... O que estava acontecendo comigo?

Acabei me obrigando a quebrar a fascinação, pois precisava disfarçar a maneira como eu ficava na frente dela e a reação física absurda que me causava. No bar, pedi algo para que a Fada pudesse me acompanhar na bebida, esperei que ela me dissesse o que preferia, e fui totalmente educado ao fazê-lo.

Quando seus lábios volumosos sorriram ao tomar um licor doce de pêssego, percebi que todo o mistério naquela Fada me encantava. Ela não parecia frequentar lugares assim, soava até um pouco tímida, embora demonstrasse diversão. Não houve dúvidas depois de notá-la com atenção: aquela era também a sua primeira vez a bordo do *Heart On Fire*.

E isso conseguiu me encantar de uma maneira completamente irreversível.

Naquele segundo, observando-a se deliciar com a bebida alcoólica, percebi que faria o possível e o impossível para ter aquela Fada ao menos uma vez.

CAPÍTULO 3

**Rock my world into the sunlight
Make this dream the best I've ever known
Dirty dancing in the moonlight
Take me down like I'm a domino**

— Jessie J, "Domino".

Erin

Havia algo nesse homem que me intrigava a ponto de produzir um leve calafrio na minha coluna. A maneira como ele me olhava e o jeito de sorrir era puro magnetismo masculino. Não fazia ideia se alguém tinha a capacidade de produzir tamanha sexualidade apenas umedecendo os lábios e semicerrando os olhos verdes por trás de uma máscara, mas o Zorro tinha esse dom. Ele conseguia conquistar com apenas um olhar e o seu sorriso era capaz de derreter até a mais firme das muralhas.

Tentei calcular mentalmente a dimensão de estar interessada em alguém em questão de segundos. A essa altura, os avisos e placas de segurança em minha cabeça estavam piscando em alerta. Eu sabia o quão arriscado era me envolver em um ambiente como esse, principalmente com um homem como esse, mas, mesmo assim, quando Zorro me ofereceu um drink, eu aceitei.

— Você mora em Miami? — ele perguntou, virando mais uma dose do seu uísque, afrouxando lentamente a gravata que prendia seu pescoço.

O gesto, tão simples, enviou uma onda do seu aromático perfume amadeirado com gotas de lavanda, lírio e couro em minha direção. Tive que fechar os olhos por um segundo, pois esse era o aroma mais incrível que já senti na vida.

Jesus Cristo.

— Moro sim, e você? — perguntei, tentando não transparecer quão afetada estava por ele.

— Possuo um apartamento em Miami e uma casa a quarenta minutos da cidade. Gosto mais da casa, mas o apartamento não é ruim — esclareceu.

— Não é longe — garanti ao Zorro.

Aline Sant'Ana

Não soube qual a razão de frisar esse ponto. Não era como se fôssemos nos ver depois dessa aventura. O homem estava em um cruzeiro erótico, pelo amor de Deus, e não em um site de relacionamentos procurando uma namorada.

Senti a minha mente gritando por uma solução, enquanto meu coração batia tão depressa no peito que a reação era esdrúxula. Houve apenas um homem durante toda a minha vida que foi capaz de me desestruturar dessa maneira, e não tinha acabado nada bem.

Ainda assim, não fugi do banquinho confortável do bar. Também não demonstrei ao Zorro que a conversa deveria parar ali. Continuei bebericando o drink, sentindo o sabor de vinho e pêssego nos lábios, cogitando mentalmente como seria misturá-lo ao uísque que molhava a boca daquele homem.

— Eu ia te convidar para dançar, mas vejo que está relutante por alguma razão — ele falou, colocando mais uma vez o gelo na boca. O Zorro não fazia ideia do quão sexy poderia parecer sugando o cubo nos lábios. — Tem medo de mim, Fada?

Eu tinha medo da reação que o homem desconhecido me causava e não de quem ele era. Por algum motivo, ele me dava a impressão de que eu estava em segurança.

Não duvidei do seu caráter, mesmo que não soubesse sequer seu nome.

— Não — respondi, observando sua reação. O homem sorriu com o canto dos lábios. — Eu deveria?

— Sou uma pessoa boa, Fada — prometeu. — Mas você pode decidir acreditar nisso ou não.

Eu acreditava nas coisas que ele dizia, nas poucas que tinha dito. Era como fechar os olhos e saltar de um precipício, tendo fé que alguém poderia te salvar, mesmo que não pudesse vê-lo. Faz sentido? Crer na verdade de alguém sem conhecê-lo como um todo?

— Se eu disser que acredito em você, vai me levar para dançar?

— Não — falou ele, e eu ri pela mudança de ideia. — Confiança não se cria, se conquista. Então, você vai jogar comigo.

— E que espécie de jogo será esse?

Eu não era uma mulher que sabia brincar de seduzir alguém. Jogos

7 dias com você

entre pessoas definitivamente não eram o meu forte. Se fazer de difícil para conseguir a recompensa com mais gosto era um mistério que eu não conseguia compreender. Lua, no entanto, adoraria participar de uma coisa assim. Já eu, era preto ou branco: ou me jogava em seus braços, ou fugia.

— Fada — ele me chamou do devaneio com o timbre mais suave. — Não é esse tipo de jogo que você está pensando.

— Você é capaz de ler os pensamentos das pessoas?

Ele abriu um sorriso maravilhoso, deixando os dentes brancos e os lábios vermelhos à mostra. Aquele tipo de gesto único que deixa minhas pernas bambas mesmo que eu esteja sentada. Ouvi meu coração bater depressa e fiquei com medo de que ele pudesse escutar a tormenta que me causava.

— Seria interessante se eu pudesse — ele concordou, rindo levemente em seguida. — Mas eu consegui ler a sua expressão e quis te tranquilizar.

— Então, me mostre.

Zorro se levantou pela primeira vez e eu pude ver o quão alto ele era. Facilmente passava de um metro e noventa e cinco de altura. Vi-me estagnada, observando os ombros largos e a maneira que ele elegantemente sorria.

— Vamos brincar nos caça-níqueis, Fada.

Carter

Não existia uma maneira de chegar diretamente à Fada e eu não queria assustá-la, pois os meus pensamentos estavam bem adiantados em relação a nós dois. As minhas intenções não eram as melhores, preciso confessar. Com certeza não poderia lhe dizer o que pretendia fazer com aquele corpo e todas as ideias criativas que tinham surgido somente olhando-a na pequena e sensual peça de lingerie. Que Deus me perdoe, a minha pele a desejava como se fosse uma questão de necessidade, e não de escolha.

Mas a paciência era uma virtude que eu tinha. Esperei anos, talvez boa parte da minha vida, para encontrar alguém que trouxesse esse meu lado à superfície e, agora que a achei, não a deixaria escapar tão facilmente. Zane era especialista em falar sobre química entre duas pessoas e as coisas loucas que a mente masculina conseguia criar. Eu achava que era quase uma lenda, acreditava mesmo que não houvesse uma mulher que despertasse esse instinto. Ao menos, não em mim.

Pelo visto, estava enganado.

Quando conheci Maisel, querê-la foi natural. Suas curvas muito bem distribuídas, o cabelo escuro como a meia-noite e os metálicos olhos gelados eram puro veneno sensual. Senti-me atraído, aquecido e desejoso. Porém, isso é algo que todo homem anseia numa mulher, e não algo exclusivo e único. O alívio ao finalmente tê-la foi quase uma decepção, pois imaginei que aquela chama quente se manteria, ao menos, fracamente acesa dentro de mim. Não aconteceu. As coisas foram esfriando a ponto de existir somente gelo e, após perceber a verdadeira intenção da minha ex-mulher, nosso relacionamento se tornou uma pedra dura e impenetrável.

Com a Fada, eu sentia uma fome insaciável. Uma chama tão grande e quente que queimava meus órgãos internos. Era forte e impensável de tão magnífico e surpreendente. Tinha uma certeza dentro de mim que dizia que tê-la só por uma noite não seria o suficiente, e eu teria a confirmação disso no momento em que ela me deixasse tocá-la.

Como eu disse: paciência é a minha virtude.

Caminhamos lado a lado em direção aos caça-níqueis. A Fada tinha uma maneira especial de andar, deixando seus quadris quebrarem como se quisesse conquistar não somente a mim, mas todos os homens do ambiente. Deu certo, pois sem que ela prestasse atenção — ou fingisse muito bem que não ligava —, pelo menos dez homens a notaram com interesse redobrado.

O instinto protetor correu veloz pelas minhas veias e ousei, por um segundo, apoiar suas costas com a minha mão. Quase rosnei para os idiotas que desceram os olhos para a pequena e arrebitada bunda da Fada, sentindo o ciúme queimar como ácido na boca do estômago.

Essa mulher seria a minha perdição.

— Está me guiando? — ela perguntou duvidosa, piscando os cílios cor de cobre sobre o ombro direito.

— Você pode se perder.

Sua risada doce e suave me trouxe nostalgia, como se eu já a tivesse escutado em algum lugar. Deixei um sorriso preguiçoso se formar nos lábios e olhei para sua boca, sabendo bem que espécie de situação era aquela. A Fada percebeu a minha tola demonstração de ciúme e, porra, eu não ligava que ela tivesse notado. Não havia problema em ser territorial, havia? Afinal, dentre tantos homens, a linda menina de porcelana estava comigo.

Somente comigo.

— Tudo bem. É fácil se perder no meio dos barulhos típicos dessas máquinas e das luzes brilhantes delas. Além do mais, estavam tão distantes de nós que era capaz de eu parar na piscina.

Ri baixinho.

— Hum. Já estou absorvendo traços da sua personalidade, Fada.

— Quais traços?

Eu não tirei minha mão esquerda da base das suas costas, experimentando a fina camada do pequeno corpete entre a minha palma e a sua pele quente. Ela podia negar e até ter medo do que estávamos causando um ao outro, mas jamais poderia mentir a respeito de como a sua pele se aquecia sob o meu toque.

— Sedutora, receosa e irônica.

Vi seu sorriso cauteloso se formar e nós paramos na entrada da área de jogos.

— Como alguém pode ser sedutora e receosa ao mesmo tempo?

Percorri meus olhos pela área, mas Yan não estava mais lá e eu não precisei procurá-lo por mais tempo, imaginando que tanto ele quanto Zane já tinham se dado bem essa noite.

Envolvendo o ambiente de jogos, a música que tocava ao fundo era cantada por uma mulher de voz rouca e arrastada, certamente uma balada da década de cinquenta, que permitia que a festa ficasse ainda mais temática e sensual.

— Você claramente consegue os dois, o que eu acho fantástico — respondi, vendo-a morder o lábio inferior.

Porra, não faça isso comigo.

— Obrigada — falou baixinho, como se não fosse culpada por me deixar com vontade de tê-la embaixo do meu corpo desde o segundo em que coloquei meus olhos sobre ela.

Aline Sant'Ana

— Não me agradeça por ser quem é. Eu sou o beneficiado aqui.

Àquela altura, eu não me importava com a idade dela, o que fazia da vida, o seu prato favorito ou o nome do ex-namorado. Àquela altura, eu queria deixar meu desejo sobrepor a razão, levá-la para a parede mais próxima e fazê-la minha. Eu queria que ela gemesse meu nome e dissesse coisas que mulheres falam no fogo da paixão. Queria que estivesse tão louca por mim quanto eu por ela, queria beijar sua boca... Meu Deus, eu queria beijá-la por completo.

— Então, já que você se beneficia, que tal girar a alavanca primeiro?

A Fada pegou três moedas da pequena bolsa que carregava e colocou-as no dispositivo. Deixei que ela o fizesse e observei seu sorriso sacana em expectativa ao me ver girar.

Retirei o casaco e o coloquei na cadeira, notando pela visão periférica a Fada secando o meu corpo. Ela mediu meus ombros, os braços que apertavam a camisa social, e eu mal podia esperar para que ela visse o que cinco anos de academia podem fazer. Eu, Yan e Zane nos mantínhamos em uma rígida rotina alimentar e física. E isso, além de auxiliar no desempenho no palco, tem feito milagres para a nossa autoestima.

Ah, cara, como era deliciosa essa troca com a Fada. A parte da conquista, dos olhares, do desejo tentando se esconder. Tudo isso amplificado ainda mais pelo mistério das nossas identidades. Aquilo tudo era excitante e eu queria mais, muito mais.

— Então, você quer medir a minha sorte? — questionei e a vi sorrir.

— Sim. Vamos ver do que você é capaz.

Os desenhos estavam aleatórios na máquina. Havia um trevo de quatro folhas, um cifrão dourado e uma cereja. Eu abri lentamente as abotoaduras e arregacei as mangas da camisa branca até os cotovelos. A Fada deixou os olhos azuis ainda mais abertos quando percebeu minha tatuagem no antebraço. Era apenas uma frase em francês, uma versão da minha primeira música escrita na língua dos apaixonados.

— Você tem mais tatuagens?

A pergunta dela foi tão sutil que uma pessoa com a percepção não aguçada teria deixado passar a nota de curiosidade que sobrepunha o desejo. Talvez a Fada gostasse de homens tatuados e isso era um ponto incrível para

7 dias com você

mim, que era coberto delas.

— Algumas. — Despreocupadamente, coloquei a mão sobre a alavanca vermelha e fria do caça-níquel, observando os olhos dela mais uma vez fazendo uma varredura por meu corpo. — E você pode descobrir todas, basta querer.

Antes que pudesse esboçar uma reação pelo choque do que eu disse, baixei a alavanca, esperando um tempo para rodar os símbolos antes de soltá-la. Encarando os olhos mais límpidos que já tinha visto na vida, ignorei totalmente o barulho ensurdecedor que a máquina fez, gritando à plena força que eu tinha ganhado alguma coisa em troca daquelas três moedas que a Fada havia colocado.

Eu sabia que estava com sorte essa noite. Não precisava de uma máquina de caça-níqueis para saber. O prêmio, inclusive, não eram as moedas que caíram pelo chão, aos nossos pés, mas a maneira única como a Fada me olhou, como se não pudesse ter certeza entre o real e o imaginário.

— Você ganhou — sussurrou ela, alternando o olhar entre o chão, as pessoas que se reuniam ao nosso redor, a máquina e os meus olhos.

Eu, no entanto, não podia parar de encará-la.

— Sim.

A Fada ficou estática e a máquina não parou de apitar, iluminando nossos rostos com todas as cores possíveis das sirenes e lâmpadas coloridas. As pessoas começaram a me parabenizar e eu não podia dar a mínima para aquilo, embora estivesse agradecendo a intenção.

Peguei, de repente, a mão da Fada e entrelacei meus dedos nos dela.

— Você quer sair daqui?

Ela pareceu duvidar por um momento, colocando alguns fios soltos do cabelo atrás da orelha. Seus olhos foram novamente para o chão, que estava criando montes de moedas que não paravam de sair.

— Para onde?

— Lá fora — disse, já tendo um lugar em mente que era óbvio, mas não menos interessante. — Quero que veja uma coisa comigo pela primeira vez.

Aline Sant'Ana

Erin

Eu estava tão ferrada!

Aquele homem era o mistério mais interessante que já vi e olha que já li muitos livros do Dan Brown, que me fizeram virar a noite em busca de respostas.

O Zorro era uma tempestade em forma de pessoa, a desordem natural da vida e dos meus sentimentos. Eu não sabia o que sentia ou se podia sentir de forma tão rápida o que o meu coração estava gritando, mas aquilo era ridiculamente a verdade... Se encantar por alguém, tão depressa, a ponto de desejar a pessoa, desejar que ela fizesse coisas que jamais pensou em fazer e ter esse negócio chamando luxúria em forma líquida misturada ao meu sangue era demais para racionalizar. Eu não queria nada daquilo, mas caí na armadilha antes que pudesse evitar.

Começamos a correr pelo corredor extenso e movimentado da festa. Zorro acelerou ainda mais os passos e nós fomos para as escadas. Descemos apenas um lance e ele entrou em uma porta, que dava acesso a outro corredor. Vi-o titubear por um momento sobre qual lado seguir e aquela correria em meio a ternos, portas de navio e máscaras me fez lembrar do filme *Titanic*.

Em meio às luzes claras do corredor, percebi a cor de areia molhada dos seus cabelos. Ele era muito largo, alto e forte e a sua mão envolvia completamente a minha. Percebi que ele tinha esquecido o seu terno na cadeira do caça-níquel, mas, antes eu que pudesse dizer alguma coisa, Zorro abriu outra porta, dessa vez dupla, e os meus olhos capturaram uma cena inesquecível.

Quando viajei pelo cruzeiro de três dias, não fui para a parte de fora do navio à noite, então, não tinha me dado conta do que eu tinha perdido. A imensidão escura e estrelada com apenas a lua iluminando o céu e as águas era algo digno de ser fotografado.

— É lindo!

Olhei para o lado e ele também tinha os lábios abertos, a máscara tornando seu rosto misterioso e sedutor. Fiquei afetada pelo cenário, pela paisagem e pelo homem ao meu lado, perdida por essa magia que o navio proporcionava e o modo quase romântico como nós dois estávamos.

— É a primeira vez que vejo isso — disse ele, finalmente voltando seus olhos para mim. — Gostou?

— Você disse que queria me mostrar uma coisa pela primeira vez, como se soubesse que eu também não tinha visto algo assim. Como soube? — Senti a brisa noturna aquecer a minha pele quase nua.

— Foi um palpite de sorte — ele contou, sorrindo. — Decidi arriscar, já que parece que tomei um chá de trevos de quatro folhas essa manhã.

Rimos e caminhamos pela proa, indo em direção ao grande corrimão que envolvia todo o navio. A área estava vazia, ainda que várias atividades fossem realizadas de dia.

— Você precisa me fazer um chá desses — pedi, inclinando-me um pouco sobre o corrimão, sentindo sob os meus pés a movimentação do navio.

— Farei — ele respondeu e pareceu ponderar por um momento o que ia dizer. Vi seus olhos reluzirem na escuridão e pareciam tão negros como a noite, graças às pupilas dilatadas. — Você gosta de ficar no mistério sobre quem eu sou? Não quer ver meu rosto? Saber meu nome?

A verdade é que vê-lo sem máscara tornaria tudo aquilo muito real e eu não estava pronta para sair do conto de fadas. Tive vontade de rir ao lembrar-me da conversa com a Lua a respeito de encontrar um príncipe nesse navio. Ela faria questão de me ver queimando a língua, com um balde de pipoca nas mãos. Se bem que, como havia dito, não tinha como saber quem ele era. Poderia machucar meu coração durante esses dias, poderia estar comigo só por uma noite. Eu não tinha ideia de como lidar com algo tão atípico.

Então, que mantivéssemos as máscaras.

— Se eu souber quem você é por trás dessa máscara, vai acabar a magia.

— Esse baile é duplo, pelo que soube. Duas noites de festa — Zorro anunciou, apoiando os cotovelos enquanto olhávamos o infinito. — Quero propor algo a você.

— O que você quer propor a uma donzela indefesa, Zorro?

Ele abriu aquele mesmo sorriso que me deixava fraca e com o coração acelerado. Perguntei-me mentalmente quando essa sensação ia passar, quando eu finalmente poderia lidar com ele como se fosse adulta e não uma adolescente encantada.

— Adoro isso em você. Seu senso de humor — revelou o homem, fazendo

Aline Sant'Ana

meus pulmões prenderem o oxigênio por algum tempo. — Nós podemos nos encontrar amanhã na mesma festa com máscaras e, no final, nós as tiramos. O que acha?

— No final da noite de amanhã?

— Sim, afinal, não vamos usar máscaras durante todo o cruzeiro. Isso é só o começo, Fada.

A promessa implícita de que continuaríamos com isso fez meu estômago gelar. Borboletas saracotearam por toda a minha barriga e eu já era madura o suficiente para saber que aquilo não era um bom sinal.

— Eu...

— Amanhã, Fada — prometeu com as palavras lentas e delicadas, não querendo me afugentar. — Hoje nós vamos apenas relaxar.

Fechei os olhos por um momento, tentando imaginar o rosto de Zorro. Todos os rostos que vinham à minha mente me assustavam porque todas as hipóteses eram lindas e surpreendentes para o meu pobre coração aguentar. Tinha total consciência de que esse era o tipo de homem que entra na sua vida por um instante e faz uma bagunça irreparável.

Mesmo assim, eu não queria me afastar.

Não ainda.

— Tudo bem. — Me ouvi dizer, morrendo de medo que a minha relutância sumisse, incapaz de resistir a algo tão forte quanto o que esse cara produzia no meu coração.

Carter

Os cabelos eram de um castanho bem escuro à noite, por mais que fosse ruiva, e eu queria tocá-los. Queria sentir seu rosto na palma da mão e beijá-la a ponto de vê-la derreter em meus braços. Queria sentir a maciez dos lábios e a sua língua contra a minha. Eu estava tão enlouquecido por ela que não seria capaz de me segurar, e eu podia ver que a Fada também não era capaz de resistir.

Coloquei a mão em sua cintura e apoiei-me entre a amurada e o seu corpo, observando sua reação àquilo. A Fada soltou o ar dos pulmões primeiro e ficou perigosamente perto de mim quando aceitou aquela aproximação. Em seguida, suas mãos foram parar no meu peito, e eu sabia que ela podia sentir como o meu coração estava acelerado. Também sabia que podia parcialmente experimentar a ereção em desenvolvimento que tocava a sua barriga, inábil em se manter discreta em uma calça social.

Não tive vergonha nem pudor, pois ela precisava ver todas as reações físicas e emocionais que causava em mim.

Nossos olhos duelaram e eu coloquei uma mão na lateral do seu rosto, tomando cuidado com a delicada máscara branca que a envolvia. Os olhos negros de desejo caíram para a minha boca e sussurrei seu apelido suavemente em forma de um sopro contra seus lábios, quase um pedido silencioso e implorado de que precisava senti-la.

— Fada...

Ela fechou as pálpebras com força e umedeceu os lábios com a ponta da língua, fazendo todo o meu autocontrole ir embora. Deixei meu rosto cair mais um pouco e nossos narizes se encontrarem. Com os olhos semicerrados e o prazer queimando a pele, toquei minha boca na sua.

Pensei ter ouvido uma explosão, mas talvez fosse somente meu corpo entrando em uma ordem insana. Minha virilha apertava e aquecia em total fervor enquanto minha boca estava tão calma como o mundo lá fora. Deixei seus lábios entre os meus e segurei o gemido que se formou na garganta quando capturei o sabor daquela mulher com a ponta da língua. A Fada tinha gosto de pêssego e vinho, de doce em forma humana, e sua língua entrou tão quente e calma na minha boca, que enviou diretamente ao meu sexo uma pontada aguda de prazer. Deixei que uma mão continuasse segurando seu rosto, mas desci a outra para sua pequena cintura, apenas curtindo o modo perfeito como seu corpo se encaixava no meu.

Ela sussurrou o meu apelido, que foi absorvido pelos lábios, e angulou seu rosto para me ter ainda mais profundamente. Fiquei louco pelas reações que ela me causava, imaginando como seria entrar vagarosamente nela, observando os lábios inchados e os cabelos vermelhos abertos como um leque na minha cama. Mordi seu lábio inferior e depois o superior, adentrando a língua mais uma vez para envolvê-la em um círculo infinito e só nosso.

Foi aí que a Fada espalmou as mãos no meu peito, deu um passo para trás e se afastou.

Aline Sant'Ana

Pensei que tivesse sido ousado demais, que ela tivesse se assustado com a abordagem das minhas mãos e dos meus beijos, mas isso passou pela minha cabeça como um relâmpago, pois a garota estava ofegante e com as bochechas coradas, tremendo da cabeça aos pés, enquanto se afastava mais e mais.

Talvez ela tenha gostado muito e estava com medo do quão forte era isso entre nós dois.

— Fada — murmurei tão baixo que o vento quente levou depressa a minha voz. — Não vá embora. Vamos conversar.

— Eu... Estou... Eu... Não posso.

Vi que suas palavras saíram trôpegas e seu pequeno queixo tremeu.

— Linda, está tudo bem. Eu não vou beijar você de novo. Foi uma atitude impensada e impulsiva.

— Não! Eu quis. Oh, Deus, como eu quis...

— Então o que aconteceu?

— Você aconteceu.

Como se de um sonho tudo isso tivesse se transformado, de repente, em um pesadelo, vi a garota que havia virado a porra da minha vida de cabeça para baixo se afastar depressa e começar a correr. Não a segui porque sabia que não adiantaria forçar nada naquele instante.

Assim que a grande porta se fechou em suas costas, cogitei se isso seria o começo de uma jornada incrível ou o trágico fim de algo que tinha tudo para marcar nossas vidas.

Erin

Lua tem o costume de dizer que, se você passa o primeiro dia do ano chorando, é porque passará o resto dele sofrendo. Será que isso se aplica aos homens? Se você o conhece em um dia e chora por ele nesse mesmo instante é atestado de problema e burrice para o resto do relacionamento ou da vida amorosa?

Eu não compreendi a desordem emocional que o Zorro me causou. Mas sabia bem que tipo de pessoa era capaz de criar uma conexão tão forte em tão pouco tempo: eu. Tinha sido fácil quando amei pela primeira vez, também foi algo arrebatador e sofrido como agora. Como também foi fácil eu ter um elo com a minha melhor amiga. No instante em que coloquei meus olhos nela, soube que seria especial.

Mas nada justifica o alerta gigante que gritava em minha cabeça, dizendo tão claramente que aquilo era um problema. Isso me fez acreditar em sexto sentido feminino. Talvez essa coisa fosse tão real quanto dizem e talvez eu devesse escutar.

Porém, eu não queria.

Tinha vontade de voltar para aquela proa e me jogar em seus braços, sentir seus beijos mais uma vez e suas mãos no meu corpo. Queria que sua pele quente me aquecesse e que o Zorro me fizesse perder os sentidos.

Então, me lembrava que aquilo não podia ser real. Seu nome era Zorro para mim e isso era tudo o que ele era: uma fantasia. Como também todas as coisas maravilhosas desse navio que até agora não tinham me permitido encontrar nada no âmbito sexual, mas sim no romântico.

Propaganda enganosa.

Os homens daqui queriam te conquistar com jogos de sorte e moedas caindo abundantemente, corpos arrebatadores e vozes grossas e sedutoras, além das incontáveis e improváveis tatuagens. Eles te tocavam como se nada mais importasse e vai saber com quantas mulheres o Zorro já não fez isso? Aquele rapaz que havia tão gentilmente pagado a minha bebida e rido das minhas gracinhas era experiente com o sexo oposto. Então, não devia ser a sua primeira vez à bordo do *Heart On Fire*.

Ilusão de ótica, veneno para uma mulher como eu que se apaixona tão facilmente. Problema para o meu frágil coração, que só havia prometido amar uma única vez, pois sofreu com isso.

— Você não aprende, Erin? — briguei comigo mesma. — Reclamou com a sua melhor amiga sobre as emoções que seus atuais namorados não te causavam. Agora que você teve tudo o que há anos não sentia, quer voltar atrás. Por quê? Porque sabe que é furada!

Voltei a agarrar o travesseiro da minha suíte, pensando que seria melhor se esse navio sumisse no oceano para eu não ter que enfrentar essa guerra entre a razão e o coração. Deixei mais lágrimas saírem, tão afetada por aquele homem.

Aline Sant'Ana

60

Uma verdadeira contradição de hormônios femininos atrapalhados.

— Ridícula. Patética. Se faz de forte e é uma fraca — resmunguei, jogando a máscara longe, tirando a lingerie e ficando completamente nua.

Precisava de um banho.

O perfume dele estava em mim, fixado na minha pele como um cheiro ruim, só que oposto a isso: maravilhoso. Eu tinha que esquecer a maneira como os lábios fortes dele pressionaram os meus e o poder que ele tinha de, somente com um beijo, estragar a minha calcinha.

Estúpido!

Sedutor idiota!

Entrei tão depressa no chuveiro que não me importei de a água estar gelada. A temperatura na minha pele era como a lava pura de um vulcão e eu sabia bem quem era a chama por trás disso.

Aquele corpo forte, a tatuagem com alguns dizeres em francês, os lábios cheios e macios com gosto de uísque e mar. A mão forte segurando a minha cintura e a outra delicadamente no meu rosto, fazendo carícias na bochecha enquanto sua língua girava contra e a favor da minha.

Lavei os cabelos com pressa e o corpo com cuidado redobrado, atenta a todo e qualquer lugar que ele havia tocado. O problema é que, junto com o vapor da água, agora aquecida, subia o perfume amadeirado e característico daquele homem mascarado e isso estava me enlouquecendo. Antes que pudesse entrar em uma crise de choro, envolvi-me com uma das toalhas macias da suíte e fui em direção à cama, pensando que já era tarde e tudo o que eu queria depois de um dia tão exaustivo era dormir.

— Por que você não está na cama de um cara muito gostoso como aquele mascarado?

Lua estava de braços cruzados no meio do quarto, me olhando de modo acusador. Primeiro, levei um susto por sua aparição repentina e, logo depois, soltei um suspiro derrotado. Podia imaginar todas as coisas que ela me diria, mas Lua nunca compreenderia. Apesar de ser a única pessoa em quem eu confiava cegamente na vida, minha melhor amiga não sabia do meu coração partido no passado, e eu havia prometido a mim mesma que não contaria a ninguém isso.

7 dias com você

— Eu fugi como a covarde que sou e entrei nesse quarto para chorar, sendo que não tenho o hábito de ser emotiva. Não sei o que aconteceu comigo, Lua. Foi muita coisa boa em um espaço de poucas horas e eu fiquei com medo — despejei tudo, esperando que ela compreendesse ao menos essa parte. — Eu não quero me machucar. Não vim aqui para isso.

Vi seus olhos castanho-esverdeados semicerrarem, e Lua soltou um suspiro, aproximando-se de mim e sentado na cama ao meu lado. Notei que sua lingerie estava torta e os cabelos loiros, uma verdadeira bagunça. Não precisava ser um gênio para somar dois mais dois. Pelo menos ela teve uma noite interessante.

— Você chora até em filmes natalinos, Erin. Então, não me venha com essa agora.

Eu sorri fracamente, lembrando-me das maratonas de filmes que nós assistíamos nessa época. Lua gostava de usar gorros quentinhos e fazer chocolate quente. Eu preferia acender a lareira na casa de campo dos seus pais e assar marshmallows.

— É. Acho que sou um pouco assim — concordei.

— Amiga, eu não te trouxe aqui para ficar triste. Pensei que você ia encontrar um cara legal pra se divertir. Ele te assustou pedindo-a em casamento ou algo assim?

Tive que rir, pois minha amiga sempre pensava na situação mais trágica.

— Ele era intenso demais, Lua. Beijos incríveis, conversa envolvente e um mistério que eu quis desvendar. O Zorro elogiou o meu senso de humor, acredita nisso? Gostei da maneira que me senti ao seu lado e talvez isso foi o que mais me amedrontou. Eu quis mais dele, Lua. Mais do que uma noite de sexo e sabia que esse lugar não era para isso. Tive que me afastar.

A filha do prefeito de Miami me lançou um olhar preocupado enquanto encarava as unhas compridas. Esperei que ela fosse dizer que eu tinha razão em me manter afastada, mas Lua me deu um sorriso torto e segurou as minhas mãos, demonstrando em seus olhos que a intenção era diferente.

— São poucas as pessoas em nossa vida que causam reações tão importantes, amor — garantiu ela. — Eu acho que você deveria dar mais uma chance. Pelo que percebi, você o chama de Zorro e não sabe o nome dele. Me conta absolutamente tudo o que vocês fizeram que eu vou encontrar uma

Aline Sant'Ana

saída. Confia em mim.

Deixei a minha história com o homem mascarado sair. Vi que não tinha muita coisa para dizer, exceto os poucos momentos que tivemos e as coisas que se passaram na minha cabeça, inclusive as reações do meu corpo. Lua escutou tudo com muita atenção e seus lábios abriram um sorriso caloroso quando cheguei ao fim.

— Ele disse que vai esperar por você na segunda festa? — Lua parecia animada.

— Vai. Ele disse que vamos tirar as máscaras lá. Mas, como eu te falei, Lua, não quero me envolver em algo assim. Vou acabar me machucando.

— Você nunca teve seu coração partido, Erin. Uma hora vai ter que acontecer, não acha? E eu duvido que ele vá ferir seus sentimentos. Você deve estar confusa com as reações físicas que ele te causou e por isso parece tão assustada.

— E se eu me apaixonar?

Lua entrelaçou seus dedos nos meus e fixou os olhos em mim com todo o carinho que poderia demonstrar.

— Não tem como se apaixonar por alguém tão depressa. Você não conhece as manias dele, as comidas que gosta, o tipo de música que curte ou sua profissão. Tem muitas lacunas para preencher, querida. Você consegue listar dez defeitos e dez qualidades verdadeiras do Zorro?

— Não.

— Quando você puder e souber que é verdadeiro, do fundo do seu coração, então, pode dizer em alto e bom som que está apaixonada. Até lá, não passa de atração à primeira vista. Tudo bem?

Lua não sabia que eu já tive meus sentimentos jogados na lama e também não sabia que eu era capaz de me apaixonar sem precisar de uma lista de defeitos e qualidades para ter certeza.

De qualquer forma, para agradá-la, eu assenti e beijei sua bochecha em agradecimento. Embora meu coração estivesse gritando para eu não dar um passo à frente, pois, diferente de hoje, não sabia se amanhã seria capaz de controlar os impulsos.

7 dias com você

CARTER

— Uma grande merda isso que aconteceu com você, McDevitt.

Olhei para Zane, concordando com a cabeça. Havia interrompido os beijos que ele estava dando numa garota para conversamos, porque o guitarrista tinha o lema de "amigos antes de mulheres". Enquanto isso, Yan estava ocupado demais sabe-se Deus onde.

— Acho que ela não vai aparecer na segunda festa. A Fada não quer me ver nem pintado de ouro, porra.

— Garotas ficam com medo quando você avança demais — disse Zane. — E se ela for virgem?

Neguei, encarando a garrafa d'água intocada por mim sobre a mesa do quarto. Achava um exagero ter sala de filmes e sala de estar em uma suíte apenas para mim dentro do navio, mas, se Zane planejou um quarto desse tipo para cada um, estava confiante de que todos nós estaríamos muito bem acompanhados.

Não eu.

A Fada havia arrancado a magia de todas as outras mulheres desse cruzeiro. Passei por elas a caminho do meu deque e escutei todos os tipos de cantadas vindas de bocas femininas, mas simplesmente não consegui raciocinar sobre aquilo. Minha cabeça queria a Fada dos olhos azuis, meu coração queria aqueles cabelos cor de fogo entre os dedos e a razão queria afundar lentamente em seu corpo até ter a sensação de completá-la comigo.

Geralmente, eu não era tão sexual com as mulheres e também estava tentando não pensar em como essa situação com a Fada poderia ter um quê a mais por trás do desejo. Já era difícil demais lidar com essa estranha obsessão, ainda mais sabendo agora os sabores que sua boca e sua pele tinham. Se tivesse sentimento no meio disso tudo, eu seria um caso perdido.

— Não estaria em um cruzeiro erótico se fosse virgem, é verdade — concordou Zane, buscando uma solução. Seus cabelos compridos estavam amarrados em um rabo de cavalo curto e ele mascava um pedaço de canudo na boca, com as peças do seu terno tão fodidas quanto as minhas. — Quanto você a quer, Carter? Em uma escala de um a cem?

— Ela me causou uma ereção só de morder meu lábio inferior. Então, cem.

Aline Sant'Ana

— Uau! — Zane abriu os olhos em choque. — Então, quer dizer que a garota mexeu com seus neurônios? Essa é das melhores, mas toma cuidado, McDevitt. Da última vez que você se apaixonou, acabou se divorciando.

— Não vai ser nada assim e com ela não é assim. Eu só me arrependo agora de não ter pedido seu nome. Se ela não aparecer na maldita festa, como vou encontrá-la? Tem muita gente nesse cruzeiro, Zane.

Meu amigo tirou o canudo preto da boca e jogou-o no lixo mais próximo. Com um sorriso zombeteiro e experiente, Zane bateu em meu ombro esquerdo.

— Ela vai voltar porque está curiosa a respeito de quem você é. A Fada está assustada, mas isso só se deve ao fato de que foi bom demais, Carter. Você é meu discípulo, então, escreve o que eu digo: ela vai voltar.

Eu ri alto e joguei a garrafa nele. Zane se esquivou e o objeto só rolou pelo chão, sem destino.

— Brincadeiras à parte, Carter, você sabe que eu te amo, seu merda. Está mais tranquilo?

Assim que a Fada me deixou, fui até o meu corredor e bati fortemente na porta do Zane e depois na do Yan. Precisava conversar com alguém ou iria enlouquecer. Estava a ponto de entrar em parafuso e sabia que, se soltasse tudo no colo de um dos dois, eles me acalmariam. Zane tinha a convicção de que ela ia à festa e, embora eu duvidasse, queria agarrar com fé as suas palavras.

Afinal, isso era tudo o que eu tinha.

— Estou. Pode ir fazer suas coisas.

— Valeu — agradeceu Zane, lançando-me um olhar antes de fechar a porta. — Agora, descansa que amanhã será um longo dia.

7 dias com você

CAPÍTULO 4

Could it be a deep fantasy?
Could it be a secret to keep?
Are you waiting for something? (Imagine it was us)
Tell me, would you wait all night?
Are you thinking about it like I do, I do?
I would wait all night

— Jessie Ware, "Imagine It Was Us".

Erin

Acordei com a sensação de não saber onde estava, até me dar conta de que era o quarto do *Heart On Fire*. Como tinha o hábito de viajar muito, por causa da minha carreira de modelo, sempre tinha a sensação de não pertencer a lugar algum. Eu já devia ter me acostumado.

Para completar a manhã nada agradável, minha agente me mandou uma mensagem por *WhatsApp* surtando sobre o fato de eu ter saído de férias sem que ela soubesse. Eu havia deixado uma mensagem no Facebook, mas ela estava *off-line*; não era minha culpa. E outra, eu conhecia a minha agenda de cor, sabia que não tinha nenhum evento marcado para esse período, a não ser o desfile no Japão, que era só daqui a um mês e meio.

Olhei para o lado e vi Lua dormindo de bruços, ressonando na cama do meu quarto. Eu a havia alugado a noite toda, reclamando e filosofando sobre os homens e os problemas que nós arrumamos ao nos apaixonarmos. Agora, em plena luz do dia, parecia que tudo tinha sido um sonho, um pesadelo entre o prazer de me interessar por alguém e a angústia de precisar fugir. No entanto, por algum motivo, eu ainda conseguia sentir os lábios dele sobre os meus.

— Lua? — chamei-a cautelosamente. Sabia que ela não era uma pessoa matinal. — Já amanheceu e eu quero comer alguma coisa e talvez curtir a piscina. Só vamos chegar ao Caribe amanhã.

Eu estava um pouco ansiosa para ver as praias incríveis que minha amiga me garantiu que existiam. Segundo ela, o cruzeiro *Heart On Fire* fazia questão de atracar o navio somente após a hora do almoço nos portos, pois sabia que

Aline Sant'Ana

a diversão ia até tarde da noite, diferente dos outros cruzeiros, que paravam de manhã cedo e partiam às seis da tarde.

Havia muita aventura pela frente.

— Vamos, Lua. Eu quero pegar uma cor.

— Me deixa dormir — ela pediu, choramingando. — Vai você curtir a piscina. Eu só quero a cama.

— É, né? O cara que você saiu ontem tirou toda a sua energia.

Lua tinha me contado sobre a experiência sobrenatural que tivera com um homem. Segundo ela, não estava apaixonada e nem perto disso, mas tinha sido uma noite inesquecível. Pelo que entendi, ele era holandês. De acordo com a minha melhor amiga, vinha gente dos quatro cantos do mundo para esse cruzeiro.

— Sim. E depois você me sugou por horas para reclamar do Trevo de Quatro Folhas que o destino jogou no seu colo.

Para mim, ele era o Zorro. Mas minha melhor amiga, que havia acreditado que o homem mascarado era um achado na humanidade, o apelidou de Trevo de Quatro Folhas.

— Esse apelido não faz sentido e eu não quero falar do Zorro.

— Você vai ter que decidir se vai na festa das máscaras essa noite, Erin. Precisamos comprar uma lingerie na hora de voltarmos — desabafou Lua, suspirando com a voz sonolenta.

— Eu não vou — disse com a voz tremida, quase confessando em voz alta quão incerta estava sobre a minha decisão.

— Torre seus neurônios no sol e me deixe dormir por mais cinco vidas.

— Tudo bem, Lua — disse sorrindo. — Eu vou te deixar com os travesseiros.

Plantei um beijo em sua testa e a ouvi resmungar mais alguma coisa antes de pegar no sono novamente. Meu estômago protestou de fome e eu decidi pedir ao serviço do navio o café da manhã no quarto antes de sair. Minha alimentação foi uma simples salada de frutas ao molho de laranja e leite. No final, troquei meu pijama por um biquíni azul-marinho com detalhes em dourado e coloquei óculos escuros, parecendo mais hostil que a Cruela Devil.

7 dias com você

Sem as festas acontecendo e a iluminação baixa nos deques, o *Heart On Fire* parecia como qualquer outro cruzeiro. As paredes não eram tão intimidantes e sensuais, adornadas com luzes douradas e vermelhas, e os carpetes não pareciam puro veludo, enquanto eu caminhava por eles em meus simples chinelos. Era como se o navio perdesse o encanto poético e passasse a ser apenas mais um cruzeiro comum. As garotas circulavam em seus biquínis e vestidos em direção à parte externa e alguns homens — que se assemelhavam a criminosos na noite passada — estavam como meros turistas, trajando bermudas e sungas. Claro que as máscaras me impediram de guardar fisionomias e, como ontem foi apenas o primeiro dia, não havia reparado nos rostos dos passageiros. Era como se todos fossem estranhos e nunca tivessem se conhecido. Isso me fez questionar: as pessoas que se beijaram ontem se reconheceram hoje? Eu seria capaz de identificar os cabelos cor de areia molhada e os lábios cheios do meu Zorro?

Foi inevitável sentir o coração acelerar na expectativa e ansiedade de vê-lo por ali. Também a sensação genuína de pavor se acabasse reconhecendo-o pelos poucos traços que a escassa iluminação da noite anterior me permitira ver. Na luz do dia, as coisas são completamente diferentes e também me dei conta de que, assim como eu, havia pelo menos seis garotas com os cabelos cor de cobre. Talvez nem todas fossem naturais, mas conseguiram atingir a coloração perfeita do ruivo original. Se o Zorro estivesse me procurando, seria incapaz de achar, e eu carregava essa certeza da mesma maneira que sabia que ele não cruzaria essa linha e não teria coragem suficiente para perguntar uma a uma quem era sua misteriosa Fada.

O sol bateu em minhas bochechas e acabei aceitando que uma das funcionárias do navio esguichasse no meu corpo o protetor solar em spray. A garota estava ali como uma estátua, carregando aquele produto com as duas mãos e um sorriso no rosto. Assim que passava um convidado, perguntava de modo delicado se queria se proteger dos raios UV.

Eu poderia reclamar o quanto quisesse, mas nenhum cruzeiro tinha o serviço que esse oferecia. Os funcionários eram extremamente discretos e serenos e as instalações, puro luxo. A área de uma das piscinas, a que eu estava, possuía inúmeras cadeiras para relaxamento e massagem ao ar livre. Existiam dois rapazes fazendo coquetéis e um grupo ao vivo tocava um reggae suave. As pessoas estavam cantando e mergulhando, descendo pelo tobogã transparente com altura razoável.

Eu sorri quando me inclinei em uma das cadeiras.

Aline Sant'Ana

Estar em alto-mar era uma das sensações mais prazerosas e únicas. Eu podia ver algumas gaivotas sobrevoando o céu límpido, a bola de fogo redonda e bem alta nos aquecendo e o oceano azul sendo recepcionado por uma imensidão plana. O inquestionável pensamento de que eu era apenas uma gota em um lugar tão lindo quanto o planeta Terra foi inevitável e eu admiti quão pequenos eram os nossos problemas se comparados a todos os outros do universo.

Inspirei a brisa e deixei a sensação me envolver, o sol dourando a minha pele pálida e o tempo curando vagarosamente as dúvidas que essas últimas vinte e quatro horas haviam me trazido.

Carter

— Setenta e oito. Setenta e nove. Oitenta...

Yan estava me ajudando a contar o número de flexões com um braço que eu conseguia fazer. A série de cem consistia em passar o peso do corpo para o punho direito e descê-lo para depois erguê-lo e fazer o mesmo com o esquerdo. A terceira e última vez era com os dois braços até deixar o corpo em uma linha reta ao descer ao chão sem me soltar.

Quase podia beijar o colchonete e estava cansado.

— Não pode dar mole, Carter — exigiu Yan. — Oitenta e três. Você precisa disso. Oitenta e quatro. Precisa que seus braços e pernas sejam seus mecanismos. Oitenta e cinco. Você está indo bem. Depois, vamos fazer abdominais. Oitenta e seis.

Quando cheguei ao cem, rapidamente me virei de costas no chão. Bebi toda a garrafa de água gelada e ofeguei, fechando os olhos. Os exercícios faziam parte da minha rotina e já não eram mais uma questão de estética, mas de estilo de vida. Manter o corpo são deixava a minha alma e a minha mente sãs. Afinal, depois que a Fada me bagunçou, eu precisava de um tempo para me colocar novamente nos trilhos.

— Vamos fazer o abdominal suspenso em barra fixa — ordenou Yan. — Faremos juntos.

Além de organizado e responsável, Yan era completamente regrado com a rotina de exercícios. Seu corpo era o mais forte de todos nós e ele passava cerca de duas horas diárias entre correr e malhar. Era meio louco observar como Yan podia ser tão determinado, mas não deixava de admirá-lo por correr atrás dos seus objetivos.

Levantei-me com o corpo quase detonado, ainda que tivesse energia suficiente para ir adiante se quisesse. A academia do cruzeiro era enorme e, com a exceção de nós dois, havia apenas mais duas garotas praticando aeróbica. Elas não vieram conversar conosco, preocupadas demais em suar na esteira. De qualquer forma, eu não estava a fim de conversar com qualquer pessoa, porque a maldita Fada acabou com o meu bom humor. Ainda que estivesse mais calmo depois de descontar toda a ansiedade nos músculos, sentia a inquietude correr nas veias como uma praga.

Insegurança, algo que nunca tive, agora era uma realidade.

Agarrei as barras de ferro, ficando com o corpo suspenso no ar, e flexionei os joelhos a ponto de sentir queimar a barriga. Yan começou a contagem e nós nos prolongamos em longos e tortuosos cem abdominais. No nonagésimo segundo, Zane apareceu com uma toalha no pescoço e bermuda, sorrindo maliciosamente.

— Vocês estão nisso ainda? — perguntou, erguendo as sobrancelhas em deboche. — Já fui à piscina, escorreguei num tobogã foda e ainda por cima beijei uma garota.

— É, você não dormiu a porra da noite toda e foi malhar às seis da manhã. Pelo menos, a gente vai aguentar ficar acordado para o baile de máscaras — ralhou Yan, descendo das barras e ficando em pé. Fiz o mesmo e, mais uma vez, bebi toda a água disponível.

— Claro que vou, caras. A primeira coisa que farei é dormir e me preparar para a festa.

— A donzela do Carter vai estar lá? — Yan agora já sabia de todo o drama da noite anterior.

— A situação do Carter é pior do que a do príncipe virgem da Cinderela. Se bem que, sei lá, ele pelo menos tinha o sapatinho — provocou Zane, nos fazendo rir, embora eu estivesse realmente preocupado com a pouca informação que tinha sobre a Fada.

— Vai ser difícil achá-la — falei, desanimado, passando a toalha seca pelo suor do rosto, braços e barriga. — Mas não vou desistir. Como vocês disseram, ela deve ir a essa festa e eu vou encontrá-la.

Aline Sant'Ana

— Tem umas dez ruivas na área da piscina — contou Zane e eu prontamente neguei a ideia.

— Não quero descobrir quem é ela à luz do dia. Quero retirar a máscara de maneira especial e em um momento em que ela não possa fugir de mim como o Diabo foge da cruz. Preciso daquela Fada tão mergulhada em mim que não queira mais escapar.

Zane e Yan trocaram olhares preocupados.

— Você está obcecado por ela, cara — alertou Zane. — Toma cuidado, beleza?

Assenti, impossibilitado de responder a verdade. Não havia como tomar cuidado, eu já estava na zona de perigo.

Erin

Fiquei no sol até às quatro da tarde e tive o prazer de almoçar na beira da piscina um prato leve que envolvia carne assada, abacaxi e nozes. Para meu sossego, não tive nenhum sinal da minha melhor amiga, que provavelmente tagarelaria sobre o homem mascarado, tirando toda a minha paz de espírito. Imaginava que ela estaria dormindo até eu ir ao seu encontro, sinal de que a noite com o holandês tinha sido mesmo mágica.

Subi pelo elevador, que foi devagar como o meu coração tranquilo, e cheguei ao deque em que estava hospedada. Assim que abri a porta do meu quarto, tive um deslumbre da Lua envolvida com um conjunto de lingerie dourada e uma máscara gigante e repleta de penas envolvendo seu rosto arredondado e feminino.

— Pensei que estivesse dormindo — disse a ela, franzindo as sobrancelhas. — Posso saber que produção é essa?

— A festa começa às oito, amor. Eu estou apenas testando as possibilidades. E advinha? Como sei que você queria ficar tostada, fiz questão de passear pelas lojas do cruzeiro e comprar várias peças para você escolher. O que acha do amarelo? E do rosa?

Ela falou tão rápido que não tive tempo nem de piscar, puxando uma série de corpetes e calcinhas da cama.

— Eu não estou tostada.

7 dias com você

— É, realmente — concordou Lua. — Mas se queimou um pouquinho, pelo menos. Conseguiu uma marca?

Puxei a alça do biquíni para o lado, mostrando a ela o feito que raramente uma pessoa ruiva conseguia conquistar. Eu tinha no corpo uma saia e nada mais além do biquíni, até porque todo mundo que saía da área externa sequer se preocupava em se cobrir.

— Bom, então acho que vai ficar bem com o conjunto preto. Bem *femme fatale* — Lua disse, olhando-me de cima abaixo. — Eu comprei um especial, Erin. Vou te mostrar.

No meio da bagunça, surgiu um sutiã liso drapeado com vários brilhos do tamanho de pequenas gotas d'água. Além disso, havia um laço pequeno, preto e brilhante no peito, que ressaltava o decote e dava à peça certa meiguice ousada. Acompanhando o sutiã, um tecido transparente descia, formando um corpete sensual que, pela nudez, deixava pouco para a imaginação. Para completar, tinha uma cinta-liga e uma calcinha rendada capaz de deixar qualquer corpo um espetáculo.

— Eu não vou usar isso — disse à Lua. — É ousado demais.

— Erin, querida, você andou com um conjunto branco ontem que era quase totalmente transparente. Isso aqui é uma burca, se formos comparar.

— Eu não sei... Não sei se quero impressionar alguém.

— Você quer, Erin. Acredite, eu te conheço tempo suficiente para saber que sua indecisão é apenas medo, e não falta de vontade. Como eu te disse ontem, você não vai se apaixonar e tenho certeza absoluta de que vai ter o melhor sexo da sua vida com esse cara. Então, não me julgue se só estou tentando te dar um bom momento.

— Eu sei, eu compreendo seu ponto de vista.

Lua suspirou e me trouxe uma máscara que tinha pontos brilhantes como a lingerie. Era preta e pomposa como a sua, trazendo no corte olhos de gato que cobriam boa parte do meu rosto.

— Você quer há tempos que alguém a abale e você finalmente encontrou essa pessoa. Agora, não fuja. Compreendido?

Encarei os olhos acastanhados da minha amiga e assenti, ouvindo meu coração ressoar nos tímpanos.

Aline Sant'Ana

— Isso — elogiou. — Agora, vamos nos aprontar, pois temos apenas duas horas para o show e eu quero te deixar irresistível.

Carter

Segundo as regras do segundo baile de máscaras, ainda era pré-requisito os homens usarem smoking. Yan fez questão de comprar um conjunto novo para nós três, embora eu não visse problema em repetir a mesma porcaria de roupa.

O azul-marinho aveludado da peça me fez rolar os olhos. Zane estava rindo da minha reação e Yan parecia implacável, arrumando a gravata vermelha no pescoço, obcecado com a própria aparência.

— Vamos logo — resmunguei. — Eu já esperei demais por essa noite.

Zane e Yan caminharam na frente, zanzando pelo deque em busca do local novo em que aconteceria a festa. Eu estava tão determinado que meus passos transmitiam segurança e a respiração tranquila e suave de um atirador de elite.

A máscara do Zorro envolvendo o rosto era apenas o lembrete constante de que, sem falta, essa noite eu revelaria quem eu era para a minha Fada. Não me sentia ansioso, mas envolvido por uma situação da qual eu não tinha saída. Queria vê-la, precisava tê-la, queria que soubesse quem eu era antes de decidir fugir. Evidente que eu não prometia nada para ela e nem para mim mesmo, pois não queria pensar sobre o que esse estranho desejo significava, mas uma noite... Só uma noite e nada mais. Isso eu podia prometer.

No instante em que Zane e Yan abriram as portas, fechei os olhos e inspirei fundo.

— Está preparado, cara? — Yan ofereceu seu apoio com a mão no meu ombro.

Abri um sorriso para ele, assistindo as luzes multicoloridas da pista pintarem o rosto do baterista da The M's.

— Como nunca estive antes.

CAPÍTULO 5

Eu só quero saber
Em qual rua a minha vida
Vai encostar na tua

— Ana Carolina, "Encostar Na Tua".

Sete anos atrás

CARTER

Nos fones em meus ouvidos, a música que tocava era um rock pesado demais, ao qual eu estava desacostumado, porém, havia prometido para o idiota do Zane que escutaria aquela merda. Ele disse que a batida do refrão era boa e queria usar de referência para uma música nova que estávamos criando. Geralmente, eu era um cara que cumpria as coisas que prometia. Se eu disse ao britânico que a escutaria, faria isso.

As principais ruas de Miami estavam cheias, o que não era novidade alguma. Tinha música tocando ao vivo, pessoas gritando para vender itens em bancas, garotas de biquíni, carros potentes e exagerados. Nada que eu não estivesse acostumado. Porém, hoje, a música em meus ouvidos criava uma trilha sonora diferente do que eu via. Geralmente, eu não ficava desatento, mas mudava a minha percepção das coisas. Era difícil olhar para cada coisa com os mesmos olhos quando se tinha música nos ouvidos. Essa sensação era encantadora.

Cumprimentei com um aceno o senhor Boaventura. Ele vendia jornais para o meu pai e era um amigo antigo da família. Quer dizer, do que sobrou dela, né? Bom, não importava. De qualquer maneira, eu tinha o meu pai, que lutava todos os dias por nós, e essa era a força que eu precisava, o amor que eu precisava. Não era necessário muito mais do que isso.

A batida começou a se tornar interessante e menos melodramática. Mordi o lábio inferior para segurar a risada. Zane tinha razão, total razão: o refrão poderia servir de exemplo para nós; ao menos, a base do violão com algumas alterações. Estávamos sem criatividade por um tempo e nunca foi crime se inspirar. Nós não éramos muito famosos. Fazíamos com o intuito de ganhar um dinheiro nos barzinhos, eventos de escola e tocávamos nas cidades vizinhas. Em

Aline Sant'Ana

74

Tampa, tocamos por três meses seguidos, e o que ganhamos foi o suficiente para pagar algumas contas que tínhamos acumuladas. Em compensação, nesse mês, estávamos quebrados.

Meu pai sempre ajudava quando podia, e eu odiava quando ele fornecia esse apoio financeiro. Queria ter meu próprio dinheiro, fazer a minha vida e ser independente. Faço vinte anos hoje e eu era o quê? Um aspirante a vocalista falido? É difícil pensar positivamente quando a vida mostra que não há razão para você continuar acreditando.

Quando fui atravessar a rua para entrar na confeitaria, perdido em meus próprios pensamentos, observei, com o canto do olho, uma garota ao longe. Ela era mais nova do que eu, com certeza. Era alta, caminhava de maneira diferente, e tinha os cabelos com luzes de um modo que não parecia certo... Loiros, ou quase isso. Cor de mel, acredito. Franzi o cenho ao ver que ela estava desatenta a mim, preocupada demais com alguma coisa em suas mãos. Continuei olhando para ela, tentando imaginar se me era familiar.

Lábios cheios, olhos levemente puxados e claros, pele parcialmente rosada de sol... Não, eu não a conhecia, mas poderia me aproximar e perguntar seu nome. Pensei por mais um momento e desisti. Eu não estava desesperado a ponto de dizer oi para uma menina no meio da rua. Porra, eu já tinha vinte anos e, às vezes, agia como um adolescente.

Entrei na confeitaria e comprei algumas coisas que meu pai pediu. A música do Zane já havia acabado há um tempo, e agora apenas uma balada dos anos oitenta tocava. Minha playlist era grande e eu adorava caminhar enquanto ouvia música. Cara, era a perfeita distração.

Meu celular tocou enquanto eu estava saindo da confeitaria e a garota que vi na rua estava também no celular, rindo de alguma coisa. Achei estranha a maneira como ela ria, mas era engraçada. De algum modo, me fez ter vontade de rir também.

— Oi — atendi.

— Carter, escutou a música?

Era Zane.

— Já, cara. — Suspirei. — Você tem razão.

Sua risada foi tudo o que eu ouvi.

7 dias com você

— Viu? Eu sempre tenho razão. E então, quando vamos ensaiar? Temos que apresentar o material para aquela agência.

Recentemente, tínhamos recebido uma proposta. Nós não conhecíamos o estúdio, mas eles tinham diversas bandas novas que estavam ingressando. Segundo Yan, o baterista da banda, o dono conhecia o Justin Timberlake. Bom, essa não é exatamente a coisa mais surpreendente do mundo porque vários fãs conhecem o cara, mas, se ele se interessou por nós, era um grande passo, certo?

— Vamos ensaiar sim. Do que você precisa?

— Se encontra comigo o mais perto do shopping que você conseguir. Podemos ir à minha casa. Depois de ensaiarmos, faremos uma maratona de Play 3. O que acha?

— Certo. Vejo vocês em uma hora. Preciso passar em casa, deixar umas sacolas com o meu pai e depois tomar banho. A cidade está um inferno de quente.

— Diga algo que não sei — respondeu ele, resmungando, evidenciando seu sotaque. — Te vejo em breve para curtirmos teu aniversário.

— Até, cara. Obrigado.

Desliguei o celular e voltei a escutar música, sentindo que alguém estava olhando para mim. Franzi o cenho e continuei com aquela sensação até decidir olhar para trás.

A única coisa que vi foi a garota de cabelos tingidos de cor de mel virando a esquina. Ela estava de costas e não tinha me visto. Tinha certeza. Mas, caramba, a sensação de que ela não me era estranha passou pela minha cabeça. Eu já a tinha visto na rua? Já havíamos nos encontrado de alguma forma?

Balancei a cabeça e continuei o meu caminho, tentando me lembrar da fisionomia da garota. Porém, eu não tivera muito tempo para prestar atenção nela, a não ser em seus cabelos pintados de forma esquisita, que pareciam ter quatro cores diferentes. Ela não era bonita, era? Não, ela era muito magra e andava estranho. Sei lá, de qualquer forma, fiquei encucado com isso.

Lancei um último olhar para trás e, claro, ela não estava lá.

Mas que coisa estranha foi essa? Eu devia voltar e ver se a encontrava? Isso era tolice, por que eu havia ficado tão curioso?

Aline Sant'Ana

— Ah, cara. — Suspirou Zane. — Como eu esperei esse jogo.

Estávamos eu, Zane e Yan encarando a tela da televisão, totalmente encantados com o gráfico do novo Grand Theft Auto. O jogo tinha sido lançado no final do mês passado e nós tínhamos economizado uma grana para poder comprá-lo. Acho que não existia alguém mais fã de GTA do que nós três.

O plano era passar a madrugada inteira do meu aniversário de vinte anos na casa do Zane, curtindo o Playstation e comendo bobagens. Isso porque não conseguimos uma agenda de shows para aquele final de semana e eu não estava a fim de fazer nada especial. Meio que a banda The M's estava na lama esse mês, mas pelo menos existia uma motivação nova que nos dava felicidade: videogame.

Éramos novos na área musical. Não tínhamos um agente e muito menos alguém para nos patrocinar. O que podíamos fazer era esperar as casas de shows ligarem para nós, além de oferecermos dias na agenda. Ainda assim, era pouco. Nós queríamos viver disso, ter como base a música para ditar nosso futuro e, por mais que esse sonho parecesse bobo e adolescente, eu confiava no potencial da banda.

— Qual será a história desse GTA? — Yan era o tipo de pessoa que lia o manual das coisas antes de usar, o que era engraçado pra caralho.

— A única coisa que eu quero é pegar as prostitutas do jogo — falou Zane, fazendo todos nós rirmos.

Revezando o controle, deixando cada um fazer uma missão, nós passamos dos trinta por cento do total. Zane parava hora ou outra para fazer um monte de merda e atrapalhar, mas eu e Yan estávamos concentrados. Além de o jogo ser foda e o visual ser incrível, a história prendia pelo enredo.

— Vocês souberam que vai começar um evento aqui em Miami em setembro? — Zane movia rapidamente os analógicos do controle, tentando escapar da perseguição policial que sofria no jogo.

Eu e Yan estávamos deitados na fila de colchões no chão, comendo Cheetos de queijo e bebendo Coca-Cola. A preguiça estava chegando e o fato de já estar amanhecendo era um grande atrativo para fechar os olhos e dormir. Zane, ao contrário de nós, estava completamente ligado, os olhos tão abertos que fiquei pensando se ele poderia sobreviver sem piscar.

— Sério? — inquiriu Yan.

7 dias com você

— Uhum — disse Zane. — E a gente vai em todas, já estou avisando, pois já fiz amizade com o dono do evento. É algo que, eu juro, vocês vão querer presenciar com certeza. Festas de todos os tipos, inclusive dos alunos da Universidade de Miami, além dos melhores DJ's e bandas da região. Posso até conseguir que a gente toque em uma delas.

— E as garotas? — Eu sabia que esse era o ponto ao qual Zane queria chegar. — Você já conhece o tipo?

— Imagine mulheres lindas e de biquíni nas piscinas, meninas de vestidos curtos e coxas bronzeadas de fora. Isso é tudo o que eu posso dizer a vocês. Garanto: essas festas serão inesquecíveis.

Eu não negaria uma festa dessas nem fodendo. Estava há um tempo sem ninguém e queria curtir. As garotas tinham uma queda por caras que possuíam uma banda e, se havia uma coisa que aprendi com Zane em todos esses anos de amizade, foi utilizar esse atributo a nosso favor.

Troquei olhares com Yan, que já tinha um sorriso bobo na cara.

— Em setembro só? — Ele olhava diretamente para Zane em expectativa.

— Só, infelizmente. Vamos ter que aguardar um mês. Mas sabe o que eu acho? Estou com um ótimo pressentimento. Vai acontecer algo incrível nessa festa para todos nós, cara — falou com convicção. — Acho que vamos sair muito bem acompanhados.

Yan se acomodou melhor nos colchões e colocou o braço em torno de Zane.

— Isso significa que você vai sossegar, Zane?

— Sossegar? Você é louco? — E soltou uma risada em seguida. — Eu vou curtir, assim como vocês também vão.

Já conseguia imaginar as festas, as garotas e a música. Se eu pudesse cantar nos lugares, seria ainda melhor, pois juntaria as coisas que mais gosto em um só ambiente. Ah, caramba, eu tinha que confessar: Zane tinha ideias incríveis muitas vezes.

— E esse sorriso, Carter? Já está sonhando alto com seu presente atrasado de aniversário? — provocou Yan.

— É. — Soltei um suspiro. — Que venha setembro para esclarecer o que devemos esperar.

Aline Sant'Ana

— Vai demorar — concordou Zane —, mas tenho certeza de que valerá a pena cada segundo.

— Então me passa o controle enquanto isso, seu porra — exigi do Zane. — Você já ficou muito tempo com ele e, se bem me lembro, hoje é o meu aniversário.

Sem rebater, o guitarrista da The M's me entregou o controle e eu distraidamente comecei a jogar. Pelos sorrisos estampados nos rostos, tinha certeza de que os dois estavam com o mesmo pensamento que girava na minha cabeça: mulheres, bebida, música e sexo.

Um mês nunca foi tão aguardado.

CAPÍTULO 6

Vamos amarnos y bailar hasta quemarnos al sol
Nada va impedir que gane tu amor
Yo voy a desafiarte a que bailes conmigo hoy
No esperes más, no
Quiero estar perdida en tu mirada
Libre entre tus brazos hechizada
Yo voy a desafiarte a que bailes conmigo hoy

— Fifth Harmony, "Que Bailes Conmigo Hoy".

Dias atuais

Erin

As luzes enigmáticas e coloridas pintavam o ambiente escuro e fosco. Elas causavam um efeito bonito nas lingeries e nos smokings dos rapazes, deixando a festa ainda mais empolgante. Notei que havia mais pessoas dessa vez do que no dia anterior, o que me fez sorrir. Quem estava antes se segurando por timidez ou medo, agora não estava mais. Era difícil, afinal, todo mundo estava na mesma situação: hospedados em um cruzeiro erótico.

Ou você aproveitava ou se jogava no mar.

Ri alto, lembrando-me dos conselhos de Lua antes de chegarmos à festa. Ela tinha praticamente exigido que eu curtisse e parasse de ficar paranoica com os sentimentos que surgiram em mim. Nada de chorar, nada de ficar depressiva ou lembrar do passado. Tudo bem, essa última parte eu mesma havia me aconselhado. Por isso, eu vestia um conjunto de renda sexy, uma máscara, os cabelos vermelhos em cachos largos e compridos, além de muita autoconfiança. Com ou sem Zorro, eu aproveitaria isso aqui.

— Erin, você quer que eu fique contigo? — Lua arrumava a máscara amarela em seu lindo rosto de boneca.

— Não, pode ir caçar o dono da sua noite.

Com os olhos castanhos brilhantes, Lua deu um sorriso largo.

— Vamos tomar uma bebida antes — falou. — Depois eu vou atrás do

Aline Sant'Ana

gostoso que vai me tirar do chão.

Lua era assim, não só nesse cruzeiro, como também na vida real. Porém, mesmo que dissesse que preferia curtir os sapos até encontrar o príncipe encantado, conhecia a minha melhor amiga e sabia que possuía um lado romântico que eu particularmente adorava. Ela teve vários namoros ao longo da vida e todos com mais de um ano de duração. Sabia que era só questão de tempo até ela encontrar o cara certo e se aquietar.

— O que você vai querer? — Despreocupadamente, sentei-me na bancada, esticando-me para olhar as opções que estavam em um pequeno e elegante quadro negro, junto às bebidas.

— Blue alguma coisa — sussurrou Lua, não perdendo tempo ao examinar o barman que já sorria para ela.

O local era temático como o primeiro baile de máscaras, porém, diferentemente da outra festa, essa aqui carregava algo mais rústico, com muita madeira, diversos tipos românticos de música e tequila. Percebi que era uma mistura de saloon com um requintado bar e gostei. Havia dardos, e algumas pessoas estavam competindo e rindo, outras, dançando sensualmente na pista de dança e, claro, muita gente se beijando. O clima era sexy, não tinha como não absorver o que era transmitido.

Meus olhos, sem querer, começaram a percorrer o salão em busca daquele Zorro mascarado.

Não sabia se depois do que houve ele ia querer me ver, afinal, eu dei uma de adolescente ao fugir assim que senti seus lábios. Tudo bem, vamos combinar uma coisa, não foi um beijo nada normal, foi o beijo, e aquilo me enlouqueceu. Porém, depois de conversar com Lua, decidi ignorar os avisos da razão e dar importância ao que meu coração queria. Talvez eu pudesse reverter tudo isso, talvez eu pudesse empurrar os alertas para longe e me sentir viva de novo.

Afinal, o toque do Zorro foi como poder respirar pela primeira vez depois de anos embaixo d'água.

— Posso dançar com você, senhorita?

Olhei para trás e a primeira coisa que pensei foi: não é o Zorro. O homem tinha a pele bronzeada, cabelos escuros bagunçados e a máscara branca, que só cobria metade do rosto, lembrando-me de *O Fantasma da Ópera*. Seus olhos eram do negro mais profundo e os lábios finos e convidativos.

Lua me cutucou com o salto.

— Senhorita? — ele tentou novamente.

— Desculpa. Sim, claro. Vamos dançar.

Escutei a risada suave da minha melhor amiga atrás de mim.

— Prometo que sou um bom dançarino — garantiu ele, seus olhos brilhando com malícia, e eu não soube como responder àquilo. — Como posso te chamar?

— Emma — disse o primeiro nome que me veio à cabeça.

— Prince — apresentou-se, dando um leve beijo na minha bochecha. Eu pisquei diversas vezes, pois não pensei que ele fosse fazer aquilo.

Em seguida, Prince me girou pelo salão.

Ele não só era um exímio dançarino como também um nativo da América do Sul. Nascido na Argentina, ele acabou falando um pouco em espanhol comigo, respeitando o limite que eu tinha de vocabulário da sua língua natal e muito surpreso por eu saber algo além do *"Hola, cómo estás?"*. Também sussurrou coisas doces no meu ouvido e foi muito conquistador. No entanto, apesar do esforço genuíno, a única coisa que meu coração fazia era sangrar por ainda não ter visto o rapaz da máscara de Zorro.

Seria difícil nos reconhecermos. Eu estava com uma máscara nova e o oposto da cor da lingerie que usava quando o vi pela primeira vez. Eu me agarrei à esperança de lembrar de alguns traços do seu rosto, mas era muito difícil com toda aquela cobertura sobre suas bochechas, sobrancelhas, nariz e olhos. Lembrava-me da cor das íris e dos cabelos, mas aquilo não era o suficiente para encontrá-lo dentre tantas pessoas.

— Você está gostando do cruzeiro? — Prince tirou-me dos meus pensamentos.

— Sim. É a minha primeira vez e estou surpresa.

Ele sorriu e me trouxe para mais perto.

— Tem tido experiências agradáveis?

— Conheci um rapaz ontem e ele me marcou muito.

Aline Sant'Ana

82

Prince segurou meu queixo e o ergueu até que eu o encarasse.

— O suficiente para não querer mais ninguém a bordo do navio e da sua cama?

— Oh...

— O suficiente para eu pedir que você dê licença — disse uma voz masculina, interrompendo totalmente o que eu ia responder.

Minha visão periférica captou o homem que estava ao meu lado. Não precisei me virar para olhá-lo, pois eu reconheceria seu perfume em qualquer lugar. Uma voz dentro de mim gritou de felicidade enquanto meus olhos se fecharam para apreciar aquele segundo.

Eu não soube o que fazer, mas meu instinto me pediu para que eu virasse para vê-lo, para ter certeza de que era real e não uma peça da minha imaginação fértil.

Com a máscara do Zorro ainda adornando seu rosto e o smoking azul em um tecido que parecia veludo, não precisava de mais nenhuma confirmação para saber que era ele. Meu coração imediatamente acelerou, deixando as batidas mais rápidas do que a música que tocava e a minha respiração vergonhosamente ofegante.

Prince soltou a mão do meu corpo e meus joelhos quase cederam pela reação que o Zorro me causava. O maxilar dele estava tenso e o vi movê-lo para frente e para trás, tamanha sua frustração. Ah, Jesus! Ele era ciumento e territorial. Tinha percebido isso ontem e agora esse traço dele era gritante.

Eu quis sorrir, pois, apesar de ser um defeito, achei fofo.

— Vocês estão juntos? — Prince pareceu ligeiramente confuso.

— Sim. Nós estamos — respondeu Zorro, com a voz rouca e grave. — Você pode nos dar licença?

— É isso que você quer? — Prince ergueu as sobrancelhas e segurou meu cotovelo de maneira delicada. — Ficar com esse cara?

— Hum... Eu e... Ele. Nós temos algumas coisas para resolver — gaguejei. — Foi um prazer dançar com você, Prince. Quem sabe outra hora não nos encontramos?

Zorro soltou um suspiro impaciente e não deixou Prince me dizer

7 dias com você

adeus. Ele segurou a minha cintura com possessividade e me puxou para si, arrastando nós dois pela festa, parando apenas quando chegamos à outra extremidade. Soltei o ar dos pulmões e ofeguei quando Zorro juntou nossos corpos em posição de dança, sua mão esquerda na base das minhas costas e a direita sustentando-nos na altura dos nossos queixos.

— Você poderia ter esperado ele me dizer tchau. Isso não foi educado e eu não gostei da sua atitude possessiva.

— Respeitei sua fuga, Fada — falou, determinado, guiando nossos pés em uma valsa, embora eu sequer estivesse prestando atenção na música que tocava ao fundo. — Deixei que você respirasse e pensasse sobre nós dois por vinte e quatro horas, porque sabia que era o que precisava. Mas essa noite você não vai brincar comigo. Essa noite você decide se me quer ou não.

CARTER

Ela me queria, estava em seus olhos e na maneira que me avaliava. A Fada não precisava dizer nem uma palavra para que eu tivesse certeza e isso acendeu uma expectativa imensurável em mim. Meu peito ficou em chamas e fixei um sorriso idiota no rosto. Era mais forte do que eu essa maré de sentimentos.

Por Deus, eu a queria demais.

Eu não a havia beijado essa noite, não havia sentido o calor da sua pele nem a textura dos seus lábios, como ontem, mas, caramba, a única coisa que eu queria fazer era mergulhar naqueles cabelos cor de fogo e sentir seu gemido baixinho vibrando na minha boca. Se ontem foi apenas uma amostra de como poderia ser entre nós dois, dessa vez eu queria tudo.

Os olhos azuis voltaram para mim e eu soube, pela maneira como ela me media e descia brevemente a avaliação crítica pelo meu corpo, que a Fada não queria demonstrar sua vontade, sua vulnerabilidade por mim. Mas o fazia. Essa mulher me desejava tanto quanto eu a queria e esse fator era suficiente para eu sonhar que essa noite acabaria, finalmente, em uma cama macia e nós enredados nos lençóis.

— Eu não sei como responder a isso — murmurou, encarando meus lábios.

Aline Sant'Ana

Eu provoquei, torcendo o lábio inferior e beliscando-o com os dentes. Os olhos azuis dela brilharam em tentação e eu sorri de lado, percebendo que possuía o efeito que queria sobre ela. Dali era fácil, tendo aquele ponto como partida, eu saberia guiar essa dança.

— Você não precisa — garanti a ela. — Eu já sei a resposta.

A escuridão do ambiente somada às luzes multicoloridas tornavam a situação hipnótica. Eu não conseguia parar de observar o quão linda minha Fada ficava naquela lingerie escura. Os seios apertados e cheios, as pernas envolvendo a meia-calça, uma calcinha de deixar qualquer cara maluco e, porra, que diabos era o maldito corpete? Além disso, tinha a máscara que era inacreditável de tão sexy. As pedras replicavam as cores da festa conforme as luzes estroboscópicas piscavam e a ruiva se tornava mais misteriosa a cada segundo que passava.

É claro que qualquer babaca olharia para ela, pensei, lembrando-me do ocorrido com o cara da máscara cortada. Não conseguia descrever o tamanho da minha raiva ao ver as mãos dele na pequena cintura dela, apertando e se aproveitando de cada passo para sussurrar em seu ouvido delicado. Observei os dois por cerca de quinze minutos antes de dar uma de homem das cavernas e tirá-la de lá.

— É ela? — Zane me perguntou assim que chegamos.

Foi questão de um minuto até encontrá-la. De costas, consegui reconhecer as ondulações do seu cabelo vermelho e o estreito quadril. A luz parecia brilhar somente apontada para o alvo da minha obsessão. Mesmo de preto, aquela mulher foi a única coisa que consegui enxergar e isso me assustou a ponto de eu dar dois passos para trás.

— Você só consegue olhar para ela. Isso é mais perigoso do que pode admitir — falou Yan, também observando a minha reação ao vê-la acompanhada. — Tome cuidado, Carter. Sentimentos muito extremos tendem a marcar você para o resto da vida.

Eu não duvidava que aquele anjo na pele de uma fascinante mulher marcaria a minha vida. Até porque já estava marcada. Eu nunca me esqueceria do beijo que levei vinte e seis anos para experimentar, pois nada se comparava àquilo. Também não me esqueceria da forma como a Fada havia deixado a minha cabeça: repleta de emoções conflitantes e intensas.

Sim, a desconhecida carimbou a minha alma.

7 dias com você

A música que estava tocando ao fundo me trouxe para o presente e para a maneira como eu e ela estávamos unidos naquela dança. O tipo de música havia mudado completamente e eu ainda estava agarrado à sua cintura, experimentando pela segunda vez a sensação de como dois corpos podem se completar. Não fazia ideia de como, em meras vinte e quatro horas, a minha vida pôde virar de ponta-cabeça, mas sabia que essa garota era a responsável. A Fada era dona de todas as assustadoras e maravilhosas sensações que ecoavam por baixo da minha pele e, por mais que tudo aquilo fosse novo, eu não conseguia recuar.

E, de alguma maneira, ela também não.

Então, decidi dar o primeiro passo e esperar as repercussões da reação nuclear que nós dois éramos.

Erin

Existem situações nas quais os olhares dizem mais do que as palavras. Zorro era um homem de corroer-se por dentro e eu percebia isso pelo silêncio que fazia ao me guiar naquela pista de dança. Se estivesse sendo guiada por Prince, ele tentaria puxar um assunto agradável, conversando sobre as experiências e buscando me conhecer. No entanto, entre mim e esse mascarado não existia isso. Nós não queríamos pensar sobre o passado ou o futuro. Estávamos apenas vivendo aqueles instantes, conscientes de que, a partir do dia seguinte, saberíamos nossas identidades, e tentaríamos assimilar e aceitar o que o inevitável significava.

— Senhora e senhor, aceitam um licor de chocolate?

Na pista de dança, entre os casais, garçons passavam com diversos tipos de bebidas e as ofereciam. Como estava com a boca amarga, decidi aceitar, e Zorro fez o mesmo. Nós tomamos a bebida em silêncio e, quando ele terminou, tive um vislumbre daquele sorriso que fazia as borboletas no meu estômago elaborarem uma festança.

— Estou inquieto, Fada — disse ele, semicerrando os olhos.

— Talvez seja sua gravata.

Ele a tinha ajeitado diversas vezes e parecia não estar acostumado com aquilo, e isso me fez imaginar como seria seu corpo em roupas normais.

Aline Sant'Ana

Infelizmente, minha mente não conseguiu reproduzir nada.

— Pode ser — concordou Zorro.

Inclinei-me em sua direção e soltei o copo de licor que estava tomando, colocando-o em uma das mesas laterais. Minhas pernas tocaram as suas e ele as abriu para abrigar meus joelhos. Os cotovelos também se encostaram em alguma parte do seu smoking e o meu coração foi à boca ao perceber a nossa proximidade indo muito além da dança.

Inspirei o ar e fechei os olhos, ajudando-o a desfazer o nó, seu queixo quase resvalando nos meus lábios. Suspirando, abri as minhas pálpebras, retirei a gravata borboleta que enfeitava seu pescoço e a coloquei pendurada na lapela do casaco. Tentando me distrair dele, cometi um erro ao erguer meu rosto, pois ele avançou alguns centímetros, fazendo a minha respiração parar completamente no momento em que seus lábios fizeram um suave caminho de cócegas na minha bochecha até chegarem à minha orelha.

— Você quer dançar? — ele sussurrou, com rouquidão, fazendo-me ver estrelas.

— Nós já não estamos fazendo isso? — respondi, trôpega em minhas próprias palavras.

Se a voz desse homem pudesse me tocar, ela já estaria me fazendo ter um orgasmo agora mesmo. Sério. Não estou brincando.

— Não estamos dançando o que eu pretendo dançar com você. Algo bem mais ousado. Adoraria usar essa música para te mostrar — sussurrou. — Compreende, Fada?

Não. Eu não compreendia nada. Com a pele arrepiada da maneira que estava, não sabia meu nome nem meu endereço, se me perguntassem. Erraria o meu próprio sobrenome em uma prova de múltipla escolha e não seria capaz de citar dois continentes. Minha cabeça girava toda vez que Zorro usava tom de flerte comigo e, dessa maneira, a proteção que criei para mim mesma estava ruindo. Só restava um fio frágil que me conectava à realidade, e ele estava a ponto de partir.

— Eu acho que não sei dançar isso que você disse.

— Hum, mas eu garanto que você vai aprender. — Ele percorreu os dedos pelos cabelos claros.

7 dias com você

À nossa volta, algumas pessoas já se beijavam mais intensamente, perdendo os passos da dança. Outras, mais atrevidas, se tocavam por dentro das roupas e eu nem quis correr meus olhos em busca de Lua porque imaginei que ela estivesse fazendo muito pior.

Encarei os olhos magnetizantes daquele homem, sentindo um déjà vu, mas a sensação logo passou ao notar como ele estava determinado a me seduzir. Se o Zorro me pedisse qualquer coisa àquela altura, eu não seria capaz de negar. Seu toque era indescritível e a maneira como ele sorria de lado me fazia ter plena consciência de que, já tendo experimentado seu beijo avassalador, eu não conseguiria parar de repeti-lo mentalmente.

Deus, eu jamais conseguiria parar o inevitável.

E agora não tinha intenção alguma de fazê-lo.

Sua mão escorregou para a minha cintura no instante em que a voz melodiosa de Michael Bublé cantou Sway. Eu sabia que era um caso perdido quando o calor de seus dedos tocou a minha pele, tornando-me consciente de que eu estava apenas de calcinha, sutiã e meia-calça, enquanto ele estava totalmente vestido, de smoking, com roupa demais, para ser sincera.

Trazendo à tona a minha vontade secreta, fechei os olhos e confessei a mim mesma o quanto eu queria senti-lo.

"When marimba rhythms start to play
Dance with me, make me sway
Like a lazy ocean hugs the shore
Hold me close, sway me more"

Os quadris do Zorro vieram firmes, mas totalmente envolventes quando tocaram nos meus, ligando-os em todos os pontos possíveis para incitar uma dança. E quando ele deu um par de passos, mostrando-me o básico do tango, arrastando seus pés, eu consegui acompanhá-lo. Porque, sim, nossos corpos eram de uma sincronia perfeita, fazendo-me imaginar como seríamos na cama, caso isso acontecesse.

Maravilhosos, eu tenho certeza.

Não consegui evitar pensar nisso. Zorro era viril, sensual e estávamos em um cenário em que tudo nos levava a isso. Sabia que, se cedesse, terminaríamos apenas ao amanhecer e essa visão me fez sorrir idiotamente.

Aline Sant'Ana

*"Like a flower bending in the breeze
Bend with me, sway with ease
When we dance you have a way with me
Stay with me, sway with me"*

Meu corpo tremeu quando ele fez um giro comigo, trazendo-me rapidamente para perto e me embalando em seus braços grandes e fortes, apenas para me lançar de novo e voltar a me pegar contra o seu corpo.

Soltei o ar assim que nossos narizes se encontraram.

Deus, a atração sexual entre nós era tão delicada quanto um elefante numa loja de cristais.

*"Other dancers may be on the floor
Dear, but my eyes will see only you
Only you have that magic technique
When we sway I go weak"*

— Eu não sou de dizer coisas bonitas, Fada.

Ah, eu tinha percebido. Zorro não era nada sutil quando desejava alguém e conseguia ser ciumento com uma desconhecida. Percebi que não fazia ideia se ele era capaz de ser romântico em um relacionamento, mas a pergunta foi embora quando, com um movimento, ele me embalou, sacudindo meu corpo e a minha cabeça, que já estava indo para o lado errado da coisa.

Deixando as minhas costas contra o seu peito, fazendo-me arrepiar enquanto eu sentia o seu hálito levemente alcoolizado no meu lóbulo, Zorro suspirou contra a minha pele e o meu corpo inteiro recebeu um choque estático do seu contato.

— Então não diga as palavras bonitas — consegui dizer, incentivando-o, deixando-me levar para algo que não sabia ao certo o que era —, diga as necessárias.

— Eu quero muito ter você essa noite — ele falou, praticamente ronronando enquanto dançava comigo. Eu podia sentir as batidas do seu coração em minhas costas e a ereção se formando, tocando levemente os meus quadris. Oh, que grande... Situação. — Quero transar com você no chuveiro, na cama, na piscina, ao ar livre, em público e embaixo dos edredons. Quero fazer você sentir um orgasmo e depois outro, descansar apenas para tocá-la de novo de todas as formas que puder: boca, dedos e com o meu sexo. Fada, eu quero muito mergulhar em você.

7 dias com você

Ofegante, sem raciocinar direito, senti a sua mão, que estava em minha barriga, escorregar, buscando todas as promessas que me fez. Naquele ambiente escuro, no qual todos estavam ocupados demais para nos notar, ele desceu a ponta dos dedos de encontro à minha calcinha, onde eu mais precisava do seu toque, deixando que toda a possível timidez fosse embora e o prazer nos conduzisse. Não tinha como ser inocente com aquelas músicas, com aquele ambiente, com os sons de beijo e movimentos de corpos.

Eu queria tudo aquilo, não dava para adiar. Fazia tanto tempo que ansiava por algo assim que explosões cobriram a minha mente nublada e meus olhos ficaram cegos por tudo o que eu queria com aquele homem que estava me tocando como se eu fosse a última mulher do planeta.

No instante em que seus dedos resvalaram a fina camada de renda, Zorro grunhiu em resposta, prensando-me contra o seu quadril, deixando seu longo pênis, que já estava em uma semiereção, encontrar o meu meio. Mas eu compreendia a provocação, tudo aquilo era uma pequena parcela do que ele tinha a me oferecer.

Com a respiração presa na garganta, o homem com o perfume maravilhoso escorregou seu indicador e o dedo médio na minha entrada totalmente úmida, que, para ser bem sincera, estava assim desde que ele me segurou em seus braços. Minha visão ficou totalmente nublada, quando, sem aviso, ele encontrou meu clitóris, passando lentamente a ponta dos dedos ali, vibrando-os na medida certa e me atiçando, a ponto dos meus joelhos falharem um pouco e eu não conseguir me manter de pé.

Mordi o lábio para conter o gemido, mas não havia nenhuma maneira de fazê-lo, Zorro estava me acariciando no local mais íntimo, sentindo minha textura e umidade pela primeira vez, fazendo todos os centímetros do meu feixe formigarem em antecipação. Para completar as sensações do meu corpo, ele mordiscou levemente a minha orelha. Depois, puxou o lóbulo para si ao mesmo tempo em que brandia seus dedos, deixando-me totalmente mole em seus braços, à medida que eu sentia que estava perto de ter um forte, longo e poderoso orgasmo sem sequer ter tido tempo para ter vergonha.

Desistindo de lutar, desistindo de me importar em ser comedida, joguei a cabeça para trás, apoiando-a entre o vão do seu pescoço e ombro, beijando lentamente — e quase de ponta-cabeça — o seu queixo e maxilar, o lado das suas bochechas e qualquer outra coisa que eu alcançasse enquanto ele me dava aquele carinho gostoso, esse toque tão único que me fazia pensar que ele

Aline Sant'Ana

poderia fazer o que bem entendesse comigo.

Apertando-me mais forte, sabendo que eu iria desabar no chão caso ele não me segurasse, Zorro me envolveu duramente com o braço esquerdo, enquanto seus dedos da mão direita aceleravam e sua língua trilhava um longo e molhado caminho no meu pescoço, fazendo-me abrir um pouco mais os joelhos apenas para...

— Oh, Deus — sibilei, fechando os olhos fortemente.

— Relaxa, linda.

Apenas com seu toque, seus beijos em meu pescoço e sua intensa respiração na minha pele, pude experimentar aquela sensação familiar corroendo-me por inteiro, uma onda de prazer tão intensa que explodiu em milhões de partículas enquanto Zorro ainda tinha sua boca lentamente caminhando até a minha nuca, como se ele precisasse agradar sua presa, que estava completamente à sua mercê.

Respirando com dificuldade, Zorro retirou delicadamente os dedos do meu sexo e suas firmes mãos me mantiveram em pé até eu voltar a mim. Acho que foi a primeira vez que eu tive um orgasmo em pé, meu Deus.

Assim que recuperei a consciência, determinada a não perder o homem responsável pelo melhor orgasmo apenas com toques da minha vida, dei uma volta em seu corpo e estalei minhas mãos em seu peito. Senti o quanto ele estava ofegante comigo, demonstrando que aquilo não fora prazeroso somente para mim, mas também para ele.

Sondei seus olhos e raspei meus lábios nos seus, pressentindo o calor que emanava da sua respiração.

Então, Zorro tomou a atitude que eu esperava a noite toda.

Ele me beijou.

CAPÍTULO 7

Breathe you in
I can almost taste it
Skin on skin
If you only knew the dreams that I've been having
Drink you in
And I'm almost faded
You smell like gin
If you give it to me straight
Girl, I'm chasing

— **Cheat Codes feat Lostboycrow, "Senses"**

CARTER

Eu ia me derreter por essa mulher, porra.

Seus lábios tinham gosto de álcool e chocolate quando a beijei, vagando sobre a maciez da sua boca e pensando sobre a maneira como a Fada encaixava-se totalmente em mim, nos meus braços e no meu beijo. Cara, ela era deliciosa. Eu apertei meus dedos ainda mais em sua pele, notando o quanto ela era quente, escutando seu pequeno suspiro de satisfação quando puxei seu lábio inferior entre meus dentes e angulei seu rosto para dançar minha língua profundamente com a sua.

O gosto da sua boca era ainda melhor do que os seus lábios. Minha coluna vibrou inteira quando brinquei com a sua língua e rodei a minha provando-a, experimentando a química dos nossos corpos, bem mais lento do que eu previa em meio à loucura com a qual meu sangue fervia. Mas não ficamos no lento por muito tempo, a Fada tinha planos tão safados quanto os meus.

Ela desceu suas mãos pelo meu corpo, sentindo as ondulações dos meus músculos, beliscando-me de leve cada vez que apreciava algo. Cerrei as pálpebras, exalando ar quando ela se desvencilhou dos meus lábios e começou a raspar sua boca no meu queixo, vagando por meu pescoço, deixando seus dedos curiosos desabotoarem cada botão da minha camisa.

Uma pontada no meu pau denunciou o quanto eu a queria na cama.

Aline Sant'Ana

— Vamos sair daqui? — perguntei, minha voz pura rouquidão.

Desci minhas mãos da sua cintura para a bunda, agarrando-a forte, notando o quanto cabia na minha palma. Abrindo meus lábios, cheguei ao seu pescoço e suguei sua pele com força, para marcá-la como minha essa noite.

A Fada gemeu baixinho.

— Você está em qual quarto? — questionou, sem ar.

— No deque dez.

Seu rosto se afastou por um momento e seus olhos estudaram os meus para depois caírem até os meus lábios. Ela puxou o lábio inferior em provocação e soltou a respiração pela boca.

— Quão rápido você consegue me levar até lá?

— Rápido o bastante — respondi, sorrindo de lado.

Sem esperar qualquer confirmação, peguei minha Fada no colo, deixando que suas pernas envolvessem meu quadril e ela me sentisse totalmente duro por ela. Cara, tudo em mim latejava e eu estava quase certo de que todo o sangue do meu corpo tinha ido para a ereção que se prendia nas minhas calças.

Tenho certeza de que nunca tive uma experiência assim na vida.

Rápido, veloz e impossível de conter.

Beijando sua boca, caminhei entre as pessoas, bem ciente de que poderíamos estar dando um show para quem quer que estivesse vendo, mas, foda-se, eu queria exibi-la para o mundo, queria deixar bem claro que a criatura mais linda daquele navio era minha. Julguem-me sobre o espírito erótico da coisa, mas, nesse exato momento, eu só queria transar até deixá-la satisfeita.

Quando as costas dela encontraram a porta do bar, icei mais sua cintura e abri a porta com tudo. Tropeçando enquanto encontrava a saída, ela riu contra a minha boca, e eu voltei a beijá-la duro, movendo meu quadril para frente, demonstrando o que esperava por ela durante toda essa noite.

— Você vai me matar — ela concluiu, mordendo o meu queixo e voltando logo para a minha boca inchada dos seus beijos.

— Espere para morrer gozando, Fada. Comigo. Dentro. De. Você — disse enfaticamente, girando minha língua na sua em seguida.

7 dias com você

— Cristo — ofegou quando voltei para o seu pescoço, apoiando seu corpo na parede enquanto apertava o botão do elevador.

Ele sinalizou que a porta estava aberta.

E ali, dentro do elevador, eu ousei mais.

Tendo as suas pernas firmes na minha cintura, sabia que a Fada conseguia se segurar em mim. Ela era alta, embora não chegasse à minha altura. Então, alisei minhas mãos em suas coxas firmes e bunda macia, invadindo devagar o limite da calcinha na parte de trás para ter um pouco mais de pele.

Ela perdeu-se totalmente nos gemidos quando apertei sua carne com entusiasmo e mordi seu ombro, beijando-o em seguida para aplacar a vermelhidão da pele. Com a ponta da língua, viajei até a sua orelha, arrepiando todo o seu corpo, e girando meus quadris na sua entrada para investir contra ela.

— Falta... quanto?

— Cinco. Quatro.

— Vou morrer — soltou ela, junto com a respiração. — É sério.

— Você quer que eu te foda no elevador?

— Em qualquer lugar! — ela praticamente gritou quando desci meus lábios para o meio dos seus seios. — Meu Deus.

— Hum. — Sorri contra o seu sutiã. — Chegamos.

Beijamo-nos tropegamente até encontrarmos o meu quarto. Abri a porta com uma mão na maçaneta e a outra com os dedos preparados para arrancar o sutiã da ruiva. A Fada não me ajudou nem a manter o peso do seu corpo — ela já estava mole de tantas preliminares que tivemos e eu sabia que não íamos demorar a sentirmos finalmente um ao outro.

Ainda de máscara, eu fechei a porta do quarto com o pé em um grave baque. Passei pela sala exagerada da suíte Royal, percebendo que não havia prestado muita atenção nos móveis, porque bati neles umas três vezes até chegar ao quarto, que era imensamente maior do que a sala. A Fada estava de olhos fechados quando chegamos, mas ela os abriu um pouco apenas para se situar onde estávamos.

Levei-a até a cama, mas mudei de ideia.

Aline Sant'Ana

— Acho que a gente pode ser mais criativo do que isso — sussurrei.

Os olhos azuis piscaram várias vezes enquanto eu olhava para os lados em busca de algo. Levou apenas um segundo para eu saber o que queria.

— Sei o que podemos fazer — garanti.

Fui até o cômodo ao lado, que tinha um grande arco para o quarto, e abri a torneira da banheira, misturando a água fria com a quente, enquanto jogava alguns sais, mas sem fazer muita espuma. O local era grande o suficiente para caber quatro pessoas, como um ofurô, e eu poderia fazer tudo o que tinha em mente com a minha Fada. Vê-la molhada seria definitivamente o paraíso, e mover-me com ela dentro da água seria ainda mais sensacional.

Suspirei.

Com a camisa totalmente desabotoada, exibindo algumas tatuagens, o smoking torto e a gravata borboleta perdida na lapela, voltei para o quarto a fim de prepará-la para a banheira. Observando o quanto ela era linda em sua lingerie escura, cobri o seu corpo com o meu, prazerosamente, e a Fada soltou o ar dos pulmões quando beijei sua boca, invadindo-a com minha língua enquanto reivindicava ainda mais seus lábios.

Desfiz o fecho do seu sutiã e ela gemeu quando sentiu os seios livres.

Vendo que os mamilos caberiam com perfeição nos meus lábios, sorri conforme descia para uma das suas aréolas rosadas, girando meu polegar levemente para ver a sua reação. Ah, sim, ficando totalmente duros sob o meu toque. A Fada estava perdida, com a cabeça jogada para trás, os gemidos saindo sem fôlego. Deliciosa. Quando aumentei o movimento e a brincadeira com meus polegares, deixei-a prender o seu olhar no meu e aproveitei para trazer meu corpo mais para baixo.

Encarei seus olhos do ponto em que estava, substituindo meu dedo pela ponta da língua. Porra, os intumescidos bicos eram absolutamente doces e tudo estava sensacional. Vê-la gemer e rolar os olhos suavemente ao me assistir deixando-a excitada fez meu pênis exigir liberdade. Sim, cara, ela estava louca pelos beijos e por meus dentes raspando a área sensível. Seus quadris arqueavam e ela puxava os meus cabelos, deixando-me duro como pedra.

Querendo deixá-la louca, tateei a cômoda, já ciente do que havia ali. Peguei um gel lubrificante e três pacotes de camisinha. Ela abriu os olhos, e eu

7 dias com você

beijei seu estômago, apenas para voltar para seu rosto logo após.

— Acredite, sexo dentro da água pode ser complicado para a mulher se o homem não souber fazê-lo — expliquei, apresentando os itens. Ela arregalou os olhos azuis e piscou os cílios adornados na máscara várias vezes. — Vou lubrificar você porque a água retira toda a umidade natural. A impressão de que sexo na água apenas deixa mais prazeroso é muito mentirosa se não houver isso aqui.

— O lubrificante?

— Sim, na hora que eu estiver dentro de você, quero que sinta prazer também e não que te machuque.

— E essa porção de camisinhas? — ela perguntou e eu fui, aos poucos, subindo meus lábios para o seu ponto pulsante do pescoço.

— A chance de acontecer um problema na hora de colocar é grande — disse, suspirando contra a sua pele macia e cheirosa. Ela soltou a respiração excitada. É, parece que minha voz fazia milagres além dos meus beijos, pois era rouca e suficientemente provocativa. — Então, para precaver, levo mais. Entendeu?

— Sim. Eu posso confiar em você?

— Pode. Vai dar tudo certo — garanti a ela, pegando-a em meus braços. — Agora vem, linda, eu preciso te levar para a banheira.

Erin

Deus, como alguém pode ser tão cuidadoso como ele? Geralmente os homens carinhosos são preocupados e tudo, mas Zorro fazia aquilo ser uma experiência sexual ao mesmo tempo em que me colocava no topo das suas prioridades. Sim, ele me colocava em primeiro lugar, acima das suas necessidades, mesmo sem saber meu nome, sem saber como era o meu rosto ou qual a minha história.

Sua boca doce com sabor de licor cobriu a minha imediatamente, conforme eu soltava finalmente o casaco do seu smoking, aproveitando o momento para sentir cada pedaço da sua pele. Zorro era forte, bem forte, e quente, mas não exageradamente musculoso. Seu corpo possuía algumas ondulações no abdômen e eu podia sentir os curtos fios que desciam pelo seu umbigo. Eu queria beijá-lo. Beijá-lo inteirinho.

Afastei-me para desfrutar de um instante de luxúria.

Oh... Ele tinha mais tatuagens do que previ. Muitas delas. Meu Deus, essa era a coisa mais sexy que já vi na vida.

— Gostou? — perguntou, umedecendo os lábios.

Esqueci-me da pressa que eu tinha, eu precisava vê-lo atentamente.

Zorro abriu um torto sorriso como se tivesse medo de que eu não fosse aprovar. Corri meus olhos com desejo por cada centímetro do seu corpo, memorizando cada pedaço da sua pele para eu nunca me esquecer. Ele tinha um desenho complexo de uma adaga na cintura, que estava semiescondida pela calça social. Também havia uma linha pontilhada com uma tesoura sobre o mamilo esquerdo. O direito era todo preenchido por uma tribal envolvida igualmente por outros desenhos coloridos. Já o esquerdo possuía duas faixas na altura do antebraço. Sério. Ele era totalmente lindo. E aquela máscara negra — como a do Zorro, porém maior — emoldurando seus intensos olhos verdes, junto à calça social claramente guardando uma grande ereção, só me fazia ter vontade de viver nesse navio para sempre.

Em resposta à sua pergunta, percorri minhas mãos em torno do seu pescoço e trouxe seus lábios para os meus, sentindo-o ficar com a respiração pesada ao içar-me e me pegar no colo, vagarosamente entrando na banheira já cheia, ainda que ele estivesse de calças e eu, de calcinha.

Zorro se abaixou e a água morna nos envolveu, comigo em seu colo, embaçando nossas visões com o vapor tão próximo dos nossos rostos. Inspirei o perfume de lavanda, mas não tive de tempo de pensar sobre isso — e eu nem o queria —, pois Zorro puxou-me de frente para ele, colocando meus joelhos na lateral externa das suas coxas, fazendo-me sentar na sua ereção enquanto sua mão vinha por todos os pontos da minha coluna, percorrendo as costas até alcançar a minha nuca.

Seu beijo dessa vez foi sensual demais e o nosso ritmo voltou a acelerar.

O movimento dos seus quadris foi tudo o que precisou para eu gemer na sua boca e dar destino aos meus dedos que queriam afundar-se em seus cabelos. Eu apertei-o contra mim, querendo me fundir a ele, sentindo seu tórax firme tocar meus seios, causando uma fricção deliciosa da qual eu não pretendia escapar.

7 dias com você

Com a mão do lado de fora da banheira, Zorro capturou o gel lubrificante e, com a outra, rasgou o resto da minha calcinha, deixando-me nua. Eu soltei o ar dos pulmões enquanto ele beijava a minha boca e trabalhava lubrificando o seu dedo para me preparar. Segundo a sua explicação, isso seria melhor para mim.

Eu não saberia, nunca fiz sexo na água.

Umedeci seu corpo, passando minhas mãos pela quentura embaixo da minha palma, percebendo o quanto seu coração batia acelerado conforme voltávamos ao nosso ritmo. Apressando-me, puxei seu cabelo para trás e distribuí beijos do seu pescoço à clavícula, sentindo lentamente o dedo do homem repleto do produto acariciar o meu ponto tão necessitado e já úmido embaixo da água.

— Vai ser gostoso, Fada. Eu prometo.

Oh, eu não duvidava disso.

Guiei minhas mãos entre nossas pernas, com os dedos trêmulos de antecipação, minhas coxas praticamente se pressionando buscando fricção. Com um movimento, desfiz o botão que me separava do prêmio dourado, e acariciei o seu volumoso sexo por cima da cueca, embaixo d'água. Ansiosa, abaixei a peça e estremeci ao perceber que, fisicamente, talvez não fosse possível ter aquilo dentro de mim.

Ele se afastou e jogou a calça molhada e a cueca para fora da banheira.

— Vou com calma — assegurou-me, como se lesse meus pensamentos, beijando o meu queixo e maxilar com a ponta da língua e lábios.

Acariciei-o com curiosidade, notando a pulsação constante de seu pênis, tão pronto para mim que eu não queria esperar. A pele rosada como os seus lábios descia e subia entre os meus dedos, e eu sentia todo o seu mastro latejar contra a minha palma.

— Zor...

Ele pescou do lado de fora uma camisinha e me afastou por um momento, tirando seu quadril de dentro d'água para proteger-se. Assim que o fez, voltou à posição que estávamos, comigo em seu colo.

Beijamo-nos, nos sentimos, nos completamos, mas aquilo não poderia esperar mais. Eu precisava tê-lo totalmente.

Aline Sant'Ana

— Tome seu tempo — sussurrou, mordendo o lábio inferior de prazer, enquanto eu descia e subia o movimento dos dedos em torno do local no qual Zorro mais ansiava ser tocado. — Desça no meu pau, Fada.

Por que um apelido tão doce soava como um convite sexual em seus lábios?

Talvez porque fosse exatamente isso.

Meu feixe de nervos latejava como nunca e eu sabia que não demoraria a gozar. Mas, mesmo assim, a expectativa de que isso durasse uma vida era grande.

Calmamente, centímetro por centímetro, desanuviando todos os meus pensamentos, fui sendo preenchida por aquele homem nu e mascarado. Ele fechou os olhos fortemente ao me sentir contra si, e eu não contive o grito de prazer durante cada impulso que nos completava.

— Fique paradinha — pediu, com as mãos segurando meu quadril, e sua boca tocando levemente a minha. — Você precisa se acostumar. — Suspirou, gemendo. — Deus, tão apertada.

— Mas eu preciso...

— Faça o que eu digo e nós podemos ter isso a noite inteira. Se ficar machucada, não vou ser capaz de tentar de novo. Entende? Não quero machucar você.

Eu assenti.

A surpresa de ele ser tão grande passou a ser coisa do passado quando comecei a me mover em pequenas tentativas para saber como íamos sobreviver àquilo. Com as mãos agarradas nos seus ombros, movi meu corpo, descendo e subindo, lentamente, sentindo como o lubrificante que ele havia passado tornava tudo melhor. Fechei os olhos e fiquei sem forças após cinco tentativas. Eu não conseguiria ir adiante, era prazer demais e meu corpo não ia manter-se firme o bastante para guiar o nosso sexo.

— Vou te deixar guiar o caminho — murmurei. — Porque não me sinto forte o suficiente.

— Vamos encontrar uma posição boa — anunciou ele com um sorriso malicioso. — Agora, assim...

Virando-me na banheira, me surpreendendo por ser tão repentino, Zorro

7 dias com você

lançou água para todos os lados com o movimento dos nossos corpos, ficando por cima de mim com aquele olhar esperto, e eu ri quando vi a bagunça em volta do banheiro.

Mas a minha distração não durou muito tempo.

Zorro pegou lentamente o meu queixo e mirou suas duas chamas verdes em mim. Seu olhar de desejo completo foi o bastante para eu saber o que ele ia fazer em seguida.

E ele fez.

Penetrou-me pouco a pouco, acabando com a brincadeira dos sorrisos, fazendo-me gemer baixinho e arranhá-lo mais forte, sentindo a água deslizar entre meus dedos. Ele se segurou nas bordas da banheira atrás da minha cabeça para se apoiar, com seus braços firmes, e investiu mais fundo dessa vez, fazendo eu me abrir mais pelo prazer de ter seu pênis duro e envolver as pernas em torno da sua bunda firme, querendo mais fundo, mais forte, tudo o que ele podia me proporcionar.

Beijando-me, seu sexo adquiriu um ritmo próprio contra o meu, impulsionando formigamentos por cada parte da minha entrada, e eu não estava mais em mim quando arranhava suas costas, dizia palavras inteligíveis e gemia o seu apelido. Ele não conseguia parar de mover seus quadris e rodá-los alcançando o meu clitóris cada vez que sua pélvis batia ali. Eu estava totalmente perdida na sensação que era ter aquele incrível homem sobre mim.

Afastando-se brevemente, para, em seguida, descer lenta e devastadoramente, Zorro roubou o meu fôlego e juízo. Em resposta, percebendo o jogo do entra e sai, arqueei o corpo, minhas costas totalmente projetando-me para fora da água, enquanto o másculo corpo dele me empurrava ainda mais profundamente, criando ondas na água.

Alcançando o ritmo que nos faria chegar ao ápice, Zorro incitou golpes amplos, para depois alterná-los para rápidos e curtos, com os braços ao meu redor, apertando-me arduamente. Eu estava totalmente esmagada contra ele, mas não ligava, estava tão feliz que gozaria longamente e, Deus, sim...

Ele era delicioso. Enquanto incitava seus pênis no meu núcleo e suas estocadas eram ritmadas no momento certo, eu só podia ver estrelas e gemer, gemer muito forte e pedir por mais.

Aline Sant'Ana

Zorro afastou-se da minha boca, e, no seu último puxão para me fazer ter um orgasmo, retirou a minha máscara do rosto, me fazendo ofegar pela surpresa. Depois, rapidamente, tirou a sua. Pisquei várias vezes, tentando lidar com o prazer que rasgava o meu ventre e disseminava diversos choques na minha pele, tentando lutar para recuperar a visão, tentando batalhar para ver o homem que havia me virado totalmente de ponta-cabeça durante um par de dias enquanto ele também arfava e dava as últimas estocadas, atingindo o orgasmo.

A única coisa que eu queria era aquele homem, incansáveis, repetidas e infinitas vezes.

Sorri para ele, que ainda estava ofegante junto comigo, e acariciei o seu rosto barbeado, sem vê-lo bem. O sexo nos tornara mais úmidos e cansados do que poderíamos imaginar, deixando-me praticamente cega pelas explosões luminosas, mas, surpreendentemente, encarando-o daquela maneira, eu quis de novo. Quis repetir até morrer de exaustão.

Sentindo-me leve, solta e completamente satisfeita, minha visão se focou e, em consequência disso, meu coração parou.

— Carter? — questionei, imediatamente soltando um grito após o reconhecimento. — Oh, meu Deus! Carter McDevitt?

Ele me encarou incrédulo e piscou várias vezes, somando ao seu semblante a boca totalmente aberta, como se não pudesse acreditar no que via. Seu sexo ainda estava dentro de mim, embora nós dois tivéssemos alcançado o pico máximo de prazer e ele já ter gozado na camisinha.

— Erin? — ele duvidou, mas já sabia a resposta. Eu podia ver em seus olhos verdes. Como não o reconheci? — Porra, nossa, me desculpa. Eu nunca pensei que...

— Ai, meu Deus! — sibilei, afastando-me do seu aperto, do seu corpo, do seu cheiro e do veneno que ele era. — Como eu vou explicar isso para a Lua?

Eu não podia acreditar que isso estava acontecendo. A fúria que subiu nas minhas bochechas era vermelha cor de sangue. Esse homem tinha bagunçado a minha vida — justamente ele —, me fazendo pensar se o carma não era mesmo uma vadia, como todos diziam.

De todas as desgraças dessa minha vida, eu simplesmente não podia acreditar que eu havia feito sexo com Carter. Tantos homens nesse mundo, tantos insuportavelmente disponíveis, e eu tinha que dormir justamente com o ex-namorado da minha melhor amiga. Que, por acaso, foi o seu primeiro amor, a sua primeira vez; é capaz até de ela amá-lo até hoje. Isso quebrava totalmente a nossa regra de nunca dormir com qualquer ex-namorado da outra.

Eu quis morrer.

Carter era o último homem no mundo com o qual poderia ter qualquer espécie de envolvimento amoroso.

— Você não é casado? — gritei em seguida, lembrando-me de ter escutado isso em algum lugar, praticamente empurrando-o no processo. Afastei, cambaleando na banheira, quase caindo, e capturei do suporte um dos roupões brancos que tinha ali. Meu reflexo no espelho era uma bagunça de chupões e lábios inchados. — Não consigo nem me encarar no espelho, Carter.

— Erin, se eu soubesse...

— Sim, se você soubesse, não teria transado comigo e traído sua esposa! — cuspi, tremendo. — Aliás, teria feito de todo jeito, né?

Ele estava totalmente nu, fazendo-me novamente reparar em suas tatuagens, mas, dessa vez, completamente perdida em meus próprios pensamentos repugnantes. Claro, como eu ia reconhecê-lo? Há sete anos, ele não tinha nada disso no corpo e muito menos todos esses músculos. Eu não acompanhei o progresso da sua carreira.

Há sete anos, Carter estava começando com a banda The M's e não fazia um décimo do sucesso que faz hoje.

— Erin, eu preciso explicar. — Ele estava falando um monte de baboseiras. Eu não conseguia me concentrar em sua voz. — Você está nervosa agora e...

— Não, nossa, eu não quero ouvir uma palavra.

— Você me deixa, pelo menos, contar...

— Não — murmurei quase em lágrimas, interrompendo-o, apressando-me a sair dali. — Não quero falar contigo, Carter. Apenas cale a boca, por favor.

E, assim, saindo mais depressa do que o The Flash, a noite mágica que era para terminar com uma promessa de muitos orgasmos tinha se tornado um verdadeiro desastre.

Maldita hora em que aceitei o convite para o *Heart On Fire*.

Aline Sant'Ana

7 dias com você

CAPÍTULO 8

**Eu me prendi entre teus dedos,
quando peguei na tua mão
Eu me tornei você tão cedo,
quando senti teu coração
Batendo junto ao meu,
Como se fosse o meu.**

— Reação em Cadeia, "Entre Teus Dedos".

Sete anos atrás

CARTER

— *Meu Deus, ela é linda* — *sussurrei.*

Olhei para a garota, sem poder me conter diante de sua beleza. Cara, ela era muito bonita mesmo. Cabelos loiros, olhos marcantes, alta, porém nada exagerado. Ela não estava de saltos. Parecia pequena perto de mim, mesmo ao longe.

— Eu sabia que você ia gostar dessa festa — disse Zane. — Tem muitas garotas do ensino médio se infiltrando nas baladas universitárias. Valeu a pena a espera de um mês, não é?

— Mas ela deve ser muito nova — arrisquei um palpite, tentando adivinhar sua idade. — Essas garotas passam a impressão de serem mais velhas, mas a verdade é que são jovens ainda.

— Dezessete anos, no mínimo. O que há, McDevitt? — retrucou. — Fez vinte anos faz pouco tempo e já está com cabeça de vinte e cinco? Relaxa e aproveita.

Olhei a maneira como ela dançava muito sensual. Tinha ao seu lado uma garota asiática e outra loira, provavelmente amigas da escola que vieram curtir com ela. Mas a do meio era a que se destacava para mim: os cabelos na altura dos seios, o sorriso e o rebolar dos quadris. Ela parecia segura de si mesma; o mundo poderia cair sobre sua cabeça que ela não pararia de dançar.

— Jesus, vai logo, senão eu vou — comentou Yan, surgindo atrás de nós com cervejas. Ele estendeu uma para cada um.

Aline Sant'Ana

104

— Acham que eu devo?

— Você não precisa casar com ela — resmungou Zane. — Só vai, porra.

— Ela pode se tornar alguém especial pra você — opinou Yan, com uma visão mais romântica do que a de Zane. — Você não vai saber a não ser que tente.

Virei a cerveja toda e depois peguei uma bala de menta do bolso traseiro dos jeans. Suspirei e atravessei a pista de dança como se fosse o maldito dono do mundo. A verdade é que você não precisa ser um cara bonito para pegar uma mulher. Precisa ser confiante, saber o que dizer e a hora certa de beijar. Eu tinha a beleza do meu lado, mas, por exemplo, comecei a academia agora, não era o rei dos músculos e o meu sonho de ser tatuado ficara para depois, para quem sabe daqui uns dois ou três anos.

Foda-se, eu ia beijá-la essa noite.

Aproximei-me, mas, ao invés de falar com ela, surgi à sua frente, e comecei a acompanhar à distância os passos que ela dava com a música, jogando meu corpo da exata maneira que ela fazia. Sorri quando seus olhos focaram em minha direção, notando-me pela primeira vez. Ela percebeu o movimento dos meus quadris, do meu corpo e que eu tinha descoberto a maneira de ela dançar.

E então, sorriu também.

Suas amigas se separaram, dando-me espaço para chegar à loira. Ela continuou dançando quando segurei em sua cintura e alinhei meu corpo com o dela, descendo devagarzinho e depois subindo. Aos poucos, suas mãos foram para a minha nuca, seus quadris se juntaram aos meus, e a sua respiração bateu na minha boca.

— Nome? — Senti que o coração dela acelerava.

Não, eu não estava tão afetado por ela, mas por que não beijá-la? Ninguém abalava as minhas estruturas mesmo. Aquela babaquice de ver estrelas e a porra toda? Nunca aconteceu comigo. E agora essa garota queria claramente me beijar e eu estava disposto a dar o que ela precisava.

Seus olhos piscaram.

— Lua — falou ela, colocando sua boca próxima ao meu ouvido. — E você?

— Carter — respondi, ainda dançando.

7 dias com você

Ela sorriu contra a minha bochecha e eu soube que esse era o sinal. Deixei uma mão na sua cintura e a outra subi lentamente pela lateral do seu corpo, sentindo a pele e migrando para o seu braço, acariciando-o no processo. Meus dedos chegaram até os cabelos dela e eu segurei sua nuca, fazendo-a chegar perto de mim.

Rocei minha boca na sua.

— Posso? — perguntei, dando um pequeno beijo no seu lábio inferior.

O ar vazou de seus pulmões e, em resposta, ela me mordeu levemente.

Não deixei nem dois segundos se passarem entre nós.

Enfiei minha língua em sua boca, permitindo que a gente se fundisse naquele beijo inicial. Ela não tinha sabor de nada a não ser seus próprios lábios, mas era um contato agradável, e ousei um pouco mais. Suas pequenas mãos se firmaram nos meus ombros e seu rosto se angulou para eu sentir mais da sua língua.

Giramos, mordemos, viajamos através da pele um do outro, e o meu sexo enfim começou a reagir. Eu queria transar com ela, mas estava um pouco bêbado e isso seria apenas a consequência de um ato impensado.

Quando Lua gemeu, eu me afastei do seu pescoço.

— Não para. Por favor — ela pediu.

— Desculpe, não posso ir adiante.

— Então me liga — insistiu. Seus olhos grandes e brilhantes cintilaram. — Você é mais velho, né? É universitário?

Eu sorri.

— Tenho vinte anos. Não, não sou.

— Eu tenho dezessete.

— É uma idade boa, Lua. — Sorri.

— Você faz o quê? — Ela se inclinou novamente em mim.

— Sou músico. Vocalista de uma banda.

No mesmo instante em que eu disse isso, um sorriso perfeito surgiu em seus lábios, em aprovação. Se ela soubesse que eu tinha dívidas da compra dos meus

Aline Sant'Ana

instrumentos me acharia tão sexy? Acho que não. Mas, caramba, ela era linda, o tipo de garota que te hipnotiza. Eu podia não ter me sentido muito atraído com seu beijo, mas o que fazer a respeito? Eu tinha bebido e estava com a boca esquisita também. Não era culpa dela.

Eu tinha gostado da Lua.

— Então, me passa o seu telefone? — Dei o primeiro passo. — A gente pode marcar para sair para algo mais calmo.

— E você realmente acha que eu vou acreditar que vai me ligar? — Ela ergueu uma sobrancelha.

Para provar meu ponto, sorri e inclinei seu corpo. Quase o dobrei com o meu enquanto invadia sua boca em um beijo rápido, mas intenso. Sua língua foi acariciada pela minha e chupei seus lábios quando me afastei.

Um enorme sorriso de satisfação surgiu em seu lindo rosto.

— Isso prova? — provoquei.

— Sim, acho que sim, Carter.

— E então, vai me passar o número ou eu vou ter que tirar de você?

Ela riu e enfiou a mão nos meus jeans, demorando um tempo na minha bunda em busca de um celular. Sorri maliciosamente ao ver quão ousada a garota era. Assim que o achou, retirou e registrou seu telefone nos meus contatos.

— Coloquei como Lua Festa — disse. — Caso você não se lembre, me acha pelo sobrenome falso.

— Seu nome não é muito comum, princesa.

— É, acho que não — ela falou, lançando um olhar pelo meu corpo. — E então, já vai embora?

— É melhor. Não estou muito sóbrio, já passei do limite.

— Então me liga — pediu, agarrando-se à minha camiseta para dar outro beijo. — Gostei de você, Carter.

— E eu de você.

— Podemos ser bons juntos — ela soltou, antes de eu virar as costas.

Eu sorri e assenti.

7 dias com você

Que mal teria? Uma namorada... Talvez fosse isso que faltava na minha vida.

Assim que cheguei em casa, zapeei pelos meus contatos e mandei uma mensagem para Lua.

Carter: Sexta às oito da noite?

Sua resposta foi quase imediata.

Lua: Carter?

Carter: Yeah, baby.

Lua: Avenida Collins, 7800 ;) Te vejo sexta, gato.

Carter: Legal. Boa noite.

Lua: Boa noite.

É, eu estava prestes a dar o segundo passo, e estava ansioso para ver o que ia acontecer entre nós dois.

Torcer para ser algo bom, certo?

Aline Sant'Ana

7 dias com você

CAPÍTULO 9

Just leave with me now.
Say the word and we'll go.
I'll be your teacher.
I'll show you the ropes.
You'll see a side of love you've never known.
I can see it going down, going down.

— Jason Derulo, "In My Head".

Dias atuais

CARTER

Batuquei com a caneta na madeira da mesa, no ritmo da música que ecoava em minha mente. Observando o rascunho no papel com apenas o começo de uma letra que estava na minha cabeça, soube que sairia algo bom, talvez uma faixa de sucesso.

Na banda, eu era o cara que escrevia as músicas, e, muitas vezes, elaborava até o ritmo delas. Então, desde a noite anterior, quando eu tive um sexo fantástico, não conseguia tirar o corpo dela da minha cabeça e de tudo o que eu estava sentindo.

Como uma explosão de criatividade que não tinha há muito tempo, a melodia começou a criar corpo no papel. Cara, nada como uma boa inspiração para a música surgir. Era exatamente isso que me faltava e Erin conseguiu me proporcionar muito mais do que um impulso para a criação.

At the masquerade
All I can see is your eyes
And I can't replace
All that I have inside

— O que você está fazendo?

Virei para trás, observando Zane entrar no meu quarto apenas de cueca. O homem nunca colocava roupas. Ele estava bebendo uma Budweiser long neck e estendeu para mim a outra cerveja fechada, fazendo-me virar um longo gole após suspirar, resignado.

Aline Sant'Ana

— Música.

— A musa inspiradora da noite passada, huh? — provocou. — A ruiva era linda mesmo, Carter. Eu vi o desespero de vocês ao sair da festa.

Flashes da noite passada vieram à minha cabeça. O corpo quente e macio dela contra o meu, a maneira sensível como a minha Fada sentia nossos sexos pulsando, os beijos enlouquecedores e o desejo de mais, muito mais.

— É, acontece que a musa era a Erin Price.

Zane franziu os olhos, pensando por um momento no nome familiar. Demorou muito tempo para seus olhos cintilarem em reconhecimento, mas, quando o fizeram, ele arregalou-os e começou a dar risada.

— Caralho! Eu não acredito nisso!

— Acredite se quiser.

Ele ficou incrédulo.

— Como pode ser? Naquela época, ela era loira, não era?

— Ela pintava. Deixava o cabelo meio mel. Na realidade, ela é naturalmente ruiva — expliquei, rolando os olhos. — Foda-se, como eu ia reconhecê-la de máscara?

— E a Lua está no navio? — interrogou, sentando-se próximo a mim.

— Está, cara. — Suspirei derrotado. — Eu nem me dei conta na hora, mas foi ela quem nos apresentou antes de ontem. Cabelos loiros e olhos castanho-esverdeados. Era ela, porra.

— Mas isso é tolice de qualquer maneira. Faz muitos anos que você namorou a Lua. Ela não vai implicar por você ter transado com a melhor amiga em um cruzeiro erótico.

— Mesmo assim é bizarro, Zane — resmunguei. — Lua perdeu a virgindade comigo, lembra? É um elo que, sei lá, Erin não vai querer romper.

— E você vai querer romper?

Lembranças da noite anterior estavam em minha pele como as tatuagens que cobrem o meu corpo. Sim, eu a queria pra caralho. Queria muito terminar a noite que a gente mal tinha começado, queria provar o seu sabor, queria fazer com calma, na cama e, como eu prometi, em todos os outros lugares. Queria passar o resto dos malditos dias transando com ela sem parar. Além

7 dias com você

disso, existiam sentimentos conflitantes dentro de mim. Não era só sexo.

— Lua foi importante para mim, Zane, mas isso faz muito tempo. Caramba, eu estava casado há uns meses. A vida seguiu em frente.

— Qual foi a reação da Erin quando soube que você era você? Foi antes de transarem?

— Não, eu só tirei a máscara quando estávamos tendo um orgasmo juntos.

Ele abriu os lábios em surpresa.

— Cara, a sensação foi indescritível — expliquei. — Primeiro, eu vi que ela era linda demais, fiquei pasmo com a beleza dela. Depois, aos poucos, fui percebendo que o seu semblante era muito familiar e as dúvidas cessaram quando ela gritou meu nome completo.

— Vocês não tinham dado os nomes verdadeiros, suponho.

— Claro que não. Se tivéssemos dado no primeiro dia, saberíamos na mesma hora — respondi e massageei as cansadas têmporas. — Agora eu estou aqui, com uma inspiração foda para uma música e tudo o que eu consigo pensar é em Erin. A música é inteiramente sobre ela.

— Então, cara, se você quiser aproveitar esse cruzeiro com ela, acho bom lutar para tê-la.

Suspirei, sabendo que não seria fácil convencê-la a dar mais uma chance para nós dois.

Durante todo esse tempo com Maisel ou com qualquer outra mulher que já dividiu os lençóis comigo, nunca estive tão sexualmente atraído por alguém como me sentia por Erin. Não pelo baile de máscaras ou sequer pelo nosso flerte. Aquilo era pura química, como se nossos corpos fossem feitos para estarem unidos, e eu duvidava que isso fosse culpa desse navio promíscuo.

Não, Cristo, eu a desejava apesar de todo o cenário erótico.

Sabendo que a conhecia, que tínhamos um passado, as coisas se tornaram ainda mais significativas.

— O que eu preciso fazer? — Admiti pela primeira vez em anos que precisava da ajuda do louco do Zane.

— Eu e Yan vamos te ajudar — garantiu. — É isso mesmo que você quer?

Aline Sant'Ana

Ficar mais cinco dias com essa garota?

— Estamos no Caribe ou não? — questionei, olhando pela janela do quarto, avistando o mar muito azul e o primeiro ponto de desembarque, sabendo que desceríamos dali a pouco em George Town, nas Ilhas Cayman. — Claro que eu quero, porra. Acha que transar com um cenário desse não é maravilhoso?

Zane me olhou de soslaio e deu um sorriso malicioso.

— Carter McDevitt voltou à ativa, vadias.

Erin

Eu estava roendo a unha do dedão e encarando Lua, que tinha um sorriso satisfeito no rosto por ter passado a noite toda com um ruivo irlandês. Ela estava me perguntando algo da noite passada, tipo, quem era o homem com quem eu fiz loucuras na banheira, mas eu não consegui dizer uma palavra sequer para ela sem me odiar por mentir.

— Então, ele era loiro mesmo? — Ela riu, com a cara de Barbie pervertida que apenas ela tinha. — À meia-luz, nem deu para reparar, e olha que o vi duas vezes, hein?

Lua tinha me visto ser sequestrada pelo Zorro e ser retirada das mãos do Prince. Ela surgiu essa manhã tão empolgada no meu quarto que tive vontade de chorar. Não conseguia mentir para ela e também não estava preparada para eu lhe dizer tudo o que aconteceu com o seu primeiro amor.

Dentro do meu coração, uma confusão havia se formado, um nó incapaz de ser desfeito. Carter tinha mexido comigo só por me beijar no primeiro dia e aquilo já tinha sido o suficiente para me fazer piorar. Depois, teve o sexo incrível que fizemos, e era difícil pensar que não havia significado alguma coisa. Significou *tudo*. Eu tinha percebido certa familiaridade nele, mas estava tão cega pelo momento que não quis ir a fundo. Estava com um pressentimento ruim e, mesmo assim, não o escutei. Agora, o medo pelo desconhecido se tornou medo do conhecido, ao saber que o cara por quem eu estava tão encantada era alguém que eu não deveria me interessar.

— Sim, hum, quase isso. Castanho claro, olhos verdes — respondi e engoli em seco, torcendo e orando para Deus para que ela não associasse o homem a Carter. Mas ele estava muito diferente da época em que nós convivemos.

Além disso, ela não acompanhava a vida dele na banda porque não gostava de revirar fantasmas do passado.

Olha só que problema! E eu, que tinha dormido com um?

— Por que você está envergonhada sobre isso, sua safada? Pode me contar o que aconteceu!

— Lua, e o seu filtro verbal, vai bem?

— Já disse que "filtro verbal" não está no meu vocabulário. Então, vai logo: diga todos os detalhes sórdidos de como o cara gostoso te fez sentir.

Totalmente perdida sobre o que dizer, comecei a gaguejar e agarrar a barra do vestido que usava, suando frio. Quando ia abrir a boca para dizer a verdade, fui salva por um aviso nos alto-falantes de que tínhamos chegado às Ilhas Cayman. Lua praticamente se desesperou porque ela estava louca para conhecer o Caribe.

Obrigada, Deus!

— Você vai me contar tudo lá fora, amor. Agora, vamos! Temos uma praia maravilhosa com homens gostosos para conhecer.

Sabendo que essa era a minha passagem direta para o inferno, meu pensamento a respeito do seu comentário foi automaticamente para Carter McDevitt, o vocalista da The M's, que tinha feito a minha noite valer a pena e que havia quebrado o preconceito de que não existiam mais homens nesse mundo que sabiam fazer sexo decentemente. Ele, com certeza, sabia bem como fazer. Além daquela trilha de pelos que descia em seu sexo e aquela maneira de ele girar os quadris dentro de mim...

— Para de sonhar acordada, Erin! — resmungou ela, me puxando. — Precisamos colocar os biquínis.

Cerca de trinta minutos mais tarde, eu já estava suficientemente coberta de protetor solar e usava um biquíni preto, cinza e branco. As linhas de crochê com elastano e tiras de lycra brilhavam na sombra do forro de tecido de algodão, e davam ao biquíni, da marca Kiini, uma aparência moderna, tornando-o ainda mais encantador.

Fomos em direção ao corredor e me senti um pouco paranoica por cada homem de cabelo castanho-claro que me olhava. Mas a realidade é que seria muito fácil reconhecê-lo, devido às suas tatuagens, sua pose de homem famoso e sua altura. Então, por enquanto, eu estava a salvo do cantor.

Aline Sant'Ana

— Espero que aproveitem o passeio — disse uma das funcionárias do *Heart On Fire* assim que chegamos à saída. — Aqui está um mapa da cidade com os principais pontos para visitação. Vocês podem fazer a excursão com o guia de turismo ou apenas circularem livremente. Abriremos as portas às seis da tarde para retomarmos a viagem em direção à famosa Cozumel, no México. Depois que retornarem, promoveremos dentro do navio a festa no *Pub North*, com uma pequena surpresa. No *Chi-q Hall*, teremos uma opção para os amantes mais românticos.

A moça nos estendeu um folder muito chamativo e totalmente dourado. As letras marrons gravadas em alto relevo diziam: Sensações. E o outro, apenas com um fundo branco em letras bordadas em laranja, o nome: Romance.

Eu sabia que um cruzeiro apresentava diversas atividades. Quer dizer, não necessariamente quem ia para lá precisava ir para esses eventos eróticos que eles ofereciam, mas o objetivo da maioria era descobrir os acontecimentos secretos nas agendas e participar dessa quebra de paradigma. Tinha os cassinos divertidos, por exemplo, com mesas de Strip Poker; ou a degustação na cozinha, na qual era necessário descobrir o doce que está na boca de outra pessoa. Tudo isso fazia o cruzeiro ser peculiar, e, após minha amiga me contar tudo o que fez na noite passada com o tal irlandês, me senti tentada a experimentar um pouco de cada coisa.

Peguei o panfleto do Romance e joguei-o no lixo ao descer as escadas no porto.

— Por que jogou fora?

— Romance? — cogitei, franzindo o nariz. — Estou mais interessada nas Sensações, Lua.

— Estou vendo que o cara despertou um lado selvagem seu, hein?

Mordi o lábio inferior por não saber o que dizer.

— Com certeza — murmurei. — Agora, onde está aquele programa que você queria fazer? Alguma coisa a ver com arraias e golfinhos?

Lua se esqueceu do assunto por um momento, liberando-me para respirar tranquila sobre a situação na qual eu nem tive tempo suficiente para pensar. Ela abriu um largo sorriso e me puxou, descendo as escadas rapidamente para irmos de balsa até George Town. Levou alguns minutinhos para chegarmos e, assim que fomos liberadas, conseguimos chegar ao porto pelo trapiche. Havia

7 dias com você

uma série de pontos comerciais com todos os tipos de lojas e Lua parecia ter programado bem a viagem ou, ao menos, conversado direito com a amiga que tinha vindo ao *Heart On Fire*, pois ela sabia exatamente aonde ir.

O céu estava azul e com pouquíssimas nuvens, dando ao cenário um ar muito parecido com o que sonhamos a respeito do paraíso. A água era tão cristalina que surpreendia os nossos olhos. Apesar de ter nascido em Miami e ser acostumada com o mar, as Ilhas Cayman eram incríveis e não perdiam a essência nem para uma pessoa que viveu a vida inteira diante das ondas.

Encarando aquele vasto cenário, me permiti esquecer dos problemas. Lua me puxou para todos os cantos, gastando o cartão *platinum* do seu pai ao adquirir os mais diversos tipos de perfumes e maquiagens. Não sou de ferro, então acabei aproveitando o preço bom desse paraíso fiscal.

— Tem um passeio maravilhoso que a minha amiga fez com a irmã dela aqui — disse Lua, guiando-me pelas ruas próximas ao porto. — Dura quatro horas, depois a gente pode ir ao *Camana Bay* comer algo, passear pela *7 Mile Beach* e voltar para o navio, a fim de nos arrumarmos para a festa Sensações. O que acha? É um bom plano?

— O que é *Camana Bay*?

— É uma área com restaurantes, lojas, apartamentos, entre outras coisas. É próxima ao aeroporto e dizem que os melhores restaurantes do *Grand Cayman* estão lá. A gente pode se deliciar com as especiarias! Adoro experimentar temperos novos!

Lua já tinha visitado todos os restaurantes de Miami. Não por ser a filha do prefeito e muito conhecida a ponto de ir em diversos eventos, mas porque adorava a onda latina que envolvia a cidade na qual morávamos e a diversificada culinária. Existiam tantos panfletos de comidas mexicana na gaveta da cozinha da casa dela que, sempre que podia, levava um tanto para o meu apartamento. Nos raros dias em que dormia em Miami, chamava Lua e pedíamos essas variedades.

— Me fala como vai ser esse passeio.

— É um pacote que fechamos — explicou ela. — Pagamos cento e sessenta dólares e vemos os golfinhos e depois as arraias em *Stingray City*. Sério, eu vi as fotos da Donnie. O passeio é maravilhoso!

— Ok, então vamos.

Aline Sant'Ana

116

Deixamos as sacolas com a funcionária do *Heart On Fire* que ficava no porto justamente para isso. Ela anotou os nomes e nossos quartos para que elas fossem entregues em nossas cabines. Eu e Lua fomos ao local que a amiga dela indicou para comprar os pacotes dos golfinhos e arraias. Compramos a opção mais cara, pois, segundo Lua, era a mais vantajosa, além de você ter mais regalias e fazer mais atividades dentro d'água. Noventa por cento das pessoas do navio tinha ficado para trás, junto ao guia, mas, como Lua já sabia as artimanhas da ilha, decidimos ir por conta própria.

— Erin — ela me chamou, apontando para o horizonte —, aquele ali não parece o meu ex-namorado que virou *estrela do rock?*

No instante em que ela disse isso, meu coração parou e pude senti-lo gelar junto ao meu estômago. Não tive coragem de olhar para o lugar que ela apontara. Carter conhecia os passeios dessa ilha? Por que ele não estava com o guia de turismo?

— O *quê?* — quase gritei, pigarreando imediatamente quando a pequena bolsa que eu carregava caiu da minha mão. — Não, minha nossa, claro que não.

Ajeitei-me na melhor posição possível, peguei Lua pelo braço e comecei a acelerar meus passos para longe dali, me arrependendo amargamente por ter vindo de rasteirinha. Com certeza eu teria ficado melhor em meu plano de fuga se usasse os malditos chinelos ou tênis.

— É sim! Tenho certeza de que é ele. Nossa, faz tanto tempo! Não imaginava que ele tinha feito tantas tatuagens — insistiu ela, estreitando os olhos enquanto olhava à nossa esquerda. Eu choraminguei. E, então, Lua acenou. — Quem é aquele amigo moreno dele? É o Yan?

Minha cabeça não conseguia processar mais nada. Eu estava tremendo como uma vara verde por causa da culpa e meus pés não tinham intenção alguma de se mover. A sensação que me envolvia era a vontade de cavar um buraco no chão e me esconder dentro dele até não ter mais oxigênio para respirar.

Eu merecia morrer. Eu fizera um homem casado trair a esposa.

Eu era uma amiga vadia e aproveitadora.

Deus, eu amava tanto a Lua! Ela nunca ia me perdoar.

— Olha só, eles estão vindo! — Animou-se, ajeitando as mechas dos

7 dias com você

cabelos loiros, que estavam presos em uma trança lateral.

Carter McDevitt, por um momento, me fez esquecer totalmente o quão diabólico é desejar alguém que não podemos ter. Ele vestia uma bermuda preta de tecido frio que batia em seus joelhos, mas não alcançava sequer a metade do vão da sua cintura, mostrando para mim a depressão em sua pele que eu conhecia bem onde ia dar. A adaga estava quase tão exibida como tudo naquele homem: seus músculos, sua pele branca — mas com um leve toque do verão, como se o sol o tivesse beijado delicadamente —, seu sorriso meio malicioso e os tão vivos olhos esverdeados e cabelos claros, cobertos por um boné e um Ray-Ban estilo aviador. No meio do peito, um colar de cruz pendia, e eu fechei os olhos, perguntando-me se aquilo era um sinal de Deus.

Com certeza era.

— Lua, quanto tempo — disse a voz melodiosa e aveludada do cantor da The M's. Ele a abraçou brevemente e apontou seu maxilar em minha direção, enquanto sorria largamente. — Erin, tudo bem contigo? Suas bochechas estão...

— Coradas! — implicou Lua. — Nós nos esquecemos de passar protetor no rosto, não foi?

— Sim, ah, depois eu passo — desviei o assunto, lançando um olhar fuzilador para o homem que há algumas horas estava entrando e saindo do meu corpo. — Estou bem sim, Carter. E você? E a banda?

— Estou trabalhando em uma música, mesmo nessas curtas férias — murmurou, estreitando os olhos. — Esse é Yan, vocês se lembram dele?

— Como eu poderia esquecer? — Lua lançou sua trança para trás e deu um longo abraço no moreno. — Nossa, Yan, você ganhou corpo!

Rolei os olhos.

— Sim, é... Estou malhando.

— Você faz o que na banda mesmo? — Ela olhou com tanta luxúria para Yan que eu me senti sobrando.

Nós já nos conhecíamos, mas fazia tanto tempo que não nos víamos que eu também me esqueci do que Yan fazia na porcaria da banda. Eu tinha bem menos contato com o resto da The M's do que com Carter, na época em que ele namorava minha amiga.

Aline Sant'Ana

118

— Sou o baterista — respondeu, sorrindo abertamente, mostrando seus dentes brancos e lábios finos.

— Por isso seus braços são tão fortes! — Lua estava surpresa. — Nossa, quanto de altura você tem?

— Quase dois metros — respondeu, mordiscando o lábio inferior.

Caramba, ele cresceu?

Lancei um olhar para Carter e me arrependi amargamente de não focar na distração do flerte acontecendo ao meu lado. Ele estava com os braços cruzados na altura do peito, com o boné sobre os olhos e apenas uma parte dos seus óculos escuros aparecendo. No entanto, o que se fazia totalmente visível ali era o seu perfeito nariz suave e os lábios cheios que se moviam com cautela: Preciso falar com você, ele disse sem emitir som.

Eu neguei com a cabeça.

Por favor.

Insisti em negar, mas havia algo magnético nele. Eu não conseguia desviar meu olhar do seu.

Eu não sou casado, Fada.

Com o coração acelerado, hipnotizada para saber se eu compreendi bem, pisquei seguidas vezes até me dar conta de que sim, ele estava dizendo e repetindo que não era casado, além de ter usado o apelido mais doce que eu já ouvi na minha vida.

Mas, caramba, como acreditar nisso? Estava em toda a mídia fotos dele ao lado dela. Na noite anterior, eu usara meu celular para procurar a informação no Google e a primeira opção era "Carter McDevitt e esposa". Claro que encontrei diversas reportagens sobre um possível divórcio, mas não dava para acreditar em sites de fofoca. Esse homem era o centro das atenções na atualidade; a sua vida era patrimônio público. Ele era convidado para eventos como o Oscar, ganhava *Grammys*, viajava e conhecia o mundo todo. Carter era o tipo de pessoa que tinha paparazzi espreitando na porta de casa.

Ele se divorciou?

Você vai à festa Sensações ou Romance?

Lua ainda tagarelava algo com o Yan, completamente alheia a mim e ao Carter. Droga, eu precisava urgentemente dizer a ela porque não conseguia

7 dias com você

parar a culpa que corroía minhas veias.

Voltei meus olhos para Carter e ele discretamente umedeceu os lábios, não de propósito, para me provocar, apenas um gesto simples. Mas aquilo me trouxe mais uma porção de memórias da noite passada. Eu precisei fechar os olhos e respirar profundamente.

Movi a minha boca apenas uma vez, bem lenta ao dizer: Sensações.

Assim que abri as pálpebras, Carter estava sorrindo.

Carter

O plano de Zane em fazer de Yan uma distração para eu conseguir conversar com a Erin deu totalmente certo. Eu sabia que ela não descolaria da melhor amiga, mas, com a minha ex-namorada totalmente distraída, talvez ela pudesse prestar um pouco de atenção em mim. Bem, pelo menos, a parte de eu não ser mais casado foi esclarecida, agora só faltava colocar todos os pontos e vírgulas nessa história para eu poder receber o meu prêmio.

Erin embrulhada para presente ia ser fantástico.

A conversa entre Lua e Yan fluiu de tal maneira que me surpreendeu. Não por ciúmes, claro, mas o meu amigo e companheiro de anos parecia leve ao lado dela — ele mesmo —, e não um cara parcialmente comedido, correndo de um lado para o outro atrás do cumprimento dos horários. Eu realmente não sabia se Yan Sanders tinha algum interesse em Lua ou se isso funcionava apenas porque precisava distraí-la. Entretanto, quaisquer que fossem os motivos, eles estavam me fazendo acreditar que dali poderia surgir algo.

— E o que vocês pretendem fazer na praia? — perguntou Lua, distraindo-se um pouco de Yan enquanto alternava os olhares entre mim e o meu amigo.

— Nós queríamos passear de jet-ski, na realidade — eu disse, ajeitando o boné na cabeça. — Sabemos dirigir e é bem divertido.

Erin retirou o chapéu da cabeça, dobrou-o totalmente e o guardou na bolsa de praia que usava. Deus, até os seus cabelos eram lindos; aqueles fios cor de cobre reluziam ao sol. Eu me lembrava totalmente da maciez dos seus fios e do seu perfume na minha pele na noite anterior.

Meu corpo ainda estava dolorido em alguns lugares por conta do nosso exercício.

Aline Sant'Ana

120

— Parece divertido, mas eu tenho um programa bem melhor. Além disso, antes de qualquer coisa, vocês dois vão ter que me responder uma pergunta — provocou a loira, arqueando uma sobrancelha enquanto mordia o lábio inferior.

Conhecendo Lua desde sempre, eu já sabia o que ela ia perguntar antes mesmo que ela dissesse. Erin já se escondia atrás dos óculos escuros, com a mesma certeza que eu, mas Yan estava totalmente desprevenido para o tipo de mulher que ela era.

Lua era excêntrica, desbocada, atrevida, e Yan sempre foi muito centrado, estratégico e regrado. Mesmo sendo mais conquistador do que eu, ele era o tipo de homem que transava com cinco meninas em uma noite e não contava vantagem no dia seguinte. Você só ia descobrir o feito em uma brincadeira de verdade ou consequência, ou até, talvez, nas noites em que ele exagerava na bebida e se tornava pior do que Zane D'Auvray.

— Por que diabos vocês estão em um cruzeiro erótico?

Yan corou totalmente, Erin pigarreou e eu soltei uma risada. Zane, nesse exato momento, estava transando com uma mulher dentro do quarto, e sequer havia saído para conhecer o Caribe. Sim, o cara estava mais interessado em quantas aventuras sexuais ia ter do que na viagem e no turismo. Então, o filho da mãe não estava aqui para ajudar a responder essa.

— Vocês se lembram do Zane? — perguntei às duas, mas meus olhos não deixavam Erin.

Como poderiam?

O biquíni que ela usava me deixava ter uma memória ao vivo e a cores de como era o seu corpo quase nu. Apesar de tê-la visto metade embaixo d'água, sabia bem como eram as suas curvas, a ondulação dos seus quadris, a força das suas pernas, o tamanho dos seus seios e o gosto que sua pele tinha. Cara, eu sabia como nos encaixávamos bem e não existia nada mais doce do que essa lembrança.

— Sim, nós lembramos — Erin disse.

— Então — forcei minha voz a sair e os meus pensamentos a se recolherem para outro momento —, o convite veio dele. Eu faço aniversário dia dezessete e ele quis aproveitar o cruzeiro para me presentear com algo diferente.

7 dias com você

— Mas você não é casado? — perguntou Lua, semicerrando os olhos.

Olhei para Erin e sorri.

— Não mais. Estou divorciado há alguns meses. Em dezembro, vai fazer um ano que assinei os papéis.

— Ai, que tristeza! Pobrezinho. Como está lidando com isso? — perguntou minha ex-namorada.

— Estou lidando bem. Ontem, na realidade, foi quando tudo mudou — garanti, estreitando meus lábios em uma linha fina, sabendo que Erin ouvia tudo o que eu estava dizendo. — Acho que eu precisava me libertar das amarras e conheci alguém que fez isso com maestria.

— Se libertar das amarras? — questionou Lua. — Que tolice, o bom mesmo é se prender... com cordas.

Rindo, Lua lançou seus cabelos loiros ao vento e puxou Erin para si, apenas deixando a ruiva me direcionar um sorriso cúmplice que eu adorei retribuir. Encabulado, cocei a nuca e senti que meus lábios não conseguiam parar de se erguer nem um pouco. Eu estava totalmente fascinado, em três dias, por uma garota que durante sete anos da minha vida foi apenas a melhor amiga de uma ex-namorada.

Como o mundo dá voltas.

— Você está sorrindo. — Yan me cutucou, trazendo-me do devaneio e da maneira que eu admirava o caminhar da Erin.

Ela estava longos passos na minha frente e a vontade que eu tinha era de pedir que ela movesse aquele corpo da mesma maneira, mas sobre o meu.

— Eu sei — sussurrei em retorno, dispersando-me, enfiando as mãos nos bolsos da bermuda. — Você acha que ela vai dar mais uma chance para nós dois?

— Eu acho que ela gostou de você, mas teme a reação da Lua — elucidou Yan. — Acredito que essa noite, durante a festa, para vocês se sentirem confortáveis um com o outro, precisarão ser sinceros com a amiga dela. Porque, cara, isso pode dar problema depois. Sinceridade é tudo e eu já percebi que Lua é muito delicada, apesar da boca suja. A garota pode ser sensível.

— Ela é realmente. Chorou horas depois de assistir Um Amor Para Recordar na época que a gente namorava.

Aline Sant'Ana

Yan riu.

— Todo mundo chora com aquele filme — rebateu.

— É — respondi —, bom ponto.

Caminhamos por uma das largas avenidas da entrada de *Grand Cayman,* notando que não havia muito como se perder dali. Era um local de fácil acesso e você podia ver o mar em cada ângulo que olhava, mostrando-nos o navio por onde quer que passássemos. A primeira impressão que eu e Yan tivemos foi excelente. Achamos a cidade limpa, organizada e, como todo mundo falava em inglês, era tranquilo. Uma das coisas que mais chamavam atenção era o visual bem alegre e colorido, dando a impressão de que, sim, estávamos no Caribe. Não tinha como esconder isso.

A cidade possui uma excelente estrutura para o turismo com vários hotéis, bares, lojas e muitas opções de lazer. *Grand Cayman* lembrava a cidade de *Clearwater*, na Florida. Eu, Zane e Yan passamos uma semana lá na casa dos parentes do Yan e a semelhança era grande.

— Seu palpite deu certo, Carter — disse Yan, puxando assunto. Percebi que seus olhos não saíam da Lua. — Elas não quiseram o guia.

Conhecendo a personalidade de Lua, imaginei que ela não aceitaria ter hora para visitar os pontos mais interessantes e levaria Erin para uma aventura somente as duas. O meu palpite foi confirmado quando vi o cabelo colorido e o rebolar único da minha ruiva. Cara, eu tive sorte de encontrá-la no meio da multidão

— Encontramos o lugar para começarmos o passeio — gritou Lua, a uma boa distância de nós. — Venham logo!

Apressamo-nos e conseguimos alcançar as duas garotas. No meio do caminho, peguei meu celular e tirei uma foto da vista com o mar de fundo, o trapiche, a areia e, casualmente, metade do corpo da Erin, que foi enquadrado no canto direito da foto. Na imagem, apareceu apenas metade do seu braço e sua perna, um pouco das costas e os cabelos vermelhos ao vento. Não pensei sobre a repercussão disso na mídia porque, para todos os efeitos, era apenas uma garota que estava lá.

Assim que postei no Instagram com a legenda: *"Curtas Férias. Caribe! ;)"*, uma série de fãs que estavam online automaticamente iniciou uma chuva de comentários pedindo que eu tirasse um selfie. Balançando a cabeça em negativa, mas pensando nelas, virei o aparelho e tirei uma foto mostrando

7 dias com você

a língua para a câmera. Virei a tela do celular, vi que a fotografia ficou boa e sequer coloquei algum filtro quando enviei para a rede social, que, novamente, já tinha vários comentários, declarações de amor e pedidos de casamento.

Eu sorri porque, cara, ser famoso muita gente pode ser, mas ser adorado é algo difícil, e eu amava cada menina desconhecida que ouvia as minhas músicas, me tinha como exemplo ou simplesmente era fã. Adorar, amar, independente de qualquer coisa. Existe algo mais bonito e puro do que o amor de uma fã? Não, realmente.

— Você está distraído — disse Erin, aproximando-se de mim.

Lua estava em uma discussão com o homem do barco, dizendo que não ia vestir o colete salva-vidas, enquanto Yan negociava com o outro rapaz os tipos de passeio e o que eles iam ter. Eu não estava me importando muito, desde que estivesse ao lado da Erin. Queria demais que ela se soltasse comigo, que tivesse a confiança de que eu não era um homem capaz de trair a esposa por causa de uma aventura.

Estava divorciado, segundo a justiça. Já assinei os papéis e ela também. Estávamos mais do que livres para aproveitar a vida e eu queria curtir esse momento com a minha Fada, desde que ela permitisse.

— Postei uma foto no Instagram — expliquei, sorrindo por vê-la puxando assunto.

— Ah, é? — perguntou, se sentindo mais à vontade ao meu lado.

Seus olhos foram para a tela do meu celular e soltei uma risada baixa pela sua curiosidade enquanto virava para ela ver o que estava acontecendo ali.

— Hum, que bonito — ela brincou, vendo a minha fotografia. — Pra que essa língua de fora?

— Gosto de fazer graça — disse honestamente, dando de ombros. — Não curto muito meu sorriso.

— Por quê?

— Não sei. Talvez porque ele não chegue aos pés do seu. Sorrisos bonitos são raros, Fada.

— E o meu é um desses sorrisos raros?

— É. — Suspirei, desviando meus olhos para os seus lábios delicados. —

Aline Sant'Ana

124

Suficientemente raro e perfeito.

Erin sorriu e molhou sua boca com a ponta da língua.

Estar ao lado dela, de alguma maneira, estava me fazendo mais do que bem. Não era só o sexo de ontem ou a minha vontade de arrancar cada ponto de tecido do seu biquíni, mas sim porque eu me lembrava da Erin do passado. Ela era bem mais quieta do que agora, porém, sempre com esse jeito doce perto de mim, como se me deixasse levar a vida no modo mais tranquilo.

Lembro-me bem do dia em que ela excedeu na bebida, na época em que éramos jovens em uma das festas que a Lua adorava dar. Bem, não havia mais ninguém na casa do lago do meu pai para me ajudar com o problema de ter uma garota passando mal nos meus braços. Lua tinha compromisso com o político Anderson no outro dia de manhã, e eu prometi que levaria Erin para casa em segurança. No entanto, a vida fez planos diferentes.

Naquela noite, eu limpei o vômito dela, lavei seu rosto, seus pulsos, e soube que Erin não poderia aparecer na porta dos pais como se tivesse sido espancada pelo álcool. Então, eu a deixei dormir na cama e a assisti repousar por longas horas até sentir vontade de, subitamente, acordar e vomitar de novo.

Várias vezes.

Mas acontece que, após ela recobrar a consciência, nós conversamos por um longo tempo e eu descobri um pequeno lado dela que eu não fazia ideia que existia. Erin era determinada, embora com falta de confiança em si mesma. Ela lutava pelos ideais e pelos sonhos, ainda que não tivesse o apoio da família. Além disso, era linda. Na realidade, naquela época, não tinha a metade da beleza que tem hoje, porém não deixava de ser encantadora.

Tudo o que eu pude ver ali, deitada na minha cama, de ressaca, era a melhor amiga da menina que eu namorava, e esse não é o tipo de problema que passa na sua cabeça e vai embora, é o tipo de coisa que enraíza e te coloca em um patamar tão distante da realidade que fica difícil você voltar depois. Proibido. A palavra ecoa na sua cabeça e é nisso que você foca.

Nos segundos em que vi Erin com outros olhos, com todas as qualidades que ela tinha, acabei não me permitindo ver esse ângulo novamente e assim fechei o ciclo. Nunca mais vi a garota dos olhos azuis como uma pessoa bonita, mas como a melhor amiga da minha namorada.

7 dias com você

É, não estou muito orgulhoso de pensar sobre isso, mas a verdade é que eu estava com a namorada errada.

O tempo todo.

Erin

Carter estava agindo de modo peculiar e eu não sabia o que era. O semblante atípico, com os óculos escuros envolvendo o seu rosto duro, estava totalmente virado em direção ao meu. Ele me olhava como se eu fosse a chave para todo e qualquer enigma, sendo que... Droga, o que havia com ele?

— Demora quarenta e cinco minutos para chegar lá — animou-se Lua, puxando-me para ela, tirando-me do devaneio sobre Carter. — Mal posso esperar para mergulhar com os golfinhos. Podemos ir em pares, segundo o rapaz.

— Eu posso ir com você, se quiser — ofereceu Yan, sorrindo.

Ele era muito bonito. Seus cabelos castanho-escuros arrepiados tinham alguns fios dourados, como se ele realmente fosse um homem que ficasse ao sol. A pele suavemente bronzeada e os olhos no exato tom castanho cinzento, como duas piscinas irreais, estavam voltados para a minha melhor amiga.

Eu sabia que ela estava interessada nele. Então, não foi nenhuma surpresa Lua ir decidida até o homem, entrelaçar sua mão na dele e o levar o mais perto possível da borda, pronta para sentar ao seu lado no barco.

Minha cabeça, no entanto, não estava nada decidida como a da minha melhor amiga.

Comecei a pensar sobre a proximidade que um passeio tão romântico com golfinhos e arraias gera. Ir em pares deixava claro que eu me separaria de Lua e ficaria com Carter por algumas horas. Por mais que estivéssemos com instrutores e em mar aberto, não tinha certeza se isso poderia me fazer resistir ao desejo de tê-lo mais uma vez. Vê-lo assim, sem camisa, com todas as tatuagens à mostra, com todo o seu lindo corpo em exibição, era um atestado de perdição. Carter era maravilhoso e, por mais que eu quisesse colocar alguns limites entre nós dois antes de contarmos para Lua, podia ver em seu sorriso que ele estava contente por termos um tempo para nós dois. Eu não sabia o que pensar sobre essa reação dele. A minha vontade? Beijá-lo até o ar sair dos meus pulmões. Mas minha parte racional sabia que precisava agir com toda a

Aline Sant'Ana

cautela do mundo.

Carter me deu espaço para sentar ao seu lado no barco. Sua perna ficou encostada na minha e eu tive que fechar os olhos e tomar fôlego por um segundo antes de partirmos. Era incrível o poder que ele exercia sobre mim sem sequer saber; toda a adrenalina que causava acelerando meu coração e a dopamina liberada pelo efeito de euforia. Não precisava me lembrar dos tempos de escola para saber que a paixão era um coquetel químico dentro dos nossos corpos que ativava tantos hormônios e sensações impossíveis de conter. Meu estômago quase pulava por causa das borboletas que saracoteavam dentro dele, e a respiração pesada, mesmo ao ar livre, deixava-me incapaz de exercer as funções básicas.

O dono do barco girou a chave, fazendo o motor rugir e o barco acelerar. Carter entrelaçou nossos dedos, assustando-me imediatamente. Abri os olhos e virei para ele, observando seu sorriso torto.

— Você está tremendo. Tá tudo bem? — perguntou, trazendo sua boca para perto do meu rosto, pois seria impossível conversar em meio ao som ensurdecedor.

— Eu nunca andei de barco — menti, porque não queria que ele soubesse que meu nervosismo estava associado a ele.

— Fada, você mora em Miami — Carter falou em um tom zombeteiro. — Tem certeza de que essa reação não é pela nossa proximidade?

— Não faça isso — pedi, olhando Lua pela minha visão periférica. Yan estava bem próximo dela, como Carter de mim. Minha melhor amiga sequer estava preocupada comigo. — Por favor, eu preciso contar para a Lua primeiro.

— É, eu sei — concordou sem tirar o sorriso do rosto. Carter desceu os olhos para os meus lábios, meu queixo, pescoço e o decote do biquíni. — Mas isso não me impede de desejá-la.

— O que tivemos foi um erro — disse em voz alta, tentando convencer a mim mesma, em primeiro lugar.

— Então — Carter dessa vez colou sua boca na minha pele próxima ao lóbulo da orelha. O arrepio subiu em mim como somente uma bebida alcoólica com alto teor faria; tão rápido que não tive tempo de suspirar —, considere-se o meu erro favorito.

7 dias com você

CAPÍTULO 10

Can't you see it?
I was manipulated
I had to let her through the door
I had no choice in this
I was the friend she missed
She needed me to talk

— Calvin Harris feat John Newman, "Blame".

Sete anos atrás

CARTER

— *Você está se sentindo melhor?* — *perguntei, passando uma toalha úmida na sua testa.*

Erin, a melhor amiga da minha namorada, estava suando frio por causa da bebedeira e eu não sabia o que fazer. Deus, a garota estava mais pálida do que uma folha de papel e vomitava de cinco em cinco minutos. Talvez fosse melhor levá-la para um hospital.

— *Eu estou bem. Nem pense em se levantar e chamar alguém para me tirar daqui. Se meus pais descobrirem, vai ser o inferno na terra.*

Lua comentou, durante esses meses que estávamos juntos, um pouco sobre a situação da Erin. Os pais dela não aceitavam a decisão da garota de optar por moda. Segundo eles, isso não a faria ter uma vida decente. Cara, eu não fazia ideia como era não ter o apoio, ao menos, de alguém da sua família. Apesar de ser músico, meu pai acreditava em mim, e, mesmo que hoje em dia todo mundo quisesse um pouco de fama, o velho tinha fé.

— *Não vou chamar seus pais* — *garanti a ela.* — *Só pensei em te levar ao hospital.*

— *Tudo bem, mas não precisa. Eu sou menor de idade e eles vão chamá-los de qualquer forma.*

Ela pegou o balde que estava debaixo da cama e cuspiu. Não havia mais nada em seu pequeno estômago para ser expelido, mas ele ainda regurgitava

Aline Sant'Ana

por estar dolorido e enjoado.

— Vou fazer um chá para você — pensei alto, me levantando do chão. Estava sentado em posição de índio ao lado da cama, cuidando dela. A garota era muito silenciosa, muito na dela, e eu sempre me preocupava. Erin dava a impressão de ser frágil. — De que sabor gosta?

— Nesse momento, nenhum. Acho que preciso dormir um pouco.

Senti sua temperatura novamente e a pele branca estava gelada. Limpei mais um pouco o suor da sua testa, observando os seus cabelos, agora cor de fogo, depois de tantas cores que ela já os pintou, e a cobri um pouco, mantendo-a aquecida. Aproveitei para levantar, aumentar três graus do ar-condicionado e fechar a porta, para lhe dar um pouco de privacidade.

Suspirei e lancei um último olhar para o quarto, pensando que, durante todo esse tempo, Erin não havia se interessado de criarmos uma amizade. Eu queria muito desenvolver um elo com a melhor amiga da minha namorada, mas parecia que nada me faria aproximar-me dela. Erin era arredia, sempre encontrava uma desculpa para não ficar perto de nós e eu me perguntava o que ela tinha contra mim. Talvez fosse somente o ciúme de ter que dividir o tempo da sua melhor amiga com um cara.

Com esse pensamento, fui preparar um chá, disposto a fazê-la tomar assim que acordasse.

Duas horas mais tarde, Erin despertou. Ela envolveu uma manta em seu corpo e caminhou até a sala, onde eu estava movendo a lenha da lareira com um graveto comprido e torto. Apesar de ser alta, seu corpo parecia pequeno demais quando ela se aconchegou no sofá.

— Obrigada — disse, coçando a ponta do nariz com a unha. — Desculpe por tudo o que te fiz passar.

— Limpar vômitos e dar praticamente um banho seco em garotas é o meu forte — brinquei, tentando amolecer o coração dela em relação a mim. Eu realmente queria me aproximar. — Sinto muito por você ter ficado tão mal.

— Não é culpa sua — apressou-se em dizer. — Quer dizer, é culpa de um garoto que eu gosto. Não é recíproco, então, isso acaba atormentando a minha cabeça. Tudo o que eu precisava era de uma bebedeira dessas.

7 dias com você

Os olhos azuis dela pareciam se perder nas chamas disformes da lareira. Eu larguei o graveto, limpei minhas mãos nos jeans e me sentei perto dela, notando que embaixo dos seus olhos existiam duas bolsas roxas decorrentes do mal-estar.

— Quer dormir mais um pouco? — perguntei.

Ela negou.

Ficamos em silêncio.

— Sabe, Carter, eu tenho sido uma vadia com vocês nesse meio-tempo. Não quero atrapalhar você e a Lua. Me dei conta de que o fato de estar com a vida amarga me fazia jogar um ácido sobre vocês. Estou sendo muito boba com isso, e eu sinto muito. Vou tentar melhorar — murmurou ela, sem me olhar diretamente.

— Obrigado. Eu realmente estou gostando da Lua e queria me dar bem contigo.

Ela sorriu e seus olhos brilharam, esvaecendo do azul-céu para adotar as chamas da lareira.

Nossa, Erin era bonita.

Pisquei, percebendo isso só agora. Ela tinha olhos de gato, lábios bonitos e um rosto delicado. Estava um pouco longe da beleza clássica da sua melhor amiga, mas Erin tinha características muito doces, como a forma que seu nariz se arrebitava e algumas pintinhas que marcavam as bochechas muito claras.

— Não tem problema — respondeu, virando-se para mim. — Vamos começar novamente, como naquele dia do sofá na casa da Lua que você tentou puxar papo comigo. Podemos fazer isso?

— Sim — murmurei, atônito ainda pela minha constatação. Caralho, meu coração parecia que ia correr para fora do peito. A proximidade com ela, o seu cheiro de banho recente, o modo como ela tinha vestido o meu moletom limpo e as minhas calças. Não me lembro da Lua já ter ficado com alguma peça minha. — O que você quer saber sobre mim?

Não consegui evitar o sorriso. Olhar Erin daquela forma fazia parecer que vivíamos em outro universo, onde eu poderia conhecê-la melhor e eu não era o namorado da sua melhor amiga.

Que estranha a sensação de que já a vi em algum lugar, em outro tempo.

Aline Sant'Ana

— Quero saber como descobriu o seu talento — disse, pensativa. — E quero saber o que mais gosta de comer.

— Sério? — perguntei, olhando-a atentamente.

Eu precisava parar de olhar a maneira como os seus lábios se mexiam, precisava quebrar o encantamento. Erin era mágica, seus cabelos brilhantes, seus lábios suaves pareciam tão macios...

Ela é a melhor amiga da sua namorada, porra!

— Sim. — Sorriu. — Comece. Depois você escolhe o que quiser.

Perdi a noção do tempo que passamos conversando, rindo e criando uma espécie de amizade. Erin era inteligente, com um humor ácido, às vezes, mas adorável. Ela tinha a maneira dela de ver o mundo, e isso me atraía em uma mulher. Quer dizer, não sabia que isso me atraía até ver a maneira dela de viver.

O problema era que tudo isso aqui estava errado, eu não podia olhar para Erin dessa maneira. Precisava refrear os meus pensamentos e todas essas sensações ao admirá-la. Ela era incrível, mas não... Não para mim.

Eu nunca mais olharia Erin dessa forma.

Essa era a minha promessa.

7 dias com você

CAPÍTULO 11

It's like everything you say is a sweet revelation
All I wanna do is get into your head
Yeah we could stay alone, you and me, in this temptation
Sipping on your lips, hanging on by thread, baby

— Carly Rae Jepsen, "I Really Like You".

Dias atuais

Erin

Usando o colete salva-vidas, consegui me aproximar da borda e ouvir algumas instruções do guia, que já estava acostumado com as dúvidas dos turistas. Ele, bem, já lidou com os surtos de Lua, que, a essa altura, estava muito agarrada ao Yan, sequer prestando atenção ao treinamento para nadar com os golfinhos. O homem, que descobri se chamar Rob, pediu para vestirmos um macacão de neoprene e deixar todo e qualquer item pessoal no porta-objetos no barco. Fiz tudo o que ele pediu, ao lado de Carter, em silêncio, e aproveitei para amarrar meus cabelos em um rabo de cavalo mais justo, ansiosa para mergulhar com os animais dóceis do programa Dolphin Cove.

— Você está linda — sussurrou Carter provocativamente ao pé do meu ouvido.

— E você é um sem-vergonha — repliquei, sem conseguir segurar o sorriso.

— Bem que você gostou ontem à noite — brincou, com uma piscadela, cruzando os braços na altura do peito.

Um homem podia ficar mais sexy? Impossível. Ele precisou tirar o boné e o comprido colar de cruz por questões de segurança, então, seus cabelos estavam totalmente bagunçados, e aquele sorriso debochado, que pontuava uma pequena covinha na bochecha direita, estava me fazendo questionar por que eu não tinha reparado naquela covinha antes.

Carter McDevitt é uma espécie de pecado em forma humana.

— Agora, vamos entrar nesse mar, Fada. Vem desfrutar do paraíso

Aline Sant'Ana

comigo! — disse ele, abrindo os braços, saltando sem olhar para trás no extenso azul do mar.

Trêmula de expectativa, escutei a autorização do guia para ir primeiro com o vocalista da The M's. O mar era aberto e, segundo Rob, os golfinhos não ficavam presos em tanques, mas numa espécie de redil que permitia a plena integração com o oceano. Os animais podiam ir para o mar e voltar quando quisessem, já que para eles um pequeno salto era suficiente para se livrar da área cercada. Com isso, não existiam incidentes, já que a liberdade reduz em quase cem por cento o stress dos golfinhos.

Notei que eles estavam nadando perto de nós, colocando suas cabeças para fora da água e fazendo sons típicos e fofinhos. Soltei uma risada ao ver Carter já recebendo um beijo de um deles, enquanto o fotógrafo do passeio registrava tudo. Lua e Yan estavam do outro lado e não poderiam nos ver. Rob disse que essa separação de áreas era comum em dias de cruzeiro, já que tinha muita gente para visitar. Ainda assim, sabia que desfrutaríamos dessa regalia em primeira mão, pois, com o guia de turismo, o passeio levaria horas para ser concluído e, provavelmente, quando saíssemos, seria o momento certo dos turistas chegarem.

Carter me chamou mais uma vez e aquilo foi o suficiente para eu me jogar no mar. A água era inacreditável de tão maravilhosa, morna e transparente a ponto de eu conseguir ver meus pés embaixo dela. O colete salva-vidas estava bem firme no meu peito e senti quando uma mão o agarrou e me puxou.

— Oi — disse Carter. Seus cabelos castanhos molhados pareciam quase pretos e os olhos, naquele tom magnético de verde, estavam ainda mais claros, em contraste com o mar.

Estávamos próximos um do outro. Tão próximos que Carter segurou a minha cintura e deixou sua respiração bater nos meus lábios. Naquele momento, eu era incapaz de dizer não, caso ele avançasse, e meu coração batia tão depressa no peito que eu tinha certeza de que Carter o sentia através do colete salva-vidas.

Com um sorriso no rosto, ele aproximou a boca da minha e beijou lentamente os meus lábios, apenas um selar de bocas que parecia ser capaz de conectar todos meus nervos em uma descarga elétrica impossível de conter.

— Vamos curtir os golfinhos, Erin?

— Sim.

7 dias com você

Ele se afastou, como se não tivesse bagunçado toda a minha cabeça, e pegou carona com um golfinho, agarrando-se às nadadeiras conforme Rob havia instruído. Eu não aguentei o momento de descontração e ri da naturalidade que ele tinha em meio àquele cenário. Carter estava em casa, brincando com os animais, recebendo beijos e carinho.

— Vem curtir, Erin! — disse ele, suficientemente afastado.

Rob chamou um dos lindos golfinhos para mim, que veio saracoteando feliz pela água, rindo enquanto fazia gracinhas. Eu me aproximei e dei um selinho no seu bico salgado, percebendo que ele movia as nadadeiras em agradecimento.

— Você é tão lindo, senhor golfinho — elogiei, fazendo carinho em seu corpo, me sentindo comovida pela experiência.

Eram tão carinhosos que se acomodavam em nossas mãos para receber atenção e se afastavam para fazer surpreendentes saltos exibicionistas. Fiquei emocionada quando segurei nas fortes nadadeiras de um deles para passear. Seu nado era ágil, preciso e gracioso. Navegavam pelas áreas mais seguras, como se soubessem que nós não iríamos para qualquer outro lugar além daquele limitado espaço.

O fotógrafo estava registrando cada segundo e havia um cinegrafista de prontidão, fazendo um filme desse passeio. Quando Carter retornou da carona com o golfinho que estava apaixonado por ele, sorri e tive plena noção de que tudo podia transparecer com apenas o olhar.

— Que loucura! — exclamou ele, retirando a água dos olhos. — Isso aqui é muito mágico!

— Vocês deram sorte de encontrarem o casal da ilha. Você está com o Flinn, e você, senhorita, está com a Cilly. Esses dois são nadadores privilegiados. Às vezes, saltam até cinco metros acima da água e, acreditem, já registrei cinquenta quilômetros por hora na velocidade deles, batendo recorde — falou Rob em seu sotaque britânico.

— E eles são um casal? — perguntou Carter, lançando um olhar para mim.

— Flinn é parceiro da Cilly há cinco anos, que foi quando começamos a registrar o afeto deles. Ambos tiveram um filhote, que agora está brincando com o casal amigo de vocês — explicou Rob.

Aline Sant'Ana

Flinn saltou junto à Cilly, como se quisesse nos mostrar que era verdade o que Rob estava dizendo. Eu sorri e aplaudi, sentindo Carter se aproximar.

— Eles geralmente abordam pessoas que estão noivas ou que namoram. Temos até uma brincadeira nessa ilha a respeito de Cilly e Flinn: eles são casamenteiros. — Rob sorriu com sabedoria. — Vou deixar vocês aproveitarem mais um pouco antes de irmos ver as arraias. O que acham?

Eu estava envergonhada, o que era idiota, se levasse em consideração as coisas que fiz entre quatro paredes com Carter. A questão é que aquilo ali já era levar a relação complicada que tínhamos para um patamar ainda mais complexo.

— Eu acho fantástico e você, amor? — perguntou Carter, em tom zombeteiro, e eu estremeci com a última palavra.

— Tudo bem, vamos ver as arraias — respondi, recebendo o olhar tentador daquele pedaço de pecado, obrigando-me a desviar a atenção para outro lugar.

De onde estava, eu podia ver os peixes embaixo de nós nos instantes de calmaria e o par de golfinhos pulando e se curvando, dando-nos as boas-vindas ao Caribe e um breve adeus. Eu sorri, sentindo-me com a alma lavada, encarando o céu azul tão vasto quanto o oceano esverdeado à minha frente. Mas, por mais incrível que pudesse parecer, toda aquela imensidão não era nada se comparada à cor dos olhos de Carter e a maneira como ele fazia eu me sentir. Estava perigosamente encrencada e, naquele segundo, percebi que três dias é tempo suficiente para você se apaixonar por alguém.

CARTER

Eu gostava de provocá-la a respeito de nós dois, pois não tinha nada mais bonito do que ver suas bochechas pegarem fogo como seus cabelos cor de cobre. Erin era deliciosa e eu adorava saber a reação que causava nela. Cara, eu ficava no céu toda vez que isso acontecia.

Subimos no segundo barco, em direção à *Stingray City*, que, de acordo com Rob, é a atração mais popular das Ilhas Cayman e conhecida como a cidade das arraias. Nada além de um banco de areia com o mar com um metro de profundidade, mas que permitia total interação com os animais.

— Como foi o passeio de vocês? — perguntou Lua, sem esconder a mão no braço do meu amigo.

Lancei um olhar para ele, tentando compreender em que patamar estava aquela relação, mas Yan apenas negou com a cabeça, dizendo emudecido que não avançou nenhum sinal.

— Foi divertido. Eu não sabia que Carter tinha tanta facilidade para nadar com os golfinhos — disse Erin, sorrindo. — O que vocês fizeram lá?

— Nós nadamos com eles e assistimos a saltos incríveis. Não sabia que os golfinhos eram capazes de pular tão alto! — contou Lua, muito animada.

— Sim. Eles são lindos, não é? Tão dóceis! Vocês receberam as fotos que tiraram? — Erin quis saber.

— Sim. — Lua mostrou o CD das fotografias e o DVD da filmagem.

Após sairmos do mar, nos secarmos e nos vestirmos, Erin e eu recebemos um compilado de fotos que os funcionários tiraram. Demorou cerca de trinta minutos desde que saímos do mar e fomos em direção à cabana do *Dolphin Cove* para eles organizarem os arquivos.

Erin estava muito ansiosa para ver Lua e nós nos apressamos para não irmos antes do casal. De qualquer maneira, eu queria um tempo sozinho com a Erin, mas me contentaria se só conseguisse convencê-la de estar comigo na festa. Sabia que a Lua era o motivo principal para Erin não me deixar tocá-la.

Só que, caramba, nós tínhamos que resolver isso logo, porque eu não conseguia manter as mãos longe da minha Fada. Eu queria beijá-la e fazer carinho nela em público, sem pensar nas repercussões que isso teria. Queria dizer coisas em seu ouvido que arrepiariam cada pelo do seu corpo e tocar os lugares mágicos que a deixavam excitada.

Erin Price me acendia como ninguém e eu não tinha vergonha de admitir isso. Depois de tantos anos, jamais pensei que a veria novamente ou que ela seria responsável por conectar esse interruptor que há tanto tempo estava desligado. Precisava ficar sozinho com ela essa noite e garantir que, apesar do imprevisto, Erin não desistiria de nós, não quando ainda tínhamos quatro dias juntos.

Fomos de barco por cerca de trinta minutos até chegarmos a *Stingray City*. Havia uma porção de pessoas gritando e rindo com medo dos animais e das sensações que eles causavam. Arraias de diversos tipos e tamanhos

Aline Sant'Ana

passeavam entre as pernas dos turistas, pedindo alimentos e recebendo carinho.

Contando por alto, percebi que havia mais de duas dúzias.

— Acho que estou com medo — disse Lua.

— Não fique — garantiu Erin. — Elas não farão mal algum a você.

Lua e Erin desceram juntas e receberam o auxílio do instrutor, dizendo que elas não poderiam dar qualquer demonstração de ataque aos animais, apenas carinho e companheirismo. Ele deu às garotas pedaços de lulas para alimentar as arraias e snorkels para que pudessem mergulhar e aproveitar mais da experiência.

Com a água na cintura e aquela imensidão azul e transparente envolvendo Erin, percebi que ela era capaz de fazer meu coração acelerar, e mordi o lábio para, mais uma vez naquele dia, conter a vontade louca que tinha de beijá-la lenta e demoradamente.

— Cara, você precisa controlar esse olhar.

Olhei para Yan, que estava com os braços cruzados, apenas esperando o sinal positivo do instrutor para descermos. Suspirei e passei os dedos entre meus cabelos bagunçados do mar.

— Impossível, Yan.

— Lua vai perceber antes que a Erin conte. Você quer criar um atrito entre elas?

— Não, eu não quero estragar a amizade que elas têm, mas também não posso esconder o que estou sentindo.

— E o que você está sentindo, Carter?

Erin soltou uma risada quando a arraia comeu a lula de sua mão e o primeiro olhar que ela buscou foi o meu. Ela abriu um sorriso sincero, fazendo aqueles olhos azuis brilhantes parecerem espelhar o oceano ao invés do mar exótico à sua volta. Não consegui me conter e retribuí o gesto, lembrando-me de como ela ficava doce quando sorria, sete anos atrás.

— Eu não sei, Yan — respondi, aprontando-me para descer. — Eu realmente não sei.

7 dias com você

Erin

O passeio com as arraias foi magnífico. Eu jamais pensei que teria uma experiência como essa, alimentando-as e deixando que elas nadassem tão perto de mim. Confesso que, quando Rob mencionou o veneno que elas carregam na cauda, eu e Lua ficamos receosas, mas, percebendo que as arraias não nos fariam mal algum e apenas ficavam na superfície para receber carinho, nos soltamos e brincamos muito com elas.

Yan e Carter foram adorados pelos animais, logo pegando o jeito, de acordo com as dicas de Rob. Em um momento de descontração, Yan tirou Lua da água e a jogou sobre o ombro. Ela gritou e soltou uma série de palavrões que não deveriam ser ditos na frente dos turistas, mas eu percebi o quanto minha amiga estava encantada por ele. Não foi surpresa quando Yan a escorregou por seu corpo lentamente e segurou sua bochecha com carinho quando ela já estava no mar. Seus olhos se encontraram e o vi sorrir contra os lábios dela antes de beijá-la.

Carter pigarreou e eu desviei o olhar, sorrindo bobamente, feliz por ter assistido esse instante. Lua era romântica. Ela provavelmente reviveria esse momento no meio das arraias pelo resto da vida e, por mais que isso tivesse prazo para acabar, uma parte minha torcia para que entre Lua e Yan as coisas funcionassem como nos filmes de romance.

— Ele é um cara legal? — perguntei ao Carter, aproximando-me dele.

Pelo desnível da areia em nossos pés, fiquei quase na altura dele. Nossos braços ficaram colados e nós demos mais uma porção de lulas para as arraias que se debatiam animadamente em nossas pernas, fazendo graça.

— Ele não é o melhor cara do mundo, se é isso que está perguntando. Yan sempre foi o mais quieto de nós, mas nunca deixou de curtir a vida, entende?

Pela resposta dele, soube que Yan era galinha. Meu coração afundou no peito, mas me lembrei que, se tinha alguém que poderia lidar com um homem assim, essa pessoa seria Lua, já que dificilmente ela se apegava a um bom rapaz e adorava os *bad boys*.

— Eu não posso colocar a mão no fogo por ele — continuou Carter —, mas confesso que nunca o vi beijar uma garota daquela maneira.

Aline Sant'Ana

138

Isso era o suficiente, por enquanto. Eu e Lua sempre cuidamos uma da outra nos quesitos rapazes, trabalho e vida. Desde crianças, criamos essa espécie de escudo superprotetor e não havia ninguém capaz de penetrá-lo. Nós aconselhávamos uma à outra e nos protegíamos para que não ninguém partisse nossos corações. Não era infalível, mas funcionava.

Saímos daquela água com outra perspectiva. Yan e Lua não paravam se de beijar e fazer carinhos um no outro. Toda vez que Carter via, me lançava um olhar cheio de significado, aquecendo minha memória e meu corpo com lembranças das coisas que tínhamos feito.

Pegamos carona até o *Camana Bay*, percebendo que o sol já não estava a pino. Tínhamos cerca de duas horas para voltar ao cruzeiro antes de encerrar o embarque. Eu e Lua decidimos ir a um dos restaurantes indicados por Rob, que se despediu de nós assim que saímos do barco. O local se chamava *Ortanique* e, segundo ele, era uma das redes mais famosas do Caribe.

— Você está gostando da viagem? — perguntou Carter, assim que entramos no restaurante. Ele me guiou com a mão na base das minhas costas e eu tive de prender a respiração pelo efeito que isso me causava.

— Sim — respondi idiotamente, ouvindo sua risada baixinha.

— Você vai gostar mais depois que passar a próxima festa comigo.

— Sobre isso... eu não sei se seria bom irmos juntos, Carter. Lua vai perceber e eu preciso encontrar uma hora para conseguir contar a ela.

— Se não me falha a memória, Lua sequer vai dar atenção a você, por estar com Yan nessa festa. Ela vai te deixar completamente livre para mim — sussurrou no meu ouvido, prometendo, indiretamente, uma série de coisas que fizeram a minha pele formigar de antecipação. — Então, a única coisa que te impede de passar a noite recebendo beijos em cada parte do seu corpo é você mesma. Me diz, Fada, você não quer?

Estar com Carter durante esses dias me fez perceber o quanto autocontrole era algo relativo. Por exemplo, sua mente pode tentar fugir dos sentimentos, mas seu corpo não consegue disfarçar o desejo e a atração. A pele arrepia, a nuca se torna um cubo de gelo, o estômago fica revirado e o coração, acelerado. Eu sabia bem o poder que Carter tinha. Em sua mão, possuía um controle repleto de botões que me guiava para uma zona muito perigosa. No entanto, eu não conseguia resistir. Não quando sua voz vibrava no lóbulo da minha orelha; não quando seu peito tocava as minhas costas e sua mão ficava

7 dias com você

na minha cintura; não quando era tão errado querê-lo, mas, no instante em que minha mente nublava, parecia certo.

— Mesa para quatro pessoas?

Lua e Yan seguiram pelo restaurante e eu tentei mover meus pés e direcionar os olhos para qualquer outra coisa que não fosse Carter McDevitt e sua capciosa pergunta.

A decoração do restaurante era propícia a te deixar à vontade. O ambiente agradavelmente familiar fazia o estilo à meia-luz, com luminárias arredondadas em tom amarelado e laranja. *Ortanique* era um restaurante decorado com cores quentes, madeira, papéis de parede de flores e arabescos. Vi muitas bebidas na área do bar, como um bom ponto comercial caribenho. As mesas quadradas e simples davam um toque único e havia alguns locais com sofás para quem quisesse ficar mais aconchegado e afastado. Lua se sentou com Yan na área isolada e eu me juntei a eles, sendo obrigada a dar espaço para Carter se sentar ao meu lado, enquanto Yan ficava a minha frente e Lua na de Carter.

Fechei os olhos quando a mão dele tocou a minha por baixo da mesa.

— Eu acho que devemos pedir corvina grelhada com molho Bacardi e limão — aconselhou Lua. — Clássico do restaurante. É o que diz aqui.

— Por mim tudo bem, baby — disse Yan e eu dei um sorriso discreto para a minha amiga por causa do apelido.

Ela sorriu para mim em resposta.

— E vocês, Carter e Erin? — indagou Yan.

— Por mim, pode ser — respondi.

Carter percorreu com a mão a minha perna e eu soltei um suspiro. Tentei afastar o contato e ele insistiu. Ele sabia exatamente como me seduzir e, como eu não vestia nada além do biquíni, era difícil fugir. Seus dedos atrevidos caminharam até a parte lateral da peça inferior do meu vestuário e eu não pude evitar fechar meus olhos. Flashes da noite passada eram tão vívidos como a ardência de uma queimadura recente. Eu sabia o quanto ele era talentoso com os dedos e com todas as outras partes do corpo, parecendo quase impossível conter a vontade que sentia.

Ele era como uma criança malvada que sabia como me tentar até me levar ao inevitável.

Aline Sant'Ana

— Erin, o que você acha de suco de laranja? — Lua me trouxe de volta à realidade.

Carter invadiu a peça e me provocou com dois dedos na minha virilha, fazendo meu estômago se retorcer em um nó e a sensação de formigamento correr até o ponto onde eu já pulsava. Mordi o lábio inferior quando ele alcançou meu clitóris.

Oh, Deus!

— Acho que... — Suspirei, incapaz de frear a sensação. O maldito estava parado ao meu lado, como se não estivesse fazendo nada, enquanto eu tinha que controlar o timbre trêmulo e manter as coxas paradas. — Preciso ir ao banheiro.

— Quer que eu vá com você? — ela perguntou, preocupada. — Você parece estar passando mal.

— É que ficamos muito tempo no mar e Erin não se alimentou — disse Carter, com um sorriso no rosto. Ele finalmente afastou a mão de mim, mas o estrago já foi feito.

Ele sabia o estado do meu desejo.

Saí antes que qualquer um deles pudesse retrucar alguma coisa. Me perdi, mas encontrei o banheiro. Abri as portas duplas e ofeguei ao chegar perto do espelho. Lavei meu rosto, pulsos e nuca, tomando ar. Eu estava completamente excitada e, saber que Carter em questão de poucos minutos atiçando meu clitóris era capaz de uma desordem dessas em meu corpo, me fez pensar por um momento em como eu conseguiria me controlar perto dele.

Quando decidi voltar para a mesa, a porta do banheiro se abriu e meus olhos encontraram os de Carter.

— Você não respondeu a minha pergunta, Fada. — Ele se aproximou com aquele corpo incrível e tatuado. Sua pele estava seca, mas os cabelos ainda estavam molhados da praia. Os olhos verdes escuros de desejo focaram em mim. — Me quer naquela festa ou não?

Abri a boca para dizer qualquer coisa que me livrasse da situação, mas Carter foi mais rápido. Em três passadas largas, ele me prensou na parede e colocou minhas mãos nas suas ao lado do meu rosto, de modo que eu ficasse presa àquele aperto. Vagueei meus olhos para seus lábios, que estavam presos em uma mordida ansiosa.

7 dias com você

Em seguida, ele colou nossas bocas.

O beijo foi exigente, com gosto de posse, sal e Carter McDevitt. Sua língua invadiu meus lábios para depois acariciar a minha boca e fazer minha cabeça rodar. Senti suas mãos me soltarem, libertando-me, beliscando com carinho a cintura que já estava indo de encontro à ereção da sua bermuda de banho. Carter gemeu roucamente e eu tive aqueles lábios que desejei durante o dia todo à minha mercê. Aquela boca que me fez perder a percepção de certo e errado, que me enfeitiçou em conjunto com o par de olhos verdes metálicos. Ele tinha me tirado do chão e levado ao céu. Carter tinha conseguido tudo isso e beijá-lo de novo era reviver o que aconteceu deliciosamente. Eu não podia arcar com tamanho desejo, não tinha forças contra ele e muito menos contra meu coração.

Os macios lábios desceram dos meus para vagar pelo meu queixo e pescoço. Ele sugou lentamente a pele dali e eu trouxe minha coxa para cima, entrelaçando uma das pernas na sua bunda. Carter me agarrou mais forte, trilhando mordidas e beijos conforme segurava meus quadris e, com um movimento, agarrava minha bunda.

— Diz — ele pediu baixinho, ofegante. — Você me quer de novo, Erin?

A voz dele era inacreditável. Não era à toa que era o vocalista de uma das bandas mais famosas do mundo. Com o timbre rouco, grave e potente, Carter McDevitt possuía o dom de fazer as caixas de som vibrarem em harmonia. Pelo visto, não só elas, já que era capaz de realizar o mesmo comigo.

— Eu não posso — sussurrei.

— Não pode, mas me quer — rebateu confiante, puxando entre os lábios o lóbulo da minha orelha. Estremeci. — Promete que vai se encontrar comigo na festa e me deixar te dar todas as sensações do mundo?

— Carter...

— Erin, não se faça de difícil, amor — pediu, encarando-me nos olhos dessa vez. Ele puxou meu queixo para que eu não desviasse e beijou lentamente meus lábios de olhos abertos. — Eu quero você.

— Eu também quero você — respondi hipnotizada, em um sussurro quase imperceptível.

— Então, você me tem — garantiu Carter, se afastando. Seu cabelo estava bagunçado e só então me dei conta de onde minhas mãos estiveram por todo

Aline Sant'Ana

142

esse tempo.

— Eu...

— Mal posso esperar por essa festa — disse ele, interrompendo o que eu provavelmente tentaria remediar. — Te vejo lá fora, Erin.

No segundo em que as portas do banheiro balançaram pela saída de Carter, meus joelhos fraquejaram, mas me obriguei a arrumar o biquíni no corpo e acalmar o coração, que batia incontestavelmente fora de ritmo.

7 dias com você

CAPÍTULO 12

Girl, tonight you're the prey, I'm the hunter
Take you here, take you there, take you under
Imagine me whispering in your ear then I wanna
Take off all your clothes and put somethin' on ya

— Usher, "Scream".

CARTER

Na volta para o navio, Erin acabou contando para mim e Yan que ainda seguia a profissão de modelo, mas agora seu status era mais alto. Ela desfilava pelo mundo todo, o que explicava seus passos tão determinados nas ruas e nas festas. Erin tinha esse jeito de caminhar, como se cada pedaço de asfalto fosse seu palco, e eu amava isso nela. Contou-nos que estava solteira, o que para mim era óbvio depois do que fizemos naquela banheira. Disse também sua idade, o que me fez lembrar que era mais nova do que eu. Na época em que a conheci, Erin era apenas uma adolescente.

Soube de algumas manias suas também, como, por exemplo, a ansiedade de acreditar que todos os sonhos podem se tornar realidade. Erin era pé no chão, mas a maioria das coisas nas quais acreditava se transformava em realidade. Falou sobre como isso influenciou sua profissão e sua vida, e isso me inspirou para outro trecho da música.

Cara, ela era perfeita. A cada minuto que eu passava com ela, a queria mais. Cada jogada do cabelo ruivo e cada troca de sorrisos e olhares me fazia desejá-la intensamente. Olhar para a Fada por outro ângulo era como se eu a estivesse vendo pela primeira vez, de verdade. E hoje eu a faria ter certeza de que isso valia a pena. Esses quatro dias restantes, começando por hoje, seriam os melhores das nossas vidas.

Quando o sol já dava adeus no horizonte, decidimos que era hora de ir.

Lua estava totalmente à vontade com Yan; ela podia ser maluquinha, mas tinha um bom coração, e de uma coisa eu tinha certeza: quando Lua entra em um relacionamento, ela mergulha de vez. Não tem volta. É paixão, romance, sexo e sentimentos. Tudo o que faz valer a pena. Ela é intensa como fogo e muito comprometida.

Aline Sant'Ana

144

Nós só não demos certo porque, bem, tínhamos tudo, mas não tínhamos nada. Era apenas um relacionamento bom demais, fácil demais, e parecia certo ficarmos juntos, mas a fagulha para fazer toda a emoção valer a pena não existia. Vivíamos mais por comodismo do que por qualquer outra coisa e isso passou a nos incomodar. Estar juntos por estar, quem precisa disso? O amor necessita de combustível e não de inércia.

— Vocês vão a qual das festas? — Lua quis saber, assim que subimos as escadas do cruzeiro. — Sensações ou Romance?

Estávamos bem mais bronzeados do que o normal. O sol daqui não era nada piedoso. Erin estava com as bochechas vermelhas, mas nada muito forte. Era bonito vê-la corada.

— Sensações — respondi, encarando a garota que me interessava. — E vocês?

— Claro, vamos para essa também — disse Lua, envolvendo Yan em um beijo suave. — Vejo vocês lá, então.

— Tudo bem, estarei ansioso — respondeu Yan, sorrindo abertamente.

— Tchau, Erin — eu disse à minha Fada, mordendo o lábio inferior.

— Até, Carter — ela respondeu, sorrindo.

Viramos as costas e Yan soltou uma risada de alívio no momento em que nos afastamos. Passando as mãos pelo cabelo, ele me encarou como se estivesse totalmente extasiado. Estranhei sua maneira despojada e franzi as sobrancelhas, como se perguntasse o que estava acontecendo.

— Por favor, diga que você não se importa sobre mim e a Lua.

— Claro que não — disse honestamente —, sinta-se à vontade.

Ele sorriu e me olhou novamente de soslaio.

— Por que você não está com ela? Caramba! A garota é inacreditável.

— Por que você gosta de tocar bateria? — perguntei.

Yan franziu o cenho, como se não compreendesse o motivo de eu perguntar sobre isso naquele momento, mas deu de ombros e respondeu:

— Porque é o que me causa emoção. É o que eu gosto de fazer.

— E por que você não toca guitarra?

7 dias com você

Torcendo o nariz, ele pensou por um momento.

— Porque eu não gosto — explicou. — Eu curto a batida da música, a parte que faz você criar um ritmo, a que está lá para fazer todo o sentido, mesmo que ninguém dê importância. É a bateria que faz o sangue correr nas minhas veias.

Chegando onde eu queria, sorri para ele.

— Exatamente. É assim com a Lua também. Ela é a guitarra e a Erin é a bateria. Simples assim.

— Você realmente se encantou por essa garota, não foi?

— Na noite passada, eu dormi com uma mulher que não conhecia, mas que surpreendentemente se tornou especial. Não estou mentindo, Yan. Ali, em questão de segundos, ela virou minha vida do avesso. Eu só não esperava que fosse a Erin. Isso é especial. Estou falando sério.

— E se você soubesse que era ela?

— Se eu soubesse, talvez nem tivesse conhecido esse lado nosso. Eu não teria avançado e não saberia como é a pele dela sob a minha ou o seu sabor. Seria aquilo e fim.

Yan ficou me olhando e eu sabia que ele compreendia, porém não o suficiente.

— Eu sei o quão idiota é falar sobre isso porque só estivemos juntos de verdade durante uma noite, mas a conexão foi forte, Yan. Acabou que, sabendo que era ela, depois de tudo o que fizemos, tornou a coisa ainda mais especial e agora eu quero que ela veja, nesses dias restantes, que vale a pena. Que nós dois valemos a pena.

— Então vamos nos vestir, cara. Temos uma festa para ir e mulheres para impressionar.

O tempo passou rápido. Zane por fim foi encontrado e, após perceber que ele estava atracado com uma morena o dia inteiro fazendo sabe Deus o que, fiquei feliz de ter um momento com meu amigo e lhe contar algumas coisas. Ele e Yan eram os meus melhores amigos, não existia merda nenhuma da minha vida que eles não soubessem.

Optei por uma camisa social vinho, uma calça jeans preta e um cinto de couro. Não, eu odiava me arrumar, mas a ideia era impressionar Erin e,

Aline Sant'Ana

segundo o *folder* da festa, era necessário ir com a cor vermelha ou algum tom dela.

— Não passa gel no cabelo — aconselhou Zane. — Se você conseguir o que pretende essa noite, não vai querer os dedos dela com essa meleca.

— Deixo bagunçado mesmo? Sei lá, parece errado.

— Não, cara, vai por mim. As mulheres adoram homens com o cabelo bagunçado. É uma espécie de prévia de como vai ficar depois de elas transarem com você. Elas ficam loucas.

Lancei um olhar para Zane e arqueei minha sobrancelha em dúvida, soltando uma risada.

— Não escuta ele, Carter — interrompeu Yan. — Elas não pensam nada disso.

— Lide com as suas baquetas, Yan — provocou Zane, em referência à sua função na banda —, que eu cuido das mulheres.

Eu comecei a gargalhar e Yan jogou uma almofada na minha cara, a fim de me calar. Revidei e fui para cima dele, derrubando-o com uma rasteira. Zane, o filho da puta, se jogou sobre nós dois, e eu quase tive um osso quebrado quando eles começaram a me socar e se virarem contra mim. Assim que esmurrei a barriga do Yan e quase chutei a cara do Zane, o guitarrista pediu tempo e nós nos afastamos, ofegantes.

Seremos adolescentes por toda a vida, com certeza.

— Vocês sabem do que se trata essa festa? — perguntou Zane, recuperado. Assim que se levantou, já tinha o *folder* nas mãos.

— Sensações. Aí diz algo sobre quente, frio, doce e amargo — explicou Yan, arrumando os cabelos. — Eu acho que a festa é dividida em casais.

— Como assim? — perguntei, terminando de abotoar a camisa.

— Você escolhe uma pessoa e fica com ela até o final da noite. O objetivo é experimentar as sensações que a outra pessoa pode te causar. A mulher da recepção dá cinco atividades para serem feitas por casal, em cartões. Cada cartão deve ter um desafio ou algo parecido — Zane resumiu uma parte do que havia no papel. — Sim, é isso. Você escolhe uma garota e passa por essas provas particulares. Na realidade, nem acho que será uma festa, é mais um jogo.

7 dias com você

— Um jogo de sensações — murmurei, como se compreendesse agora do que se tratava. — Deus, acho que vai ser foda demais.

— Sim, amigos, nós vamos curtir muito essa noite — animou-se Zane. — Vai ser a melhor de todas as festas, sem dúvida.

Determinado a esclarecer para Erin de uma vez por todas que eu não estava de brincadeira, fui em direção ao local com Yan e Zane, e pensei maliciosamente que essa noite eu poderia ter todas as sensações do mundo, desde que elas fossem ao lado de uma Fada de olhos enigmáticos e azuis.

Porra, que expectativa!

Erin

O vestido que cobria o meu corpo era diferente de tudo o que eu estava acostumada a usar, mas a razão disso estava clara. A peça pertencia à Lua. Curta em minhas pernas como somente uma roupa dela poderia ser, a peça era adornada de paetês que provavelmente brilhariam à meia-luz da festa e tinha um decote tão profundo que não deixava muito para a imaginação. Eu sabia qual era o seu objetivo, Lua queria que eu ficasse com alguém essa noite.

Então, quando cheguei ao meio do corredor, observando a fila de pessoas que estavam vestidas de vermelho para a festa Sensações, tive uma crise de consciência. Eu tinha que achar uma maneira de contar a Lua o que aconteceu, porque eu não conseguiria encarar Carter nem mais um minuto e fingir que não estava atraída. Por Deus, eu queria simplesmente beijar esse homem até meus lábios caírem.

— Você está tão... — começou ela.

— Lua — interrompi seu falatório sobre o vestido. — Por favor, preciso contar uma coisa a você. E é sério.

Seus olhos rolaram, como se ela não estivesse feliz com o rumo da conversa, e eu sabia disso. A única coisa que passava em sua cabeça era aproveitar aquela noite como se fosse a última da sua vida, e ela estava louca para encontrar o Yan.

É, talvez isso fosse um ponto positivo.

— Você se lembra do homem que eu...

Aline Sant'Ana

148

— Ai, Deus, você vai me contar *agora*? — ela praticamente gritou, arrastando-me para longe da fila e das pessoas para nos dar privacidade. — Vai, desembucha! Demorou tanto para contar que até parece que cometeu um crime.

— Então, ele estava de máscara, lembra?

— Claro que sim, fui eu que o encontrei para você.

— Certo...

Como eu ia dizer que havia dormido com seu primeiro namorado, com o seu primeiro amor, com o homem com quem ela perdeu a virgindade? Lua era muito apegada a esse tipo de coisa e, desde que éramos jovens, prometemos que não ficaríamos com ninguém do passado da outra. Era a situação mais delicada que eu já tinha enfrentando e não queria perder a minha amiga por conta da transa de uma noite, mas isso ia além de querer dormir com Carter novamente. Era sobre a minha sinceridade e a maneira como eu não conseguia omitir absolutamente nada dela.

— Quando dançamos e nos beijamos, estávamos de máscaras. Quando ele me levou para o quarto, ainda estávamos de máscaras. Quando ele tirou a minha roupa...

— Cristo! — Ela arregalou os olhos, como se aquilo fosse excitante demais.

— Ele ainda estava de máscara — continuei. — E quando ele transou comigo, na banheira, ficamos totalmente mascarados. Acho que por fetiche ou uma espécie de acordo secreto, mas foi demais, Lua.

— É claro que foi, pelo amor de Deus! Não me diga que não sabe quem é o homem e agora está apaixonada pelo sexo e quer mais?

No momento em que eu ia dizer a respeito do equívoco com o ex-namorado da Lua, a banda The M's surgiu em toda a sua glória. Carter, Yan e Zane apareceram vestidos como se fossem capazes de provocar um ataque cardíaco nas mulheres do navio e eu não duvidava de que pudessem mesmo. Estavam inacreditáveis em tons diferentes de vermelho: Yan com uma camisa de um vermelho vivo, Zane com uma xadrez em diversos tons da cor, e Carter, de social, em tom de vinho.

Ao vê-lo, meu coração parou no peito. Droga, ele estava lindo com a camisa social bordô com alguns botões estrategicamente abertos, e uma calça

7 dias com você

justa que realçava suas lindas coxas. Além do fato dos seus cabelos castanhos estarem bagunçados, seu perfume maravilhoso impregnava todo e qualquer lugar, e eu tive vontade de voltar no tempo para senti-lo mais uma vez. Não queria que aquilo acabasse, não queria que tivesse fim. Eu tive medo de perder o que experimentei com Carter e, por mais que só tivessem sido alguns dias, significou mais do que eu gostaria de admitir.

— Depois você me explica, amor — disse Lua bem baixinho, fitando Yan e hiperventilando em seguida. — Preciso agora mesmo ir beijar o meu baterista.

Lua pulou sobre Yan, que respondeu com paixão o gesto da minha melhor amiga. Eles se beijaram e entraram na festa sem dizer adeus.

— Tudo bem, Erin? — perguntou Carter.

Vi-me desejando ser livre como Yan e Lua para poder pular em Carter e beijá-lo em público, para demonstrar o quanto gostava de estar com ele, sem qualquer tipo de restrição. Esse sentimento me causou uma espécie de sufocamento e tive vontade de sumir dali, pois era intenso demais. Eu deveria ter contado a Lua o que havia acontecido, a verdade que existia dentro de mim. Precisava que ela soubesse o turbilhão emocional que Carter causou.

—Fada?

Carter estava no corredor da festa comigo e Zane. Sua respiração na minha nuca, seu peito nas minhas costas e as batidas frenéticas do seu coração foram tudo o que eu senti quando ele sussurrou.

— O que está acontecendo com ela? — perguntou Zane.

— Eu não consegui contar à Lua — respondi.

— Você ainda não disse sobre nós? — indagou Carter, sua voz mais apreensiva.

— Quando eu ia dizer, vocês apareceram e...

— Linda, tudo bem — garantiu Carter, em um tom gentil. — Você diz amanhã. Hoje vamos apenas curtir, ok?

Eu era uma covarde? Sim. Tinha medo de perder a melhor coisa que tinha me acontecido em vinte e quatro anos de vida ao contar para Lua. Eu sabia que, embora estivesse com Yan, ela não se sentiria em paz. Lua tinha um carinho por Carter, eu conseguia ver.

Aline Sant'Ana

— Eu não sei se podemos começar isso — disse a Carter, virando-me para ele. Zane se aproximou, colocou sua mão no ombro do amigo e se despediu de mim com um aceno. — Carter, eu tenho medo do que possa acontecer. Sinto que tenho que escolher entre você e ela, e eu não posso fazer isso.

— Você não precisa fazer nada agora, Erin — garantiu ele, olhando-me com carinho redobrado. — Você só precisa me deixar te curtir. Eu prometo que seus medos são infundados. No final, vai dar tudo certo.

O pavor foi sendo substituído por tranquilidade. As palavras de Carter, ditas naquela voz melodiosa, me fizeram respirar de novo. Pensei que seria capaz de tê-lo, no final das contas. Pensei que, sim, talvez nosso destino fosse esse. Imaginei que não havia nada que pudesse fazer naquele segundo além de aproveitá-lo.

Nem que fosse a última vez.

Sem as máscaras em nossos rostos, sabendo bem quem estava ali agora, senti quando suas mãos apertaram firmemente minha cintura. Automaticamente, meus olhos caíram para os seus lábios, que foram umedecidos com a ponta da língua rosada em expectativa. Voltei minha atenção para os seus lindos olhos verdes e ele não perdeu nem mais um segundo.

Sua boca encontrou a minha com vontade, puxando meu lábio superior, inserindo sua língua, tomando-me com propriedade quando o contato elétrico foi mais forte do que o esperado. Carter segurou-me duramente, pressionando-me contra o seu corpo, e, por um momento, eu quis esquecer a tal festa, levá-lo para o quarto e deixar acontecer, mas aí eu me lembrei do objetivo do lugar, a intenção de fazer o parceiro ter novas sensações. E eu tive vontade de experimentar.

— Vamos — sussurrei contra os seus lábios —, eu quero mesmo saber o que tem lá dentro para nós. Parece divertido.

— Você quer brincar, Fada? — Ele me mostrou com o aperto das mãos e do quadril a sua excitação aparente. — Eu posso esperar a noite toda.

— É?

— Dessa vez eu não vou deixar você escapar.

CARTER

Erin seria minha essa noite e eu estava totalmente hipnotizado pela roupa que ela vestia. Não pelo lugar da festa ou pelas luzes sensuais que desciam sobre nós, ou pela música boa que tocava. Não. Realmente, era pelo decote e o comprimento do vestido, a maneira como ele se moldava bem à sua pele e como ela não parecia se incomodar com os olhares que eram direcionados ao seu corpo. Desfilando como a dona do mundo, confiante, como se a vida fosse a passarela que ela dominava. Eu compreendia bem o efeito, porque, para mim, naquele momento, Erin era dona de qualquer reação racional e emocional que eu era capaz de sentir.

Na entrada, recebemos cinco cartões lacrados que, segundo a funcionária do navio, eram tarefas que poderíamos ou não fazer. Devia ser com toda certeza algo a ver com o objetivo da festa Sensações, assim como Zane tinha explicado. Então, Erin e eu os pegamos e formamos um casal. Minhas mãos nas suas, sempre tocando a base das suas costas ou entrelaçando os nossos dedos, hora ou outra sussurrando no seu ouvido coisas que eu gostaria de fazer com o seu corpo, beijando sua nuca e seus lábios.

Deus, eu precisava provar o seu gosto.

— Você quer beber, dançar ou ir para as brincadeiras? — ela perguntou, olhando-me curiosamente.

Lua e Yan já estavam longe, pois não conseguimos avistá-los.

— Eu quero você — respondi. — Servem isso no bar?

Erin sorriu e me puxou para si.

— Acho que vamos ter que descobrir.

Nos dispersamos e ficamos totalmente sozinhos. Comecei a reparar um pouco na decoração do lugar e vi havia uma série infinita de itens sexuais. Algumas coisas de BDSM, como chicotes e vendas, ou apenas brinquedos para diversão íntima. Todos guardados dentro de uma cúpula transparente, denotando o quanto aquilo era apenas decorativo... e promissor.

Além do bar, existia uma porta vermelha e eu imediatamente imaginei que se tratava de um corredor de quartos. Eles haviam nos dado uma chave assim que entramos, além dos cartões com as atividades, então, eu fazia uma ideia que se tratava de um local íntimo dentro da festa, ao qual você poderia ir para transar e realizar tudo com privacidade.

Aline Sant'Ana

152

Circulei a chave no meu indicador, pensando perversamente sobre como iríamos fazer isso.

Fomos até o bar e Erin pediu tequila, limão e sal para nós. *Feel It In My Bones*, do DJ Tiesto, começou a tocar, e eu não pude deixar de notar a batida sexual que todas as músicas tinham. Tudo aqui era assim, e era difícil me controlar perto de Erin, lembrando-me do que tínhamos.

Cinco *shots* mais tarde, sua risada estava mais suave, nossa conversa mais intensa, nossos olhares cheios de intenções e demorados. Ela estava tão encantada por mim quanto eu por ela e conhecê-la como mulher, a mulher que ela se tornou, estava mexendo comigo de uma maneira sexual e não sexual.

Preocupante, mas sem perder a emoção.

Little Bad Girl começou e essa foi a minha deixa para tirá-la para dançar.

No meio da pista, minhas mãos não ficaram quietas; elas seguraram fortemente a bunda de Erin enquanto ela lançava um olhar lascivo em minha direção. *Oh, porra, ela adorava essas provocações, não era?* Erin colocou seu quadril no meu, seguindo o meu ritmo de um lado para o outro. Sua perna direita ficou entre as minhas e o seu corpo não era nada além de uma extensão dos meus braços. Enquanto eu rebolava um meio círculo perfeito e depois o refazia com meus quadris, Erin me acompanhava. E quando dobrei meus joelhos e desci para o chão, ela fez o mesmo, apertando-me firme enquanto descíamos e subíamos em um ritmo frenético.

Era praticamente sexo com roupas.

E eu não estava reclamando.

Ergui minhas mãos, pouco a pouco, sentindo suas costas, para depois segurar sua nuca com a intenção de beijá-la. Erin deixou seus lábios abertos e seus olhos pareciam sedentos. Então, quando eu continuei a dançar com ela, sem perder o ritmo, investi minha boca contra a sua, e ela arfou contra os meus lábios, retornando o beijo com toda a vontade.

Ela fincou suas unhas em meus ombros e gemeu quando nossas línguas dançaram um tango só nosso. Minhas mordidas desceram para o seu pescoço e eu suguei a pele com tesão. Em seguida, beijei sua clavícula e, com a ponta da língua, viajei em direção à orelha, fazendo-a tremer e se arrepiar por inteiro.

— Você está de novo me assediando na pista de dança.

7 dias com você

— O que eu posso fazer? — sussurrei, sentindo a maciez do seu lóbulo entre os meus lábios inchados dos seus beijos. — Essa movimentação me deixa louco.

— Quero usar os cartões. — Ela se afastou para sondar meus olhos. — Será que podemos?

— Claro que podemos, Fada. Tudo o que você quiser.

Erin sorriu e, dessa vez, foi ela quem me puxou para longe dali.

Erin

O quarto era coisa de outro mundo. Decorado, rico em detalhes que variavam entre rosa, roxo e até nuances de preto e cinza, mas nada vulgar como em um motel barato. Era repleto de adornos e quadros elegantes, com espelhos delicados e estrategicamente postos para o casal visualizar tudo o que pretendia fazer. A impressão que eu tinha é que havia entrado num quarto moderno, romântico, mas com cores vibrantes. Lindo. Eu queria embrulhá-lo e levá-lo para casa.

Além de toda a beleza, existia uma porção de velas redondas e pequenas já queimando, com essências de jasmim, rosas e hortelã. Uma mistura interessante e inesperadamente sensual.

Lancei um olhar para Carter, que me encarava enquanto abria cada botão da camisa. A música eletrônica e dançante ainda podia ser escutada de onde estávamos. Cruzei os braços na altura dos seios enquanto admirava aquele homem se despir, fazendo praticamente um show particular para mim. Suas tatuagens ficaram à mostra, e o vão da sua cintura me fez engolir em seco, acompanhando a visão do sexo que parecia tão vivo quanto o resto do seu corpo.

Minha cabeça já não estava mais em Lua, nas repercussões que teria se isso fosse descoberto ou sequer nos poucos dias que me restavam com ele. Eu estava inebriada pela maneira como Carter me fazia sentir e eu não precisei de mais nenhum pensamento coeso. Só queria estar com ele, ali, naquele segundo.

— Tire a roupa comigo, Erin.

Sem pensar, presa ao olhar repleto de luxúria de Carter, desci o zíper

Aline Sant'Ana

da lateral do vestido, sentindo a peça deslizar pelo meu corpo, agarrando-se à renda da lingerie no mesmo momento em que ele desabotoava a calça justa, descendo-a pelo quadril, exibindo o pênis rígido e contido pela boxer, totalmente animado para o que faríamos em seguida.

— Agora, pegue um cartão.

Eu não conseguia parar de encarar a maneira como o seu sexo não se continha na cueca. Carter era lindo demais. O tipo de homem que toda mulher deveria ter na cama ao menos uma vez na vida.

Qualquer que fosse o meu nervosismo inicial acerca da brincadeira, ele desapareceu assim que puxei o cartão de dentro do primeiro envelope. Com a palavra *Ele* em letras azuis e alto relevo, percebi que a primeira atividade deveria ser feita por Carter. Suspirei e sorri, observando a sua cara de confusão quando estendi o cartão.

Abrindo a outra parte do papel, a qual eu não li, Carter soltou uma pequena risada e balançou a cabeça como se aprovasse aquilo. Eu franzi as sobrancelhas, totalmente curiosa, e ele largou o papel sobre um aparador próximo à porta.

— Preciso fazer algo com você, mas quero que venha aqui primeiro.

Caminhei em sua direção e, assim que suas mãos acariciaram a minha pele atrás das costas, derreti. Seus lábios alcançaram meu pescoço e desceram até os meus ombros, com um raspar excitante de dentes no meio do caminho. Ele ficou totalmente calado sob os meus gemidos. Seus dedos espalmaram a minha bunda e ele a agarrou duramente enquanto tirava os meus pés do chão.

Carter me levou para a cama e me deitou calmamente sobre uma porção de travesseiros macios e sedosos. Ele me lançou um sorriso enquanto guiava as minhas mãos para as laterais do meu corpo e pediu, em silêncio, que eu as mantivesse ali.

— Qual é a atividade?

— Você vai saber em breve.

Com apenas alguns passos, Carter abriu o frigobar e retirou um copo de vidro com pequenas porções de gelo, segurando-o com as duas mãos. Eu imediatamente abri os lábios e sorri com a ideia de ele esfriar qualquer parte minha que estava febril. Nossa, isso ia ser bom.

7 dias com você

Inclinando-se, Carter deixou sobre o criado-mudo o copo e se debruçou sobre o meu corpo, lentamente, deixando sua pele igualmente abrasadora cobrir a minha. Beijando a minha boca de forma intensa, mas vagarosa, sua língua adotou um ritmo totalmente novo, excitando-me e vibrando o ponto no meio das minhas pernas.

Deus...

Enquanto eu mantinha meus olhos fechados e envolvia aos poucos o seu pescoço com as minhas mãos, o seu quadril com as minhas pernas e o seu pênis com o núcleo úmido da calcinha, Carter resvalou a ponta dos seus dedos gelados na lateral do meu corpo, tocando minhas coxas, barriga e seios. Fiquei totalmente arrepiada e excitada, conforme ele puxava a minha orelha entre os dentes e me provocava com a mudança abrupta de temperatura na pele.

— Isso é bom — ronronei.

— É? Vai ficar ainda melhor.

Tateando o lado da cama, Carter capturou o gelo e o colocou na boca, deixando-o preso entre os lábios e os dentes. Aos poucos, ele encostou a pedra gelada na minha boca, umedecendo a carne rosada, e então no meu queixo, trilhando uma viagem gelada e excitante em minha pele. Meu pescoço foi o próximo alvo, meus seios, que ainda estavam cobertos pelo sutiã, minha barriga... E então, a borda da minha calcinha.

Em provocação, ele largou o gelo ali, que estava derretendo sobre o meu sexo, enquanto ele voltava sua atenção para mim.

Dessa vez, ele beijou a minha boca com a sua língua gelada.

— Carter — gemi, entre a respiração.

Ele capturou outro gelo, mas, dessa vez, abriu o fecho central do meu sutiã. O gelo sobre a minha calcinha estava derretendo, me deixando mais molhada e dolorida do que eu já estava. Ergui meus braços para sentir aquele homem, mas fui impedida quando Carter os colocou novamente ao lado do meu corpo.

Com o cubo ainda preso em seus lábios, ele impediu que eu tocasse qualquer parte dele.

Circulando-o cautelosamente nos meus mamilos, Carter me fez delirar. A sensação era do gelado e do quente, tudo ao mesmo tempo, causando emoções e choques nos meus nervos que eu sabia que não seriam acarretados por mais

Aline Sant'Ana

nenhum homem. Sim, droga, ele estava arruinando, nesse exato momento, a chance de eu transar com outra pessoa novamente.

Com cautela, ele despejou mais gelo sobre um seio. Pegou um cubo novo e o deixou sobre o outro mamilo. Percorreu meu corpo com o quarto cubo de gelo, deixando-me totalmente desesperada por mais, descendo-o até o meu umbigo. Após eu estar com os cubos gelados em cada parte erógena do meu corpo, ele lambeu os caminhos pelos quais as gotas de água desciam, fazendo-me soltar um gritinho de prazer.

Carter sussurrou no meu ouvido:

— Você precisa passar nesse teste, então, preste atenção.

Eu assenti, bêbada de tesão.

— Quais sensações você teve?

— Gelado. Quente.

— Isso mesmo. — Como prêmio, ele beijou a minha boca e se afastou, me deixando dolorida de excitação. — Agora é a sua vez, Fada.

— Posso me mover? — indaguei, querendo rasgar os cartões e jogá-los no mar. Querendo, mais do que tudo, transar com o homem à minha frente.

— Sim, Erin.

Não havia mais gelo para escorrer em minha pele. Eu estava coberta de água, beijos do Carter e caminhos trilhados por sua doce e macia língua.

Minha calcinha precisava ser jogada fora porque eu era uma tremenda bagunça.

Dando continuidade à brincadeira — feliz em saber que era a minha vez —, peguei o segundo envelope, vendo que nele estava escrito em letra cor-de-rosa Ela.

> *Encontre outra garota para brincar com vocês.*

Arregalei os olhos e encarei Carter, sentindo uma espécie súbita de ciúmes. Não, ele não era meu, mas, caramba, dividir aquilo tudo, por mais que merecesse ser patrimônio público, era absurdo. Esses dias restantes eram meus. Contudo ele queria as brincadeiras, certo? Eu tinha que fazer.

— O que houve, Erin?

— Hum...

O que eu ia dizer?

— Preciso procurar uma coisa — murmurei, chateada.

Nossa, Erin, não seja possessiva.

— O que é?

— Não posso dizer.

Joguei por cima do corpo um dos roupões do quarto e fui em direção à porta, mas Carter se enfiou na minha frente e o seu corpo, alto e forte, pressionou-me, fazendo-me pensar sobre quanto tempo ele aguentaria essa ereção sem entrar em mim.

Talvez ele fosse entrar no corpo de outra garota.

— Me diga o que é. Não quero deixá-la sair.

— Preciso encontrar uma garota para nós dois.

Ele semicerrou os olhos e, por um tempo, demorou a processar o que eu estava falando. Com um sorriso se formando em seus lábios, ele afrouxou o nó do robe e o despiu dos meus ombros, encarando meus lábios ao dizer:

— Você é a única que eu quero tocar.

— Não quer fazer essa parte? — indaguei, uma grande parte minha torcendo para que ele dissesse não.

— Claro que não.

— E o que isso significa?

— Que você vai abrir o próximo cartão e eu vou ficar a noite inteira brincando de entrar e sair da sua boceta molhada. Parece bom?

Apenas com as suas palavras, a sua voz maravilhosa e a maneira como ele me olhava com desejo, arfei.

Era a resposta que ele precisava para, antes de me beijar, colocar outro cartão no meu peito e me fazer lê-lo.

Aline Sant'Ana

> *As velas não precisam ser somente decorativas. Elas também foram feitas para criarem pequenas ondas de prazer no parceiro. Você pode pegar a cera e jogá-la sobre o corpo dele, vagarosamente. Aliás, para apimentar, fica aqui a dica: temos um gel na última gaveta do criado-mudo esquerdo. Passe-o no pênis do seu parceiro e descubra a sensação maravilhosa que vocês irão experimentar.*

Eu sorri perversamente, gostando dessa nova tarefa.

Pela minha reação, Carter se animou e eu comecei a pensar sobre a melhor maneira de fazer isso.

Vendas... eu precisava cobrir seus olhos.

CARTER

Surpreso, mas aceitando a sua atitude, deixei que ela pegasse um dos lenços decorativos do quarto e vendasse meus olhos. Fiquei encostado na cama, sentindo as minhas costas apoiadas em várias almofadas macias.

Com a visão totalmente apagada, meus outros sentidos ficaram mais aguçados. A música que tocava lá fora dava a entender que a festa estava inacreditável, mas a minha preocupação estava totalmente voltada para o que a Fada ia fazer comigo.

Senti quando ela enganchou seus dedos na minha cueca para tirá-la.

— Isso vai ser interessante... — eu disse, arqueando meus quadris para ajudá-la a me despir.

Totalmente nu, sentindo a ereção pesada e quente cair sobre o meu umbigo, soltei o ar dos pulmões e deixei-me totalmente à mercê dela. Cara, Erin podia fazer o que quisesse. Eu estava integralmente excitado e ansioso para tê-la, mas seguiria os jogos até não aguentarmos mais e eu poder afundar nela.

— Relaxe — ela pediu.

Com a mão coberta de algo úmido e viscoso, Erin acariciou minha ereção, subindo e descendo, alcançando a minha glande e a base com a ponta do polegar, fazendo-me soltar um rosnado alto. Pelo menos, em meio à sensação dela tocando o meu pau, acreditei que eu estava rosnando. Porra, seus dedos macios, somados ao calor que emanava daquele líquido, estava me dando a impressão de que um nó tinha se formado, se afrouxando aos poucos no meu pênis. Eu podia sentir a pulsação do meu membro, a maneira como ele estava preso àquele momento. Havia também a experiência de foder levemente alguma outra parte do corpo dela, tornando aquilo mais íntimo do que se eu estivesse invadindo o seu corpo. Mágica. Tudo sobre Erin era mágica, inclusive a maneira de ela me segurar e a pulsação elétrica que se formava a cada investida de suas mãos.

Gemi seu nome, mordi meu lábio inferior e guiei meus quadris para ajudar a sua mão. Apesar de estar vendado, eu sabia que Erin estava excitada. Sua respiração mantinha-se ofegante e ela eventualmente chiava o meu nome através de um ruído baixo, pedindo mais de mim enquanto me instruía.

— Erin, deixe-me entrar em você.

Ela negou com um instalo da língua e, então, ainda me bombeando, jogou sobre o meu abdômen algo quente, muito quente, apenas uma gota, mas que foi suficiente para me causar ardência e prazer ao mesmo tempo.

Eu era um homem que durava a noite toda se investisse nas preliminares, mas aquilo estava me deixando louco.

— O que você quer, Carter?

— Quero entrar... em você.

— E o que você está sentindo, Carter?

— Quente. Ardido.

Outra gota fervente atingiu, dessa vez, o meu peito. E eu tremi quando senti meus quadris impulsionarem-se por conta própria. Caralho! Aquilo era bom, muito bom. Ficava totalmente duro logo após ser jogado em minha pele e cheirava malditamente bem.

— Já está passando no teste sem eu sequer terminá-lo?

— Você... vai me fazer... segurar?

Velas?

Sim, ela estava pingando a cera das velas sobre a minha pele.

— Vou, McDevitt. Até o último segundo.

Aline Sant'Ana

A Fada perversa soltou a minha ereção, que estava latejando e praticamente criando vida própria pelas descargas nervosas que aconteciam ali. Erin, então, talvez percebendo o meu sofrimento, desenrolou uma camisinha em mim e montou no meu colo, sobre a ereção, e eu percebi... Oh, porra, ela estava sem calcinha.

Os lábios da sua abertura resvalaram no meu sexo, claramente em uma ação atrevida e provocante. Mas não na minha glande, e sim na minha extensão. Ela começou a fazer um vai e vem com os quadris, deixando-nos longe da penetração, mas perto o bastante para eu tocar o seu clitóris e ela descer e subir a pele do meu pênis conforme dançava sobre mim.

Eu gemi e não consegui conter as mãos, agarrando sua bunda e separando suas firmes nádegas.

— Dentro... Erin.

Eu não conseguia dizer uma frase inteira.

— Ainda não — ela murmurou ofegante, cavalgando, deixando-me quase dentro, mas não me deixando penetrá-la —, estou apenas brincando, querido.

— Essa é a tortura?

Parafina escorreu sobre a minha pele, no meu peito e abdômen. Ela parou de fazer os movimentos e começou a assoprar cada vez que derramava a cera, acariciando o meu corpo em agrado ao maltrato, beijando-me e me lambendo. Eu fechei os olhos, ainda que vendado, porque o limite da dor, prazer, tormento e carinho eram fantásticos.

Seu corpo se afastou — não antes de ela estalar um beijo breve nos meus lábios —, deixando-me frio pela sua ausência.

— Sua vez, vocalista.

Erin

Para ser sincera, eu não sabia se poderíamos aguentar isso por muito mais tempo. Eu estava totalmente louca por ele e a umidade entre as minhas pernas as deixavam brilhantes e era tanta que me mantinha com os joelhos fracos, e eu raspava as minhas coxas uma na outra em busca de fricção.

Carter tirou a venda e levantou-se, determinado, totalmente vermelho e ofegante. Seu sexo rígido estava corado, e eu sabia que não demoraria para ele atingir o ápice. Droga, eu estava tão excitada que poderia ter um orgasmo só de olhá-lo nu.

— Gostei desse — ele concluiu, após ler a ficha. — Finalmente, querida. Você não vai precisar esperar mais.

— Não? O que diz na ficha?

— Faça sexo em três posições diferentes com ela, mas não a deixe gozar.

— Isso é loucura, sabe que vou gozar no momento em que você entrar em mim.

Ele soltou uma risada rouca e umedeceu a boca com a língua.

— Então, é melhor eu te dar três longos orgasmos para compensar essa regra estúpida.

Meus olhos brilharam com a promessa que vinha dali.

Carter não esperou nem meio segundo. Ele me colocou na cama, deixando-me sobre meus joelhos e mãos, e me pegou por trás, elevando a minha bunda, totalmente à sua mercê. Agarrando os meus quadris, lentamente Carter me invadiu, mas apenas com o início da sua ereção.

— Não, não venha com essa de eu não aguentar o seu tamanho — resmunguei, vendo a sua demora. — Por favor... apenas...

— Assim?

Ele o enfiou forte, de uma vez, causando um enérgico puxão no meu clitóris e um grito rouco de prazer na minha garganta. Suas curtas unhas agarraram a minha pele e ele afundou seus dedos, conforme me invadia dessa maneira, totalmente inclinada para ele, de quatro. Entrando, saindo, entrando, saindo totalmente, no que parecia ser um ciclo infinito.

Eu fechei os olhos e gemi, percebendo o quanto aquilo era a coisa mais absurdamente gostosa que eu experimentei em minha vida. Seu sexo tão pronto, tão duro, tão macio, me cobrindo com uma vontade completamente fora de órbita, deixando-me flutuar no instante em que ele me penetrava, rebolando seus quadris para alcançar todos os pontos, depois estocando firme, curto, rápido demais para causar a vibração certa e...

Me fazer gozar.

Aline Sant'Ana

Deus, me fazer gozar por longos e preciosos segundos. O suficiente para me deixar novamente cega e ofegante.

Ele não esperou que eu me recuperasse.

Carter me virou de frente para ele, me jogou na cama de bruços, e montou em cima de mim, fazendo-me sentir seu peito encostar-se às minhas costas, enquanto seu sexo já entrava com mais facilidade. Outra posição, a segunda. Ele estocou de forma doce, sensual e leve, como se cuidasse de mim antes de me envolver totalmente no mesmo ritmo insano.

Essa posição deixava tudo entre nós mais apertado. Minha vagina ficava presa a ele, adulando-o a cada estocada; seu peito prensava a minha respiração, deixando-me mais ofegante; seus braços, tão fortes e tatuados, apertados ao meu redor enquanto ele me dominava de modo animal e prazeroso.

Beijando a minha nuca com a língua e os lábios, Carter inseriu-se completamente, mais fundo, e eu, já estando sensível demais, não precisava de muito para gozar novamente. Agarrei os lençóis, gritando o seu nome, sentindo o seu vai e vem totalmente renovador, construindo o meu orgasmo no mesmo instante em que ele se segurava para seguir o maldito cartão.

Após outra onda de prazer minha, dessa vez, mais curta, porém não menos vibrante, Carter novamente me virou. Na nova posição, ele me pegou no colo, sem nos desconectarmos de maneira alguma, mesmo tendo que me girar para ficar de frente para ele.

Em pé, ele me levou até a parede, prendendo-me ali com a sua força e desejo.

Beijou a minha boca com a sua língua macia, minhas pernas fracas envolveram a sua cintura, e ele agarrou a minha bunda violentamente, deixando seu rosto cair no vão do meu pescoço, tomando uma série de respirações profundas para se recompor depois de toda a atividade louca que fazíamos.

Fechei os olhos, sentindo-o bombear em mim, sentindo o quanto nosso ponto em comum estava maravilhosamente prazeroso, sabendo que não existia encaixe melhor do que o nosso.

Carter, em seguida, tirou as mãos da minha bunda, e segurou as minhas, elevando-as acima das nossas cabeças, presas à parede como se fossem pregadas ali. Com apenas os seus quadris me mantendo no ar e as minhas

7 dias com você

pernas segurando o peso do meu corpo, Carter me fez ver que todo o seu condicionamento físico era espetacular... E a cada investida maliciosa no meu sexo, a cada aperto nos meus pulsos, eu estava mais e mais tonta por ele.

Então, ele me olhou firme.

E acho que, nesse momento, nesse exato momento em que ele encarou meus olhos duramente, sorrindo provocativamente enquanto me tomava para si, eu me encantei por ele; nesse exato segundo em que eu tive um orgasmo encarando seus olhos verdes.

Ele também teve o seu, sequer ousando fechar as pálpebras, porque nós queríamos ver a chama na íris um do outro. Eu fiquei completamente louca por ele. Assim, em um estalar de dedos. Em uma falha na respiração. No prazer revirando a minha pele.

Eu me (re)apaixonei por Carter McDevitt.

Aline Sant'Ana

7 dias com você

CAPÍTULO 13

Imaginei loucuras
A respeito de nós dois
Pude viver o antes
O agora e o depois
Eu fui tão longe...
Eu fui tão longe...
Eu acordei pra vida
Quando olhei pra você
E dentro de seus olhos
Foi lá onde me encontrei
Eu fui tão longe...

— Reação em Cadeia, "Tão Longe".

Sete anos atrás

Erin

Meus olhos percorreram todo o salão em busca dele, mas eu imaginava que o cara mais velho com fones de ouvido não estaria em um evento desses. Pelo menos, não combinava com a sua aparência: coturnos pesados, calças jeans pretas e justas, camisetas com nomes sinistros de bandas de rock. Não. Ele, com toda a certeza, não era o tipo de homem que ia para bailes adolescentes. Eu sabia que não, mas, droga, eu queria vê-lo pelo menos uma vez em um ambiente mais íntimo, já que estava há dois meses inteiros nessa novela de admirá-lo ao longe e esbarrar com ele acidentalmente.

Quantos anos ele tinha? Parecia estar na universidade. Como seria o seu nome? A sua primeira namorada? A sua comida preferida?

— Quem você está procurando? — perguntou Lua, atraindo a minha atenção ao me cutucar.

Decidida a tomar coragem, eu prometi a mim mesma que conversaria com ele essa noite. Se por acaso aquele homem inacreditavelmente lindo aparecesse, eu jogaria a minha idiotice para longe e diria um olá. Oportunidades como essa podem ser únicas e, se eu tinha alguma chance, deveria aproveitar o momento.

Aline Sant'Ana

— Ninguém — murmurei em resposta, esticando-me. — Você sabe quem vem para essa festa?

— Acho que Dakota estava convidando gente de fora — respondeu. — Afinal, esse pessoal da nossa escola é estúpido.

Eu ri para ela e rolei os olhos, vendo que a loira não tinha paciência para esses eventos. De acordo com a minha melhor amiga, as festas mais incríveis não eram proporcionadas pelos adolescentes, mas pelo pessoal da universidade. Esse pensamento me fez titubear. Talvez ele estivesse em alguma festa de fraternidade nesse exato momento, enquanto eu estava aqui, procurando-o entre a multidão.

Apesar de tê-lo visto na escola uma vez ou outra, sabia que ele não era aluno. Então, raciocinei que ele tinha um amigo lá, ainda que não o tivesse visto com ninguém. Outra questão sobre o desconhecido era que ele se vestia como se fosse independente, um homem que tinha gosto para correntes na calça jeans ao invés de cinto, mas, ainda sim, parecia tão mais maduro do que eu naquele meio escolar, e isso o tornava inquestionavelmente atraente. Eu me encantei. Acho que me apaixonei no momento em que ele olhou para mim e deu um meio-sorriso despercebido naquele dia. Nos outros, tudo bem, ele não tinha me visto... Deus, aqueles olhos tão surpreendentes, os cabelos rebeldes, os dentes brancos e alinhados. Ele era lindo demais e nunca tinha prestado atenção em mim. Eu queria tanto saber se seria correspondida se ele pudesse me ver...

— Oh, Deus! — sussurrei somente para mim.

Meu coração ameaçou saltar para fora do corpo, batendo mais rápido do que a música que tocava ao fundo. Pisquei várias vezes, tentando alcançar a exatidão e a certeza de que era ele sim, o misterioso homem por quem eu estava atraída todo esse tempo. Bem ali, na entrada do salão. Ele estava com um rapaz alguns centímetros mais alto do que ele e este estava muito bem acompanhado ao lado uma morena estonteante.

Vestindo uma calça rasgada em alguns lugares, uma regata preta justa e corrente nos jeans, ele estava inacreditável. Seus cabelos estavam desalinhados e eram mais curtos nas laterais, dando um ar moderno e sexy.

Eu não podia me mover, estava congelada, agarrada à minha Coca-Cola com vodca — batizada em segredo — como se fosse um bote salva-vidas. A única coisa que eu queria era dar um passo e cumprimentá-lo, mas ele estava longe.

Até, surpreendentemente, começar a caminhar em minha direção.

7 dias com você

Sorrindo para mim.

Lindo.

Olhando-me nos olhos.

Apertei o copo de plástico até sentir o material se espremer e o líquido correr entre os meus dedos. Incrédula e ofegante, essa era eu. Olhando para o homem que fizera o meu coração acelerar durante tantos dias e agora estava me causando um pequeno ataque de nervos.

Eu ia morrer.

Por que ele estava caminhando até mim? Ele me conhecia? Havia prestado atenção em mim da mesma maneira que eu nele?

Então, descobri da pior forma.

Os lábios dele se conectaram aos de Lua e ela envolveu suas mãos em torno do seu pescoço, trazendo-o para perto, enquanto ele envolvia as mãos na cintura dela e a içava para cima, sorrindo contra a sua boca enquanto a beijava lentamente, mostrando que ali não existia nada de técnico. Muita língua, muita mordida... muita coisa para embrulhar meu estômago.

A queimação surgiu na minha garganta e eu pisquei várias vezes para não chorar quando eles se afastaram. O desconhecido sorria e acariciava o rosto de Lua como se ela fosse a primeira e única coisa que ele amasse.

Dois meses admirando-o, sem sequer saber que ele estava se envolvendo com a minha melhor amiga.

— Erin, lembra que eu te disse que estava com um casinho? — Lua questionou. — Então, escolhi hoje para apresentá-lo.

Lembrei-me do dia em que o vi entrando na confeitaria, no banco, na minha escola, falando com o jornaleiro, e todo esse tempo... Obriguei-me a tirar os olhos dos lábios vermelhos do rapaz. Ele estava totalmente marcado do batom Dior que eu dei de presente de aniversário para minha amiga no ano passado.

— Carter McDevitt — apresentou-se o homem, me fazendo ouvir a sua voz pela primeira vez. Melodiosa, doce, sensual e um pouco rouca. Perfeita. — Você deve ser a melhor amiga da qual tanto ouvi falar.

— É... — obriguei-me a dizer. — Sou a melhor amiga da sua namorada. Erin Price.

Aline Sant'Ana

— *Legal* — *ele murmurou, abrindo um largo sorriso.* — *Seu rosto é tão familiar! Já nos cruzamos por aí?*

Sim. Há dois meses, eu tenho te visto no meu bairro, na minha escola, nas ruas de Miami, pensando por um momento que era o destino me colocando perto de você, mas acabando de descobrir que era uma casualidade por você estar namorando a minha melhor amiga. E agora eu estou com uma espécie de paixão platônica por você. Então, sim, acho que já nos cruzamos por aí.

Ele não me reconheceu. Eu tinha voltado para o meu cabelo ruivo monótono após aquele mel de quatro cores e o quê? Não era como se Carter pudesse ter uma memória incrível depois de apenas duas trocas de olhares que tivemos.

Até o seu nome soava surpreendente na minha mente.

Carter McDevitt.

— *Acho que não* — *respondi, encolhendo meus ombros.* — *Quem sabe, né?*

Eu e Deus, provavelmente.

— *Lua, se você tivesse me dito que tinha amigas bonitas, eu podia ter trazido Zane.* — *Ele suspirou e fez uma pausa, olhando para os lados.* — *Yan estava aqui por um momento. Vocês o viram?*

Olhei para a pista de dança e vi que ele estava beijando sua acompanhante.

— *Ali está o seu amigo* — *apontei.* — *Bem, vou deixar vocês curtirem a festa. Acho que vou embora, Lua.*

— *Ah, não! Por favor* — *ela pediu, fazendo um beicinho.* — *Fica conosco.*

— *Pois é, eu vou cantar nessa festa* — *complementou Carter.* — *Você podia conhecer a minha banda, Erin.*

Vocalista de uma banda? Ele poderia ficar menos interessante, por favor? Isso explicava as correntes, os jeans, as camisetas, o jeito despojado: uma banda.

— *Obrigada, Carter, mas estou com dor de cabeça. Muita vodca.*

— *Erin, você estava procurando alguém* — *Lua murmurou.* — *Talvez o rapaz chegue e você o veja por aqui.*

Já o vi, Lua.

— *Não sei. Acho que ele não virá* — *rebati, sorrindo, mas querendo chorar.* — *Boa noite pra vocês.*

7 dias com você

— Quer uma carona? — ofereceu Carter. — Estou de carro e tenho um tempo antes de tocar na festa.

Uma hora atrás, a expectativa de estar sozinha com Carter num carro seria avassaladora para a minha sanidade. Eu não pensaria duas vezes, para ser sincera, em aceitar. Diria um sim tão redondo e feliz, somente pela oportunidade de realizar esse sonho utópico.

— Obrigada, mas não. Boa diversão para vocês, pessoal.

Saí daquela festa sentindo que eu estava exagerando sobre os meus sentimentos, mas, apesar do pouco tempo e da falta de contato com Carter, as emoções estavam ameaçando me sufocar. Eu amava a Lua, amava tudo o que ela representava, e, apesar de estar idiotamente apaixonada pelo seu atual namorado, não me intrometeria de maneira alguma em seu relacionamento nem lhe contaria os meus sentimentos.

Eu os manteria guardados. Ao menos, até eu esquecer que eles existiam.

Aline Sant'Ana

7 dias com você

CAPÍTULO 14

And at the end of the night
When the lights go out, will we turn down?
Oh no we won't
(we'll never turn it down, we'll never turn it down)
And when it try to make this leave
We turn to say we never going home
And you know just what I wanna do

— Natalie La Rose feat Jeremih, "Somebody".

Dias atuais

CARTER

Meus músculos doíam, mas da melhor maneira possível, afinal, passei a noite inteira na festa com a Erin. Depois disso, ainda fomos para o meu quarto terminar os cartões, e tivemos mais alguns momentos bem memoráveis. No final, nem conseguíamos mais abrir os olhos de tão exaustos e ela acabou dormindo nos meus braços.

A doce Erin, esta manhã, estava totalmente esticada naqueles lençóis dourados. Seus cabelos ruivos espalhados sobre os travesseiros e a seda macia cobrindo apenas uma parte do seu corpo nu. Olhando-a, sabia que jamais me esqueceria daquela visão e a inspiração bateu forte como uma descarga elétrica no meu cérebro.

Levantei-me, escravo da criatividade, nu. Peguei uma boxer azul da mala enquanto pensava sobre a razão de nunca mais querer vestir roupas se estivesse com ela. Fiz o que tinha que fazer no banheiro e, assim que me vi livre, lancei um último olhar para a musa inspiradora da canção, antes de me sentar na cadeira e acrescentar mais algumas linhas à música.

But I know, I know this is how we play
And the love, it can be easy
So tell me how can't you make my whole world change?
And how do you make my mind go completely insane?

Satisfeito com essa penúltima parte, finalizei o que precisava, sorrindo

Aline Sant'Ana

ao lembrar de ontem. Erin era a única coisa que eu queria tocar, era fácil me encantar por ela e não precisava de nenhuma garota entre nós dois para me excitar, como a brincadeira pediu. A Fada era o bastante e até demais. Era um grande enigma e eu adorava isso nela. Adorava a maneira como nesses dias fui mais desafiado a tê-la do que uma vez já fui por qualquer outra pessoa.

E ela merecia uma música citando meus sentimentos cem vezes se possível.

Juntei as partes que eu já tinha escrito, percebendo que ainda faltavam alguns toques para a música finalmente estar pronta. Ainda não sabia como faria isso acontecer, mas, se eu arquitetei tudo isso em tão pouco tempo, não devia demorar a encontrar uma inspiração nova. Erin puxava os meus limites e em algum momento a música se encaixaria como um quebra-cabeça.

Distraído, não percebi sua presença até sentir duas mãos acariciando meu peito, enquanto sua cabeça encaixava-se no vão do meu pescoço, inspirando meu perfume remanescente da noite passada. Fechei os olhos, experimentando o agrado de acordar e ter alguém para abraçar de manhã.

— Bom dia — ela sussurrou, sorrindo contra a minha bochecha. — Pedi o café da manhã, se você quiser que eu fique aqui ou...

Não deixei Erin levar-se pela insegurança. Eu queria ficar com ela esses dias e, talvez, sermos como um casal dentro desse navio. Sobre o futuro, eu não pensava sobre ele em alto-mar, a minha consciência ficou em casa. Só depois eu iria rever passo a passo as horas que estava vivendo e conscientizar-me sobre o que estava sentindo.

Mas não agora.

Com um meio giro no corpo, capturei sua cintura e coloquei-a sentada sobre o meu colo, ouvindo seu gritinho de susto. Ela soltou uma risada doce, sentindo a minha barba por fazer em suas costas enquanto eu plantava beijos e subia meu rosto até a sua nuca, acariciando-a, envolvendo seu pescoço e depois o lóbulo da sua orelha com a ponta dos lábios.

— Vou ficar aqui com você. Como pensou que poderia ser diferente?

— Pensei que...

— Não, não pense em nada — interrompi. — Apenas permita-se sentir. O que você sente agora?

— Sinto que você está me deixando excitada.

7 dias com você

Eu ri e parei de tentá-la para que Erin me dissesse o que pensava.

— Vamos tentar mais uma vez — insisti, olhando a lateral do seu rosto. — O que você sente agora?

— Quero ficar com você e tomar café da manhã.

— Acho que nós podemos fazer isso — incentivei-a. — E o que mais?

— Quero saber o que você estava escrevendo.

Existem sentimentos na vida que temos uma vez ou outra, mas eles são raros de acontecer novamente. Pelo menos comigo era assim com a timidez. Eu não era um cara tímido, nunca fui. Sempre que subi ao palco, cantei para milhares de pessoas, às vezes, quase meio milhão delas, e me sentia confiante. Em relação às minhas fãs e os pedidos atrevidos de autógrafos na calcinha? Bem, sempre autografei, sempre as beijei, sempre as abracei. Eu nunca fui um cara encanado.

Mas, agora, de alguma maneira, deixar Erin saber que em quatro dias ela era razão suficiente para eu escrever uma música sobre nós dois, deixou um calor indecifrável subir pelas minhas bochechas. Ela me lançou um olhar, estreitando-o para enxergar o papel, desatenta à minha timidez, e envolveu seus braços no meu pescoço para se inclinar.

— Mas eu sei, sei que é como nós jogamos. E o amor, o amor consegue ser fácil — ela leu baixinho. — Então, me diga como você pode fazer meu mundo inteiro mudar? E como você consegue fazer a minha mente se tornar completamente insana?

Esperei a reação dela, porque eu sabia que ela reconheceria esse sentimento. Seus olhos ficaram fixos no papel e ela não leu o resto. Eu podia ver que suas íris azuis iam e vinham pela mesma frase e as bochechas dela também coraram. O que era ridículo sobre nós dois era que fizemos as coisas mais insanas, mas, subitamente, isso se tornava muito mais íntimo do que sexo. Porque, cá entre nós, sexo é sexo... Isso aqui parecia algo muito mais intenso do que deveria ser para a história que estávamos criando.

— Não se preocupe, isso não é como um "eu te amo" ou algo parecido — soltei, tentando remediar. — Não precisa sair correndo. É que você se tornou uma inspiração. A nossa relação atípica, na realidade, se tornou uma inspiração. Então, ficou enraizado na minha cabeça e eu tive que colocar para fora.

Aline Sant'Ana

— Faz parte da sua mente criativa, eu entendo — ela murmurou, mas seus olhos não saíam da palavra "amor". — Isso parece ter uma melodia boa, já faz alguma ideia de como será?

— Ainda não. Eu geralmente faço a batida por último. Sei que noventa por cento dos cantores criam as duas ao mesmo tempo, mas eu não consigo. Preciso fazer rimar, pegar uma batida por todas as frases. Depois vem o instrumental.

— Eu nunca tinha visto o processo de criação — ela disse, fascinada. — Tem alguma chance de você me mostrar algum dia?

— Posso te mostrar agora. — Eu sorri, beijei sua boca e puxei outra cadeira para ela ficar mais confortável. — Você quer ver como se cria uma melodia ou a letra?

— O que você quiser me mostrar — Erin falou, animada.

Cara, ela era muito bonita quando acordava de manhã. Ainda mais quando usava a minha camisa social como pijama e apenas uma calcinha. Ela cheirava a menta, lençóis frescos e ao meu perfume. Sei lá, acho que não existia nada nesse mundo mais aromático do que isso, do que ela.

Porra, pensar que amanhã só tínhamos mais três dias me deixava com um frio no estômago.

Nada bom.

Erin

— Tem uma música que o Zane criou comigo. Nós ainda não inventamos a melodia, mas eu posso tentar começar a fazer agora. Quer ver?

— Claro, eu vou adorar.

Carter parecia ainda mais bonito vestindo apenas a boxer azul-marinho, com os cabelos bagunçados e os olhos verdes atentos ao papel à sua frente. Dava para ver que ele nasceu para fazer isso: cantar e criar. Ele batucava na mesa com a caneta, ditando um ritmo inconsciente que parecia mais fascinante do que todo o resto. Para a minha surpresa, ele soltou uma melodia baixinha do fundo da garganta até ela ficar audível; era suave e muito afinado.

Fechei os olhos, absorvendo sua voz, apenas na expectativa de ouvi-lo adicionar a letra da música. A canção falava sobre um amor platônico e como uma garota surgia nos lugares em que seu amado estava, e isso fez minhas pálpebras se abrirem. O começo tinha absolutamente tudo a ver comigo em minha paixão por Carter na adolescência. Ele surgia nos lugares onde eu menos esperava, dando a impressão de que perseguíamos um ao outro, por mais que ele não me olhasse com atenção. Na época, eu gostava da novidade, do perigo, e sentia que precisava de mudança, precisava me apaixonar por alguém tão louco quanto um homem que vestia coturnos e usava o cabelo bagunçado.

Eu tinha me esquecido completamente de como a sua voz era linda quando cantava. A melodia e a maneira como seus lábios vibravam, como os olhos se fechavam, como a respiração ficava diferente, como tudo nele era surpreendente.

O significado da música me causava borboletas no estômago. Fazia uma ideia de como as fãs idealizavam que um dia o homem do momento cantaria algo assim encarando os seus olhos. Era como se eu me sentisse novamente no final do ensino médio, encarando Carter McDevitt, que na época era apenas um desconhecido bonito, mas que acabou se tornando uma estranha obsessão de dois meses até eu descobrir que ele namorava a minha amiga.

Todo o cenário seria admirável, se não fosse trágico.

Agora, ouvindo-o cantar, mesmo que a letra apaixonada claramente não fosse feita para mim, me deixava como uma de suas fãs encantadas. Sim, claro, eu estava totalmente apaixonada por ele.

Carter lançou-me um olhar enquanto finalizava o trecho e, em seguida, cantou tudo de novo, parando um pouco, fazendo algumas anotações e voltando a cantar. Por fim, ele abriu um grande sorriso e umedeceu os lábios com a ponta da língua, estreitando as pálpebras.

Meu coração estava frenético demais para eu poder respirar.

— Você gostou? Talvez eu faça algumas alterações — disse ele, encabulado. — Eu nem sei se o Zane vai concordar com a batida.

— Carter, foi lindo demais te ver cantando, ainda mais criando algo. Se o Zane não gostar, que se dane, ficou incrível.

Seu sorriso ficou ainda mais largo.

— O importante é que você gostou, Fada.

Aline Sant'Ana

Ouvimos leves batidas na porta.

Era o nosso café da manhã.

CARTER

Quando o rapaz trouxe o café, percebi que Erin se lembrava de algumas coisas a meu respeito. As comidas que eu curtia na época em que nos conhecemos não tinham mudado, e ainda que Erin fosse a amiga da minha namorada, ela prestava atenção nos meus hábitos. Tínhamos, com muito custo, criado certa amizade e, atualmente, o fato de ela recordar do que eu gostava era o modo dela de dizer a importância que tive na sua vida, mesmo que indiretamente. Aquilo mexeu comigo, de verdade, e me senti imediatamente nostálgico e com saudades de uma coisa que eu sequer havia perdido, pois nunca tive.

— Ela.

Erin me olhou, sem entender, mas eu apenas pensei em voz alta. Sim, eu estava sentindo saudades dela, ainda que nunca tivesse sido minha.

Dispersei meus pensamentos pessimistas. Eles não eram bem-vindos agora.

Comemos o que havia nas bandejas e tomamos um banho rápido juntos, sem sexo, apenas uma maneira de... ficarmos mais íntimos? Não sei se isso foi bom ou não, mas gostei do modo como nos divertimos embaixo do chuveiro. É o tipo de coisa que você nunca pensa que vai fazer com alguém que conhece há quatro dias, mas a verdade é que eu conhecia Erin há mais de sete anos. Então, droga, não era estranho. Ou eu esperava que não.

— Você acha que Lua e Yan... — insinuou Erin, enquanto vestia uma camiseta minha e uma cueca. A vontade que eu tinha? Jogar todas as roupas dela no mar e apenas vê-la nas minhas.

— Acho que, se ele for esperto, não vai perder tempo — soltei, sorrindo.

— Por quê?

— Você não ficou nem um pouco incomodado com isso? Não sei, pode ser estranho ver uma ex-namorada com um dos seus melhores amigos.

— Não, eu estou bem tranquilo — garanti a ela. — O que eu e Lua tínhamos acabou da forma mais natural possível. Se todos os relacionamentos acabassem dessa maneira, seria fácil para todo mundo.

— Na época, ela me contou que foi um acordo mútuo. — Erin pareceu pensar alguns instantes. — Mas parecia inacreditável! Vocês eram muito bonitos juntos.

— Isso não significa nada num relacionamento. Parecer perfeito não é o suficiente. Tem que ser bom para os dois lados e não era bom para nenhum de nós.

— Penso da mesma maneira, mas não tive muita sorte no decorrer do tempo.

— Sério?

Eu tinha outra visão sobre isso. Pensava que os homens deveriam cair matando para ter um pouco da Erin, mas isso também não significava que não eram uns idiotas. Do que adianta uma chuva de testosterona se os homens não sabem tratar uma mulher decentemente? Não que eu fosse antiquado ou qualquer coisa parecida, entretanto sabia me comportar.

— Sim, nossa! Posso te contar a minha última experiência?

— Claro. — Sorri.

Por algum motivo, se ela quisesse me falar sobre a teoria da relatividade, não pareceria chato de maneira alguma. Se ela quisesse me contar sobre como funciona a construção de um viaduto, também não acharia chato. Nada do que saía da sua boca parecia menos interessante. Eu queria tudo o que ela pudesse me dar.

— Eu estava saindo com um cara por duas semanas, mas nós não tínhamos chegado realmente a transar. Não sei, havia algo nele que eu não gostava e isso me deixava com um pé atrás. — Ela suspirou. — Então, ele me levou para o seu apartamento e lá colocou um filme pornô na sala para a gente assistir e ficarmos animados juntos. Só que, Deus, o homem ficou se tocando sobre os jeans e eu acho que ele esqueceu que eu estava ali.

Pensando no cenário, a primeira reação que subiu em mim foi a de incredulidade. Qual a mentalidade do homem de assistir a um filme pornô quando se tem uma ruiva gostosa para transar? A segunda coisa que veio não foi na minha cabeça, mas no meu peito. Uma queimação bizarra que começava no estômago e flutuava até a minha garganta, deixando a minha saliva amarga: ciúmes.

Aline Sant'Ana

Porra, sim! Imaginá-la com qualquer outro cara agora, depois de tudo o que fizemos, parecia tão louco como se ela me dissesse que a Terra era quadrada.

Não funcionava.

Tentando não transparecer, deixei um sorriso falso surgir na minha boca e segurei a sua mão, beijando os nós dos seus dedos.

— Ele era um idiota — sussurrei.

— Eu percebo isso agora — ela murmurou.

— Essa é a sua desculpa para estar aqui? — questionei, curioso sobre ela aceitar o convite para um lugar assim.

Erin deu de ombros.

— Basicamente, sim.

— Estava cansada de sexo usual... — joguei a frase. — E resolveu arriscar.

— Por que não? Acho que se é só sexo, por que não transar com um estranho que vai te proporcionar experiências boas? Hoje em dia, isso nem é mais incomum. As pessoas fazem sexo o tempo todo, com todo mundo. Eu tento não me apegar a isso.

— Você está certa.

Ela estava. Se for sexo por sexo, por que não fazê-lo com alguém que curte a coisa e que vai te proporcionar um bom momento? A verdade é que a maioria das pessoas não tem tudo. Se você quer alguém para namorar, ele pode ser um cara romântico e uma merda na cama. Ou ele pode ser bom de cama e te trair a cada cinco minutos. Eu sabia do que Erin estava falando porque, caralho, eu sou homem. E apesar de nunca ter traído Maisel, sabia que não era perfeito com ela. Sexualmente, sim. Mas eu não conseguia fazer o tipo romântico. Agora, com Erin, em quatro dias, eu já estava criando músicas.

— Você está pronto para ver os seus amigos? — A Fada me olhou nos olhos.

— Eu estou, e você? Vai contar para a Lua?

Erin ficou com o rosto mais duro do que o normal.

— Acho que vou esperar, Carter. Eu não sei se quero estragar a viagem dela e também a minha. Se contar, talvez Lua peça para eu me afastar de você

7 dias com você

e ficaria bem enciumada. Acho que você a conhece o suficiente para saber como ela reagirá. Você foi o primeiro homem que ela amou.

Sondei seus olhos, observando que aquilo a magoava. Estar comigo a magoava. Aquilo me atingiu de um jeito que eu não esperava. Foi como se uma série de adagas de gelo perfurasse o meu estômago. Erin estava se tornando especial para mim, não havia controle, e saber que minha Fada não pretendia contar à amiga sobre nós dois só dava a entender uma coisa: tínhamos data marcada para ter fim.

Não compreendia sua relutância, pois entre Lua e Yan estava acontecendo a mesma coisa que acontecia conosco. Ela estava ficando com um dos melhores amigos do ex-namorado e sentia-se bem com isso.

No entanto, as pessoas podem ser hipócritas às vezes e era essa a incerteza da Erin.

— Tem certeza? — reiterei.

Ela disse que sim, sem titubear, sequer percebendo o que aquilo tinha feito com o meu coração. Droga, fiquei profundamente magoado. Mesmo assim, obriguei-me a beijá-la e agradecer pelo café da manhã. Erin sorriu e me abraçou em seguida, deixando-me acomodado e mal-acostumado ao calor do seu corpo.

Naquele segundo, senti como era estar envolvido física e emocionalmente por uma pessoa.

Talvez eu estivesse duplamente fodido.

Erin

Depois de encontrar roupas no deque no qual estava hospedada e chegarmos ao ponto de encontro do nosso grupo — vulgo, quarto do Zane —, a equipe do *Heart On Fire* anunciou que estávamos prontos para o desembarque em Cozumel, México. Eu estava animada para conhecer o lugar, pois falavam muito sobre os corais dessa ilha e Lua não parava de insinuar como o passeio seria romântico.

Percebi que minha amiga havia passado a noite com o Yan, pois estava toda aos beijos com ele e de mãos dadas. Para ser bem sincera, a cena dos dois juntos parecia uma obra feita por um artista renomado, dada a perfeição.

Aline Sant'Ana

Ambos tão bonitos e radiantes, que causavam aquela coceira irritante atrás da nuca quando vemos casais magicamente lindos nas revistas de fofocas.

Mas eu estava muito feliz por minha amiga. Ela não era o tipo de garota de se apegar a alguém, apesar de ser romântica, e, mesmo que não fosse durar uma hora a mais longe do cruzeiro, eu sabia que, no decorrer desse dia e nos seguintes, eles agiriam como um casal, diferentemente do modo que estava acontecendo entre Carter e mim.

Pelo visto, todo mundo gostava de brincar um pouco de casinha. Mas isso se tornava inadvertidamente perigoso, pois até onde os sentimentos não se misturam? Eu já sabia o que sentia por Carter, mas e ele por mim? E Yan por Lua e Lua por ele? Zane, claro, parecia tão alheio a isso quanto qualquer solteirão convicto, mas para quem estava envolvido na situação era difícil. Em qual degrau deve-se pisar? Eu, ao menos, não sabia o que fazer.

Carter soltou lentamente meus dedos antes de chegarmos perto da Lua. Ele estava respeitando o espaço e eu não podia deixar de admirá-lo por isso. No entanto, parecia que algo o tinha magoado. Ele estava com as pálpebras semicerradas e o sorriso vacilante. Eu estava ansiosa para perguntar o que aconteceu, mas aí me lembrei que talvez eu não pudesse dar uma de namorada preocupada, pois não estávamos em um relacionamento.

Esse tipo de constatação vem sem aviso e machuca. Estar apaixonada por um homem por quem você já se encantou, que te magoou no passado — mesmo sem querer — e que agora volta, anos depois, não é para qualquer pessoa. Carter foi o homem que amei desde o instante em que o vi pela primeira vez e escondi isso de minha amiga, visando sua felicidade acima da minha. Agora, a situação se repetia, mesmo que o cenário mudasse. Eu estava privando o que sentia e continuaria me coibindo até esse cruzeiro parar em Miami e eu poder respirar novamente.

Não sabia o que aconteceria com o futuro dessa relação e não pretendia arriscar a minha amizade com Lua apenas por alguns dias de sexo. Tudo bem, éramos tudo, menos sexo sem sentido agora. Carter estava compondo uma música sobre nós dois e eu não era boba, sabia o que aquilo significava, mas será que, depois de passar por um recente divórcio, ele estaria preparado para a delicadeza da situação que vivíamos? Provavelmente não, e eu não iria pressioná-lo.

— Eu não fiquei com ninguém essa noite, cara — disse Zane, quando estávamos descendo pelas escadas do cruzeiro. — Acho que vocês podem me dar um prêmio ou algo parecido.

— Eu já acho que você se excedeu na bebida e não conseguiu erguer o braço da cama — opinou Yan, fazendo todos nós rirmos.

— Tinha uma negra tão linda me querendo e, claro, metade da festa também, mas ela me teria se eu não estivesse desanimado — resmungou Zane, como se o arrependimento pudesse consumi-lo. Eu não duvidava, ele devia estar arrasado. — A festa era boa mesmo?

Yan e Lua trocaram profundos olhares e eu, sem poder me conter, olhei para Carter. Ele tinha um sorriso maroto no rosto que eu adorava. Era uma maneira preguiçosa de erguer os lábios, deixando um canto elevado e o outro baixinho. Sorriso torto. O meu preferido de todos os tempos.

— Quem foi o cara com quem você ficou, Erin? — perguntou Lua, sorrindo abertamente para mim. — Ele deixou um senhor chupão no seu pescoço, hein? Pegou o nome da criatura dessa vez?

Comecei a gaguejar antes de formar uma resposta completa. Eu era uma negação mentindo e, se tivesse que seguir a carreira de atriz, estaria desempregada.

— Fiquei com Erin até um cara aparecer — falou Carter, livrando-me de ter que fazer isso com a Lua. Senti sua mão discretamente na base das minhas costas, oferecendo-me apoio. — Ela saiu e depois eu aproveitei para curtir também.

— Ah, você é um babaca, Carter. Devia ter levado Erin para aqueles quartos e feito você mesmo o serviço — brincou Zane.

Ele sabia bem do meu relacionamento secreto com seu amigo e imaginei que estivesse jogando verde para ver a reação da Lua.

Os olhos castanho-esverdeados e os ombros da minha amiga ficaram tensos e ela mordeu o lábio inferior. Percebi todo o seu corpo se retesar, sinal claro de que não lidou bem com a brincadeira. E isso me fez pensar que não lidaria igualmente bem com a verdade. Naquele segundo, as coisas ficaram claras e saíram da zona de suposição, tornando-se fato: Lua Anderson não aceitaria Erin e Carter.

Suspirei, tentando lidar com a profunda dor no coração, como se tivesse criado magicamente um dilúvio dentro de mim. A maneira como ela olhou para nós como se não fosse sequer possível e depois beijou Yan, descendo as

Aline Sant'Ana

182

escadas em seguida rumo à ilha, me deixou tonta e com o estômago enjoado de repente.

Senti Carter me amparar no instante seguinte em que meus joelhos fraquejaram, mas a verdade é que minha visão embaçou, as pernas ficaram bambas e a respiração, rasa.

— Erin?

— Estou bem — garanti a ele, mesmo que fosse mentira.

Tomei um momento para respirar.

— Ela está bem, Carter — intrometeu-se Zane, enfiando-se entre nós. Ele colocou o braço sobre meu ombro e me puxou para longe do vocalista da The M's, levando-me como se fôssemos um casal.

Olhei para trás e assisti Carter mover o maxilar para frente e para trás, como se sentisse ciúmes, mas o lampejo da raiva apenas passou por seus olhos uma única vez antes de sumir.

— Você está mentindo para sua melhor amiga por causa do Carter — alertou Zane, ainda com o braço direito sobre os meus ombros. — Precisa ser menos óbvia se uma situação te incomoda, garota. Não quero problemas para vocês dois, sinceramente. E aquele americano é tão meu amigo quanto o Yan. Eu amo aqueles caras.

— Zane...

Seus cabelos compridos na altura dos ombros estavam presos em um coque desengonçado. Zane tinha aqueles profundos olhos castanhos me encarando, como se pudesse me decifrar.

— Carter passou por uma merda de fase quando se divorciou e seria uma droga se ele voltasse àquela zona obscura de depressão. Está me entendendo? Por favor, tenha cautela com as coisas que diz para ele ou como demonstra o que sente. Ele parece ser um espartano, mas não é nada disso. Carter é o mais sensível de nós três.

Absorvi a verdade, encarando Zane atentamente enquanto ele falava. Ele podia mesmo ser aquele cara impossível com as mulheres, mas era um bom amigo quando se tratava de Yan e Carter.

— Eu não tenho intenção de machucá-lo, Zane. Pelo contrário. Aliás, é mais fácil ele quebrar o meu coração do que o oposto — garanti, imediatamente

7 dias com você

lembrando-me do passado. — Eu passei mal ali atrás porque percebi que, se quiser ficar mais um tempo com ele, vou ter que mentir para a minha melhor amiga. Continuar mentindo. Nós duas nunca tivemos segredos. Seria terrível ter que começar a fazer isso.

Omiti a parte em que amei Carter em silêncio por muito tempo na adolescência. Aquele fator não era importante em comparação com o tamanho do problema que enfrentávamos no presente.

— É mais fácil você contar e resolver isso de uma vez — aconselhou o guitarrista.

— E perder Carter pelos dias que me restam? — rebati, desanimada.

Zane sorriu, parecendo aliviado por algum motivo. Ele apertou a minha bochecha e soltou o braço de mim, lançando um olhar para Carter, que estava atrás de nós. Eu não conseguia lê-lo tão facilmente com as outras pessoas. Zane era uma espécie diferente de pessoa, você nunca consegue prever seu próximo passo.

— Tudo bem, ruiva — murmurou baixinho. — Curta os dias que restam. Apenas prometa que não vai ferrar o coração dele, ok?

Finalmente olhei para trás e fui surpreendida pelo cenário azul-turquesa somado a Carter, e me dei conta de que estávamos em uma ilha paradisíaca e aquele homem de voz grave, que encantava milhões, parecia uma espécie de anjo da tentação. Ele estava inacreditável com uma camiseta branca, bermuda jeans escura e chinelos, os cabelos castanho-claros despenteados, dando um ar sacana ao seu semblante. Ele não compreendeu a minha aproximação com Zane e, como era um protetor nato, estava enciumado.

— Eu não vou, Zane.

— Meu Deus, o que vocês estão fazendo aí atrás? — indagou Lua, tirando-nos da bolha particular. — Vamos logo! Temos que conhecer o México!

— Já vou! — Zane acelerou os passos para acompanhá-los.

Carter se colocou atrás de mim, pousando a mão na minha cintura, aproximando sua boca macia da minha orelha.

— Você passou mal quando constatou que Lua não poderá saber sobre nós? — sondou levemente.

Soltei o ar dos pulmões por duas razões: o assunto e a proximidade

Aline Sant'Ana

184

do seu corpo. Eu ainda tinha vestígios do sexo da noite passada em cada centímetro do meu corpo e eu me perguntava se, quando Carter fechava os olhos, conseguia nos ver também. Em meio àqueles espelhos do quarto da festa Sensações, envolvidos por uma paixão arrebatadora, soube que nada seria igual a antes. Estávamos tomados pela luxúria e, no meu caso, algo maior que ia muito além do que esse vocalista poderia sonhar. Bem maior.

— Sim — consegui responder.

— Tudo bem, Fada. Nós vamos aproveitar o que temos aqui e tentarmos não demonstrar o óbvio. Se é assim que quer, faço isso por você.

— É assim que eu quero — garanti, fechando os olhos por um momento, porque não conseguia lidar com o fato de estar mentindo para ele, para mim mesma e para Lua.

Eu queria demonstrar durante todos os segundos o quanto aquilo estava sendo importante para mim. O quanto finalmente, depois de tanto tempo, estava tendo a oportunidade de me envolver emocionalmente com Carter. Mas, no instante em que esse pensamento surgia, também ia embora, pois tinha a consciência de que, querendo ou não, as coisas ficariam mais complicadas se eu adicionasse meus sentimentos do passado aos de agora.

Embora eu soubesse que era tarde demais para me desapaixonar por alguém que marcou tanto a minha história.

7 dias com você

CAPÍTULO 15

I don't admit it, I play it cool
Every minute that I'm with you
I feel the fever and I won't lie, I break a sweat
My body's telling all the secrets
I ain't told you yet

— Sledgehammer, "Fifth Harmony".

Sete anos atrás

Erin

Carter estava agarrado à Lua e não parecia que os dois se soltariam tão cedo. Na real, por que eles me convidavam se ficariam se beijando desse jeito? Mas isso não me fazia ficar menos hipnotizada por ele. O modo como Carter a beijava, tão profunda e lentamente, me fazia divagar se existia outro homem no mundo que agia dessa forma. Os adolescentes que eu já tinha ficado não eram nada se comparados a Carter McDevitt.

Minha cabeça era uma grande bagunça e eu precisava de um tempo para poder organizar as ideias.

— Lua — disse, titubeando. — Eu tenho uma coisa para fazer em casa.

A mesma desculpa que eu usei para a balada.

Ela se afastou, finalmente, mostrando os lábios borrados de batom. Sequer tive vontade de olhar para Carter. Jesus, a ansiedade que vinha em mim era grande, eu queria chorar ali mesmo. Essa situação era nova para mim, totalmente ridícula. Eu jamais pensei que ele iria se apaixonar por Lua. Jamais pensei que justamente ele...

— Por quê? Seus pais são um saco — disse ela. Mas depois seus olhos brilharam com um quê de conhecimento, sabendo que eu estava incomodada por ficar assistindo à agarração. — Eu prometo que paro de beijar o Carter!

Ele puxou Lua pela cintura, colocando-a em seu colo como se não pesasse nada. E, olha, ele não era muito forte. Carter, com vinte anos, tinha um corpo mediano. Suspirei e desviei meu olhar, sem querer, indo para o rosto de anjo

Aline Sant'Ana

186

dele. Aqueles olhos verdes focaram em mim em um misto de diversão e ternura.

Ah, eu era apenas a amiga sem sal e magra demais da namorada bonita dele, e eu me odiava por me importar com isso. Lua era linda, ela merecia um cara como o Carter. Um homem que ajudava as pessoas na rua, que cumprimentava o jornaleiro, que ia à confeitaria a pedido do pai. Ela realmente o merecia. Eu? Tudo bem, eu não era uma pessoa ruim, e talvez nem merecesse o que estava acontecendo comigo, mas essa era a realidade e eu tinha que aceitá-la. Tinha que pensar que ele a faria feliz e que sentimentos platônicos cessam com o passar do tempo.

— Erin, não faça isso — disse Carter, sorrindo. — Nós nem tivemos tempo de nos conhecer.

— Porque nós não paramos de nos beijar. Como quer que ela se sinta? Não existe maneira alguma de deixá-la confortável — rebateu Lua.

— Está tudo bem. Vocês estão no começo do namoro e querem se conhecer. Eu não faço parte dessa relação.

— Pelo contrário! — objetou Carter. — Se você é a melhor amiga da minha princesa, eu preciso te conhecer. Então, vamos conversar. Não quer ser minha amiga também? Juro, eu sou legal.

Eu sabia o quanto ele era legal, bonito, agradável e, principalmente, o quanto ele parecia ser um bom namorado. Ele era atencioso demais com Lua, dizia coisas bonitas e tocava violão para ela. Em uma semana, Lua me contou as coisas boas que ele fazia para ela e todo o carinho. Inclusive ressaltava o quanto ele era bom de cama... Como se eu precisasse saber dessa porcaria.

— Posso ser sua amiga — respondi, rendendo-me um pouco, mas com as bochechas coradas pelas coisas que Lua já tinha me contado. Eu bem que pedi para ela não entrar em detalhes, contudo ela era a garota mais desbocada que eu conhecia. Mas também era a minha melhor amiga. Mulheres compartilham certas informações. — Eu só não quero atrapalhar vocês.

— Vou fazer uma limonada. — Lua levantou do colo dele. — Conversem, por favor. — Ela lançou um olhar para mim. — É importante.

— Tudo bem — eu disse, cabisbaixa.

Ela não sabia. Carter não sabia. Ninguém sabia. E, às vezes, se torna um fardo muito grande guardar os sentimentos assim.

7 dias com você

Carter bateu no sofá ao seu lado, pedindo que eu me sentasse perto dele. O que não era bom porque meu coração batia forte só de tê-lo no meu ciclo social, imagina me sentando perto dele? Seria fatal para a minha sanidade. Seu perfume era inacreditavelmente bom, como tudo nele. Seus cabelos, seus olhos, seus lábios, a maneira de ele sorrir e falar.

— E, então, linda. Me conte sobre você.

Linda? Tive vontade de rir. Era evidente que ele não me achava linda, mas tudo bem dizer isso. Nem todas as modelos de passarela tinham um rosto que era pura perfeição. Eu era um pouco desengonçada e meus lábios não eram muito atraentes. Eu só conseguia desfilar e era isso que contava muito. Meu rosto era bastante expressivo e os meus olhos se destacavam. No resto, eu era uma tábua, e muito sem graça.

— Hum, não tenho muito o que contar — murmurei, tirando uma mecha de cabelo dos olhos, tentando clarear meus pensamentos enquanto tinha os seus olhos cor de esmeralda me encarando. — Tenho dezessete anos, estudo na mesma escola da Lua, sou modelo e desfilo. A carreira está indo bem, então, não pretendo fazer faculdade. E você?

— Que legal, você é uma alma livre como eu. — Ele sorriu e umedeceu os lábios. — Sou vocalista da banda The M's. Recentemente, fechamos um contrato bom e a música do primeiro CD já está tocando nas rádios. É muito legal, é uma das mais pedidas. Não pensei que a minha vida fosse guinar dessa maneira em tão pouco tempo.

— Fico feliz por você — respondi, verdadeiramente, sorrindo um pouco. — A música é realmente boa.

— Obrigado. — Seus olhos brilharam ao falar da banda. — Qual música você escutou?

— Quase todas. Na verdade, eu comprei o CD. — Imediatamente, me arrependi de dizer isso. Fiquei envergonhada e minhas mãos começaram a suar. — É... Bom, eu não decorei as músicas nem nada parecido.

Carter segurou minha mão e aquilo me surpreendeu de uma maneira inimaginável, causando um choque por toda a minha coluna. Olhei para cima apenas para ver o que tinha em seus olhos, mas ele era todo sorrisos. Desde os seus olhos, até os lábios e a expressão.

— Você é a primeira pessoa que eu conheço que diz ter comprado o meu

Aline Sant'Ana

CD. De verdade, obrigado. — Ele suspirou, como se um peso tivesse saído das suas costas. — Nossa, pensei que você me odiava. Quer dizer, jamais pensei que curtia a minha música ou que aprovava a minha relação com a Lua, mas acho que estava enganado. Que legal, você é uma linda garota, Erin.

Gosto demais de você, Carter. Muito mais do que você pensa. Se me mantenho afastada é porque não quero me machucar.

— É... Obrigada — sussurrei, segurando meus sentimentos. Tirei minha mão da sua de forma abrupta. — Avisa à Lua que eu realmente preciso sair, tá?

Seu cenho franziu, como se não compreendesse a minha súbita vontade de sair dali. Claro, ele não entenderia. Nunca iria entender.

— Tem certeza de que precisa ir? Estou te aborrecendo?

— Não, Carter... Eu tenho uma relação complicada com a minha família — respondi, desviando do assunto. Peguei a minha bolsa e joguei-a sobre o ombro. — Me desculpa. Avisa à Lua que eu sinto muito. Marcamos o cinema para outra hora, eu prometo.

Ele sorriu, mas foi apenas um gesto de retribuição, e não aquele sorriso natural e bonito que ele tinha.

— Tudo bem. Eu aviso.

— Obrigada.

Saí da casa da Lua com o coração jogado aos meus pés.

Ou ele apenas ficou na sala da minha melhor amiga, junto com seu namorado, por quem eu estava perdidamente apaixonada.

7 dias com você

CAPÍTULO 16

Got my mind on your body
And your body on my mind
Got a taste for the cherry
I just need to take a bite
(Take me down)
Take me down into your paradise
Don't be scared cause I'm your body type
Just something that we wanna try
Cause you and I
We're cool for the summer

— Demi Lovato, "Cool For The Summer".

Dias atuais

Erin

A ilha de Cozumel, no México, é um dos locais mais lindos que já visitei. Aliás, eu duvidava que passássemos por mais um destino do *Heart On Fire* sem me impressionar. Esse era o penúltimo lugar que estávamos visitando e, após um dia de navegação, de acordo com Zane, tínhamos Freeport, nas Bahamas, para ver antes de voltarmos para Miami.

A água era de um tom azul-turquesa sobrenatural, que destacava tudo à sua volta pela transparência. As pessoas, escutando músicas latinas animadas, nos recepcionaram com roupas coloridas e um sorriso no rosto. A areia, tão fina e branca, dava aquela sensação gostosa de liberdade e férias. Cogitei seriamente se não havia possibilidade de viver naquele momento para sempre.

— Vamos sem guia de turismo de novo porque não quero seguir essa gente toda — disse Lua, torcendo o nariz para o tumulto que se formava. — O que vocês pretendem fazer?

Era o nosso primeiro passeio com Zane e ele parecia bem empolgado para curtir as atividades da Cozumel. Decidimos não ir para os eventos internos do navio e ficarmos na ilha até o horário permitido, pois hoje teria um jantar

Aline Sant'Ana

com o capitão para quem estivesse interessado e uma festa temática latina logo após. Então, para aproveitar o clima quente da ilha e também o prazo estendido até às dez horas da noite com o *Heart On Fire* no porto, tínhamos vários planos.

— Vocês vão querer fazer algum passeio aquático?

— Primeiro, nós precisamos alugar uma scooter para passearmos pela ilha. Se vamos ficar aqui até de noite, precisamos nos locomover — disse Yan com seu modo organizador ativado.

Carter me contou sobre a maneira que o baterista da The M's gostava de estar no controle da situação e, embora eu não tivesse passado muito tempo com ele, conseguia ver facilmente essa característica agora. No entanto, percebia o quão importante era para Yan ter tudo nos conformes.

— Pelo panfleto que nos deram, o melhor lugar para irmos é o Parque Chankanaab, que fica mais ao sul da ilha — continuou ele. — Nós podemos mergulhar e conhecer os corais. Depois, almoçamos em um dos restaurantes típicos e, se as garotas quiserem, podemos parar e aproveitar as lojas que estão livres dos impostos nas zonas comerciais. Antes de embarcamos, podemos curtir as festas que se encontram facilmente nas praias pelo final da tarde.

— Parece romântico — elogiou Lua.

— Sim, parece bem romântico — concordou Carter e sua voz, apenas com essa frase, foi capaz de me arrepiar inteirinha. Eu estava com saudade de beijá-lo, de senti-lo, mesmo que tivesse estado com ele na noite passada. Não aguentava o clima de tensão que eu criei entre nós após dizer que preferia que Lua não soubesse o que estava acontecendo.

— Então, já que parece romântico, é melhor eu arrumar uma gostosa para a noite. Sugestões, meninos e meninas? Morena, loira, ruiva, negra ou asiática? — provocou Zane.

— Eu acho que você deveria sossegar sua bunda, Zane. É isso o que eu acho — importunou Carter, e Yan soltou uma risada.

— Ele é sempre assim? — questionou Lua, como se Zane não estivesse ali.

— Eu sou, baby — garantiu ele, encarando a minha amiga. — Sou bem pior. Na verdade, estou me comportando perto de vocês.

7 dias com você

— Sim, na presença das damas, ele até tem um pouco de senso — concordou Carter.

O rapaz do sotaque britânico pegou um cigarro do bolso da bermuda, acendeu-o e puxou a fumaça para os pulmões, exalando em seguida.

— Vocês vão ter que me aguentar, princesas.

CARTER

O local era incrível, mas eu não estava interessado na paisagem paradisíaca, e sim na linda ruiva que estava na minha frente. Meus dedos chegavam a coçar para tocá-la na cintura, meus lábios formigavam para beijá-la e eu tinha que me conter por causa da relação complicada dela com a melhor amiga. Abertamente falando, eu estava me sentindo um pouco impaciente em relação a isso. Seria tão fácil chegar nela e dizer: *"Lua, sabe o que você está fazendo com um dos meus amigos? Então, estou fazendo com a Erin. Sim, estou com ela. Você vê algum problema nisso?"*. Éramos todos adultos e eu não devia satisfações para minha ex, cara. Já passou anos desde que estive em um relacionamento com ela. Por Deus, no meio disso, me casei, com direito a altar e a porra toda. Por que ela se importaria com quem aquecia a minha cama e o meu coração?

Colocando-me no lugar da Erin, até conseguia respirar um pouco e me tornar compreensivo. Se Yan — pois Zane jamais tinha se apaixonado — estivesse namorado uma garota que fosse importante para mim, mesmo agora, eu evitaria me envolver. Soava como uma traição, ainda que não fosse como um todo.

Mesmo sim, eu estava me sentindo irritado. Desejo reprimido é uma merda. E o que eu tinha por Erin era isso e mais.

Fomos até um dos locais onde poderíamos alugar as scooters por um dia. Não as usaríamos por vinte e quatro horas, mas, mesmo assim, alugamos. Era o que precisávamos para nos locomovermos pela ilha. Assim que pegamos três motos, percebi a hesitação da Erin sobre subir e ser carona na minha ou na de Zane. Obviamente com medo da reação da Lua se fosse uma atitude que partisse dela.

— Vem, Erin — pedi, fitando-a docemente, tentando garantir que estava tudo bem ir comigo. — Eu te dou uma carona.

Aline Sant'Ana

Lua não nos observou e Erin respirou fundo, fechando os olhos.

— Tudo bem.

Percebi, naquele instante, que a minha Fada tinha medo da melhor amiga. Na realidade, ela tinha medo de perdê-la, como se Lua fosse tudo o que restava em sua vida. Era como se eu visse uma reprise da Erin do passado em um piscar de olhos, surgindo em sua pose adolescente atrapalhada, com os cabelos coloridos e a atitude incerta. Eu podia ver claramente que o fato de ela não ter os pais apoiando-a projetou toda a sua confiança, amor e proteção em Lua. Se ela a perdesse, seria o início de um trauma extremamente doloroso.

Senti suas mãos trêmulas agarrando a minha cintura e suas coxas em torno do meu corpo. Aquilo provocou um arrepio que não fui capaz de disfarçar. Erin me deixava ligado, como uma força elétrica impossível de conter, como se toda a biologia existente funcionasse para recepcioná-la. Soltei um suspiro baixo e pedi que ela colocasse o capacete, desviando-me dos pensamentos sobre sua relação complicada com a amiga.

— Vou seguir Yan e Lua, Fada. Zane vai atrás de nós. Pode relaxar contra mim.

— Sei que estou parecendo tensa. Me desculpa, Carter. A reação da Lua naquelas escadas me amedrontou.

Deixei uma risada baixa sair da garganta.

— Enquanto eu estiver contigo, nada de ruim vai acontecer — garanti. — Eu prometo.

— Vou acreditar em você — disse ela, e percebi que havia relaxado um pouco.

— Mudando de assunto, você tem medo de passear de moto?

— Na verdade, não — respondeu Erin, apoiando o queixo no meu ombro. — Eu até gosto.

— Bem, então deixe os olhos abertos e aproveite a paisagem. Estamos no paraíso, linda.

Senti sua risada vibrar nas minhas costas. Toda vez que ela ria, algo se movia em mim, como se o coração se deslocasse e batesse ainda mais forte. Cara, era incrível estar com ela. Dei partida, ainda com aquela sensação ecoando embaixo da pele, e acelerei a *Yamaha*, quando já estava estabilizado nas ruas coloridas e animadas da ilha Cozumel. Soltei o guidão da moto e coloquei minha mão sobre a dela, sentindo sua pele contra a palma, experimentando a magia do calor de seu contato.

— A velocidade está altíssima — brincou Erin, pois a scooter não alcançava muito, mas dava a impressão de estar a toda velocidade.

— É? — provoquei, tirando sua mão da minha barriga e levando-a mais para cima, em direção ao coração. — Acho que não foi apenas essa motocicleta velha que excedeu a velocidade, Fada. Será que você consegue sentir isso?

Percebi quando ela perdeu a fala. Os dedos ficaram gelados de repente e eu soube o porquê. Em meio a uma frase tão simples, acabei falando com Erin sobre sentimentos, ainda que não nomeados. Até aquele momento, por mais bagunçada que estivesse a minha cabeça, éramos só sexo. Uma aventura na praia em um cruzeiro erótico, algo totalmente atípico, mas passageiro.

Em um instante, o que não era nada se tornou tudo.

Erin

Quando era adolescente, eu tinha sonhos estranhos a respeito de Carter. Idealizava-o aparecendo na minha casa, tarde da noite, dizendo embaixo da chuva depois de correr três quilômetros a pé que cometeu um erro ao estar com Lua e que me amava. Sonhava com a declaração de amor num parque de diversões e até em Paris. Em uma das noites, Carter me levou para a Índia e me disse, em cima de um elefante, o quão importante eu era para ele.

Os sonhos me atormentaram por muito tempo, até, talvez, eu aceitar o azar que a vida planejou para o meu destino. Quando passei a ver Carter com outros olhos — ao menos mentindo para mim mesma a respeito disso, garantindo que não o amava mais —, os sonhos foram cessando, ainda que o coração permanecesse vazio.

Agora, Carter dizia quase minimamente que havia algo entre nós além do sexo, que seu coração acelerava comigo, e isso era muito mais bonito do que um *outdoor* com o meu nome, que o grito da frase *"eu te amo"* sobre um elefante enfeitado ou uma declaração de amor em Paris. Era mais bonito porque era verdadeiro e porque era para mim. Fora dos sonhos, longe da inverdade, Carter nutria coisas lindas sobre nós dois, a ponto de seu coração acelerar e ele querer que eu o sentisse batendo na minha mão. Era incrível e

Aline Sant'Ana

era um momento só nosso.

Não consegui parar de sorrir, mesmo durante todo o processo longo de estacionar as *scooters* para ir de balsa da ilha até o parque natural *Chankanaab*. Eu estava alheia a tudo e a todos. E me deixei levar pelos toques discretos de Carter. Precisava daquilo. Eu o queria tanto que doía.

— Vou comprar os ingressos para o submarino Atlantis — disse Carter. — Erin, vem comigo?

Eu estava tão aérea que não tinha acompanhado a decisão de Yan de, ao invés de mergulharmos, irmos pelo *tour* nas águas através de um submarino. Eu não era claustrofóbica e amava o mar, então, aquela experiência seria fantástica. Lua só faltava dizer que amava o Yan de tão empolgada que tinha ficado. Zane, por outro lado, já estava conversando com uma turista e parecia engajado em levá-la para a cama.

Jesus, ele nunca se esforçava demais. Era só olhar para elas e uma explosão acontecia.

— Vamos — respondi a Carter.

O parque era repleto de atividades. Desde nado com golfinhos, até mergulho profissional, show de leões-marinhos, passeio pelo jardim botânico e visita à zona Maya para conhecer a cultura da ilha. Era uma infinidade de coisas a fazer e nosso grupo optou por mergulhar em um submarino.

Precisava dizer: adorava a maneira como nossos planos sempre eram diferentes de tudo.

Carter me acompanhou até o local onde compraríamos os ingressos para o Atlantis. Havia uma enorme placa e diversas fotos gigantes, mostrando a beleza do mar e as vantagens de aproveitar aquela atividade. Fiquei encarando a foto do submarino, pensando até qual profundidade ia. Mas, antes de entrar para buscar outras informações, Carter me surpreendeu e me puxou para um dos cantos isolados, prendendo-me contra a parede e posicionando suas mãos fortes na minha cintura.

Ofeguei, porque queria muito que ele me beijasse.

Ele não disse nada. Não precisava. Apenas me encarou com seus olhos verdes misteriosos e desceu a boca sobre a minha. O sabor de Carter já não era uma novidade, estava enraizado em mim, fazendo parte da minha história, sendo sinônimo do meu desejo.

7 dias com você

Suas mãos desceram para o meu quadril, apertando e arranhando levemente com a ponta dos dedos o fino tecido do vestido que eu usava. E ali, mesmo que o céu estivesse azul e o sol provasse que estávamos de dia, vi estrelas. Esqueci de todos os problemas e me deixei levar, absorvendo aquela explosão chamada Carter McDevitt me fazer sentir o que era ter vontade de alguém a ponto do seu corpo doer, a pele pulsar, e seu coração bater junto às asas de borboleta na barriga.

Com apenas um beijo, ele era capaz de me deixar fraca, de tirar o meu sossego, de me fazer perceber que não existia outra palavra para descrever o que eu sentia. Eu estava apaixonada por ele. De novo e de novo. Se vivêssemos mil vidas, Carter me encantaria em todas. Porque nosso romance estava com cara de que era para ser, de que era para acontecer, mesmo em meio a tantos tropeços.

Senti seus dentes puxarem meu lábio inferior, encerrando o beijo que me encheu de paixão e vontade. Os olhos do Carter estavam brilhando e, quando ele tocou meu rosto e puxou meu queixo, para selar nossos lábios mais uma vez, estremeci.

— O que vou fazer, Erin? — ele perguntou baixinho, colocando a testa suada contra a minha. — Quero mergulhar em você, Fada. Quero estar contigo nos lençóis e na cama, enrolado nisso tudo, principalmente no seu corpo macio. Cara, por mais que esteja curtindo o passeio e essa viagem... Porra, eu só quero você e a porcaria de um colchão macio para fazer amor até cansar.

Eu sorri e mordi seu queixo em um curto e delicioso gesto.

— Eu também te desejo, Carter — sussurrei.

— Assim você complica para mim, Fada. Um beijo seu e já fico completamente ligado. Diz que essa noite você vai ficar comigo?

— Eu vou.

— É. — Suspirou ele, raspando a boca na minha. — Vou fazer lentamente dessa vez, Erin. Sem jogos, sem artimanhas, sem nada. Só eu e você. Lento. Profundo. Intenso. Do jeitinho gostoso que sonho desde quando bati meus olhos nos seus naquela bendita festa.

Mais depressa do que eu podia calcular, minha pele se transformou em fogo puro. Lembranças das nossas noites, da capacidade que Carter tinha de me transformar em uma maravilhosa bagunça, vieram em jatos de memória.

Aline Sant'Ana

Ele percebeu a minha reação e um lento sorriso surgiu no seu rosto.

— Vou te deixar em paz, Fada.

— Ah, você não precisa — brinquei e escutei sua risada.

— Preciso, linda. Não vou conseguir te deixar se continuarmos aqui.

— Então, é melhor comprarmos os ingressos.

Ficamos nos olhando, nenhum dos dois a fim de se desvencilhar. Carter ainda estava com a mão na minha cintura, sua respiração na minha bochecha e o corpo contra o meu.

Não havia como negar.

Eu já estava contando os segundos para as estrelas apontarem no céu.

CARTER

Precisei de uma força descomunal para deixá-la ir.

Desvencilhei-me dos pensamentos impuros e obriguei meus pés a caminharem em direção à bilheteria do submarino. Entreguei as passagens para Yan, Zane e Lua e nós escutamos as instruções de segurança e uma espécie de tutorial sobre o Atlantis.

— Vocês vão entrar no barco que os levará até o alto-mar — disse o instrutor. — De lá, fica fácil. Só passar para o submarino em um curto corredor e descer as escadas. Esse passeio será tranquilo, pois o Atlantis tem capacidade para quarenta e oito pessoas e nós conseguimos reunir dez. Espero que aproveitem o conforto.

Descobrimos que o passeio duraria em torno de cinquenta minutos e nós desceríamos a cerca de cento e vinte pés. Assim que completamos o procedimento e entramos no submarino, nossas bocas se abriram. Eu tirei tantas fotos que quase enchi a memória do celular, fazendo questão de dar zoom nas criaturas estranhas do fundo do mar. A equipe do Atlantis nos deu um *folder* no qual estavam todas as espécies marinhas da ilha Cozumel, e eu e Erin procuramos as espécies pessoalmente na lista, para que pudéssemos reconhecê-las. A vantagem do submarino é que, para cada assento, existia uma janela e, com espaço de sobra, Zane e Erin se sentaram comigo no meio. Evidentemente que Zane estava ocupado demais, investindo na garota que ele conhecera lá fora, pois ela entrou no Atlantis com ele. Mas eu e Erin estávamos realmente aproveitando o passeio.

— Você imaginou que um dia poderia entrar em um submarino? — ela perguntou, emocionada com a experiência. Naquele instante, um par de tartarugas marinhas passou pela nossa janela e Erin riu.

— Não, eu nunca pensei. É realmente emocionante.

— Estar aqui embaixo nos faz pensar sobre a nossa existência. Somos tão pequenos no mundo, Carter.

— Eu gosto de pensar que sou um grão de areia — disse ternamente, segurando sua mão na minha. Lua e Yan estavam de costas para nós, então não eram capazes de nos ver e isso fazia Erin se soltar comigo. — Meus problemas se tornam bem pequenos. Quem sou eu? O que eu significo para o mundo? Sou apenas mais um.

— Não — ela rebateu com o sorriso encantador que eu adorava ver em seu rosto. — Você é Carter McDevitt, vocalista da banda The M's. Possui infinito número de fãs. Você é uma figura pública. Alguém importante. Uma pessoa que, se postar algo na página do Facebook, pode ser capaz de mudar a vida de alguém. Você já pensou no poder que tem, Carter? Eu não tenho acompanhado a sua carreira, mas confesso que pesquisei no Google enquanto estava no quarto e pude perceber as coisas maravilhosas que você já fez.

Eu sabia do que Erin estava falando. Eu consegui reunir um grupo de fãs para ajudar uma instituição de caridade apenas colocando uma foto minha na página da banda e o número da conta da ONG para depósito.

Eu fiz isso com tão pouco.

A figura Carter McDevitt era capaz de mudar vidas, apenas usando a internet. Era capaz de fazer pessoas chorarem com as canções e também se apaixonarem. Tinha a responsabilidade de criar trilhas sonoras para suas vidas e escrever suas histórias. Eu não era apenas uma voz que cantava, eu era uma voz que podia se comunicar e, algumas pessoas, muitas delas, me escutavam. Isso causava um medo enorme por não me sentir apto para ser algo tão grande, embora amasse a banda e amasse tudo o que ela me trouxe.

Por todos esses dias que estive com Erin, consegui me esquecer da fama e me concentrar em quem eu sou. Esqueci-me da parte negativa de ser Carter e foquei na parte maravilhosa: compor, sem peso e sem pressão. Apenas

Aline Sant'Ana

escrever o que meu coração cantava, o que a melodia impunha para mim.

Erin criou essa zona de proteção e nem sabia.

— Sim, eu sei do que você está falando — garanti a ela. — Não sou muito fã das coisas que a gente encontra na internet. Apesar de usar as redes sociais, como Instagram e Facebook, gosto de apenas trocar esse carinho com as fãs. Nada muito grande.

— Mas, Carter... você é enorme.

— Prefiro pensar que sou um grão de areia.

Erin sorriu e beijou lenta e demoradamente a minha bochecha.

— Então, se aceite como um grão de areia bem especial.

— Para você ou para milhares de pessoas?

— Milhões — corrigiu Erin. — Para mim e para milhões de pessoas.

— Então, não me importo de brilhar um pouco, Fada.

Nós ficamos curtindo o passeio, conversando sobre a minha carreira e a dela. Adorei saber sobre os locais que ela já pôde visitar por causa da profissão. Os incríveis países para os quais viajou, mesmo que por pouco tempo. Ela parecia feliz em poder fazer o que amava, livre da insegurança que sentia na adolescência, livre para reluzir em toda a sua glória. Erin Price não fazia ideia de quão linda ficava para mim a cada segundo.

— Quem está pronto para subir? — perguntou Lua, sinalizando que o passeio acabou.

— Nós já vamos — disse Zane, como se soubesse que eu e Erin precisávamos de um momento. — Pode subir com o Yan e começar a planejar onde diabos vamos comer. Estou morrendo de fome.

— Tudo bem — ela disse, e depois olhou para Erin. — Você está bem, amor? Parece emocionada por algum motivo.

Erin piscou diversas vezes e mordeu o lábio inferior em sinal de ansiedade.

— Eu nunca tinha estado em um submarino. É uma aventura emocionante.

— Espero que você não tenha contado uma de suas histórias tristes para a Erin, Carter. Se fez isso, eu vou cortar a sua bola esquerda — ela brincou e percebi que Erin tinha relaxado. — Bem, vejo vocês lá em cima. E, Zane, desiste da garota, ela não vai ceder a você.

— Ah, ela vai. Não é, querida?

A menina ficou com as bochechas vermelhas, escondendo o rosto aquecido nos cabelos volumosos e cacheados. Em seguida, Zane a segurou pela cintura e, claro, roubou um beijo dela.

Nós todos rimos e Lua subiu com Zane, a garota e Yan.

Ficamos eu e Erin ali, além de dois funcionários do Atlantis, encerrando o passeio. Observei a maneira como as sardas da Erin se destacavam em seu rosto bronzeado. Ela estava linda, com os olhos azuis-turquesa focados em mim.

— Oi — eu sussurrei.

— Oi.

— Você já beijou um rockstar em um submarino, Erin?

Ela riu.

— Eu duvido que alguém tenha conseguido isso.

— Mas você pode, sabe? É só querer.

— E o que eu preciso fazer para conquistar esse troféu na minha vida?

— Feche os olhos.

Esperei e, no instante em que ela o fez, beijei-a com os lábios macios, a língua suave, mordidinhas leves e carinho nas bochechas. Beijei-a provocativamente, mas de maneira doce. Beijei-a de um modo que ela nunca pudesse esquecer. No dia quatorze de agosto, Erin Price estava sendo beijada por Carter McDevitt no submarino Atlantis, nas águas de Cozumel. Não era uma das conquistas mais surpreendentes, mas era nossa.

Única e nossa.

Erin

Os restaurantes ficavam na única cidade da ilha, chamada San Miguel. Após voltarmos de balsa e passearmos novamente com as *scooters*, o nosso grupo parou na área comercial central, aproveitando para admirar os carros antigos, as placas em espanhol e a animada população da Cozumel. Paramos num local chamado *Calor Alto*, que permitia que os clientes aprendessem a culinária mexicana e produzissem suas próprias artes gastronômicas. Segundo Carter, ele era ótimo na cozinha, e não me surpreendi quando o ouvi falar sobre alguns ingredientes com Armando, o dono do restaurante.

O local era simples. Existiam algumas mesas de madeira do lado de fora, um ambiente bem iluminado e colorido dentro, tocando uma batida latina que me deu vontade de dançar. Carter me acompanhou até a área da cozinha e eu já não estava muito atenta a Zane, sua ficante da vez, Lua e Yan. Depois do beijo no submarino, eu estava bem relapsa, e me perguntava quanto tempo demoraria para eles perceberem o óbvio.

— Você tem uma garota muito bonita aqui — Armando me elogiou para Carter, arriscando-se no inglês. Ele possuía uma barriga proeminente, a pele bronzeada e os olhos castanho-escuros. Era simpático, um doce de pessoa. Eu o adorei desde o primeiro instante.

— Sim, ela é uma preciosidade — concordou Carter, sorrindo de lado. — Você está pensando em roubá-la de mim?

Havíamos lavado nossas mãos e tínhamos uma bancada limpa e organizada para prepararmos o que quiséssemos. Carter optou por tacos, por ser mais rápido e fácil de fazer. No entanto, Armando disse que não valia a pena entrar em uma cozinha sem um desafio, e ele deu a receita de um prato chamado *chimichangas* de banana para Carter arriscar como sobremesa.

— Sim, eu adoraria dançar com ela — disse Armando, fitando-me com os olhos sábios. — Será que o seu namorado deixa, querida?

— Ele não é meu...

— Eu deixo — interrompeu Carter, entrando na brincadeira. — Pode dançar com ela. Desde que me deixe ver isso acontecer, Armando.

— Então, cozinhe para a sua *chica* que eu e sua bonita namorada temos algo para dançar.

Existia muita gente no local, provavelmente a família do Armando, funcionários e clientes. Todos nos aplaudiram quando ele me levou para o meio da pista. De lá, eu podia ver o balcão do Carter, Zane e sua nova menina, Lua e Yan. O local era amplo o bastante para que eu pudesse ver todos e não consegui conter a risada ao ver a expressão de choque da minha amiga.

7 dias com você

Eu também não podia acreditar no que estava fazendo, mas a maneira como Carter me olhava, virando para lá e para cá os ingredientes nas mãos, vestindo aquele avental branco, com os cabelos claros bagunçados, era a grande motivação para eu ir adiante. Ele estava ansioso para me ver dançando e era isso que eu faria.

Dançaria com Armando, e sabia que com isso estava conquistando ainda mais o coração de Carter.

Carter

Lidar com a receita de tacos era coisa fácil, difícil era fazer isso enquanto Erin sensualmente se soltava naquela pista de dança improvisada. Nós havíamos dançado uma vez também, ao som de Michael Bublé, mas não foi uma dança em si, mas uma maneira de nos aproximarmos e nos rendermos ao que estávamos sentindo. Ali não. Naquele pequeno lugar, repleto de pessoas de todas as idades, sexos e etnias, Erin estava solta como uma garota na chuva. O vestido florido em tons de azul, cinza e branco fazia seus olhos se destacarem junto aos cabelos cor de cobre; e seu corpo, esguio e bonito, se acomodar aos passos sincronizados e respeitosos do senhor Armando.

Tentei me concentrar nas coisas que fazia. Aqueci o azeite em fogo médio na frigideira grande, refoguei pimenta verde, alho-poró e cebola, já preparando o caldo do tempero com molho de tomate e, em seguida, os grandes camarões. Porém, as coisas estavam saindo pior do que eu pretendia. Queria impressionar Erin, queria fazê-la ver que eu tinha outras qualidades além de fazê-la ter um orgasmo incrível atrás do outro, mostrar que, em outro cenário, sou apenas eu, Carter McDevitt, o cara capaz de fazer tacos num dia qualquer. Mas essa Fada me distraía. Ela era como a tentação em forma de pessoa e eu mal podia acreditar que faltavam poucas horas para eu encontrar uma maneira de tê-la nua e entregue nos meus braços.

Peguei as tortilhas de milho, observando Erin pela minha visão periférica. Deixei o camarão dourar até estar completamente refogado pelo tempero e, quando os olhos azuis de Erin cruzaram com os meus, pisquei para ela e movi meus lábios dizendo que estava pronto.

Armando a trouxe, ofegante. Erin não parecia acostumada a fazer tantas coisas no mesmo dia, então o suor no seu corpo era visível. Minha mente perversa não conseguia parar de imaginar mil e uma coisas que eu poderia fazer com isso. Dar banho nela, com certeza, estava na lista.

Talvez eu fosse um depravado por desejá-la tanto. Talvez eu estivesse misturando tesão com o fato de tê-la conhecido no passado. Só que essa suposição ia embora ao perceber que uma coisa tão intensa assim não poderia ser apenas isso. Erin era mais do que uma transa nesse navio, disso eu já tinha certeza. Ela era mais do que uma garota que conheci no passado e foi a amiga de uma ex-namorada. Hoje, Erin era muito mais do que eu poderia dizer em voz alta. Isso me amedrontou? Não, pois grande parte de mim acreditava que ela sentia o mesmo.

— Já está pronto? — Erin não fingiu surpresa. Ela prendeu aqueles longos cabelos vermelhos em um coque no topo da cabeça. — Está cheirando incrivelmente bem.

— Muito bem, garoto! — elogiou Armando. — Você pode colocar uma mussarela para derreter junto ao camarão e o molho nas tortilhas. Isso vai dar outro sabor.

Fiz o que ele disse, colocando a mussarela ralada em grandes lascas junto a cada tortilha. Perguntei a Erin a quantidade certa e ela pediu duas para si, enquanto eu deixava de prontidão quatro para mim. Terminei, antes de me sentar à mesa, de dourar as bananas na calda de açúcar e canela, e Armando se ofereceu para terminar as chimichangas enquanto almoçávamos.

— Vocês vão ter que voltar aqui para preparar esse prato outra vez — disse Armando, sorrindo, enquanto ajeitava a mesa para nós.

Ele colocou um vinho tinto que levava o nome da cidade no rótulo e água gelada, caso a pimenta estivesse ardida demais. Também pediu para uma moça chamada Rosália nos trazer flores.

— Agora, vou dar atenção aos outros casais — garantiu Armando. — Tenham um bom almoço, jovens.

Erin não tirava os olhos de mim. Ela parecia hipnotizada com alguma coisa no meu rosto e eu sorri para ela, percebendo que, assim como eu, estava ficando cada vez mais difícil controlar seus sentimentos. Levei lentamente o taco à boca e dei uma mordida.

— Acho bom você provar, Fada — brinquei e ela voltou à realidade, as bochechas corando.

— Eu estava pensando que somente dois ou três por cento da população

7 dias com você

mundial possui os olhos verdes. O seus são de uma cor tão metálica e profunda! É o verde mais bonito que já vi.

Sorri ainda mais, nos servindo vinho.

— Eu gosto de pensar que é a parte que mais gosto, fisicamente falando.

— Posso pensar em mais coisas além dos seus olhos — Erin flertou e soltei uma risada rouca.

— Olhe só para você, Fada! Gosto quando se solta comigo. Gosto quando é você mesma, sem restrições.

— Você sabe que não posso ser assim o tempo todo — ela disse, desviando nosso contato, encarando o prato e levando o taco até seus lábios. Erin mordeu e fechou as pálpebras. — Está delicioso!

— Sei que você não quer conversar sobre isso — insisti, bebendo o vinho, esperando para ver a reação dela. — Sei também que esse assunto te incomoda. Mas você não acha que poderíamos aproveitar melhor se pudéssemos contar a Lua que estamos juntos durante esse cruzeiro? Quer dizer, já aconteceu, Erin. Está acontecendo.

— Eu não quero criar uma situação com ela, Carter. Lua está feliz com Yan. Ela parece finalmente tranquila, sem se preocupar comigo pela primeira vez em toda a sua vida. Apenas vivendo... Eu não posso estragar isso, entende? Se eu contar, o clima pode ficar péssimo. Ou não. Não quero arriscar.

— Só queria garantir a você que não acredito que Lua tenha motivos para ficar chateada. Tive um relacionamento longo depois dela. Estou divorciado, Erin. Anos se passaram. Apesar de termos sido um marco na vida um do outro, é passado. Se você olhar por outro ângulo também, pode ver que ela está com Yan e sem peso na consciência. Não acho que ela vá se magoar por você estar comigo.

— Lua é uma pessoa instável. Eu prefiro manter assim por hora, tudo bem? — Ela tinha um tom firme, porém triste.

Não quis me indispor de novo, então, segurei sua mão sobre a mesa, puxei seus dedos e beijei sua pele. Erin suavizou os olhos, sorrindo para mim, e logo mudamos o assunto para a comida típica da região. Armando surgiu com a sobremesa de banana e nós comemos até nossos estômagos estarem estufados.

Aline Sant'Ana

No final, antes de Erin ir até Lua, Yan, Zane e a menina que não sabíamos o nome, puxei-a atrás de uma coluna e beijei-a com paixão, ao som de uma música latina que cantava sobre sentimentos fortes e ocultos. Contra os lábios de Erin, sorri. Às vezes, a vida cria momentos oportunos e os momentos que passamos se tornam filmes de Hollywood, com direito a trilha sonora e beijo de cinema.

CAPÍTULO 17

You can count on me like one, two, three
I'll be there
And I know when I need it I can count on you like
Four, three, two
And you'll be there
Cause that's what friends are supposed to do

— Bruno Mars, "Count On Me".

Sete anos atrás

Erin

— *O que eu não entendo a respeito da nossa filha é isso, Cloe — disse meu pai, cuspindo as palavras nervosamente. — Ela quer ganhar a vida desfilando. Ela quer mostrar para todo mundo os malditos seios em um palco enquanto caminha. Ser modelo, para mim, é sinônimo criativo para prostituta!*

Eu estava chorando tanto que minha garganta estava arranhada e dolorida, nada além do caos criado pelos gritos silenciosos que soltava no travesseiro.

Naquela tarde, eu recebi a notícia de que poderia tirar umas fotos como teste para a agência nova de Miami e, apesar de ser o meu sonho, não pensei que fosse ser aceita; fui pessimista e acabei me surpreendendo positivamente com a ligação. Com a felicidade indo até outra galáxia e voltando, contei para minha mãe que, evidentemente, levou a notícia para o meu pai, que não conseguiu lidar bem com a situação.

Giden Price, o homem da casa, era um empresário de renome. Ele gostava das coisas adquiridas através de diplomas universitários. Se qualquer pessoa ganhasse dinheiro de outra forma, como, por exemplo, uma modelo desfilando — o que, santa ignorância, era um trabalho tão sofrido, mas gratificante como qualquer outro —, já era mal visto aos seus olhos. Meu pai não aceitava o rumo que eu queria para mim. Minha mãe, sempre muito submissa, não conseguia contrariá-lo.

Então, ali estava eu, gritando de raiva no travesseiro, chorando até meus

Aline Sant'Ana

olhos incharem a ponto de mal conseguir fechá-los. Lua me telefonou à tarde perguntando como foi a reação dos meus pais. Como Giden não havia chegado em casa, Lua não estava sabendo o que tinha acontecido. Eu sabia que ela estava preocupada.

Pouco a pouco, os gritos histéricos e urros do meu pai cessaram. Ouvi seus passos pesados na escada e me agarrei ainda mais às cobertas e travesseiros, pensando que poderiam me proteger das palavras duras que ele me diria. Por sorte, Giden não estava com humor para criar outra discussão, e ele passou pela porta do meu quarto sem abri-la.

Suspirei entrecortado, sendo envolvida pelo silêncio, ainda que meu cérebro estivesse agitado demais para parar de repetir as frases horríveis que saíram dos lábios do meu pai. Tentei não pensar nisso, contudo era difícil, eu podia ignorar todas as partes negativas, mas aí me recordava que era menor de idade e não tinha como contrariar a autoridade da minha família.

Agucei meus ouvidos quando escutei meu nome. Primeiro, um sussurro, depois, um pequeno grito. Reconheci a voz de Lua no instante seguinte e fui até a janela, abrindo-a e tendo a visão lá de baixo. Minha amiga estava vestindo uma roupa de festa, provavelmente estava pronta para sair com Carter. Aquilo causou uma dor aguda no meu coração. Como se não bastasse meus pais destruírem meu coração, eu o dilacerava eu mesma.

— O que você está fazendo aqui, Lua? — perguntei, secando as lágrimas.

Ela começou a escalar a árvore que tinha ao lado da minha casa, pulando na varanda do meu quarto em seguida, pouco se importando com o comprimento do vestido que usava. Assim que a vi, desabei.

— Eles não aceitaram, não é? Ah, Erin...

— Eles não entendem que é isso que eu sei fazer, Lua. Apesar de não ter o rosto tão bonito, me saio bem nas passarelas — choraminguei. — É o que eu sonho em fazer. O mínimo que eles deveriam fazer é me apoiar.

— Seu rosto é incrível, você tem uma beleza ímpar, Erin. Não diga essas coisas. — Ela me abraçou forte, deixando que eu chorasse em seu ombro. Eu soluçava e tentava abafar o som ridículo fechando os lábios, mas sem sucesso. — Eles são uns idiotas. Você precisa entender que, se der certo, logo estará ganhando dinheiro. Posso falar com meu pai, nós vamos encontrar uma maneira de te tirar daqui. O que acha? Ter um apartamento seu, pagar suas contas. Posso deixar tudo no nome de um adulto, para que não tenha problemas.

7 dias com você

— Eu não tenho um centavo, Lua...

— Mas vai ter. Depois desse trabalho, eles vão ver o quão talentosa é. Vão começar a te pagar por freelances e, quem sabe, te deixar exclusiva para ser o rosto de uma marca. As passarelas são questão de tempo, junto com a parte fotográfica. O importante é você juntar dinheiro e fazer o que ama.

— Lua, você está me iludindo.

Ela secou minhas lágrimas. Percebi que seu rosto estava com uma maquiagem muito pálida, além de sangue nos lábios e uma dentadura de vampiro. Só então, me lembrei que era Halloween.

— Daqui a uns anos, você vai ter tudo o que anseia e nunca mais vai precisar falar com seus pais novamente. Está entendendo, Erin? Agora, você precisa focar em realizar os trabalhos. Pode mentir para eles, dizer que está estudando na minha casa. Garanto que não vão reclamar disso — prometeu, a voz engraçada por conta dos dentes pontudos de plástico. — Juro que vai dar certo, eu vou estar sempre aqui, ok? Vamos passar por isso juntas.

— O que seria de mim sem você?

Ela sorriu.

— Absolutamente nada. Agora, vou procurar algo para que você possa se distrair.

Lua terminou de secar minhas lágrimas, foi em direção ao meu guarda-roupa e começou a caçar as roupas. Fiquei observando-a se mover naquele vestido sensual e vermelho de vampira, me perguntando o que ela faria com Carter essa noite.

— Achei alguma coisa! — ela exclamou.

— O quê?

— Isso aqui.

Lua retirou do meu armário uma parte da minha fantasia de Halloween do ano passado. As asas estavam um pouco amassadas, mas ainda brilhavam em meio a tanto glitter. Para não perder boa parte da costura, estava coberta por um plástico transparente.

— São asas de borboleta? — Ela franziu os olhos, tentando se lembrar do que fui vestida no ano passado na festa da nossa turma.

Aline Sant'Ana

— De fada.

Lua sorriu, jogou a peça sobre a cama e, em seguida, pegou um vestido justo e com dégradé em tons de branco, cinza, azul e verde. Pelos seus olhos castanho-esverdeados determinados, sabia que ela me faria ir à festa com ela, Carter, Zane e Yan.

— Perfeito! — exclamou, quase rindo. — Agora, vista-se. Temos uma festa para ir.

Ali eu soube que Lua era o tipo de amiga que sacrificava uma noite de romance para ficar com a melhor amiga que estava mal. Ela era o tipo de amiga que escalava uma árvore, mesmo usando um vestido, apenas para me abraçar. Ela era o tipo de amiga que me levava para uma festa de Halloween, fugida dos meus pais, para que eu pudesse me distrair em meio a tantos problemas.

Lua era para sempre.

Essa era a minha única certeza.

7 dias com você

CAPÍTULO 18

Look what we started, baby
You're not what I expected
Cause all I ever wanted was some fun
Look what we started, baby
I used to look for exes
Cause all I ever wanted was some fun
I never meant to fall in love

— Jason Derulo, "Cheyenne".

Dias atuais

Erin

Uma das vantagens de estar em Cozumel é a zona livre das taxas. Resumindo: era um shopping center a céu aberto. Eu e Lua literalmente deixamos os garotos para trás e começamos a gastar como se não existisse amanhã. Era algo que não me arrependeria, pois os valores eram bem mais baixos.

Fizemos tantas compras que Carter, Yan e Zane ficaram cheios de sacolas.

A maioria das lojas localizava-se nos arredores do terminal de cruzeiros, principalmente na Avenida Rafael E. Melgar e nas imediações da Plaza del Sol. Encontramos artesanatos e roupas, fizemos compras para os pais de Lua e, enquanto minha amiga estava entretida, comprei uma pequena lembrança para Carter. Uma das senhoras, nas barraquinhas de *souvenires*, estava vendendo violões de madeira típicos da arte mexicana: cheia de vida, cor e emoção. Era pequeno, mas eu sabia que ele ia gostar. Tinha planos de comprar mais algumas coisas para Carter no decorrer da viagem, pois sabia que seu aniversário caía no dia em que desembarcaríamos em Miami.

Pensar na despedida fazia meu estômago revirar.

Estávamos à frente dos garotos agora. Eles estavam planejando o próximo passeio, pois, como demoramos nas compras, acabamos mal percebendo que o sol já preguiçosamente se punha no horizonte.

O pôr do sol era uma das cenas mais incríveis que vi ali, sem sombra de

Aline Sant'Ana

dúvidas. O mar parecia ser capaz de engolir a bola de fogo, sendo refletido pela intensidade de seu calor, pintando as nuvens em tons de cor-de-rosa, laranja e branco. Nós tiramos tantas fotos em grupo que Lua teve que pegar outro cartão de memória na bolsa. Sempre que dava, tentava ficar ao lado de Carter nas fotos, porque precisava muito registrar aquele momento.

Fomos com os garotos para o porto, entregando para a recepção do *Heart On Fire* as sacolas com os respectivos números dos nossos quartos para que pudessem levá-las para cima. Coloquei delicadamente o pequeno violão dentro da bolsa, pois queria dar de presente para Carter ainda essa noite.

Quando estávamos voltando, os meninos da The M's ainda pensavam sobre o que fazer, e eu e Lua estávamos de braços dados, caminhando lado a lado. Eu não podia deixar de me sentir culpada. Ela sempre foi verdadeira comigo, mesmo quando tive enésimos motivos para julgá-la. Desde a adolescência, acabei escondendo o que sentia pelo primeiro homem que ela amou, e, como se fosse uma praga mal resolvida, estava de novo na mesma situação. Agora, era como se estivesse com o mundo inteiro nas minhas costas. Aquele grande e imenso globo, preenchido por problemas que cada vez se enredavam mais, impossibilitando-me de resolvê-los.

— Erin, eu acho que preciso de um conselho — disse Lua baixinho.

— Um conselho? — Estranhei seu timbre suave. — Sobre o quê?

— Yan.

— O que tem ele?

— Acho que estou me apaixonando, Erin — ela soltou a voz, sem poder conter as palavras que vazavam de seus lábios com emoção. — Quando eu estou ao lado dele, só consigo pensar em estar ainda mais em seus braços. Eu quero beijá-lo e fazer coisas românticas, dizer coisas românticas. Eu quero poder vivenciar mais do que esses dias que estamos juntos. Sei muito bem que eu disse para você sobre a possibilidade de se apaixonar tão rápido ser nula, quando você me contou a respeito do beijo daquele homem ter sido capaz de te tirar do chão, mas eu estava enganada, amiga. É possível se apaixonar conhecendo tão pouco. É possível e eu não sei como contar a ele tudo o que estou sentindo.

Fechei os olhos, pois ela estava experimentando exatamente a mesma coisa que eu.

211

— Acho que você deve perguntar ao Yan o que farão depois dos sete dias no cruzeiro. Acho que você precisa ser sincera e, talvez não tão direta, já que não sabe se ele está no mesmo nível dos seus sentimentos. Hoje, leve-o para o navio, faça amor, veja como as coisas vão ser. Olhe nos olhos dele e pergunte: 'o que vai ser de nós dois, Yan?'. Observe os traços, a respiração, a maneira como ele te olha. A resposta talvez nem esteja nas palavras que ele tem a dizer, mas em todas as intenções que você pode encontrar fitando o fundo dos olhos dele.

Lua suspirou e se aproximou de mim, dando um estalado beijo na minha bochecha.

— Vou fazer isso. Obrigada, amor.

— Você sabe que eu te amo, certo?

— Eu sei — ela respondeu e sorriu. — Eu queria que você tivesse reencontrado o homem que tirou seus pés do chão. Aquele Zorro te proporcionaria uma linda história de amor.

Odiava mentir para a Lua. Odiava me sentir uma traidora. Odiava a sensação de estar tão profundamente apaixonada por Carter que não conseguia me desvencilhar. Odiava ainda mais não poder ter a minha melhor amiga, ao meu lado, para compreender toda a tormenta que existia dentro do meu coração.

— Talvez a magia da minha história com o Zorro esteja no fato de, em apenas um segundo, ele ter sido capaz de mexer com todo o meu sistema e depois ter ido embora, como uma fantasia que nunca aconteceu e nunca poderá acontecer.

Aconteceu. Minha fantasia estava bem atrás de mim, conversando com seus dois amigos, fazendo a voz grave, rouca e melodiosa superar qualquer som à minha volta. Ele havia acontecido, mas eu não sabia se poderia continuar acontecendo. Não depois que chegássemos a Miami.

— Ou pode ser que o destino faça sua artimanha e você o encontre por aí, mais uma vez, apenas para tirar a vírgula e colocar um ponto final.

— É. Quem sabe?

Lua ficou em silêncio. O sorriso aberto nos lábios, os olhos brilhantes e as bochechas coradas poderiam ser os sinais de que o passeio fez bem para ela, mas eu podia dizer que um moreno de olhos cor de nuvem era o responsável

Aline Sant'Ana

por isso. Yan tinha o coração de Lua, e eu esperava que ele fosse capaz de cuidar dele com carinho.

Carter

— E onde diabos está a garota que você estava ficando, Zane? — perguntou Yan, franzindo o lábio.

— Eu não sou escravo de mulheres como vocês, cara — provocou ele. — Os dois parecem um par de velhos apaixonados, andando e amando as garotas exclusivas de seus corações. É tão patético que me dá vontade de vomitar.

— Pensei que fosse ficar mais um tempo com a menina — eu disse. — Como ela se chamava?

— Lana, Lara... Não sei. Fiquei até ela abrir as pernas no banheiro do restaurante. Confesso que não foi um dos melhores lugares para transar, mas a menina estava cheia de desejo e eu, de tesão. Vocês não são crianças, não preciso explicar como funciona — gracejou, acentuando o sotaque britânico, acendendo o cigarro de menta em seguida.

Eu rolei os olhos e Yan soltou uma risada debochada.

— Estou louco para ver o dia em que você vai se apaixonar, Zane. Eu espero que você sofra, seu pedaço de merda. Espero que você chore por ela e tenha que implorar para transar. — Yan usou seu tom ameaçador, que se tornava uma piada, pois ele era tudo, menos brigão. — Espero mesmo. Ah, cara. Eu já amo essa garota. Ela vai ser a rainha da The M's. Vou fazer questão de dar uma coroa para ela.

— Essa garota não existe, pois sou vacinado contra o amor, Yan — disse Zane, dessa vez, mais sério. — Nunca me apaixonei. Nem naquela época em que todo mundo dizia ter o tal do primeiro amor. Teve algumas garotas que mexeram comigo, mas nada sério, nada importante. Nunca fiquei de quatro por ninguém. Não sou capaz de amar.

— Todo mundo é capaz de amar. Você não é um psicopata, então, pode ficar tranquilo. Antes que você perceba, vai estar se apaixonando — garanti a ele.

— Não, obrigado. Estou muito bem sem essa porcaria de sentimento. — Ele riu. — Mas, então, o que vocês querem fazer? Vi vários panfletos de festas nas praias. A gente podia escolher um canto só nosso, fazer fogueira, tomar cerveja e curtir. *Playa Mia* é conhecida por eventos desse tipo. O bom é que ficamos mais isolados, e, sei lá, posso encontrar outra menina para passar a noite e vocês têm os momentos românticos de vocês.

Lua e Erin se aproximaram. Elas pareciam unidas, tranquilas e eu gostava de ver como minha Fada brilhava quando estava feliz. Gostava mais quando eu era a razão desse efeito, mas esse era apenas um pensamento egoísta de um cara encantado por ela.

— Eu e Yan não vamos ficar com vocês, pessoal — disse Lua, assustando todos, inclusive o Yan. — Eu quero ir para o cruzeiro, pois... hum... planejei uma coisa.

Ela trocou um olhar significativo com a amiga e eu percebi que existia algo no ar.

— Tudo bem, *baby* — falou Yan, um pouco incerto. — Você está bem?

— Sim, estou. Não é que esteja passando mal ou algo do tipo. Só quero passar um tempo sozinha com você.

Em anos de amizade, nunca vi Yan tão apaixonado. Era estranho e confuso vê-lo tão entregue a alguém, mas parecia algo que fazia bem a ele. Olhos brilhando, respiração superficial, sorriso bobo no rosto. Apenas a frase da Lua foi capaz de deixá-lo dessa maneira e fiquei feliz por ele finalmente poder sossegar com uma garota.

— Então, vamos, Lua.

Ela se despediu da gente. Yan disse que estaria na internet do celular, caso precisássemos nos comunicar com ele. Nós dissemos para ele relaxar e curtir. No instante em que eles foram embora, passou pela minha cabeça que finalmente poderia agir nessa ilha sem restrições com Erin. Poderia beijá-la a hora que me desse vontade e segurar sua mão. Poderia agir como o bobo que era por desejá-la intensamente.

Pelo visto, a mesma constatação passou por sua cabeça, iluminando os olhos azuis, corando as bochechas pintadas de sardas. Erin não teve tempo nem de piscar, pois, no segundo seguinte, eu estava com as mãos na sua cintura, minha boca colada na sua e a respiração lenta e cadenciada contra seu rosto.

O doce de banana deixou sua boca puro açúcar, e eu adorei isso. Puxei

Aline Sant'Ana

o lábio inferior para mim, pedindo em silêncio que ela abrisse o contato para unirmos nossas línguas. Erin me deixou beijá-la profundamente, aceitando que eu tirasse minhas mãos da sua cintura para segurar seu rosto de modo firme durante uma sessão inesgotável de dança entre as nossas línguas, gemidos sendo sugados por chupões nos lábios e mordidinhas leves. Eu pude sentir um arrepio descendo do umbigo para o meu sexo, mas eu já sabia: com a Fada, nunca era apenas um beijo, evoluíamos para algo mais em questão de segundos. Era intenso, fogoso e incontrolável.

— Vocês podem parar de se comer até a gente chegar à festa, por favor? — disse Zane, atrás de nós, me fazendo rir contra os lábios inchados da minha ruiva.

— Você já fez coisas muito piores na minha frente, Zane. E eu nunca reclamo.

— Cara, você não reclama de nada. Eu, ao contrário, sou a reclamação em pessoa. Agora vamos, acho que chego a tempo de pegar aquela latina que estava olhando para mim no restaurante.

Erin soltou uma risada baixinha e eu acariciei seu rosto, encarando seus olhos significativamente.

— Não há saída, Fada — garanti, fitando-a. — Essa noite você vai ser minha.

— E que noite, durante esse cruzeiro, eu não fui sua?

A resposta que ela deu acelerou meu coração.

— Pois é — sussurrei, entrelaçando nossos dedos e levando-a para a scooter. — Eu não permitiria que, depois de tudo o que causou em mim, você pertencesse a qualquer outro lugar que não em meus braços.

Erin sorriu e me beijou rapidamente nos lábios antes de subirmos na *Yamaha* e partirmos para a *Playa Mia*.

Erin

Quando chegamos à praia, o céu já estava completamente escuro. As estrelas apontavam no horizonte e o mar, um pouco revolto, quebrava as ondas aos nossos pés, fazendo-nos sentir a temperatura quente do contato espumante. Havia vários grupos pequenos de pessoas cantando músicas,

215

dançando e namorando, cada qual em sua própria bolha particular. Zane parecia muito confortável com aquilo, comunicando-se com os estranhos, dando em cima das meninas e bebendo a cerveja alheia. Um sentimento estranho me ocorreu. Às vezes, ao vê-lo assim, de longe, pensava o quão complicado poderia ser ter tantas pessoas idolatrando e adorando você. Era claro que as garotas, lutando pela atenção dele, o queriam apenas por uma noite. Mas será que Zane não se sentia usado? Será que, no final da noite, aquilo não parecia mortalmente solitário?

Carter preparou uma fogueira para nós, distante de todos. Numa quitanda, ele comprou algumas cervejas e um lanche para que pudéssemos jantar. Não poderia me importar menos com o que iríamos comer. Tudo o que eu queria estava na minha frente, olhando fixamente para mim.

— Então, McDevitt, como foram esses sete anos da sua vida?

Ele levou a *long neck* até os lábios, fechando os olhos ao aproveitar o sabor gelado. Fiz o mesmo com a minha cerveja *light* e esperei que ele me contasse um pouco mais sobre si mesmo, a parte da sua vida que perdi.

— Foi uma loucura passar por tudo isso, Erin. Ainda é surreal para mim. Mesmo depois de tanto tempo, ainda não me acostumei.

— Eu imagino.

— Bem, você me conheceu na época em que eu tinha dívidas por causa dos instrumentos comprados para a banda. De repente, logo após aquele agente ter fechado contrato conosco, as coisas melhoraram a ponto de eu piscar e minhas contas terem sido pagas. Você e Lua fizeram parte do começo do sucesso, não? O lançamento do primeiro CD, a música tocando na rádio, os grupos de fãs ao redor da cidade.

— Sim — disse, sorrindo. — Eu e Lua fomos a alguns shows. A The M's já era capaz de encher as casas, mesmo estando apenas no começo da carreira. Agora imagino que nem o Rose Bowl, na Califórnia, seja capaz de aguentar um show de vocês.

— Já fizemos lá e lotou, acredita? — Seus olhos verdes brilharam. — É muito louco, Erin. Eu gostaria que você pudesse ver a plateia do meu campo de visão, sobre o palco. Uma porção de pessoas, incontáveis, olhando para você, cantando contigo, se entregando às melodias que foram elaboradas como pano de fundo da solidão, apenas pensando em passar os sentimentos para o papel.

Aline Sant'Ana

A música que ele estava criando sobre nós surgiu como um flash em minha memória. Carter gostava de expor seus sentimentos de maneira criativa e nada poderia ser mais bonito do que isso.

— E seu relacionamento com Maisel? — perguntei, não me sentindo ciumenta, apenas curiosa.

— Eu a conheci em um evento beneficente. Parecia certo me aproximar dela, foi algo bem natural. Tivemos um relacionamento breve e, logo depois, me sentindo pressionado pelas circunstâncias — carreira, Maisel e a família dela —, acabei pedindo-a em casamento. Foi tão impensado que, quando dei por mim, já estava comprando uma casa em seu nome, fazendo cada coisa que me pedia, apenas para agradá-la. Não devia ter sido surpresa o fato de Maisel ter pedido o divórcio com direito a porcentagem que havíamos combinado no acordo pré-nupcial.

— Sinto muito ouvir isso, Carter.

Eu ficaria arrasada se acontecesse comigo. Relacionamento tendo como base interesse financeiro sempre acaba em problema. Carter era um rapaz sensível, apesar das aparências. Deve ter sido difícil para ele.

— Não sinta, Fada. — Ele encarou o horizonte. — As coisas aconteceram como deveriam ter acontecido. Passei a olhar as pessoas com outros olhos, aprender que nem todo mundo que se aproxima é confiável ou quer a minha amizade. Algumas só ambicionam saber quantos dígitos tem a minha conta bancária e, por mais que pareça uma merda, é a realidade.

— Foi difícil para você?

— Sim, foi. Eu passei a gostar dela, Erin. Parecia tão simples, que aconteceu. Hoje, tenho certeza de que nós não tínhamos qualquer sentimento forte um pelo outro. Éramos opostos em alma e coração. Não podia ser amor, pois construímos o relacionamento tendo como base a mentira.

Fiquei em silêncio, absorvendo suas palavras. Carter era uma pessoa boa, um homem maravilhoso. Conseguia ser tanto um romântico do século XIX quanto um amante estilo Magic Mike. Como ela pôde dispensar isso? Encantei-me por ele mesmo sem saber quem ele era, quem ele seria um dia, apenas observando sua maneira de caminhar e o sorriso maroto no rosto. Era tão fácil se apaixonar por Carter! O que havia de errado com Maisel?

— Hey — ele disse, se aproximando. Carter levou seu polegar para o

7 dias com você

vinco entre as minhas sobrancelhas, massageando a tensão que se formou ali. — Não fique brava com ela, Erin. Maisel não é uma pessoa que vale a pena pensar a respeito.

— Parece tão errado existir no mundo essa gente suja. Me revolta, Carter. Você é um ótimo homem, um achado. Você é o tipo de cara que toda mulher merecia conhecer. Quer dizer, olha o Zane. Ele é como noventa por cento da população masculina. É isso o que nós encontramos nas ruas quando queremos nos apaixonar, uma pessoa que só vai nos levar à decepção. Quando não é isso, encontramos seres desprezíveis, como o Nevin, que te contei, que só se preocupa consigo mesmo e não sabe dar prazer a uma mulher.

— Ah, Erin...

— É verdade — continuei. — Falta romantismo, faltam transas incríveis, faltam homens honestos e bons de coração, mas que não sejam uns babacas quando se trata do sexo oposto. Falta isso, Carter. E, bem, você é tudo o que falta nesse mundo. Como Maisel não conseguiu enxergar? Como ela não pôde se apaixonar por você?

Àquela altura, eu falava tão rápido que ofegava. Eu despejei tudo sobre Carter, e não dei importância às minhas palavras. Eu estava apaixonada por ele. Como ela teve coragem de magoá-lo? Não era ciúme, era revolta.

— Você me vê de uma maneira surreal — ele sussurrou, trazendo meu rosto para perto. — Eu não sou perfeito.

— Pode não ser. Você deve ter algum defeito embutido na personalidade incrível, mas isso todo mundo tem, basta só saber aceitar, pois a parte boa precisa superar a ruim. Com você, isso acontece sempre. As partes incríveis me cegam tanto que tenho dez motivos para não beijá-lo agora, mas ainda sim, eu quero. Ainda sim, te desejo.

Minha sinceridade estava causando uma reação em Carter. Seus olhos ficaram semicerrados de prazer, sua boca, entreaberta, suas íris, ainda mais verdes. Eu senti meu sangue pulsar nos lábios e fechei os olhos.

— Liste os dez motivos — pediu baixinho.

— O quê?

— Os dez motivos para você não ficar comigo.

— Lua. — Suspirei. — Nosso passado. O fato de estarmos em um cruzeiro

Aline Sant'Ana

erótico. Sua carreira. A minha. Meus sentimentos confusos.

— São seis.

— Não consigo pensar em mais nada. — Ofeguei.

— Então, ignore tudo isso e deixe-me te beijar.

Carter

Porra, que Deus me ajudasse. Erin disse que tinha sentimentos confusos por mim. Será que ela fazia ideia do que se passava na minha cabeça? Das reações insanas que causava no meu corpo, da vontade que eu tinha por ela? Segurei delicadamente seu rosto, deixando meus lábios pairarem sobre os seus, experimentando o sabor, reconhecendo em cada nervo a trepidação da excitação. Ela era a única capaz de me enlouquecer assim, a única mulher que havia me tirado a razão e deixado a emoção falar mais alto, a única que me deixava com tanto tesão a ponto de eu não me importar com as pessoas.

Erin lentamente encerrou o beijo e eu quase tive vontade de protestar, mas vi que seus olhos estavam sendo iluminados por um neon azul vibrante. Franzi os olhos e estudei suas íris, pensando que algo sobrenatural estava acontecendo com ela. Seus olhos estavam tão azuis que pareciam ter luz própria.

— O mar... O mar, oh, Deus, Carter! — ela gritou. — O mar está brilhando!

Virei meu rosto para trás e o que vi me fez perder o fôlego. A cada onda, uma espécie de luz azul neon acompanhava a espuma branca, trazendo aos meus olhos o fenômeno chamado bioluminescência, algo que já ouvira falar antes. Sabia o quanto era raro, pois gostava de ler blogs sobre ciência quando era mais novo, e teve uma época em que fiquei encantado por toda espécie de acontecimentos bizarros do planeta. Isso era tão bonito, tão mágico, que meu corpo se arrepiou por inteiro. Era como neon líquido, caindo em esquecimento a cada vez que a onda se chocava com o mar, iluminando boa parte da praia com a luz azul.

As pessoas, quase todas, foram para a borda esquerda apreciar o feito. Mas eu, pensando seriamente que não poderia deixar esse instante passar, levantei-me, tirei a carteira e os itens mais importantes, deixando tudo ao lado da fogueira, e carreguei Erin no colo, indo em direção ao extremo oposto da orla. Ela não protestou, mas riu, enquanto eu pulava em direção às ondas e nos deixava completamente molhados.

O efeito brilhante nos envolveu, deixando nossas peles em tom azul, pelo efeito da iluminação. Ela sorriu para mim e tirou a água do rosto quando nós dois ficamos com o mar até a cintura.

— Isso é incrível! — ela exclamou, olhando para as ondas distantes e as que quebravam em nós. — Meu Deus, é a coisa mais linda que já vi.

— É tão raro, Erin. Chama-se bioluminescência.

— Me sinto abençoada por ver isso de perto — ela murmurou, com a voz mais baixa, tocando a água iluminada que batia em sua mão. — Nossa, Carter, não temos nem como tirar foto disso.

— Então, não feche os olhos para que não se esqueça do quão mágico isso é.

Ficamos em silêncio, fitando o infinito, e eu a abracei por trás, sentindo o mar quebrar em Erin e depois em mim. As ondas, tão longe de nós, imensas, caíam naquela sequência incrível e natural, levando meu coração acelerado a bater forte nas costas de Erin. O meu lado adolescente e apaixonado por biologia não podia deixar de admirar aquele cenário e meus olhos não paravam de acompanhar as espumas azuis. Minha Fada sorria e ria baixinho quando uma onda grande quebrava, tornando tudo aquilo ainda mais especial.

Virei-a de frente para mim, sem poder me conter nem mais um segundo, e beijei-a naquele cenário inesquecível, segurando seus cabelos molhados na nuca, aproximando meu corpo quente do seu, deixando que ela sentisse que entre nós dois poderia existir mil motivos, mas nenhum deles me impediria de beijá-la, de querê-la. Eu já estava em queda livre por ela, estava criando um sentimento novo, estava me encantado a cada frase, a cada segundo, irremediavelmente. Eu estava me transformando numa nova pessoa e adorava a culpa que Erin tinha nisso.

Desfiz o nó do vestido em sua nuca sensível e ela não protestou, apenas me respondeu mais intensamente com o beijo salgado no qual nos envolvemos, na batalha de línguas que desfrutávamos. Delicadamente, desci a peça fina até seu umbigo e segurei-a forte, com medo de que ela perdesse o vestido pelas ondas, puxando-a ainda mais para mim, fazendo-a sentir a ereção que já palpitava de tesão.

Como um interruptor, Erin me deixava pronto em questão de segundos.

Aline Sant'Ana

Com vontade de experimentar sua pele com gosto de mar, desvencilhei-me dos lábios macios e parti para a orelha, que era o ponto certo para arrepiá-la. Puxei a pele lentamente entre os dentes, ouvindo seu gemido gostoso de prazer. Meu sexo estava latejando por ela, apertando na virilha, dolorido e ansioso por libertação. Estava tão viciado em Erin que ela se tornou a minha única dependência.

Levei-a no colo até a parte deserta da Playa Mia, beijando-a com carinho, enquanto me desfazia do resto do seu vestido molhado e do biquíni. Estendi tudo ao nosso lado, tirando, com pressa, minha camisa, a bermuda e a cueca, fazendo aquilo tudo servir de base para nossos corpos, pois não queria que a areia incomodasse a minha Fada.

Assim que me preparei para deitar, puxando Erin sobre mim, ela me olhou nos olhos e abriu um sorriso doce que levou meus batimentos cardíacos até o cérebro, fazendo-o vibrar. Aquilo não era só desejo, era muito mais.

E eu sabia exatamente o que significava.

Puxei-a, beijando-a intensamente, sentindo pele com pele, calor com calor, sua pele se aquecendo à medida que a minha passava energia. Seus seios intumescidos e arrebitados tocaram meu tórax, causando a fricção perfeita para o meu pau se aquecer e latejar. Aprofundei ainda mais nosso beijo, fazendo questão de percorrer as pontas dos dedos por seus braços, costas, bunda e quadril, aproveitando-me da maneira como Erin se remexia com tesão, quase permitindo que a minha ereção entrasse em sua vulva molhada.

Viajei a boca sedenta para seu pescoço, mordiscando a pele, descendo os lábios em direção aos brotinhos empinados. Ah, sua pele salgada, os seios macios e molhados, minha total perdição. Erin estava deliciosa sobre mim, gemendo a cada puxada e sugada que eu dava, cavalgando lentamente sobre a ereção, sem me permitir penetrá-la. Minha voz era pura rouquidão, rosnado e gemido.

Porra, ela estava tão pronta que senti sua umidade aquecer a minha glande.

— Carter, você tem camisinha?

Grunhi, porque não tinha. Deixei tudo perto da fogueira na carteira.

— Não tenho, Erin. Eu vou buscar.

Ela negou, silenciando meus lábios com o dedo em riste.

7 dias com você

— Tomo anticoncepcional e nunca tive problemas. Não transo sem camisinha.

— Tem certeza de que está tudo bem? Eu não transei sem proteção desde que fiz o exame...

— Eu confio em você — sussurrou, descendo seu corpo de sereia sobre o meu. Ofeguei, pois Erin segurou meu sexo pesado e pulsante com os dedos macios e, lentamente, deixou seus lábios vaginais me sugarem para si. Mordi o lábio inferior, entorpecido pela sensação de prazer. Ela era tão úmida, quente e apertada que eu queria que esse efeito durasse uma eternidade.

— Fada, eu consigo te sentir inteirinha — sussurrei, fechando os olhos quando ela subiu e desceu vagarosamente. Porra! — Se inclina para mim, linda. Deixa-me te beijar.

Ela deitou seu rosto em direção ao meu, deixando seus quadris trabalharem no vai e vem e na fricção que precisávamos, beijando meus lábios como se tivesse sede de mim. Sua intimidade estava causando livres impulsos no meu pênis, puxando-o além do limite, causando uma sensação de tesão indescritível. Agarrei a carne macia da sua bunda, percebendo que as gotas que desciam pelo seu corpo a tornavam um pecado em forma de garota. Os cabelos molhados, os lábios inchados, o corpo coberto pela escuridão, sendo iluminado pela luz da lua e, às vezes, a bioluminescência do mar, faziam de Erin a minha fantasia mais obscura e o meu desejo mais insano.

O sangue parou de circular pelas áreas não importantes do meu corpo, se concentrando apenas no nosso ponto em comum. Deixei que estocadas leves e profundas nos envolvessem, subindo meus quadris de encontro à queda da Erin, deliciando-me com a visão que era vê-la ofegante, ouvi-la gemendo, dizendo meu nome. Meu pau estava a ponto de explodir, meu coração batia rápido e minha respiração estava completamente descontrolada. Erin tinha os lábios de morango abertos, os gemidos contidos, curtos e agudos de prazer.

Não me contive, me sentei na areia e a peguei no colo, levando nós dois para uma das pedras lisas e grandes, deixando o seu corpo lânguido apoiado ali, para fodê-la em pé. Erin gostava do meu jeito meio bruto, ela curtia a maneira crua que meu desejo reverberava, ela amava nosso sexo inacreditável e nada tranquilo. Por mais que eu tentasse fazer um momento romântico, sempre nos deixava levar ao ápice do prazer, sempre me fundia à sua pele e à química dos nossos corpos.

Aline Sant'Ana

222

Puxei seu rosto para mim, enfiando-me lentamente na sua entrada apertada e febril. A sensação de tê-la sem camisinha era infinitas vezes melhor. Eu tinha provas físicas do quanto era melhor, pois minha glande estava sensível, e eu fazia uma ideia de como seu clitóris recepcionava-me cada vez que eu entrava e saía do contato do nosso prazer.

Sua boca se perdeu na minha e eu me perdi em suas curvas. Erin se agarrou nos meus ombros, aproveitando para me ajudar a conduzir o sexo sofrido de tão gostoso. Sabia que ela estava prestes a gozar, pois eu já conhecia seu corpo o suficiente para perceber a maneira que ela corava, a forma como sua respiração se intensificava e a rapidez ao dizer meu nome.

— Carter. Sim. Mais forte. Por favor!

— Você gosta, Fada — brinquei com ela, diminuindo o ritmo da penetração, ouvindo-a choramingar em protesto. — Ei, olhe para mim.

Ela olhou com os olhos nebulosos, o olhar distante e bêbado de prazer. Era incrível como Erin se entregava a mim; eu tinha total controle sobre o seu desejo.

— Vou fazer você gozar forte, nesse cenário lindo, para nunca mais se esquecer.

A Fada assentiu, mordendo o lábio inferior enquanto eu a segurava, enfiando dura e profundamente meu sexo em seu núcleo. Ela gemeu, pestanejou, implorou e eu dei a ela aquilo que levaria o meu autocontrole às favas. Erin teve um orgasmo longo, tão incrível que suas paredes vibraram no meu pau, deixando-me extasiado. Segurei mais alguns segundos, incapaz de me sustentar naquela situação por mais tempo, e, quando minha vista nublou, minhas bolas se retorcendo de prazer, liberei em longos jatos o meu alívio.

Encarando aqueles olhos azuis da minha Fada, o sorriso bobo no rosto, a pele nua, meu coração deu um solavanco incapaz de ser mantido em silêncio.

Apaixonado.

Eu estava completamente apaixonado por ela.

7 dias com você

CAPÍTULO 19

Did you see that shooting star tonight?
Were you dazzled by the same constellation?
Did you and jupiter conspire to get me?
I think you and the moon and neptune got it right
'Cause now I'm shining bright, so bright
Bright, so bright

— Echosmith, "Bright".

Sete anos atrás

Erin

Lua estava tagarelando no meu ouvido através do celular, como sempre fazia. Contava-me a respeito de uma festa da fraternidade que aconteceria dali a um mês, mas ela não podia aguentar a ansiedade.

— Já pensou se eu fico com um universitário? — indagou, praticamente gritando no meu ouvido através do telefone.

Eu ri.

— Sabe o que eu acho? Acho que só porque eu não vou, você vai ficar sozinha. Toda vez que eu vou contigo, você encontra um garoto para ficar aos beijos. Quando eu não vou, você fica bem solta.

Lua deu uma risada e eu quase podia vê-la jogando os cabelos atrás dos ombros.

— Acho que você não vai porque é idiota — resmungou. — Tantos gostosos, tatuados e fortes que tem lá! Afinal, qual o seu problema?

— Eu só não estou a fim de festas, estou focada em outra coisa — expliquei, pela milésima vez.

— Ah, eu sei. Mas isso não é desculpa para deixar de viver.

Lua continuou falando comigo, mas a minha atenção se desviou para algo do outro lado da rua. Algo não: alguém. O homem tinha cabelo castanho-claro, não devia passar dos vinte anos, estava balançando a cabeça e o corpo

Aline Sant'Ana

na melodia de uma música que ouvia através dos fones enganchados nos seus ouvidos. Era o mesmo garoto que eu tinha visto indo para a confeitaria, não era?

Estreitei meus olhos, observando-o praticamente dançar entre as pessoas; ele estava sorrindo e até piscou para uma senhora! Meu Deus, que cena é essa? Fiquei boquiaberta, vendo-o tão desatento a tudo, mas compenetrado em se divertir.

Seus cabelos estavam bagunçados e ele vestia uma calça jeans justíssima. Algumas correntes caíam penduradas em sua coxa e os coturnos pesados o deixavam ainda mais alto do que era.

— Erin?

— Oi.

— Você vai entrar no banco agora?

— Vou. Depois a gente conversa — respondi. — Amo você.

— Tudo bem. — Ela suspirou. — Não me esqueci da festa, ouviu? Te amo também.

Praticamente desliguei na cara da minha melhor amiga porque meus olhos não podiam parar de acompanhar aquele rapaz. Deus, eu já tinha percebido o quanto ele era lindo, mas, observando-o mais atentamente, vi que ele era muito mais do que isso. Seus olhos eram verdes e ele deixava a barba por fazer, fazendo-me lembrar de que, quando os garotos da minha sala tentavam fazer isso, ficavam ridículos.

Não o desconhecido, no entanto.

Ele estava entrando no mesmo banco que eu. Ele carregava uma bolsa carteiro ao lado do corpo e, aparentemente, tinha ido pagar algumas contas. Eu o esperei entrar porque, de alguma forma, meu coração começou a saltar do corpo, e eu duvidei que pudesse manter minhas bochechas sem corar perto dele. Claro, eu não pensava em falar com o estranho, mas essa é aquela típica situação em que você fica embasbacada ao ver a mesma pessoa a quem se sentiu ligada desde a primeira vez em que bateu seus olhos nela.

A porta giratória passou e o levou para dentro. Suspirei e fui atrás, evitando ficar muito perto. Olhei para os lados e busquei uma forma de me sentar longe dele. Talvez, se eu pegasse a senha, pudesse me sentir afastada e aguardar a minha vez.

7 dias com você

Foi o que fiz.

Resmunguei mentalmente o fato de ter pintado o meu cabelo na semana passada. Esse loiro caramelo não combinava em nada comigo, e eu estava cansada do ruivo natural. Mas a verdade é que estava uma porcaria e eu havia tentado escondê-lo com uma touca bem ridícula. Se eu pudesse voltar no tempo, teria o meu cabelo de volta, porque se fosse para olhar um cara bonito seria bom sentir-me bem, ao menos.

Sentada, lancei um olhar discreto para onde ele estava. O rapaz batucava com os indicadores as suas coxas e estava sentado três cadeiras à esquerda. Meu coração estava acelerado e as palmas das minhas mãos suando sem motivo aparente. Jesus, eu precisava me controlar.

E foi então que tudo mudou. O garoto olhou para o lado e, por alguns segundos, ficou com seus olhos esmeralda quase transparentes em mim, fazendo aquele momento durar horas, ao invés de algumas batidas no terceiro ponteiro do relógio. Eu podia ver que ele não se lembrava de mim, porque nem uma centelha de reconhecimento percorreu seus olhos. Bem, ele podia ser um péssimo fisionomista, porém eu jamais me esqueceria dos seus olhos.

Ou do seu sorriso.

Ele sorriu para mim e seus lábios se curvaram de uma maneira incrível, deixando seu rosto ainda mais atraente. Meu coração, ao invés de se aquietar, aumentou o ritmo das batidas tão substancialmente que eu temi que todo o estabelecimento pudesse escutá-lo. Para a minha surpresa, ele manteve o sorriso por mais um tempo, antes de voltar a atenção para o seu celular.

O sorriso que ele me deu não queria dizer nada, eu sabia disso.

Ainda assim, a minha cabeça criou um cenário no qual eu diria oi para ele e depois perguntaria se ele é de Miami. Em seguida, comentaria sobre a música e questionaria qual é o estilo que ele mais gosta. Sim, eu faria tudo isso se tivesse coragem, porém eu era uma idiota.

Se Lua estivesse aqui, faria tudo isso por mim.

Com um ritmo único, o homem se levantou e foi em direção ao caixa. Ele fez todos os processos necessários e foi embora, sem sequer olhar para mim novamente. Desatento, mas eu não esperava outra coisa. Ele tinha essa aparência de que não se prendia a rostos, pessoas, à vida ou qualquer outra coisa que não a música que tinha nos ouvidos.

Aline Sant'Ana

Talvez essa fosse a coisa mais encantadora nele.

CAPÍTULO 20

'Cause this is torturous
Electricity between both of us
And this is dangerous
'Cause I want you so much

— Daughter, "Landfill".

Dias atuais

Erin

— Alguém falou festa? — Zane abriu os braços e sorriu provocativamente.

Depois da noite com Carter, nós passamos a madrugada juntos em seu quarto, reprisando a cena da praia, realizando-a, dessa vez, nos lençóis. No entanto, não foi apenas sexo. Eu pude sentir uma atmosfera no ar, algo que não consegui dizer em voz alta. Não fazia ideia do motivo de ele estar tão diferente, mas Carter tinha um brilho em seus olhos, estava me tratando mais carinhosamente, até menos cuidadoso a respeito de Lua, fazendo-me pensar se havia qualquer possibilidade de ele estar sentindo por mim o mesmo que eu por ele.

Essa ideia fazia todos os poros do meu corpo se aquecerem, inclusive o coração.

Agora estávamos todos reunidos no quarto do Zane, pois Yan teve uma ideia e resolveu nos aglomerar aqui. Lua estava ao meu lado, alugando-me por sentir minha falta, e, a cada segundo que eu passava com ela, me sentia mais culpada por omitir o meu quase-relacionamento com seu ex-namorado.

Fechei os olhos e mordi o lábio com ansiedade.

— Eu estava pensando ontem à noite que o aniversário do Carter é no último dia desse cruzeiro — disse Yan, virando-se para seu amigo. — Vai ser corrido, pois temos que arrumar nossas coisas e o desembarque é logo pela manhã. Então, como temos hoje, dia de navegação que não vamos à praia, e amanhã, que descemos em Freeport para conhecer as Bahamas, pensei em comemorarmos seu dia hoje, cara.

Aline Sant'Ana

Carter abriu um sorriso e deu de ombros.

— Tudo bem, eu não me importo.

Lembrei-me imediatamente que não havia dado na praia o violão artesanal que eu comprei para ele. Seria perfeito o momento, caso eu tivesse me lembrado. Mas, depois da bioluminescência, os beijos e a magia dos nossos corpos se unindo, acabei me esquecendo.

— Acho que todo mundo tem o direito de opinar sobre a festa do Carter, inclusive ele. — Zane lançou um olhar para Yan e sorriu. — Então, cada um vai comemorar do seu jeito e levar Carter aonde quiser. O que acham?

— Oh, eu gostei! Preciso pensar em algo legal — animou-se Lua. — Como vamos dividir o dia?

— Bem, um evento para cada um — Yan concordou com Zane. — Sem segredo sobre isso.

— Eu quero ser o último — anunciou o britânico, rindo perversamente. — O que eu pretendo fazer não poderá ser feito durante o dia.

Olhei para o vocalista da The M's, vendo que a sua reação sobre isso era um pouco desesperadora. Claro, eu já percebi que o Zane era o mais louco deles e isso não poderia ser bom. Talvez ele estivesse planejando algo com *strippers*, com mulheres nuas e muita bebida.

Franzi o nariz.

Geralmente, eu não me colocava na zona das mulheres ciumentas, mas com Carter as coisas eram diferentes. Eu me sentia azeda por dentro só de imaginá-lo dando atenção para outra mulher, só de sonhar em suas mãos sobre outro corpo que não o meu.

Eu estava em apuros.

Pensar que eu não era a única ciumenta da história me fez sorrir. Ele interrompendo minha dança com aquele rapaz argentino definitivamente foi o ponto alto daquela noite.

— O que você tem em mente? — Carter questionou Zane.

— É surpresa! Vamos fazer assim: ninguém vai dizer o que é até acontecer — ralhou Lua. — Eu quero ser a primeira, aliás. Já sei o que vamos fazer.

Comecei a imaginar o que eu gostaria de dar de presente para Carter,

7 dias com você

além do violão e alguns itens que listei, mas a verdade é que eu não fazia ideia. Poderia levar todos a um dos eventos que tinha encontrado nos catálogos, porém não me recordava de nenhum que fosse tão pessoal.

A não ser...

— Então, eu quero fazer algo antes de anoitecer. No pôr do sol seria bom — interrompi, tendo uma ideia. — Como fica a ordem?

— Deus, é o meu aniversário e eu não tenho voz aqui — reclamou Carter, mas ele tinha um sorriso bobo no rosto.

— Primeiro a Lua, depois Yan. Carter, você fica com o meio. Logo após Erin, e eu por último — organizou Zane.

Carter concordou e o grupo caminhou em direção ao primeiro evento de comemoração ao aniversário dele, mas eu o contive no corredor. Eu e Carter tomamos café da manhã na cama e minha pele ainda cheirava ao seu perfume. Eu estava oficialmente embriagada e apaixonada e não existia chance alguma de eu deixá-lo ir sem antes sentir seus lábios. Quando Lua, Yan e Zane viraram à esquerda, envolvi meu braço na cintura do homem que trouxe à flor da pele todos os meus sentimentos mais intensos e beijei o seu queixo, depois seus lábios, olhando seus olhos brilhantes em seguida.

— Vamos fazer com que seja um dia inesquecível. Tenho certeza de que todos têm uma ideia especial.

— Fada, se você me pedisse para cortar meu precioso pênis fora, dizendo com essa voz sensual palavras como "inesquecível" e "especial", eu juro por Deus que faria.

— Aliás, feliz aniversário adiantado — brinquei, beliscando seu lábio inferior com meus dentes.

Os olhos verdes de Carter, levemente puxadinhos nos cantos, se enrugaram. O nariz bonitinho franziu enquanto ele grunhia, pegando-me pela cintura, erguendo-me do chão. Nós fomos para a parede mais próxima e suas mãos apertaram meu quadril, mantendo-me suspensa.

— Você é tão linda, Erin — ele sussurrou, roçando meus lábios com os seus, causando cócegas boas que vibraram até o meu umbigo. — Obrigado, Fada.

— Sabe, eu desejo mesmo tudo de incrível para você. — Eu segurei seu

Aline Sant'Ana

rosto, sentindo a barba rala de um dia espetar as palmas das minhas mãos. — Quero que tenha momentos inesquecíveis, que seja feliz, que sua banda cresça e faça ainda mais sucesso. Que você possa continuar fazendo o que ama, apenas para ver esse bonito sorriso no seu rosto. Quero que você realize seus sonhos, Carter.

Ele pareceu ponderar por um momento. Desviou os olhos dos meus e encarou minha boca. Em seguida, Carter voltou a me fitar, com carinho e fogo nas íris.

— A partir do momento em que coloquei meus olhos nos seus, todos os meus sonhos se resumiram em apenas um: ter você. Não sei o que é isso, mas sei que é forte. Então, sim, também espero que eu consiga realizar meus sonhos, espero que eu tenha momentos inesquecíveis e que eu possa ser feliz. Você acha que nós podemos concretizar um simples pedido de aniversário desses? Só depende de você... — Ele foi enfático, e, depois, sussurrou contra a minha boca. — Assopre as velas do bolo, Erin. E faça isso se tornar real.

Carter pousou-me novamente no chão, plantando um beijo na minha testa com carinho. Ele entrelaçou nossas mãos e nos conduziu por onde Lua, Yan e Zane tinham ido. No instante em que nós vimos nossos amigos, ele me soltou.

Eu nunca me senti tão perdida.

Carter

A surpresa de Lua era um lugar amplo, como um teatro, porém, menor. As cadeiras eram estofadas de vermelho, lembrando muito a disposição de uma sala de cinema. O palco tinha longas cortinas cor de vinho presas por cordões dourados e, à meia-luz, era um impressionante local para apresentações.

— Vamos assistir a uma peça de teatro? — perguntei.

— Espere! — Lua sussurrou, alcançando uma das cadeiras e deixando-nos passar. — Sei que vocês vão gostar. Principalmente você, Carter, que é o rei da criatividade e inspiração.

Sentamos e ficamos conversando até as luzes se apagarem completamente. Embora o teatro tivesse murmúrios, algo em mim parecia uma verdadeira escola de samba. Depois do que disse a Erin, não esperava que meu coração se acalmasse. Ele estava batendo tão forte no peito que suspeitei estar vivenciando um princípio de infarto... cara, era preocupante.

Soltei um suspiro e, na penumbra, segurei a mão da minha Fada, sentindo o quanto ela estava afetada pelas palavras que eu disse. Caralho, isso estava indo longe demais! Eu era um cara apaixonado e, de alguma forma, tinha quase certeza de que ela também estava apaixonada por mim. Por que nós não podíamos viver isso? Por que ela tinha tanto medo do depois?

— Você está bem? — sussurrei e ela apertou a minha mão, lançando-me um sorriso curto.

— Estou. — Suspirou. — O que você falou para mim antes foi, provavelmente, a coisa mais incrível que um cara já me disse. Então, ainda estou processando.

— Nós temos tempo — prometi a ela, bem baixinho. — Fica tranquila.

Embora eu não estivesse de forma alguma tranquilo. Queria que nós tivéssemos uma conversa definitiva. Queria que Erin se abrisse para mim a ponto de me confiar seus sentimentos. Precisava dessa segurança dela, pois eu tinha uma insegurança crescente.

Um rapaz subiu ao palco, fazendo um conjunto de luzes iluminar o grande bloco. Ele devia ter entre vinte e trinta anos, eu não saberia dizer, mas parecia um maldito cara de Hollywood. Seus olhos se estreitaram quando a luz o atingiu através de um holofote central. Com passos largos, exalando autoconfiança, ele se aproximou do microfone e, com um suspiro, disse:

— Vocês deveriam estar transando.

As pessoas começaram a rir.

— É um clube de comédia? Tipo *stand-up*? — Cutuquei Lua, que estava a uma cadeira de distância. Yan estava entre nós, abraçado à sua parceira. — Não acredito, porra. Você sabe que eu adoro isso!

— Sim, sabia que você ia gostar. — Ela piscou e voltou a atenção para o palco.

Erin riu e seu corpo vibrou junto ao meu. Eu queria abraçá-la, mas não podia. Ela soltou um suspiro e eu tentei me concentrar na apresentação à minha frente.

— Sério — continuou o homem do palco. — Afinal, caralho, isso é ou não

Aline Sant'Ana

232

é um cruzeiro erótico? Vocês deveriam estar transando até com a mulher que vai arrumar o quarto de vocês.

Mais risadas.

— Eu tenho uma boa história para contar sobre isso. — Ele suspirou, pesadamente. — Ser comediante em um cruzeiro erótico é mais difícil do que parece. Quer dizer, todo mundo pensa que o cara engraçado vai conseguir transar com todo mundo. Mas, olhem para mim, elas não se importam se eu tenho piadas prontas, eu sou gostoso.

Zane rolou os olhos.

— Eu posso fazer melhor — resmungou ele.

— Cale a boca, Zane — eu disse. — Estou curtindo.

— Então, quando cheguei aqui — falou o comediante —, pensei que seria um estalar de dedos para conseguir sexo. Porra, muitas mulheres querendo isso, muita gente curiosa sobre como funciona um cruzeiro erótico. Mas, droga, esqueci-me de ler a cláusula que dizia que o pessoal do navio não pode transar com os hóspedes. Advinha? Não, vocês não precisam adivinhar, eu sou o cara que trabalha aqui. Sem sexo para o Adrian. Coitado, né?

Algumas meninas soltaram um muxoxo.

— Eu sei, vocês me queriam sob os lençóis — o homem falou, como se essa fosse uma tragédia mundial. — Eu queria todas vocês.

Adrian continuou com suas piadas sexuais, fazendo brincadeiras sobre a diversidade dos tamanhos dos pênis e o que a mulherada havia encontrado por aí. Muitas participaram e gargalharam quando o comediante começou a pedir nomes para provocar o público.

Erin só faltava chorar. Ela se segurava para não rir, porque a maneira de ela rir era muito única, aquele tipo de gargalhada que dá vontade de você rir junto, mas não porque a piada foi engraçada, e sim porque a pessoa está rindo de modo bizarro. Mesmo assim, ela era linda. Me fez imediatamente sentir que eu já tinha escutado a sua risada solta, em algum lugar, há muito tempo. E não na época que eu a conhecia como amiga da Lua... Antes disso? Quando? Onde?

— Minha risada é estranha — disse ela, secando as lágrimas.

— É feia demais, Erin — concordei sinceramente. — Mas você rindo é

7 dias com você

uma coisa linda.

Ela me deu uma piscadela, com as íris azuis brilhando, e voltou sua atenção para Adrian.

— Aposto que já tem gente de casalzinho aqui — provocou o comediante. — É aquele amor de pica, sabe? O cara vai lá, fode direitinho, e a garota fica caidinha. Se você está aí agora, corando por causa disso, amor, você caiu no amor de pica.

Erin ficou vermelha e eu soltei uma gargalhada muito alta, não me contendo. Lua lançou um olhar para nós, mas voltou sua atenção para Yan.

— Eu não me importo se você estiver apaixonada só pelo meu pau — brinquei, sussurrando.

Ela me lançou um olhar fuzilador e se afastou, corando absurdamente. Seus olhos foram para Lua e a Fada suspirou aliviada.

— Jesus! — Ela se rendeu. — Você é o demônio quando se solta.

— Você não viu nada, baby. Sou muito pentelho quando quero.

— Eu até gosto disso. — E isso me fez pensar que eu queria que ela realmente gostasse de outra coisa em nós. Não só o sexo.

Porque, droga, eu realmente gostava de cada coisa nela e isso não tinha nada a ver com a visão do seu corpo nu sobre o meu. Tinha a ver com a risada esquisita, os cabelos bagunçados de manhã, seu perfume e a música sobre nós na minha cabeça, que, com mais algumas rimas, já estaria pronta. Tinha a ver com os palavrões que ela soltava e se repreendia, ou o sorriso sempre na boca. Tinha a ver com a maneira de ela me olhar como se eu fosse um maldito anjo da guarda.

Tinha a ver com ela ser, literalmente, um conto de fadas.

Talvez um conto de fadas bem sexy, mas, definitivamente, um conto de fadas.

Erin

As sutilizas de Carter sobre nós dois passaram a se tornar diretas. Ele também não poupava os momentos em que me tocava, em que deixava claro que havia algo no ar. E eu já estava me coçando para contar a verdade, pensando e repensando seriamente até que ponto manteria o segredo.

Conservar nosso relacionamento em privado estava se tornando um peso maior do que eu poderia aguentar. Minha mente não conseguia parar de sofrer de ansiedade, agitando-me para analisar o momento ideal para contar a Lua tudo o que aconteceu nesse cruzeiro, desabafar também sobre o passado e, evidentemente, o presente. Pois o que era uma incerteza passou a se tornar fato a cada toque de Carter, a cada olhar. Ele estava nutrindo sentimentos por mim e eu já estava tão apaixonada por ele há tanto tempo que a minha cabeça estava nublada. Tudo o que eu sempre quis estava acontecendo, finalmente. Será que a reação da minha amiga seria tão ruim assim?

Preferi conversar com Carter sobre isso essa noite. Contar para Lua estava se tornando necessidade, ao invés de opção. Para isso, eu precisava saber por A mais B o que ele sentia. Também precisava garantir a ele que meus sentimentos estavam tão insanos que eu preferia correr o risco de criar um desentendimento com Lua a perdê-lo.

— E agora? — perguntou Carter. — O que nós vamos fazer, Yan?

Carter parecia muito contente com seu aniversário adiantado. Estar ao lado de quem gostamos e nos divertindo faz qualquer comemoração ser boa. Era isso. Ele estava feliz em seus vinte e seis anos, quase vinte e sete, fazendo algo simples, e eu me vi feliz por ele.

— O meu é sem graça — anunciou Yan. — Mas acho que vocês vão me agradecer de qualquer jeito.

Não foi surpresa alguma quando entramos em um restaurante de comida japonesa. Já passava do meio-dia e a fome já nos atingia. Eu umedeci os lábios, porque a culinária japonesa era a minha preferida.

Pelo visto também era a de Carter, Yan e Zane.

— Mas esse aniversário tá bom demais! — Zane sentou-se, pedindo para a atendente uma batida de saquê. — Eu te disse, Carter, que esse cruzeiro ia ser um mega presente.

— Você tem razão — ele disse, escolhendo as coisas no cardápio. — Preciso ouvir vocês mais vezes.

— Precisa nos ouvir sempre — corrigiu Yan.

7 dias com você

235

O almoço foi surpreendentemente silencioso. Zane era o único que se soltava mais, porque ele estava no segundo, terceiro, quarto — que seja! — saquê. Seu rosto bonito estava corado e os lábios suficientemente vermelhos para assemelharem-se a morangos maduros.

Carter, no entanto, parecia carinhoso demais. Se eu contasse à Erin de dezessete anos de idade que ela estaria no futuro sendo acariciada pelo vocalista da The M's, ela provavelmente me bateria e me chamaria de louca, porque a premissa era bem irreal aqui. Tudo sobre essa situação era bem irreal. Mas eu estava, honestamente, pouco me importando.

A única coisa que eu queria era aproveitar cada segundo.

— Você gosta de *temaki*? — ele me perguntou, brilhando aqueles olhos verdes para mim.

Sua boca estava suja de molho agridoce.

Sorri, sem me conter, limpando o canto sujo da sua boca com o indicador, depois colocando o resto na boca.

— Eu gosto.

Pela primeira vez durante todo o cruzeiro, não olhei para ver se Lua reparou o meu gesto.

Os dois fogos verdes desceram para os meus lábios e o ambiente, de repente, tornou-se mais quente do que as praias das Bahamas no verão. Eu prendi a respiração enquanto ele limpava a garganta.

Focando nele, tentei não desviar a mente para o sexo da noite passada.

Porém, já estava lá.

— Vou pedir para você, Fada — murmurou em um fio de voz.

Tudo sobre nós dois era intenso, percebi. Os carinhos, o sexo, os sentimentos adentrando a pele como se tivessem propriedade sobre nós dois. Desde a amizade até a atração sexual, Carter era o tipo de homem que você quer ter na vida. Que você sente que poderia dar em alguma coisa. Não por ele ser inacreditavelmente bom de cama, mas por tudo o que ele faz. Seja o hábito de jogar o cabelo para trás, ou o tique de morder o lábio inferior, até os palavrões que saem dos seus lábios. Você quer o pacote completo. Você quer o que ele é, quer tudo o que ele é.

Pisquei, vendo quão intensos estavam ficando meus pensamentos.

Aline Sant'Ana

236

— Agora, queridos, é a minha vez — anunciou Carter, terminando a refeição. — E esse vai ser o mais irado de todos.

Chegamos a uma parte do navio na qual havia uma ampla sala, como se fosse um salão de festas. Do lado de fora estava escrito em letras garrafais: **JOGOS**. Eu franzi um pouco o nariz porque era péssima em esportes e, apesar de saber que a quadra poliesportiva ficava lá fora, imaginei que ali haveria sinuca e...

Não, eu estava enganada.

Tinha uma pista de dança do lado direito com um painel branco transmitindo um jogo no qual as pessoas dançavam e acompanhavam os passos que refletiam na imagem. Do lado esquerdo, estavam um sofá grande e várias outras poltronas com televisões de, provavelmente, setenta polegadas cada. Em vários pontos, as televisões repetiam a mesma imagem, mas os jogos se alteravam de acordo com quem jogava, evidentemente.

— Você curte videogame? — indaguei.

— Quem não? — ele rebateu, sorrindo.

— Eu não sei jogar — murmurei. — Como você sabia que tinha isso aqui?

— Li todo o panfleto — Carter contou vantagem. — Eu estava louco pra conhecer esse local. Tem muita coisa boa.

— Por que as pessoas fazem uma sala de jogos se existe a opção "sexo" para os homens? — indagou Lua.

— Porque em nossos corações há espaço para ambas as coisas — disse Yan, beijando os lábios da minha amiga em seguida.

Zane simplesmente sumiu, pedindo licença para um ou dois caras para jogar com eles em parceria. Yan estava com os olhos cintilando, mas se mantinha firme e forte ao lado da companheira. Carter? Ele já estava me puxando para o jogo no qual as pessoas dançam.

— Vou dançar com a Erin — anunciou para Lua e Yan. — Já voltamos.

— Ai, Deus, Carter... — Vi o quanto aquilo parecia difícil. — Não vou conseguir.

— Tem uma música minha no *Just Dance* — falou, orgulhoso. — Fechei contrato com eles para os próximos três anos. Sei os passos e te ensino, juro que não vai ser difícil.

7 dias com você

— Eu não sei se é uma boa ideia.

Com os olhos suplicantes, ele entrelaçou nossas mãos e fez um biquinho infantil e doce.

— É o meu aniversário.

Rolei os olhos.

— Jesus Cristo.

— Não. É Carter McDevitt mesmo.

Rindo, deixei que ele me levasse para a pista de dança. Nós esperamos o casal que estava na nossa frente terminar a vez deles e Carter colocou uma das músicas, selecionando a que continha o nome da sua banda. Sorri, observando o quanto os bonecos tinham linhas divertidas em forma de *cartoons*. Por incrível que pareça, o mocinho do jogo parecia muito com o Carter. Estava com coturnos, camiseta preta e calças jeans.

Carter lançou um olhar para mim, talvez percebendo a minha reação, e indicou o lugar onde eu deveria pisar.

— Você só vai seguir os passos na mesma proporção, como se estivesse se vendo nó espelho — explicou. — A premissa é se divertir, não se preocupe se errar.

A batida da música começou e, então, eu me diverti como nunca fizera na vida. Mais ri dos meus erros do que fiz os passos, no entanto. Carter, ao menos, parecia o reflexo perfeito da televisão. Cada curva, cada movimento dos braços, cada girar do corpo e quadris, ele fazia com maestria. Dançando e me lançando um olhar quando pretendia me ensinar um passo novo.

Mordi o lábio, pensando o quanto era incrível ele saber tudo aquilo.

— Agora gira! — ele gritou no meio da música e eu o fiz.

Com um movimento rápido dos pés, Carter veio atrás de mim, e segurou meus braços para me fazer dançar. Eu comecei a gargalhar quando, na tela, o videogame começou a ler meus passos com mais perfeição — graças a Carter, que fazia tudo por mim. Deixei minha cabeça cair sobre o seu ombro e ele desceu suas mãos para o meu quadril, ajudando-me a rebolar, a parte mais difícil da música.

Quando eu estava me perdendo no contato da sua pele, ele entrelaçou

Aline Sant'Ana

minha mão na sua e me soltou em um giro, deixando-me sozinha para dançar como havia aprendido.

— Vai, Fada. Eu sei que você me acompanha.

Ofegante no final — notando que recebi três estrelas e Carter, cinco —, limpei o suor da testa e sorri para ele.

— Como diabos você sabe tanto?

— Nós participamos da criação da coreografia. A maioria dos artistas não o faz, mas eu, Zane e Yan ficamos tão empolgados pela novidade que fomos juntos.

— Bem, isso não é justo comigo.

Seu sorriso maroto foi tudo o que eu enxerguei antes de ele ligar novamente as músicas e me fazer dançar por horas... ou dias? Meu corpo, ao menos, lidou como se fossem dias. Quem se importava? Eu tinha Carter McDevitt dançando *Just Dance* e isso era tudo o que eu conseguia pensar.

7 dias com você

CAPÍTULO 21

I need you at the darkest time
You hold me and I have to shut my eyes
I'm shy, cannot be what you like

— Years & Years, "Take Shelter".

CARTER

Zane perdeu duas vezes para mim no *Forza*, e Yan, no *PES*, após três partidas. Os caras eram ruins mesmo, não tinha o que fazer a respeito. Para se ter uma ideia, Lua, que nunca jogou *Killer Instinct* na vida, ganhou do Zane. E Yan perdeu para a Erin no *Need For Speed Rivals*. Isso era uma vergonha para o orgulho masculino!

— Vocês não valem a pena — resmunguei, e, sem pensar, peguei Erin pela cintura e a joguei sobre o ombro.

Ela soltou um grito e eu gargalhei, caminhando dessa forma. Lua olhou para nós e eu pude ver em seus olhos o lampejo de algo, só não soube de quê. Ela franziu o nariz pequeno e pareceu realmente magoada e suspeita.

Observei por mais um tempo sua reação, aproveitando que Erin estava distraída demais para pensar sobre isso. Lua não havia gostado da amizade que nutri com sua amiga e, com certeza, não gostaria de saber que eu estava fazendo-a gemer baixinho no meu ouvido.

Mas ela precisava ver, pouco a pouco, que essa era a realidade. Ela estava com Yan. Erin era solteira e eu também. O que existia de tão errado aí?

— Vamos, Erin, o que você tem preparado para mim? — perguntei.

Erin socou minhas costas e eu sabia que ela estava tensa pela demonstração pública da nossa aproximação, mas ela riu da mesma maneira, pois sentia cócegas.

— Me solta, Carter!

— Não, me conte onde é. Vou te levar assim para todo mundo saber que eu faço o tipo de cara que sequestra mulheres.

Aline Sant'Ana

A Fada desistiu de lutar. Ela se soltou e eu a ajeitei no meu ombro, ciente da minha vitória. Zane, para provocá-la, puxou seu pé e ela estremeceu com cócegas. Ele riu.

— Isso é maldade — defendeu Lua, mais tranquila por ele ter entrado na jogada.

Agradeci-o em silêncio e Zane retribuiu com um dar de ombros despreocupado.

— Tudo bem.

Deixei que Erin escorregasse pelo meu corpo. Ela precisava encontrar uma maneira de fazer a amiga perceber, sutilmente, que algo aconteceu. Não seria fácil, mas foda-se, porra! Eu já estava cansado. Não devia satisfações a uma ex-namorada. Por mais que Erin fosse sua amiga, não gostava dessa atitude possessiva dela comigo. Lua estava transando com um dos meus melhores amigos e em nenhum momento isso soou estranho para mim.

— O lugar é secreto — disse Erin, fazendo-me dispersar a raiva que tinha de Lua naquele segundo. Foquei em seus doces olhos azuis e sorri.

Cara, na cama, nós éramos bons, mas fora dela conseguíamos ser melhores ainda. Eu já não estava certo se iríamos acabar por aqui, não parecia certo simplesmente deixar isso de lado. Eu a queria integralmente para chamar de minha e a merda toda que as pessoas fazem quando estão em um relacionamento.

Queria, sim, essa coisa toda de namorar.

Erin nos guiou para a popa do navio, passando pelas áreas das piscinas e dos pequenos bares nos quais aconteciam exibições de coquetéis. Por um momento, Yan quis parar e tomar um *drink*, mas Erin prometeu que onde quer que fôssemos, teríamos isso também.

Por fim, chegamos. Havia um pequeno palco de madeira improvisado com um microfone e instrumentos para uma banda. Eu lancei um olhar de dúvida para Erin quando percebi as mesas ao redor com alguns casais. Jantaríamos ali? Realmente, o sol estava quase a ponto de se pôr, e, nesse dia malditamente agitado, sequer nos demos conta da hora, jogando videogames e dando passeios aleatórios pelo navio.

— É uma banda ao vivo? — perguntou Zane.

— Sim, eu vi no panfleto que eles se inspiram nas mesmas bandas que vocês se inspiravam há sete anos. Imaginei que gostariam desse momento.

— Você se lembra das bandas nas quais nos inspirávamos? — Dessa vez, foi o momento de Yan se surpreender.

— Lua comentava sobre o Carter — ela disse, soando um pouco encabulada. — Eu tenho uma memória muito boa.

Não sei a razão de ela não contar a verdade para o Yan, mas eu quis saber de alguma maneira. Erin acompanhava a The M's? Porra, se sim, eu adoraria saber. Ela era fã da banda na adolescência? Pelo que me recordo, não. Tinha comprado um CD e apenas isso. Por que ela prestava atenção em nós?

Uma pontada aguda de inquietude atingiu meu peito.

Nos sentamos em uma mesa e pedimos coquetéis para todos. A banda estava longe de começar a tocar; Lua estava um pouco sonolenta com Yan; e Zane, entediado. Eu agarrei a mão da minha Fada sob a mesa, absorvendo, pela primeira vez, a vista do navio sobre a água. Se eu realmente dissesse que era lindo, seria um eufemismo. A ideia disso aqui era como se estivéssemos na entrada em busca do paraíso. O céu azul estava adquirindo tons rosados e alaranjados, com apenas algumas nuvens, nada que atrapalhasse o cenário. Era possível ver a silhueta de pequenas ilhas afastadas e a grande Nassau se aproximando. Passaríamos a noite ancorados lá, e, somente pela manhã, poderíamos conhecer as Bahamas. Suspirei. Se esta não era a vista mais bonita que vi na vida, com toda certeza estava entre as cinco mais memoráveis.

— Lindo, né? — sussurrou Erin.

Eu sorri em concordância.

— Não tenho vontade de voltar para casa — confidenciei. — Eu amo o que faço, mas estou na obrigação com o novo álbum, criação de músicas novas, insistindo em melodias e inovação musical.

— Tenho um desfile no Japão daqui a um mês e meio — disse ela, concordando sobre as obrigações. — É o tipo de coisa que eu vou, fico três semanas e volto, mas isso atrapalha totalmente o meu fuso horário. Também amo desfilar, amo essa questão incerta de em qual lugar vou estar e qual será o próximo país a visitar, mas também odeio. Faz sentido?

— Sinto a mesma coisa. Existe sempre a parte que amamos no que fazemos e também a parte que odiamos. — Fiz uma pausa, tomando um gole

Aline Sant'Ana

242

do coquetel azul. — Você sente que não pertence a lugar nenhum?

— Para ser bem sincera, no apartamento no qual moro, nem parece que uma garota vive lá. Não guardo nada pessoal porque sinto que aquilo só serve para quando estou nos Estados Unidos — desabafou, atenta aos meus olhos. — É como se não tivesse nenhuma parte minha em Miami. Como se eu tivesse minhas moléculas dispersas. A única pessoa que sente a minha falta quando estou fora é a Lua.

Eu conhecia um pouco a história da Erin. Seus pais não gostaram muito da ideia de ela ser modelo e, naquela época, quando eu namorava a Lua, ela já desfilava em alguns lugares e fazia sessões fotográficas escondida. Sabia disso tudo porque Lua sempre morreu de amores por sua melhor amiga e é natural uma se tornar o assunto da outra.

— E os seus pais?

— Eles estão morando em Veneza agora. — Ela preferiu não aprofundar o assunto. — E você? Seu pai sempre foi um querido, não é?

Minha mãe faleceu após um súbito derrame quando eu era apenas um garoto. As memórias sobre ela são tão escassas quanto lembranças de sonhos antigos. Mas não posso reclamar: meu velho é um ótimo homem e, desde o dia em que disse que queria mergulhar de cabeça na música, ele viu o meu talento e alugou um estúdio na cidade por um dia, contraindo dívidas para contratar músicos para me auxiliarem com a criação de canções e com o aperfeiçoamento da minha voz. Quando conheci Zane, ele já tocava guitarra e se dispôs a montar uma banda comigo. Yan foi consequência da amizade antiga entre os dois e isso acabou nos tornando os The M's. Garotos de Miami que correram atrás de um sonho: a música.

— Meu velho sempre foi muito querido — eu disse. — Ele está bem. Pescando e cuidando da loja de materiais.

— Ele ainda tem aquela loja?

— Tem. Está até grande, sabia? Mesmo que ele não aceite um centavo meu para investir.

— Ele é orgulhoso. Um bom homem, com certeza.

— Sim, certamente.

— Pessoal, o dever me chama — Zane falou, olhando para uma morena de olhos negros que estava praticamente salivando por ele. — Encontro vocês

7 dias com você

daqui a uma hora.

Fiquei boquiaberto porque eu sequer me lembrava que estava na presença deles. Yan e Lua estavam abraçados e conversando baixinho, totalmente alheios à minha conversa com Erin, mas, ainda sim, era como se estivéssemos a sós.

— Não se esqueça de voltar — disse Erin, ralhando com ele.

— Não vou, linda — prometeu, com uma piscada de olho.

A banda surgiu e o pôr do sol aconteceu. Yan me ajudou a escolher o que pediríamos para jantar e acabou sendo tão especial — ou mais — do que Erin previra. Eu sabia todas as músicas que os garotos cantaram e Erin não podia esconder o quanto estava feliz por isso. Droga, eu queria jogá-la nos lençóis e nunca mais ter que levantar.

Depois de quarenta minutos de show, Erin de repente ficou tensa demais. Ao som do *cover de Yours To Hold*, da banda *Skillet*, percebi que ela estava com os olhos semicerrados e uma emoção fria corria por todo o seu rosto, uma emoção muito ruim, como se ela talvez fosse chorar ou algo parecido. Envolvi meu braço em seu ombro e a trouxe para perto, porém isso quase causou uma dor física nela.

Eu me afastei.

O que estava acontecendo?

— Erin?

Ela se levantou.

— Eu... Só preciso de um tempo.

— O que houve? — quis saber.

Erin correu e, de alguma maneira, não consegui mover meus pés.

Olhei para Lua, esperando que ela desistisse de ir atrás dela. Percebi que não poderia me levantar e ir atrás da Erin sem que Lua compreendesse tudo o que eu estava sentindo, tudo o que havia acontecido entre nós. Então, Yan suspirou e puxou Lua para ele.

— *Baby*, vamos comprar mais bebidas?

— Eu queria ir atrás da Erin — disse ela, agoniada. — Ela ficou magoada

Aline Sant'Ana

com algo. Você percebeu o que foi, Carter?

— Não... — respondi, pois não sabia mesmo.

— Deixe-a esfriar a cabeça, *baby* — pediu Yan. — Vamos beber alguma coisa e curtir o pôr do sol. Ela logo deve voltar.

— Sim... — Lua respondeu, relutante. — Carter, fique aqui. Se ela voltar, pergunte o que aconteceu.

— Tudo bem.

Assim que Lua se distanciou com Yan, levantei-me, ainda ouvindo a música de fundo. Encontrei Erin no bombordo, agarrada ao corrimão do navio, olhando para a vista que já estava totalmente escura, adornada por uma grande lua cheia. Eu espalmei as minhas mãos ao seu lado e não olhei para ela, para dar privacidade, pois sabia que ela tinha chorado.

— A música trouxe alguma lembrança?

Erin

Eu não podia acreditar na minha reação. A música era a única coisa que me fazia sonhar com Carter durante aquela época de amor platônico. Desde que a ouvi, soube que funcionava para nós dois e foi ela que me deu coragem o bastante para conversar com ele no dia da festa.

Mas nada disso aconteceu.

Ele era da Lua, sem eu sequer saber disso.

Querendo ou não, essa coisa toda ainda mexia comigo, mais pelo fato de eu nunca ter desabafado com alguém do que pela situação em si.

— Sim, ela trouxe — respondi.

— Quer conversar a respeito?

Se eu queria conversar a respeito?

— Gostei de um rapaz em uma época e foi uma droga porque ele não sabia.

— E essa música representa vocês?

— Sim.

— E por que isso mexe com você? Faz muito tempo?

Fechei os olhos.

— Faz.

Carter ficou em silêncio, sabendo que eu não falaria mais desse assunto com ele. Talvez, futuramente, se eu tivesse coragem, após uns cem *shots* de tequila. Mas isso era demais para confessar, muita coisa para pouco tempo. E a realidade nua e crua? Desde os meus dezessete anos, eu gosto desse cara e nunca consegui me relacionar sério com ninguém depois disso. Ninguém seria tão especial quanto ele foi.

— Estou com ciúmes, sabia? — Suspirou. — Cara, isso é ridículo, mas agora eu estou.

Abri meus lábios e exalei o ar, surpresa. Demorou meio minuto para eu processar o que ele havia dito.

— Por quê?

Com os dedos grossos, ele percorreu os fios do seu cabelo, deixando-os ainda mais bagunçados do que o normal. Observei sua reação, atenta a cada detalhe da sua expressão facial.

— Porque, na minha cabeça, você é a minha garota, então, é assim que ajo.

— Carter...

— Não finja que não está sentindo nada por mim. Aqui e agora. — Ele suspirou. — A única coisa que eu consigo pensar é: eu posso ser mais do que esse cara do qual você se lembra. Eu posso mudar a sua vida. E ele?

— Meu Deus!

— Por mais que você esteja pensando em outro cara por causa dessa música estúpida, não dá para negar que hoje foi uma porra de um dia romântico.

Eu ri, observando como ele tentava suavizar a beleza das suas palavras quebrando-as com palavrões. Mas ele podia colocar quantos xingamentos fosse, essa tinha sido a segunda coisa marcante que Carter disse para mim hoje.

Aline Sant'Ana

Se você soubesse que a música me lembra você, Carter...

— Uma *porra* de um dia romântico? — intensifiquei o palavrão.

— Não sou bom conversando — falou baixinho, virando-se para mim. — Sou do tipo que age e cria músicas.

— Mas esse não é o melhor tipo? — Arqueei uma sobrancelha, experimentando suas mãos irem diretamente para cada lado do meu rosto.

Nessa parcial escuridão, com apenas a lua apontando no céu, Carter tinha os olhos quase sobrenaturais de tão brilhantes, fazendo o meu coração bater como um pássaro enjaulado em busca de liberdade.

— Não sei se eu sou o melhor tipo — ele sussurrou, resvalando seus lábios nos meus. — Por que você não me diz?

Fechei os olhos e deixei que ele me beijasse.

Ali, naquele cruzeiro, onde tudo o que você menos espera é encontrar romance, Carter me beijava como nos filmes adaptados dos livros do Nicholas Sparks, digno de um amor para o resto da vida. Não que eu imaginasse isso nos meus mais profundos sonhos, mas era difícil você não levar os seus pensamentos para um cenário onde beijos assim aconteceriam todos os dias, onde eu sentiria o calor dos braços de Carter e o seu perfume na minha pele. É difícil você não se iludir quando o homem praticamente conta que está criando sentimentos por você também.

Com um leve puxar no meu lábio inferior, Carter me fez perder os sentidos e levou o restinho do bom senso que eu tinha, arrepiando-me. Envolvi minhas mãos mais firmemente em torno do seu pescoço e desci-as sobre o seu peito, sentindo as batidas duras do seu coração contra a minha palma.

Jesus, como era bom senti-lo!

Viajando para a minha bochecha, Carter me beijou delicadamente e percorreu com o nariz até encontrar o meu pescoço e plantar a ponta da sua língua macia na minha pele, fazendo-me ver estrelas. Com um raspar de dentes, ele puxou a pele e deu um suave chupão, descendo suas mãos para a minha bunda, agarrando-a.

O ritmo diminuiu quando seus lábios voltaram carinhosos para a minha boca, suave... Suave porque o beijo tinha tudo o que eu não havia contado para ele ainda.

7 dias com você

— Acho que valeu a pena eu confessar o meu ciúme — brincou, colocando pequenos selinhos demorados na minha boca.

— Sim, valeu totalmente.

— Parou de pensar no cara?

Como vou parar, Carter? Ele é você.

— Quem?

Ele sorriu, satisfeito.

— Vamos voltar? Eu quero conversar com os caras da banda. — Ele se aproximou da minha orelha e puxou-a suavemente entre seus dentes. — Não conte para Yan e Lua, mas o seu evento foi o melhor de todos.

— Foi sem graça — confessei, ciente de que nós ficamos apenas segurando nossas mãos, ouvindo música ao vivo e contendo nossos sentimentos.

— Não — garantiu. — Foi perfeito.

Aline Sant'Ana

7 dias com você

CAPÍTULO 22

You are something I can't replace
You make my heart work
You make me stronger
I'm not letting go, I'm not letting go
— Tinie Tempah feat Jess Glynne, "Not Letting Go".

CARTER

Zane realmente levou uma hora para retornar. Bem mais animado do que antes, é claro. O cara era só sorrisos, e advinha? Trouxe a morena com ele. Porra, ela era bonita, mas nada se comparava a Erin. A minha Fada era linda demais.

Nós passamos pelo corredor principal e Lua fez questão de parar todos.

— É um evento noturno? — indagou.

— Sim, é sim — respondeu Zane.

— Então, eu e Erin precisamos nos trocar. Nós ficamos o dia inteiro andando de um lado para o outro e nossas roupas seriam uma piada.

Não conseguia ver um cenário onde jeans e camiseta são uma piada, mas Lua agia como se suas roupas fossem algo tão importante quanto se alimentar para sobreviver. Então, decidi não me meter, mas Yan resmungou.

— Lua, você está bem. Linda como sempre!

— Sempre... Até parece! Você não me conheceu no meu melhor, querido — esnobou ela, beijando sua boca. — Quando você me vir no vestido vermelho de gala...

— Ah, aquele vestido... — Suspirou Erin, quase sonhadora. — Você nunca encontra um lugar para usar aquilo.

— Um dia, eu vou encontrar um evento para vesti-lo. Enfim, nós precisamos trocar de roupa, Erin. E você tem que me contar sobre essa crise que teve... — Lua continuou a falar, puxando Erin consigo, sequer deixando brecha para eu me despedir dela. Tudo bem, eu estava sendo um pouco grudento, querendo ficar com ela o tempo todo, mas era inevitável.

Aline Sant'Ana

Precisava aproveitar esses dias aqui porque temia que a magia acabasse quando voltássemos.

Temia que Erin me dispensasse.

— Cara, fecha a boca, você está babando na garota até de longe — reclamou Zane, enlaçando a cintura da morena. — Esperarei vocês no deque cinco, no final do corredor. Não vai ter erro. É o único lugar onde está tendo uma festa.

— Tudo bem, eu vou tomar um banho e me arrumar também.

— Nós dois precisamos — disse Yan, colocando a mão no meu ombro.

Na privacidade do meu quarto, totalmente sozinho, comecei a pensar sobre como abordar o assunto de que eu queria continuar isso com a Erin. Ao menos, dar uma chance para nós dois vermos como funcionava daqui em diante.

Poderia parecer muito precipitado, mas como devemos agir quando tudo o que queremos é ficar com a pessoa? Eu sabia que não seria fácil. Erin, assim como eu, tinha uma vida atribulada e viajava demais. Nós teríamos que lidar com a distância, a saudade e, principalmente, a abstinência um do outro. Eu não fazia ideia de como ela era na parte sexual da coisa, mas eu não me importaria de colocar meu pau no gelo se fosse por uma boa causa. E, porra, ela era uma boa causa.

Nesses dias, eu sequer pensei em Maisel, sequer me lembrei do relacionamento fracassado que tive com ela. Era praticamente impossível eu sair daquela estranha obsessão de olhar as nossas fotos antigas e relembrar o passado. E por mais que eu odiasse admitir, a realidade era que Zane tinha total razão sobre todo o drama que eu enfrentei. Remoer a dor de um término não o torna mais fácil de aceitar e menos doloroso, apenas te coloca num limbo do qual você não consegue sair.

A não ser que você encontre alguém tão incrível quanto Erin.

— Você está pronto?

Eu deixei a porta aberta e Yan entrou para nos encontrar aqui. Não havíamos nos vestido com nada elegante demais, apenas jeans e camisetas limpas. Ele parecia animado para encontrar a Lua e eu notei que sua testa suava como se ele estivesse à beira de um colapso nervoso.

— O que houve, cara? — perguntei.

7 dias com você

— Acha errado eu pedir para ela namorar comigo?

Terminei de fechar o cinto e foquei em seus olhos.

— Sério?

— Sim... Droga, você acha errado?

— Eu nem sabia que você queria entrar em um relacionamento. Quer dizer, você não é parecido com Zane no quesito personalidade, mas sei que fica com muitas mulheres — expliquei meu ponto, calçando meus coturnos camuflados pretos. — Então, só achei estranho.

— Lua causa coisas em mim que nenhuma outra mulher consegue. A noite que passamos juntos foi, droga... como explico isso? Você já esteve com ela.

— Eu não sinto essa magia que você sente por ela, cara. A única que me causa essa loucura de querer namorar, casar e tudo o mais é a Erin — assumi.

— Tão sério assim? — Yan pareceu surpreso. — Você acabou de sair de um relacionamento.

— Maisel é uma vadia insensível, mas isso não tem nada a ver com Erin. Eu a conheço há sete ou oito anos. Por mais que tenhamos perdido contato, convivemos o suficiente para eu ver... um lado que eu tentei encobrir quando estava com Lua.

— Você se sentia atraído por ela naquela época?

— Quando comecei a vê-la com outros olhos, me afastei — confessei. — Foi um dia em que ela havia bebido. Eu passei a noite toda cuidando dela. Quando Erin recobrou a consciência, tivemos aqueles papos que duram mais de cinco horas, mas que você não percebe o tempo passar. Acabei notando o quanto éramos parecidos. Sua beleza exterior, que já era impactante, não fazia jus ao que ela era por dentro. Linda, incrivelmente linda. Mas meu coração era da Lua, ou eu achava que era, pelo menos.

— Cara, isso já é amor antigo, então.

— Amor não, mas é forte, Yan. Forte o bastante para eu dar uma de louco e pedir que ela seja minha garota.

— O negócio é torcer para que essa loucura toda dê certo.

— Tenha um pouco de fé, baterista. — Bati em seu ombro, pronto para

Aline Sant'Ana

buscá-la. — Tenha fé.

Erin

— Eu quero me casar com Yan.

Olhei para Lua e soltei uma risada curta, sentindo as minhas bochechas idiotas corarem. Deus, que mania estúpida era essa agora de ficar corando? Isso nunca aconteceu antes, a não ser na adolescência... Bem, talvez eu não estivesse nas minhas faculdades mentais durante esses dias. Carter me amolecia e trazia à tona aquela adolescente apaixonada que acreditava em contos de fadas.

— Jesus Cristo, Lua!

— Eu realmente acho que o amo. Sou uma idiota! Em tão pouco tempo? Isso é tolice.

— Não acho que você seja idiota — garanti a ela. — As pessoas é que criam essas regras bobas que se enraízam na nossa cabeça como verdade absoluta. Por exemplo, o lance do sexo após o terceiro encontro ou não ligar primeiro para o cara após um cinema. Também aquela regra idiota de ter que dividir a conta para se mostrar independente. Sei lá, acho isso tudo balela. Se você quer transar sem ter sequer beijado o cara, faça-o. Se quiser ligar para ele no minuto seguinte em que ele a deixou em casa, ligue. Se quiser deixá-lo pagar a conta ou simplesmente arcar com tudo, faça-o. Danem-se as regras! Se você viver se privando, não vai viver. Simples assim.

— Uau! O que você fez com a Erin?

Eu sorri.

— Não quero pensar que pode ser ruim esse seu lance com o Yan, Lua, porque parece certo. A única coisa que eu desejo é acreditar que vai ser incrível até deixar de ser. Você não quer acreditar nisso?

— Gosto quando você fala assim. Gosto ainda mais dos seus conselhos diretos.

Fechei o meu vestido e envolvi minha amiga em meus braços.

— Estou torcendo por vocês, Lua.

— Eu sei, amor. Obrigada por isso.

Eu usava um vestido curto e branco. Na realidade, o que era diferente nele era o corte da barra e o acabamento, que formava um V perfeito e caído no meio das minhas coxas. O decote era todo com detalhes vazados, com um tecido cor da pele embaixo, dando a impressão de não existir nada ali. Era a mistura perfeita da inocência e sensualidade. Optei pelo branco porque Carter McDevitt havia me chamado de Fada quando usei a lingerie branca. O objetivo era impressioná-lo e eu gostei do resultado ao me olhar no espelho.

— Os saltos *nude* — disse Lua, apontando para a pequena fila de *scarpins* que ela havia trazido. — Por favor? Ah, você fica tão linda com as minhas roupas. Você deveria me deixar comprar roupas para você ao invés de escolher sempre os jeans.

— Lua, não é como se eu pudesse usar isso para ir à confeitaria, entende?

— Eu sei, mas deveria — brincou. — Enfim, gostou do meu vestido?

A peça azul-marinho com toques de roxo parecia ter sido elaborada para uma criatura élfica noturna. O lacinho central na cintura e a renda o deixavam inacreditavelmente lindo.

— Se eu fosse o Yan, te pedia em casamento essa noite.

Nós duas rimos.

— Você faz alguma ideia do que o Zane preparou para o Carter? — ela investigou.

— Não, mas boa coisa não deve ser.

— Acho que vamos ter que ir lá para descobrir. — Suspirou. — Aliás, o que houve contigo naquela hora? Percebi que teve algo a ver com a música.

— Me trouxe lembranças do passado e você sabe que não gosto de me lembrar dele.

— Tudo bem, se você diz... — Lua apertou minha bochecha e abriu a porta.

Saímos do nosso deque e fomos em direção ao dos meninos porque não sabíamos onde estava acontecendo o evento da noite e, muito possivelmente, era na festa principal que Zane queria nos levar.

Parei no corredor e sondei para ver se o via, ficando na ponta dos pés para enxergar adiante.

Aline Sant'Ana

254

Carter estava lindo demais! Ele usava uma sobreposição de camisas. A de cima de flanela quadriculada de preto, vermelho e branco. Por baixo, usava uma camisa lisa branca. Suas calças jeans pretas envolviam as suas grandes coxas e os coturnos o faziam parecer ainda mais imponente, deixando-me tonta. Seu perfume atingiu-me onde eu estava, chegando a mim antes de ele me alcançar. Eu pisquei, perdida em seu sorriso, até clarear a minha visão quando ele se aproximou e enfiou as mãos nos jeans.

Percebi que era para se conter e não me tocar na frente da Lua.

— Sua pressão caiu? — perguntou baixinho.

Eu estava consciente da ausência do sangue nas minhas bochechas.

— Estou apenas surpresa por vocês terem se arrumado tanto — disse no plural, apontando para ele e Yan.

Nesse momento, Lua envolvia seu quase-namorado em um abraço apaixonado. Yan a ergueu do chão e eles continuaram se beijando.

— Você está brincando, né? — Carter sussurrou, olhando por todo o meu corpo como se me tocasse apenas com esse gesto. Senti meu braço se arrepiar. — Deus, Erin, vamos esquecer essa festa e pular para o meu presente?

— Quem disse que eu te comprei alguma coisa? — inquiri, erguendo a sobrancelha em provocação.

Eu tinha comprado sim. Escapei com a Lua para as lojas no deque inferior e escolhi um pequeno conjunto de coisas. Ela queria comprar algo para Carter e eu dei a desculpa de que tinha que escolher alguma coisa também. Mas, ao invés de escolher apenas uma coisa, comprei algumas, aproveitando-me de cada esquivada de Lua. *Jean Paul Gaultier*, o perfume. Também um caderno de couro para anotações porque eu vi o bloco minúsculo que ele utiliza para escrever as músicas. Um CD do Foo Fighters, que eu sabia que ele curtia. Por fim, uma camiseta com a estampa: *"I'm a Rockstar, baby"*. Sabia que era a cara dele e combinava com cada centímetro daquele homem.

— Não é de presente financeiro que eu falo. Quero você nos meus lençóis. Nada como aquele fogo louco da noite passada. Quero experimentar descer cada centímetro do zíper desse vestido. Ou eu posso apenas rasgá-lo lentamente.

Limpei a garganta.

— O vestido não é meu.

7 dias com você

— Só por isso que você não vai me deixar rasgá-lo?

Eu sorri.

— Sim.

— Essa é a minha garota.

Droga, eu era totalmente dele, não era?

CARTER

Erin parecia pecaminosa e angelical ao mesmo tempo. Exatamente como no primeiro dia em que eu a vi, com exceção da máscara e da lingerie. Ter acesso aos seus incríveis olhos, as maçãs do seu rosto perfeitas, tudo nela era o melhor presente que eu poderia ter.

Levamos as garotas para o deque indicado pelo Zane. A música foi ficando mais alta conforme chegávamos mais perto e havia algumas pessoas na fila, porém, algo estava errado. Não era música cantada por profissionais e sim um... karaokê?

— Ai, Deus! — animou-se Lua. Como sempre, ela era a primeira a ficar empolgada com algo. Era isso que a fazia tão parceira para tudo. — Eu preciso cantar contigo, Erin.

Segurando uma garrafa de vodca, e agora com uma loira de curvas surpreendentes ao seu lado, Zane sorriu abertamente ao nos ver. Ele estava parcialmente embriagado — ou totalmente. Seus olhos pareciam mais estreitos do que o normal e o rosto, pálido.

— Vocês estão atrasados! — Sua fala soou arrastada.

— Que festa é essa? — Erin perguntou, desconfiada.

— Vocês vão curtir. Eu prometo — garantiu. — Entrem e vejam com seus próprios olhos.

Apoiei a base das costas da Erin com a mão e a trouxe para perto quando passamos pela porta dupla; era apenas mais uma desculpa idiota para tocá-la. Curioso, notei um par de garotas com o microfone, cantando uma música pop. Ao lado delas, no palco, estavam dois homens, claramente irritados, vestindo somente cuecas.

— Por que eles estão de cueca? — perguntou Erin a Zane.

— Esse aqui é o Karaokê com *strip-tease* — explicou Zane. — Duas mulheres competem com dois homens. Conforme vão ganhando a rodada, mantêm suas roupas. Quem receber o menor número de pontos é obrigado a tirar uma peça até ficar só de roupa íntima.

— Bom, eu só vou poder fazer uma coisa dessas se eu beber o bastante — garantiu Erin e eu assenti, rindo.

— A ideia de ter todo mundo vendo-a só de calcinha me deixa enjoado — sussurrei no seu ouvido, para que apenas ela ouvisse.

Erin estremeceu.

— Nós nunca vamos ganhar, Lua — disse ela à amiga. — Quer dizer, quais as nossas chances? Eles são de uma banda!

— *Baby,* apenas vamos nos divertir. — Lua pegou a amiga pela mão. — Quem vai conosco? Carter e Yan? Ou Zane e Yan?

A pergunta fez Erin endurecer. Ela não queria dizer meu nome. Então, Zane ajudou-nos, garantindo que preferia apenas assistir e curtir a loira que estava como um acessório em seus braços.

Lua respirou fundo e isso não passou despercebido por nenhum de nós.

O bar estava muito cheio, o que não era nenhuma surpresa. As garotas ainda cantavam quando o *barman* nos ofereceu algumas doses de uma bebida afrodisíaca com nome difícil demais para ser pronunciado em voz alta. Eu aceitei de bom grado, embora Erin estivesse torcendo o nariz toda vez que bebia, malditamente fofa. Cara, ela era tão doce às vezes que eu poderia... poderia dizer coisas bonitas e ser romântico. Poderia mesmo. Era apenas o curso natural das coisas que ela me causava.

— Por que você está me olhando como se fosse o Gato de Botas, do Shrek? — ela perguntou.

Meu sorriso ficou mais largo do que eu gostaria de confessar.

— Gosta de animações?

— Adoro! Acho que, tirando romance e terror, são os meus filmes preferidos. — Ela fez uma pausa, virando sua segunda dose da bebida anônima. — Isso é muito infantil?

7 dias com você

— Acho adorável. Por exemplo, eu gosto de videogame, e, embora a maioria das pessoas ache isso infantil, eu curto pra caralho. Jogo desde criança.

— Eu me lembro de uma vez em que estávamos na sua casa e você jogou com um amigo seu... Qual era o nome dele? Alto, forte e loiro?

Pensei por um momento. O único que ia para a minha casa quando Lua e Erin iam também era o Joel, além, claro, de Yan e Zane.

— O Joel?

— Sim, nossa! Ele deu em cima de mim, lembra?

Oh, porra. Eu me lembrava. Tive que cortar o barato dele, pois o cara não era um bom partido.

— Ele disse que eu era a garota mais bonita de Miami — sussurrou, provocativa. — Cantada terrível.

— Ele era um cara legal — grunhi, tentando conter o ciúme antigo. Joel era bom, mas não para Erin. — Mudou-se para a Inglaterra por causa de uma garota que conheceu.

Naquela época, apesar de eu não estar com Erin e evitar olhá-la de outra maneira, era impossível não recordar que éramos próximos. Se ela não fosse a melhor amiga da Lua, com certeza não teríamos perdido contato, e eu ainda conversaria com ela. Talvez estivéssemos em um relacionamento, talvez eu a beijasse, talvez nós transássemos, talvez a nossa vida fosse outra.

Mas eu tinha tempo.

— Erin, eu queria conversar contigo...

— Erin! — Lua gritou, interrompendo-me. — Liberaram. Vamos?

— Tem certeza de que quer cantar, Lua? — Erin perguntou, desanimada. — Você sabe que o Carter é vocalista e nós vamos perder.

A loira debochou de mim.

— Ele canta, mas e o Yan?

— Yan é a terceira voz — eu disse, sorrindo. — Ele e Zane cantam tão bem quanto eu. Só para constar.

— Ah, não tenho medo — Lua garantiu. — Vamos ganhar desses babacas!

Quando Lua a puxou, Erin parou para segurar na minha mão por um

Aline Sant'Ana

segundo e olhou-me atentamente.

— O que você ia dizer?

— Não é nada — tranquilizei-a. — Pode esperar.

— Certeza?

— Absoluta. Agora, quero ver o seu dom no microfone, garota.

Sua risada foi suave.

— Prepare-se para estourar seus tímpanos.

Erin

Lua sequer me deixou subir no palco para poder escolher a música. Eu não fazia ideia das canções que tinha e da vergonha que eu ia passar, mas, graças ao coquetel com nome muito estranho, eu estava com meus sentidos um pouco afetados, incluindo a vergonha de ser uma péssima cantora. Agora, a timidez estava escondida em um baú no fundo do mar.

Carter e Yan estavam na parte oposta do palco. Yan, sentado em um banco de bar, e Carter, com os braços cruzados na altura do peito, com um sorriso encorajador no rosto. Zane estava ao meu lado e de Lua. Ele ia nos ajudar com as técnicas para não fazermos tão feio, o que me fez dar risada — eu ia ser péssima, sem dúvida.

— Acreditem, não estou ajudando vocês porque penso que vão ganhar, eu quero vê-las de lingerie de qualquer maneira. Sei que vão perder — disse Zane, em seu discurso encorajador irônico. — Mas vocês não podem fazer feio, certo?

— Coitadinho de você, Zane — brincou Lua. — Não tem chance com nenhuma de nós.

— Amor. — Ele forçou o sotaque britânico e sedutor. — Se eu quisesse, você e a Erin estariam comigo agora. Mas se eu usar o meu charme com todas as mulheres do mundo, o que vai sobrar para o resto?

Eu e Lua não contivemos a risada. Zane era realmente bonito. Aquele tipo de beleza que você não acredita ser possível.

— Nós vamos fingir que acreditamos — disse Lua. — Agora vamos, Erin.

Essa música é maravilhosa e eu sei que você sabe cantar.

— Vocês precisam escolher músicas que, além de gostarem, ficam boas na voz de vocês — instruiu Zane, todo competitivo. — Carter vai escolher uma música mais difícil para ele, senão não valerá o esforço.

— Nada para ele é difícil — rosnou Lua. — Carter consegue ir de Johnny Cash a Amy Lee, se quiser.

— Eu sei, mas tentem. — Piscou Zane.

Quando a batida da música *4x4*, da Miley Cyrus, começou a tocar, eu soltei uma risada.

— Não vou cantar essa, Lua.

— Você vai e nós vamos dançar — ela disse, posicionando-se no palco. — Se vamos fazer isso, tem que ser direito.

— Jesus Cristo... — resmunguei, lembrando-me imediatamente da festa de aniversário dela que nós dançamos essa música.

Agarrei o microfone, começando em um tom bem baixo. Lua estava mais animada e Carter mantinha os olhos fixos nos meus, sorrindo daquele jeito torto que somente ele conseguia fazer. Para a minha surpresa, consegui desviar a atenção dos seus olhos verdes quando uma série de palmas sobre a batida da música começou a soar, além de batidas no chão, como solas de sapatos.

As pessoas estavam nos incentivando, dançando e batendo palmas.

— Que foda! — gritou Zane, que não estava a mais de dois metros de nós. Ele se aproximou. — Pega isso, caso contrário eu desisto de você.

Zane me deu um copo de cerveja com outro líquido forte dentro que não tinha nada a ver com o costumeiro amarelo espumante. Sem pensar duas vezes, virei tudo de uma vez, ansiando para que me animasse mais... E, sim, funcionou. Meio minuto depois, eu estava dançando e cantando, enquanto Lua me acompanhava com um olhar cúmplice e um sorriso malicioso no rosto.

Tudo bem, ninguém precisava ser um gênio da dança para fazer um passinho duplo *country*. Além do mais, Lua elaborou a coreografia comigo e eu tinha certeza de que, mesmo estando com setenta anos de idade, eu ainda saberia como rebolar nessa droga de música.

Aline Sant'Ana

— Round and round, and away we go. Round and round, and away we go. Four by four, and away we go... — cantamos, muito afinadas. O pessoal começou a cantar junto e, quando vimos, já éramos uma junção da canção com o público.

Comecei a sorrir enquanto cantava e dançava.

Carter parecia encantado com o que via.

E Yan estava da mesma maneira, mas pela Lua.

A música acabou cedo demais e as pessoas aplaudiram de pé, sem se importarem de ter sido a coisa mais amadora do universo. Aquilo me fez imediatamente imaginar como era a sensação para Carter quando ele subia no palco e agradava milhares de pessoas a cada show. Com certeza absoluta deveria ser uma coisa espetacular.

A pontuação do karaokê começou a rolar e nós tiramos setenta e um. Uma nota bem medíocre que Yan e Carter superariam em um piscar de olhos, evidentemente.

— Nós fomos mal — resmungou Lua.

— Fomos bem, querida — disse a ela. — Pense através do seguinte ângulo: nós dançamos, isso leva o fôlego embora.

— Eu faço exercícios todos os dias e sou uma nutricionista renomada de Miami. Era esperado que eu aguentasse cantar e fazer tudo ao mesmo tempo.

— Vocês não respiraram da maneira certa — disse Zane. — Da próxima vez, pensem no diafragma.

— Ah, certo, como se eu pudesse mentalizar essas coisas — rebateu Lua. — Sei dos benefícios da respiração através do diafragma, mas isso é questão de costume e eu nunca me policiei.

— Da próxima vez, tentem isso. Vocês não podem utilizar a respiração reserva para cantar. Tem que deixar uns cinco segundos de emergência e não perder o fôlego a cada golpe de oxigênio.

— Nossa, você é um bom instrutor — elogiei.

— Pois é, mas agora observem Carter para ver como funciona — brincou Zane, nos puxando para o lado.

Carter se colocou no meio do palco, tão tranquilo como se ali fosse a

7 dias com você

261

sua casa. Quando a luz atingiu seu rosto, muitas pessoas murmuraram e uma garota soltou um grito, reconhecendo-o. Com o microfone ao lado da boca, ele sorriu para o público, ajeitando o cabo que atrapalhava seus pés.

Foi questão de um segundo para todos descobrirem quem ele era. As pessoas já estavam aplaudindo e pegando suas câmeras para tirar foto. Eu sabia que dentro daquele cruzeiro ninguém seria idiota o bastante para postar algo do tipo "Eu + cruzeiro erótico = Carter McDevitt" porque todos eram maduros o suficiente para isso, mas a repercussão de ele estar em um cruzeiro, de qualquer forma, estaria em todos os lugares.

Losing Your Memory, uma música que eu não conhecia, mas que foi feita pelo Ryan Star, estava em destaque no plano de fundo, para as pessoas acompanharem a letra junto com Carter e Yan. A batida era suave, tranquila e acústica.

Até a voz dele soar por todos os lugares.

No instante em que aquela vibração passou pelos meus ouvidos, meu corpo inteiro se arrepiou, eu estremeci e meus olhos lacrimejaram.

Algumas pessoas gritaram seu nome e ele sorriu, sem perder o compasso, fechando os olhos e cantando com a alma.

Sua voz, ao vivo, com toda aquela sintonia, parecia ter sido feita por anjos. Yan não ficava atrás, mas a voz dele era o pano de fundo, apenas acompanhando a melodia, criando entonações necessárias para ficar inacreditável.

— Oh, Deus — Lua disse, também emocionada. — Que coisa linda.

— Vamos ficar nuas — falei para ela.

— Vale totalmente a pena — ela rebateu, rindo.

Eu ri também, mas lágrimas correram dos meus olhos quando o refrão chegou. A música era triste e emotiva. A letra falava sobre o fim de uma vida, de um relacionamento, de um batimento cardíaco. Falava sobre o fim e a perda de memória. Era doloroso escutá-la na voz tão rouca e emocional do Carter, mas a verdade é que ele conseguia, além de cantar como um espírito divino, interpretar com uma emoção inacreditável.

— *I just want to stay. I just want to keep this dream in me.*

No final da música, Carter aumentou a sua voz absurdamente e Yan continuou repetindo *"Your losing your memory now"* enquanto o grito de

Aline Sant'Ana

emoção soava do vocalista do The M's, fazendo muitas pessoas gritarem de animação e suspirarem em êxtase.

Ele abriu os olhos ao final do toque do piano.

E eu soltei o ar dos meus pulmões.

Não pensei sequer em ver sua nota, retirei os sapatos, com Lua me imitando. Ainda totalmente emocionada e perplexa por sua performance, tive vontade de correr até ele, mas quem fez isso foi Lua. Ela pulou em Carter e depois no Yan, beijando seu companheiro com paixão, ao que ele pôde corresponder. Meus lábios estavam queimando para beijar Carter, mas aquilo não era possível.

Enquanto Yan e Luna conversavam, meus olhos estavam presos aos de Carter, como se nada nesse mundo pudesse desgrudá-lo de mim. Li seus lábios se movendo, como na vez que me contou que não era casado.

No final dessa noite, eu preciso conversar contigo.

Seu olhar me dizia muito mais do que suas palavras. Carter estava me admirando, me olhando como se eu tivesse algo do qual ele precisava, e eu suspeitei que seus sentimentos por mim, surpreendentemente, estavam desenfreados. Se sim, eu estava mais do que disposta a ouvir cada uma de suas palavras.

Assenti apenas uma vez.

— Agora é a vez de vocês — Carter anunciou.

Para a rodada seguinte, eu e Lua escolhemos All About That Bass e tiramos oitenta e quatro. Nós sequer dançamos ou fizemos peripécias. Tentamos, sim, escutar as dicas de Zane e isso foi suficiente para a nossa nota subir. O britânico, claro, pareceu orgulhoso quando, ao invés de tirarmos uma peça, foram os garotos que tiveram de se despedir de uma peça com a nota oitenta e dois com a música *Californication*.

Eu sabia que Carter tinha errado umas notas apenas para não me ver perder feio.

E diga se não é excitante um homem pagar pelo menos um pouquinho de mico apenas para te ver sorrir?

7 dias com você

CAPÍTULO 23

Não quero desperdiçar a chance de ter encontrado você
Hoje o que eu mais quero é fazer você feliz
Vejo as pessoas e sei que juntos nós podemos muito mais
Eu vivo na espera de poder viver a vida com você

— Charlie Brown Jr, "Longe De Você".

Sete anos atrás

Erin

Lua me convidou para ir à casa do Carter pela primeira vez. Disse que ele estava nos chamando para uma noite de filmes e videogame. Lua foi tão persistente que, mesmo inventando mil e uma desculpas, não consegui escapar. No final, lá estava eu, torcendo meus dedos ansiosos e trêmulos na frente de um sobrado agradável no bairro vizinho.

A casa dele era diferente do que eu imaginava, coberta por diversas pedras grandes em tons de areia, deixando-a rude e, ao mesmo tempo, praiana. Existia um caminho de grama baixa e verde, com flores vermelhas e lilases, dando a impressão de que alguém de sua família gostava de cuidar com atenção do jardim, mesmo no inverno, quando elas não pareciam assim tão bonitas. Eu estava muito nervosa, tanto que mal reparei quando a porta arredondada cor de mogno foi aberta. Um rosto muito parecido com o de Carter, ainda que cerca de vinte anos mais velho, surgiu sorridente.

— Oi, Lua — disse o homem, conduzindo a minha amiga para dentro. Claro, ele era o pai de Carter. Ainda que não tivesse os mesmos olhos verdes e o nariz delicado do filho, seus lábios eram os mesmos. As sobrancelhas médias e o queixo anguloso também denunciavam o parentesco. — E você deve ser a doce Erin, de quem Carter falou. Nossa, ele não fez jus a sua beleza, garota.

Fiquei envergonhada, imaginando um cenário no qual Carter diria qualquer coisa sobre mim para seu pai. Senti minhas bochechas aquecerem e, quando ele me deu espaço para entrar, meus joelhos tremeram.

— Sou Forrest McDevitt. Eu sei, parece que são dois sobrenomes. — Sorriu gentilmente. — Você pode subir, se quiser. Yan, Zane, meu filho e Joel estão lá

Aline Sant'Ana

264

em cima se divertindo. Vou levar lanches e refrigerantes para vocês em breve. Preciso viajar daqui a trinta minutos, sabe?

— Oh, me desculpe! Eu estou um pouco nervosa — confessei, percebendo que não disse sequer uma palavra. — O senhor quer ajuda com alguma coisa?

— Não precisa se preocupar comigo. E, para você, sou Forrest, ok?

— Tudo bem, Forrest.

Gostei dele. O homem tinha uma presença imponente, como Carter. Fiquei um tempo encarando-o até que ele levou a mão à testa e soltou uma risada.

— Esqueci que você é nova aqui. O quarto do Carter é o segundo à direita. Você vai perceber pelos gritos. Pode subir, divirta-se!

Mais ansiosa do que deveria parecer, forcei meus pés a caminharem pela escada. Fechei os olhos ao escutar a risada do Carter. Ele tinha o tom mais grave, mais bonito e melodioso de todos. Tudo nele soava como uma canção e, depois de descobrir que era vocalista de uma banda, era impossível não notar.

Assim que entrei em seu quarto, percebi que ele estava com Lua em seu colo. Ela beijava seus lábios e brincava com ele sobre qualquer coisa, fazendo-o rir. Carter sequer se deu conta da minha chegada. Eu tentava afogar meus sentimentos cada vez que os via, cada vez que era ignorada, mas confesso que havia dias em que podia jurar que o sangue das minhas veias tinha sido drenado e substituído por ácido.

Forcei um sorriso, cumprimentei Yan e Zane, que estavam em uma batalha ferrenha no videogame, mas meus olhos foram imediatamente para um rapaz de cabelos loiros e lisos que caíam sobre os olhos negros como o breu. Ele me brindou com um sorriso, ao qual retribuí.

— Sou Joel — ele se apresentou, jogando o cabelo para o lado como todos os rapazes que possuem esse corte fazem. — E você?

— Erin, melhor amiga da Lua.

— Erin — repetiu, fitando meus olhos. — Gostei de como soa.

— Obrigada.

O tempo passou em uma conversa confortável com Joel. Eu estava tentando não olhar para a sessão de amassos entre Lua e Carter, mas, às vezes, meus olhos iam para lá.

7 dias com você

Quando Forrest surgiu com duas bandejas de guloseimas nas mãos, agradeci mentalmente, pois assim Carter se afastou um pouco da minha amiga e eu pude respirar.

— Oi, Erin — cumprimentou com um sorriso torto.

— Hey, Carter — respondi seu olá e vi seu sorriso se abrir ainda mais.

Levei um dos petiscos até os lábios e me sentei novamente perto de Joel. Ele se aproximou um pouco e brincou com o cadarço do meu tênis, fazendo-me recuar.

Estava sentada com as pernas cruzadas e, por ser muito alta, sabia que não poderia me esticar tanto. O quarto do Carter não era grande e também não possuía muitos detalhes, apenas notas em um mural, uma foto com Lua sobre a escrivaninha e um violão.

Assim, achei a proximidade de Joel muito íntima. Eu definitivamente não estava interessada em ficar com qualquer amigo do Carter.

— Acho que você é uma das meninas mais bonitas de Miami — disse ele, encarando meus lábios. De repente, percebi que ele estava mais perto e engoli seco. — Você é modelo?

— Sim.

— Ah, meu radar não falha — continuou, implacável.

Senti uma presença ao meu lado e levou apenas meio segundo para eu reconhecer, pela fragrância, quem era. Carter usava L'eau D'issey, o perfume que ajudei Lua a escolher em uma das lojas caras de Miami. Então, quando ele se sentou e seu corpo alto e magro recostou-se no meu, tive de conter a vontade de me virar e inspirar o aroma quente que vinha do seu pescoço.

Jesus, toda vez que ele se aproximava...

— Joel — disse ele ao amigo.

E, então, Carter colocou o braço nos meus ombros. Estremeci, pois ele nunca esteve tão próximo de mim. Fechei os olhos. Lembre-se de respirar, Erin. É fácil.

— Essa é a melhor amiga da minha namorada — continuou. — Ela é uma pessoa linda, acho que você consegue ver isso. Então, é melhor manter sua boca fechada com zíper, porque não há maneira alguma de você encostar seus lábios

Aline Sant'Ana

sujos nela. Compreendeu?

— Hum, por que exatamente? — Joel interrogou.

— Ah, Carter, se a Erin quiser, deixe-a curtir. — Lua piscou para mim.

Eu não sabia o que fazer. Não queria beijar Joel e não queria que Carter saísse de perto de mim. Também estava gritando internamente pelo fato de ele estar me protegendo de um possível cafajeste.

Jesus, eu queria abraçar Carter McDevitt.

— Não, Joel, você não entende — ele continuou. Sua respiração estava perto da minha bochecha, pois eu tinha meus olhos focados à frente, incapaz de olhar para qualquer coisa que não a parede. — Erin é preciosa, certo? Lua, ele não é para sua amiga, acredite em mim.

Carter deixou um beijo na minha bochecha. Um. Beijo. Na. Bochecha! Eu fui incapaz de reagir àquilo, porque eu era loucamente apaixonada por ele e seus lábios eram tão macios na minha pele! Sua boca era quente, e, em apenas alguns segundos, eu pude senti-la. Minha mente já estava criando mil e uma imagens de como seria beijá-lo um dia, mesmo que isso soasse tão impossível quanto um raio cair duas vezes sobre a minha cabeça.

— Tudo bem, vou manter as mãos longe — falou Joel, por fim.

Yan e Zane me entregaram o controle do videogame para que eu pudesse jogar também.

Mas nada se compararia aos lábios do Carter McDevitt tocando a minha pele pela primeira vez.

7 dias com você

CAPÍTULO 24

Não é que eu queira reviver nenhum passado
Nem revirar um sentimento revirado
Mas toda vez que eu procuro uma saída
Acabo entrando sem querer na tua vida

— Ana Carolina, "Quem De Nós Dois"

Dias atuais

CARTER

Erin estava sorrindo quando eu retirei a camisa. Para variar e deixá-la em vantagem, tirei ambas pelo preço de uma, afinal, Yan não possuía duas peças e eu quis que fosse justo. Cara, muitas garotas gritaram ao nos verem assim, e a minha primeira reação foi olhar para Erin, receando, de alguma maneira, que ela se sentisse enciumada com isso. Porque, veja bem, essa é a minha vida. Eu tenho fãs, eu tenho um público, e, se queremos fazer isso dar certo, Erin tem que aceitar esse tipo de coisa.

Para a minha surpresa — e felicidade —, seus olhos estavam brilhantes e seu sorriso, muito largo, como se sentisse orgulho. Essa foi a prova de que o que eu tinha para dizer a ela essa noite estava mais do que na hora de ser dito.

Cantamos mais três músicas até nos sentirmos exaustos. Para a rodada, eu e Yan perdemos nossos calçados. Erin e Lua, em seguida, perderam a meia-calça e eu sabia que estava a um passo de fazê-la tirar o vestido.

— Você quer a sua garota de lingerie na frente dessas pessoas? — perguntou Yan, claramente insatisfeito ao notar uns três homens olharem para Lua como se ela fosse uma espécie de jantar.

Erin atraía muitos olhares também. Seus cabelos ruivos caídos sobre as costas e os olhos brilhantes e incrivelmente sedutores estavam fazendo uns caras da fila da frente babarem, apenas esperando para vê-la de calcinha e sutiã. Só que, por mais que eu fizesse o tipo de homem que sente ciúmes, porque eu era possessivo, não podia deixar de me sentir orgulhoso e confiante. A garota dos olhos azuis, corpo de modelo e lábios cheios era minha, completa e inteiramente minha, e, se algum homem acreditasse na mínima chance de tê-

Aline Sant'Ana

la entre quatro paredes, estava bem enganado. Eu a fiz gemer no meu ouvido, ter três orgasmos seguidos e ansiar por mais. Eu virei a vida dela do avesso, da mesma maneira que ela tinha feito comigo, e eu tinha uma vantagem de conhecê-la do passado. Quem eram esses caras perto de mim?

Eu era o melhor para ela, e sabia disso.

— Vamos cantar e ver onde isso vai dar — disse a Yan.

— Não estou gostando nada disso — ele frisou para mim, torcendo totalmente a sua expressão ao encarar com fúria os homens que admiravam Lua.

Eu conhecia a sensação. A absurda e colossal sensação de você pertencer a alguém tanto que quer que a outra pessoa pertença a você também. Aqui e agora, eu e Yan não tínhamos garantia nenhuma além de mais uma noite de sexo e dois dias de romance. Não tínhamos sequer a certeza de que as garotas gostariam de nos ver depois do cruzeiro, mas éramos, sim, dois bobos por elas, e apenas a ideia louca de perdê-las — não por causa do destino, mas em razão de outros homens —, nos deixava furiosos.

— Prometo que não vai doer. Se elas perderem, você levará Lua para o quarto e conversará com ela. Danem-se o que esses caras estão fazendo, é você quem a tem durante a noite. Pense nisso.

— Ainda sim...

— Dá vontade de socá-los. Acredite, eu compreendo perfeitamente.

— Estamos fodidos.

Eu ri.

— Eu sei, Yan.

— Quando vocês vão contar à Lua, cara? — Ele não escondeu a ansiedade em seus olhos.

— Terei uma conversa definitiva com Erin essa noite. Nós vamos resolver.

— Promete que isso não vai cair sobre mim? — Yan indagou, roendo a unha do polegar. — Eu gosto da Lua, Carter.

— Eu sei, nós vamos resolver.

— Promete?

7 dias com você

— Prometo.

Lua e Erin se posicionaram no palco, vestindo somente aqueles pedaços de pano que mal cobriam suas coxas e que podiam fazer qualquer cara babar. Eu era um deles. Apesar de já ter tido Erin em várias posições, ter beijado cada parte do seu corpo e sentido como ela era quente sobre a minha pele, eu nunca teria o suficiente para me fazer deixar de admirá-la.

A música que elas colocaram tinha uma batida bem fácil de acompanhar, e não precisava ser um gênio para conseguir capturar a essência do som de *I'm Yours*. Claro, elas estavam aqui para ganhar e essa era a nossa final. Erin, em cima do palco, apesar de estar afetada pelos *drinks* seguidos que Zane lhe estendia, tinha uma voz melodiosa. Pouco afinada, verdade, mas muito agradável de ouvir quando não era necessário atingir tons mais altos. Era assim também com Lua.

No final da música, Erin me lançou um doce olhar e uma piscadela. A nota delas foi noventa e um. Ou seja, uma marca muito boa que eu teria que bater com Yan se quisesse ganhar o jogo. Porém, uma marca fácil de ser burlada se eu não a quisesse vestindo lingeries.

— Vamos com qual?

— Quero cantar *I Lived*. Será que tem?

Ele deu uma pesquisada na lista e assentiu, dizendo o número mil e treze.

A batida dessa música do OneRepublic era muito boa, mas o que contava para mim ia além do som intenso. Nós havíamos cantado com eles em um dos eventos imponentes em Nova Iorque e essa foi uma das melhores experiências que tive. Claro, não só por conhecer os caras, mas pelo que significava para todos aquela canção.

Eu gostava de cantar músicas que emocionam.

Então, quando fechei meus olhos e me deixei levar pela batida e pela letra, soube de uma forma muito dolorosa que eu não vivi o suficiente. Em meus vinte e seis anos de vida, quase vinte e sete, apesar de ter feito música, viajado o mundo, me casado, tido amigos... Eu ainda não encontrei a espécie de amor que dói e acalenta, o fogo que cresce sobre a pele da gente e se torna eterno. Na realidade, estar com Maisel foi apenas um retrato da minha solidão e, honestamente, nunca foi amor. Sequer amei Lua. Todo o sentimento que vivi poderia estar próximo ao amor, mas nunca, de fato, o foi.

Aline Sant'Ana

Isso me fez pensar que, se houvesse alguém para eu futuramente amar...

Poderia ser ela.

A garota que tirou da minha cabeça a fantasia de eu estar sofrendo por outra mulher, a garota que era ousada o bastante para andar de lingerie em público, a garota que era doce o suficiente para me inspirar na criação de uma música e corar sempre que recebia um elogio, a garota que eu conheci há anos e desapareceu da minha vida, mas que era doce desde os seus dezesseis, dezessete anos de idade. Eu queria ter tido a opção de tê-la amado também naquela época. Porque, se eu pudesse ter a mente de hoje no passado, voltaria no tempo apenas para beijá-la... Uma única vez naquela noite na cabana.

Fechei meus olhos e aumentei a força da música, cantando a plenos pulmões que eu vivi coisas que ainda não tinha vivido.

Mas eu queria viver, ao lado dela, todos os dias.

Erin

Se eu tinha achado o desempenho do Carter emocionante com a música do Ryan Star, nada poderia ser equiparado à emoção de *I Lived*, do OneRepublic. As pálpebras fechadas, a voz rouca e emotiva, a tensão que ele aplicava no microfone e os curtos olhares que ele me lançava: isso era razão suficiente para eu saber que ele estava cantando aquilo para si mesmo. E todas as pessoas do cruzeiro pareciam tão atônitas quanto eu, como se tivessem se esquecido do objetivo para, de fato, terem ido ali.

A apresentação do Carter foi impecável e, quando a nota cem atingiu a tela, eu soube que já não me importava mais de ficar de lingerie. Longe do efeito da bebida, isso apenas se tratava do fato de eu não querer mais nenhuma peça me incomodando enquanto teria Carter sobre os meus lábios, principalmente se no final da noite ele estivesse sobre o meu corpo e dizendo o que quer que ele estivesse pronto para dizer. Eu sequer me importava com o fato de estarmos com quinhentas pessoas naquela festa. Eu o queria para mim.

Retirei o zíper da peça, sorrindo para ele enquanto me desfazia. Carter, por outro lado, estava com o olhar completamente fixo em minhas mãos que vagarosamente livravam-me do vestido. Seus olhos sedentos sobre o meu corpo se tornaram ainda mais desejosos quando a peça caiu aos meus pés. Gritos soaram. Homens nos chamaram de gostosas, mas nada daquilo importava.

Vi quando Lua abraçou Yan e eles saíram com pressa. Aliviado por ter visto minha amiga sair, Carter me alcançou, entrelaçando nossos dedos e apressando-nos em uma curta corrida para longe. Eu me agarrei às minhas coisas, sentindo um calor nas bochechas ao cobrir a parte da frente do meu corpo.

Ganhando alguns olhares e toques no corredor final do Karaokê *stripper*, Carter me tirou dali.

Quando as portas se fecharam, ele ofegou.

Suas mãos vieram trêmulas para a minha cintura e, em uma nota clara de desespero diante do seu silêncio, ele me abraçou. Abraçou-me tão forte que me ergueu do chão e fez alguns pontos da minha coluna estalarem. Eu sorri contra o seu pescoço e beijei sua bochecha no instante em que ele me colocou no chão.

Os olhos verdes ficaram fixos aos meus.

— Não sou bom com sentimentos — disse ele, levando uma mão à nuca.

— Tudo bem. — Sorri, tranquilizando-o.

Estávamos no meio do corredor do deque cinco e eu estava de lingerie, enquanto ele estava apenas com a calça. Até seus pés estavam descalços, mas quem ligava? Naquela altura do campeonato, se o navio estivesse afundado no maior estilo Titanic, eu ainda não teria pressa para ir a um dos botes salva-vidas. Eu queria o que Carter tinha para me dizer.

— Eu não quero que isso acabe — soltou de uma vez, fechando os olhos, apenas para abri-los em seguida. — Quero ter a certeza de que vou vê-la, beijá-la, abraçá-la, tudo novamente. E de novo. E de novo.

Ele conseguia ser romântico do seu próprio modo e estava dizendo tudo o que eu sentia.

Mordi o lábio inferior e assenti.

— Você quer dizer que depois disso podemos pensar em ficarmos juntos?

— Eu quero que isso aconteça — esclareceu. — Sei que vai ser difícil para nós por causa das viagens, da distância que vamos enfrentar...

Aline Sant'Ana

272

— Vai ser sim.

— Posso não saber bem como pedir que você seja minha, Erin, mas eu não consigo pensar em outra forma de fazê-lo, a não ser contando a verdade. E eu quero poder te beijar sem me preocupar se será a última vez. Eu quero também que você conte para a Lua, quero que você diga a ela o que eu sinto e o que você sente.

— Sim, eu vou contar.

— Quando?

— Amanhã cedo — murmurei. — Teremos mais dois dias e uma noite apenas.

Carter se aproximou, deixando seu polegar acariciar lentamente a minha bochecha. Eu suspirei, arrepiada sob seu toque, percebendo como estava agindo como uma adolescente apaixonada. Mas a verdade era que ele me tinha. Carter era dono de mim desde o dia em que coloquei meus olhos sobre ele a primeira vez.

— Não temos só dois dias e uma noite — sussurrou, trazendo seus lábios e o seu corpo para perto do meu. — Eu te garanto.

A ponta do seu nariz foi a primeira coisa que senti, apenas um resvalar suave para me preparar para o seu beijo. Carter respirava suavemente sobre os meus lábios e sua boca afagou a minha enquanto ele ainda encarava meus olhos. Eu fechei os meus ao sentir o seu aperto na minha cintura e a maneira doce como ele nos juntava; como se também quisesse mergulhar em mim.

Não adiei mais.

Resvalei a ponta da minha língua nos seus lábios e ouvi um pequeno gemido de resposta no instante em que ele abriu a boca para me receber. Percorri minhas mãos entre sua nuca e cabelos, experimentando a textura, reconhecendo seu perfume, inspirando aquele homem que jamais pensei que eu poderia um dia ter de verdade.

Carter era o sabor, a delícia de você se sentir desejada, a maneira de um homem ser carinhoso e quente. Ao mesmo tempo, quer te fazer sentir o dobro do que tudo o que viveu na vida. Ele é o tipo de homem que quer ser o primeiro, que quer ser o segundo e o terceiro, que anseia em ser o último, e é por essas e outras razões que não havia forma alguma de eu não estar apaixonada por ele. Saber que seus pensamentos iam para um cenário que

7 dias com você

incluía o nosso futuro me faziam ansiar ainda mais por dizer...

Afastei-me do seu beijo.

Ele piscou várias vezes e umedeceu os lábios como se quisesse manter o meu sabor ali.

— O que houve?

— Preciso... — pigarrei. — Também preciso dizer algo.

Os olhos intensos verde esmeralda semicerraram-se.

— Diga, Fada. Tudo o que você quiser dizer.

— Nós podemos ir para o seu quarto? Ou o meu? Eu não quero ficar nesse corredor.

Ele assentiu e sorriu ao entrelaçar nossas mãos.

— Vou te levar para o meu — sussurrou, já dentro do elevador, apertando o número dez.

Carter

Seu mistério estava me deixando um pouco ansioso, entretanto eu sabia que não tinha nada a ver com uma resposta negativa à minha proposta. Erin queria tanto a continuação daquele cruzeiro quanto eu, então, quando chegamos à suíte e ela estava um pouco apreensiva, tratei logo de tranquilizá-la. Eu a fiz tomar um banho demorado, se alimentar e ouvir alguma música enquanto eu fazia o mesmo.

Devidamente vestidos — ou quase isso, já que ela estava com uma camiseta minha —, me deitei com ela na cama e puxei-a para se acomodar no meu ombro.

— Por que você está deitando comigo? — ela perguntou e eu nos cobri com o edredom macio.

— Porque eu gosto de ter conversas profundas antes de dormir. Por exemplo, quando eu confessei para o Yan que beijei a irmã dele, foi em um dos dias em que eu dormi na casa dele.

Erin riu baixinho.

Aline Sant'Ana

274

— Sério?

— Sim, é muito melhor conversar sobre o que pensamos quando estamos na cama. Mas, olha, na situação com o Yan, eu não o abraçava dessa maneira...

— Claro. — Ela sorriu contra o meu peito. Eu não vestia camisetas para me deitar, incomodava-me demais. — Então, acho que posso começar, certo?

— Será um prazer — garanti, ansioso.

Ela se aconchegou mais em mim, entrelaçando nossas pernas enquanto me abraçava cuidadosamente de lado. Eu não podia deixar de pensar que ela cabia direitinho nos meus braços.

Cara, a sensação era boa.

— Então, você se lembra do momento em que eu saí do restaurante ao ar livre? Quando escutei a música e precisei de um tempo?

Inspirei o ar, sentindo que aquele assunto ia para um cenário que eu não estava gostando. Será que ela ainda nutria sentimentos pelo cara? Será que ela não estava preparada para entrar num relacionamento? Mas, caralho, eu não me confundi sobre os seus sentimentos quando eu falei tudo, encarando seus olhos. Erin tinha interesse em mim, caso contrário, qual o ponto de ela ter concordado?

— Lembro sim.

— Gostei dele por muito tempo, Carter — esclareceu a Fada, como se o peso dos seus ombros estivesse cedendo e finalmente indo embora. — Muito tempo mesmo. E eu não sei bem como lhe contar isso.

Fechei os olhos e engoli em seco. Eu não queria que ela gostasse de outra pessoa e muito menos que fechasse o seu coração para mim. Eu queria que ela soubesse que nós poderíamos dar certo... Porra, meu coração estava batendo tão duro no peito que eu tinha certeza de que Erin conseguia ouvir. Ela estava deitada exatamente no ponto onde ele golpeava em busca de liberdade.

— Acho que você já está contando, Fada — sussurrei.

— É, parece que sim. Eu o vi em um dia quente em Miami, sabe? Da primeira vez, estava um calor infernal e a única coisa que eu queria era um suco gelado de limão. Mas algo me fez dar a louca e ir para a rua oposta à que tinha uma lanchonete. Quer dizer, eu podia tomar um refrigerante gelado, mas, na minha cabeça, aquilo soava bem melhor.

7 dias com você

Ri e beijei sua testa, ouvindo sua história e controlando o ciúme. Eu queria socar o cara que se encontrou com ela, queria matá-lo, mas respeitava a sua decisão e, principalmente, os seus sentimentos.

— Então, eu acabei atravessando uma das ruas e pegando a paralela àquela, em busca de um mercado decente. Foi aí que eu o vi. Ele usava calça jeans, coturnos pretos e uma regata branca justa no corpo. Os cabelos bem bagunçados e óculos escuros.

— Bem, ele se vestia como eu — brinquei e ri. Ela sorriu, e a meia-luz do abajur entregou o medo em seus olhos. — O que houve?

— Nada. — Ela mentia com toda a certeza. — Preciso contar o resto. Bem, eu fiquei paralisada, olhando-o enquanto ele passeava na rua, totalmente alheio às pessoas à sua volta porque, aparentemente, ouvir música era mais importante do que olhar o sinal para atravessar.

— Ele sofreu um acidente? — perguntei.

— Não. — Riu. — Claro que não. Ele apenas... Não prestou atenção em mim. E isso acabou seguindo em um ritmo muito estranho durante longas semanas. Eu o via nas ruas, na minha escola, no mercado, na confeitaria, no shopping. Era como se ele fizesse exatamente os mesmos programas que eu. Porém, eu era invisível. Digo, meu rosto é um pouco peculiar... Eu não era a coisa mais bonita do universo naquela época, eu pintava meu cabelo de cor de mel, pelo amor de Deus! Bem, você sabe, a moda vai muito além do padrão sofisticado de uma Megan Fox da vida.

Eu me perguntava mentalmente como alguém poderia não notá-la.

— Eu sei, sim.

— Então, tomei uma decisão sobre ele. Eu não sabia o seu nome, não sabia nada sobre sua vida, idade, o que ele fazia... A única coisa que eu tinha certeza era de que eu precisava falar com ele.

— Corajosa! Muitos sequer imaginariam isso.

— Sim, bem, eu não sou o reflexo da coragem, mas eu percebi que precisava dar um passo.

— E então?

— Surgiu uma festa para os alunos da escola de Miami e eu pensei que, mesmo ele sendo mais velho, poderia aparecer lá. Quer dizer, no fundo do meu

Aline Sant'Ana

coração, senti que ele ia aparecer. Nós sempre nos encontrávamos, certo? Ele poderia estar lá.

— Evidentemente.

— Deixei rodar na minha cabeça a ideia por muito tempo até sentir que poderia executá-la: eu ia falar com ele. — Ela suspirou. — Mas algo aconteceu. Lua estava comigo nesse dia e, quando o vi, finalmente, ele veio em minha direção e...

Empertiguei-me na cama, sentindo meu coração bater demasiadamente veloz. Meu cérebro demorou longos minutos para processar o que ela estava me dizendo. Erin sentou-se na cama e me olhou diretamente.

Eu não podia respirar.

— Escutei aquela música durante meses, depois daquele dia. Ela estava tocando na festa no exato momento em que você cruzou seu olhar com o meu. E, claro, uma garota de dezessete anos tem todas as melhores fantasias na cabeça. A única coisa que eu queria naquela noite era te dar um oi, mas bastou um segundo para eu perceber que você estava com a Lua, e toda a realidade caiu sobre a minha cabeça.

— Meu Deus, você... Porra, você se encontrava comigo? Eu era o cara?

— Sim. Você usava fones de ouvido e não prestava atenção em nada ao seu redor nem se quisesse.

Fiquei atônito, olhando em seus olhos semicerrados e a espera dela pela minha reação. Eu não podia simplesmente abrir a minha boca e dizer qualquer coisa porque saber que ela nutriu sentimentos por mim enquanto eu estava com a amiga dela se tornou doloroso demais para eu suportar. Imaginar o que ela aguentou durante todas as demonstrações de afeto que nunca ocultei em sua frente, além da súbita amizade que surgiu entre nós e os momentos nos quais eu pedia conselho sobre Lua a ela.

Nossa, a sensação de culpa estava me corroendo demais.

— Eu sinto muito, Erin — disse, por fim, acariciando seu rosto. Não havia nada que eu pudesse dizer para remediar o babaca que fui com ela. — Eu sinto muito se te magoei.

— Na realidade, não lidei com isso de maneira negativa. No começo sim, mas, depois, pensei no lado da Lua. Eu sabia que você era um cara bom, porque você é o tipo de pessoa que passa no mercado e compra bolachas e

7 dias com você

suco para o mendigo que está passando fome no estacionamento. Você é o tipo de cara que pega um pão extra e joga para os pombos. Você é o tipo de cara que, apesar de desatento, sabe a hora de ajudar uma senhora a atravessar a rua. E eu vi tudo isso durante as semanas em que te vi casualmente nas ruas... Eu vi tudo isso e me apaixonei, Carter. Naquela época, eu era louca por você. Eu realmente era louca por você.

Suas palavras ecoaram na minha mente, no meu coração, no meu estômago e em outras partes do meu corpo que eu sequer tinha consciência da existência. Eu não podia acreditar que ela me amava há sete anos. Não conseguia imaginar como ela escondeu aquilo. Nem um sinal, nem um flerte, nem uma olhadela por mais do que cinco segundos. Erin era discreta.

Porra, o meu pensamento sobre estar com a namorada errada o tempo todo estava certo. Eu devia tê-la beijado naquele dia na cabana. Devia ter-lhe dito o quanto era linda e que as opiniões contrárias não eram verdadeiras. Eu conhecia a sua insegurança sobre ser modelo, mas o medo que ela tinha era sobre algumas pintas em excesso no rosto, os quadris um pouco mais largos e a falta de uma característica marcante. Tudo isso ela me disse naquela noite, mas a verdade era que eu queria gritar para ela mandar a insegurança se foder e chamá-la de perfeita. E eu não fiz. Não fiz porque fui covarde e também porque seria errado com a Lua.

— Erin...

— Não estou te contando porque espero que isso pese no nosso... relacionamento — ela engasgou. Sinal claro de que não sabia se poderia nomeá-lo dessa forma. — Eu fui apaixonada por você no passado, mas não quero que pense...

— Eu quero que você se apaixone por mim agora — falei, por fim, mudando a minha posição na cama para olhá-la melhor. Segurei cada lado do seu rosto e encarei seus olhos doces e marejados. — Quero que você se apaixone de novo e vou fazer isso acontecer, Erin. A única coisa que eu te peço é que você continue me olhando dessa maneira linda que você me olha. Porque, cara, nunca ninguém disse para mim coisas assim, nem a minha ex-esposa em seu discurso insensível no dia do nosso casamento.

— Saber que você me viu nesses momentos — pigarreei —, que sabe quem eu sou, me dá esperanças de poder ter alguém que realmente me veja por trás disso tudo. Porque não é fácil encontrar uma pessoa que nos ama de verdade, Erin. Você sendo ator, cantor, modelo, veterinário, encanador, não

Aline Sant'Ana

importa. O amor é difícil e talvez inusitado para todo mundo. Se você acredita que há uma possibilidade...

Erin me calou com um beijo, respondendo a minha pergunta sobre a possibilidade de ela me amar, de ela nutrir sentimentos fortes por mim. Eu tinha plena noção de que estávamos indo rápido demais, mas éramos como um trem desgovernado e sem freio, não tinha como brecar o inevitável e eu sabia que, se já havíamos aguardado todos esses anos, agora não haveria barreiras. Maldição, ela poderia estar na China e eu no Canadá que não faria diferença. Eu perderia algumas batidas do coração por ela.

Seus lábios eram doces. Eu queria tê-la hoje de maneira cuidadosa, sem joguinhos, sem banheira, sem sexo por todo o quarto. Queria-a nessa cama, embaixo dos lençóis e com o corpo inteiro fervendo e sendo consumido pelo meu. Lento... Lento até não aguentarmos mais.

Acariciei sua cintura, percebendo um arrepio sob os meus dedos enquanto beijava sua boca intensamente. A língua da Erin era macia e tinha sabor de bebida alcoólica. Não aguentei o suspiro rouco que veio da minha garganta quando, com os pequenos dedos curiosos, suas mãos foram para a braguilha dos meus jeans, abrindo os botões e puxando o zíper para baixo, desfazendo-se do cinto apenas um momento antes. Vi o paraíso quando seu toque resvalou na minha ereção, fazendo meu sexo latejar lentamente até bombear junto com as batidas do meu coração.

Desci meus beijos até o seu pescoço, querendo provar a pele doce, e aventurei minhas mãos até as suas costas, subindo e descendo no ritmo da minha língua. Ela estremeceu e eu a apertei mais forte contra mim em resposta, sentindo um calor me envolver inteiro, enquanto eu trazia seu corpo para me sentir totalmente.

Deitei sobre ela vagarosamente, retirando a minha blusa do seu corpo. Porra, como ela era linda! Exatamente ali, com os cabelos espalhados, os lábios sedentos, os bicos rosados dos seios inchados e suplicantes para receberem minha língua.

— Me toque como somente você sabe — ela pediu, esticando-se na cama. — Como só você faz, Carter.

Deixei meus lábios caírem para seus seios, dando atenção a um e depois ao outro, experimentando-os, beijando-a ali como fazia com a sua boca. Ela gostava de me assistir excitando-a.

7 dias com você

Sorri contra sua pele e desci minha mão direita para a sua cintura, apertando o seu quadril e descendo para as suas coxas, apertando-as firmemente, ao mesmo tempo em que fazia um oito com a língua trêmula em seus bicos duros, vendo-a arquejar para mim e gemer baixinho o meu nome, agarrando meus cabelos e trazendo minha cabeça mais para perto. Com um resvalar de dentes, segurei seu mamilo entre os lábios e me despedi de um para dar atenção ao outro, beijando-o amorosamente, sentindo meu pênis mal se conter dentro das calças abertas e da cueca boxer.

— Carter...

Afastei-me do seu corpo, sem parar de beijar seus seios, apenas para colocar minha mão na sua parte mais necessitada, ansioso para sentir a umidade entre as suas pernas. Fiquei um pouco distante e percorri apenas a ponta dos dedos na sua calcinha. Cara, seu clitóris estava inchado como um botão, duro e macio.

Ah, porra.

— Você está tão pronta, Fada!

— Se você me tocar, eu...

Aproveitei a fricção e me pressionei contra o seu clitóris inchado. Ela gemeu forte e perdeu todo o ar dos pulmões quando três dedos meus fizeram um movimento circular em seu feixe, experimentando a umidade passar do tecido para a minha pele, fazendo-me gemer só de vê-la naquele estado.

Ela me queria tanto e eu estava louco para prová-la.

Abri mais as suas pernas e desci beijos por suas costelas, estômago, umbigo e baixo ventre, não deixando a criatividade de lado durante as sessões, ouvindo de pano de fundo a ruiva que me tirava da realidade. Mordi-a, suguei-a, chupei-a, lambi-a inteira, vendo que a lentidão só a fazia implorar para que eu a penetrasse logo.

Sorri, e a calcinha em seu corpo foi o que apartou a minha visão. Com um olhar malicioso, coloquei os indicadores nas laterais da peça e desci-a em seus curvos quadris, apenas para ter acesso a tudo o que eu mais queria.

Vi-a abrir ainda mais os olhos quando, sem aviso nenhum, direcionei minha língua, tremendo-a de leve sobre seu broto sensível.

Erin perdeu-se totalmente.

Aline Sant'Ana

Espacei seu sexo com meus dedos, encontrando os lábios vaginais macios, dando um acesso melhor à minha língua, que estava totalmente ávida por contato. Ah, meu pau ia explodir naquela cueca! Obrigando-me a manter a concentração no que estava fazendo, desci e subi a língua entre a sua vagina inchada e molhada, percebendo que seu sabor era melhor do que qualquer outro... Percebendo o que eu perdi durante sete fodidos anos.

Percebi quando seus quadris começaram a subir e descer, acompanhando o movimento da minha língua. Ousando, notando o quão perto do orgasmo ela estava, adentrei seu caminho apertado com a língua, sentindo seus músculos se retesarem enquanto eu a fodia de leve com a minha boca. Erin gemeu meu nome, e depois gritou, agarrando-se aos lençóis e torcendo-os até deixar os nós dos dedos brancos. Deixei-a gozar nos meus lábios, experimentando suas paredes se fecharem, e beijei uma última vez a sua linda boceta antes de voltar para a barriga, pescoço...

— Pode me beijar — ela sussurrou. — Sexo nunca foi uma coisa limpa.

— Nunca foi. — Sorri, tomando sua boca, sabendo que ela pouco se importava de sentir seu próprio sabor.

Erin era a perdição, era tudo o que eu queria em uma mulher, e eu me dei conta disso no momento em que ela abriu seus olhos para mim e trouxe seus polegares para a minha cueca, enganchando-a junto à calça para libertar meu pênis. Eu sei, isso pode parecer tosco porque não havia nada de diferente na maneira que ela tirava as minhas malditas calças, mas não foi o ato que me impressionou, mas a maneira com a qual ela encarou as minhas íris, hipnotizando-me e desafiando-me a não me apaixonar.

Era impossível, eu estava totalmente na dela.

Ajudei-a a tirar os meus jeans e voltei minha atenção para os nosso corpos, totalmente nus, a um passo de nos sentirmos totalmente.

Voltei para a sua boca, puxando seu lábio inferior enquanto resvalava meu pênis na sua entrada, absorvendo o frenesi dos nossos corpos, querendo tanto aquilo que não era possível mais adiarmos. Droga, eu queria tanto provocá-la mais um tempo, mas a necessidade subia das minhas bolas em uma corrente elétrica até a cabeça do meu pau e ele iria me fazer gozar apenas de propósito por eu não dar a ele o que queria.

Rangi meus dentes e forcei-me a beijar sua boca, a trazer seu corpo quente para o meu e deixar que o seu orgasmo umedecesse meu pênis rígido.

7 dias com você

Ela tremeu inteiramente quando eu levei minha boca até a sua orelha, sugando seu lóbulo enquanto esticava a mão em busca da camisinha no criado-mudo.

Afastei-me dela e olhei-a nos olhos. Rasguei a pontinha metálica da Trojan e desenrolei a camisinha no meu sexo, que, nesse momento, estava mais vermelho de tesão do que os próprios lábios da ruiva. Gemi ao me deitar sobre ela novamente e senti uma leve risada se formar nos seus lábios quando voltei a encará-la.

— O que foi? — perguntei baixinho, rouco de desejo, sentindo apenas a entrada da sua vagina totalmente pronta para me receber.

Tão apertada! Deus, a camisinha era tão fina que eu podia sentir a umidade, podia sentir o calor que emanava dela, podia sentir até a pulsação.

— Estamos fazendo uma posição normal. É um pouco inacreditável. Eu estou feliz, não interprete mal a minha reação.

Apoiei meu cotovelo esquerdo na cama e voltei minha mão direita para a lateral do seu rosto, mantendo-a atenta a mim, sondando seus nublados olhos e sorriso.

— Depois de tudo o que eu disse a você, eu acho que merecemos um momento assim.

— Por favor, apenas... — ela sussurrou, fechando os olhos quando investi um único centímetro. Dois... — Faça amor comigo, Carter.

Minha boca caiu na sua no mesmo momento em que a cabeça do meu sexo adentrou levemente a sua entrada molhada e quente. Gemi, alto, rouco, e fui engolido por uma língua ávida e delicada. Apesar de querer respirar como um louco, de os meus pulmões queimarem pela falta do ar, eu os ignorei totalmente enquanto girava a minha língua na daquela mulher, em um puxão gostoso que se dirigia igualmente no nosso contato sexual embaixo dos nossos umbigos. No ritmo que criamos, minha língua girava, a dela girava, eu investia, uma, duas, três vezes, lento, forte. Gostoso... Porra! Como era bom!

Erin trouxe seus quadris para cima, fazendo-me ir fundo demais e alcançar a base do seu corpo. Aproveitando a profundidade, estoquei de forma longa e firme, fazendo-me encostar de propósito no seu clitóris. Eu sempre tinha que estar com a minha boca ocupada, arqueando-me para sugar seus seios, deslizando para beijar sua boca, chupando-a para alcançar seu pescoço.

— Oh, Deus — Erin sussurrou quando enganchou suas pernas de forma

Aline Sant'Ana

firme nos meus quadris.

Tirei minhas mãos da cama e segurei uma parte entre o começo das suas coxas e a curvatura da sua bunda, sentindo-a tão pequena debaixo de mim, mas agarrando-me àquilo como se não houvesse amanhã. Mergulhei mais fundo nela, percebendo que Erin choramingava de prazer, e eu estava igualmente uma bagunça, sentindo todos os meus pensamentos coerentes vazarem do corpo enquanto eu tinha meu pau naquele justo espaço, dentro e fora.

— Carter, eu vou...

— Eu sei — grunhi. — Vem, Fada.

Segurei seu lábio inferior entre os dentes e me esforcei para fazer bem rápido e curto, buscando a liberação tanto dela quanto a minha. Meus nervos estavam atentos; meu sexo, em pura compulsão por senti-la; o suor escorrendo do meu peito enquanto sentia a queimação usual subindo entre nós como uma onda inquebrável. Erin agarrou forte as minhas costas e as arranhou enquanto gozava, apertando-me intensamente.

Foi o suficiente.

Sentindo-a ali totalmente entregue a mim, a libertação aconteceu em formato de longos jatos molhados na camisinha, fazendo-me perder a força dos braços e quase deixar meu peso inteiro cair sobre ela. Convulsões de prazer cobriram-me intensamente, e eu vi tudo em branco até conseguir recuperar a respiração e as batidas normais do meu coração.

Com carinho, Erin ficou acariciando meus cabelos, esperando que eu voltasse à realidade.

— Desculpe, eu sou pesado — grunhi, afastando-me para sair do seu corpo.

No entanto, Erin me prendeu, enfiando seu lindo nariz no meu pescoço e trazendo seus braços em torno das minhas costas, pressionando-me contra o seu diminuto corpo. Sorri e suspirei.

— Fique aqui, apenas... Só fique aqui.

Percebendo o pedido e o medo que ela tinha de me perder, eu beijei sua boca.

— Eu não vou deixar você — sussurrei.

7 dias com você

Ela se afastou e sondou meu rosto, visualizando meus olhos, meus lábios e o meu nariz, como se quisesse me gravar na memória.

— Então, fica aqui dentro de mim só mais um pouquinho.

Passei meu nariz pelo seu, circulando, e deixei meu peso lentamente cobrir o seu.

— Apenas alguns segundos.

— E depois? — ela cogitou.

— Depois, quem vai servir de colchão sou eu — brinquei, ouvindo sua risada baixinha, enquanto suas unhas desciam e subiam pelas minhas costas.

O paraíso.

Erin Price era o meu fodido paraíso.

Aline Sant'Ana

7 dias com você

CAPÍTULO 25

> You watch me bleed until I can't breathe
> I'm shaking, falling onto my knees
> And now that I'm without your kisses
> I'll be needing stitches
> I'm tripping over myself
> I'm aching begging you to come help
> And now that I'm without your kisses
> I'll be needing stitches
>
> — Shaw Mendes, "Stitches"

Erin

Amanheci totalmente envolvida pelos braços dele. Seu perfume misturado a um suor limpo era tudo o que eu conseguia sentir ao acordar, além do seu aperto em meu corpo como se temesse que eu desaparecesse. Sorri tão idiotamente feliz por ter tido uma noite de amor com Carter que parecia estar flutuando na cama macia e lençóis egípcios.

Fui até o banheiro na ponta dos pés e voltei para os seus braços quentes e fortes, vendo o quão sonolento ele estava.

— Bom dia — disse, envolvendo-me de conchinha, em sua voz rouca no meu ouvido.

— Hey — murmurei, virando-me de frente para ele e beijei seus lábios. — Você está bem?

— Na verdade, não. — Ele riu e torceu o nariz. — Não me beije, Erin. Sequer escovei os dentes.

— Não me importo. — Beijei-o de novo, provando meu ponto. Ele desviou dos meus lábios, em um gesto tímido, e enterrou a cabeça no vão do meu pescoço, apertando-me forte contra seu corpo nu.

— Quais são seus planos para quando sair daqui? — perguntou, em um misto de curiosidade e preocupação.

— Tenho que conversar com a minha agência e ver sobre o trabalho no Japão. É bem capaz de eu ter que ir uma semana ou duas antes para me organizar sobre o evento e o fuso. E você?

— Começo uma turnê pela América do Sul do lançamento do último CD.

— Mas você não está criando músicas?

Carter riu baixinho e se afastou para me olhar nos olhos.

— Sim. Na verdade, quando um CD acaba de ser lançado, nós já começamos a trabalhar no próximo.

— Essas músicas que você está criando são para um novo CD? — questionei, tentando compreender a dinâmica.

Ele era inacreditável quando acabava de acordar. Os olhos brilhantes, o cabelo castanho todo bagunçado e aquele sorriso meio torto capaz de molhar calcinhas. Droga, eu era uma maldita sortuda, não era?

— É, provavelmente uma das faixas de sucesso vai ser a música... — ele pigarreou, desconfortável — que estou fazendo agora.

— A música inspirada em nós dois? — provoquei, levantando uma sobrancelha.

— Ela é inspirada em você — disse baixinho, avaliando meus olhos. — Totalmente em você.

— Mas está incompleta, não?

— Sim.

— Então, mais trabalho pela frente. — Beijei seu queixo e saltei da cama. — Hoje, descemos em Freeport, nas Bahamas. Vou para o quarto me arrumar e volto para encontrá-lo aqui, em, digamos, uma hora?

Carter franziu os olhos e sorriu com precaução.

— Você vai contar à Lua, Erin?

Tomei uma decisão ontem à noite. Contar para Lua era o ponto primordial para seguir esse relacionamento. Nós não estávamos oficialmente namorando, quer dizer, não houve um pedido, mas tivemos esse momento incrível na noite passada e agora estava claro o que estávamos sentido. Precisava conversar com minha amiga e ver sua opinião. Precisava que ela me desse a certeza de que estava bem para que tudo se encaixasse, para que eu

7 dias com você

287

tivesse Carter McDevitt completamente para mim.

— Sim.

Então, eu assenti, enfiando-me no vestido da festa de ontem. Carter acompanhou meus movimentos, preguiçosamente jogado na cama. Seu peito subindo e descendo em meio à respiração cadenciada, os cabelos crescidos, cobrindo sua testa e a barba por fazer ainda maior, pelo acúmulo de dois dias seguidos. Os olhos verdes brilharam quando me aproximei.

Eu podia mentir e dizer que não estava ansiosa, mas é verdade é que meu coração batia duro no peito. Amava Lua, ela era a irmã que não tive. Nossa amizade existe desde os seis anos de idade quando, acidentalmente, Lua trocou a lancheira comigo e eu descobri que sua mãe mandava pão com manteiga de amendoim e geleia, enquanto eu recebia apenas uma maçã. Lua encontrou-me mordendo seu lanche e, ao invés de brigar comigo, disse que estava tudo bem e perguntou se podíamos brincar de boneca.

Tornamo-nos inseparáveis. Compartilhamos o mesmo estilo musical, a paixão por chocolate, o gosto por novelas mexicanas, filmes de baixo orçamento e, pelo visto, a mesma atração por rapazes. Mas isso não me impediu de colocar nossa amizade em primeiro lugar. Quando Lua se apaixonou por Carter, quando vi que aquilo realmente era forte, recuei, e deixei-a ser feliz. Foi uma surpresa para mim quando eles terminaram de repente, aparentemente por estarem vivendo um relacionamento superficial.

Agora, era a minha vez de ser sincera com a Lua. Eu estava disposta a contar a minha história sobre Carter desde o momento em que pus meus olhos nele. Não sabia qual seria sua reação, porém, precisava tirar esse peso do meu coração.

Viver uma mentira estava se tornando mais doloroso do que abraçar a verdade.

— Não vá agora — ele pediu suavemente, tirando-me dos meus pensamentos. — Espere um segundo.

Carter se levantou, deixando-me ter uma visão inacreditável do seu corpo nu. As costas malhadas, as tatuagens, o bumbum forte e as coxas grossas. Praticamente salivei, olhando-o caminhar até o banheiro, totalmente à vontade com o meu olhar sedento por cada centímetro do seu corpo.

A minha sorte é que a suíte não possuía porta separando o quarto do

Aline Sant'Ana

banheiro, apenas um grande arco para o casal poder se admirar. É claro que a parte do vaso sanitário era reservada atrás de uma porta. Mas, de onde eu estava, podia ter uma visão dele escovando os dentes, arrumando os cabelos, passando um pouco de água na ponta dos dedos para controlar os fios. Sentada na cama, de vestido, totalmente saciada e relaxada do sexo de ontem, parecia que não havia fim para o meu desejo. Eu estava admirando Carter McDevitt, o homem pelo qual eu estava encantada, a pessoa a quem eu desejava ardentemente a cada segundo e em cada centímetro da minha pele.

— Você está olhando para a minha bunda — acusou ele, com a boca cheia de pasta de dente.

— Como não olhar? Quer dizer, sua bunda é realmente...

— O que você tem com bundas, afinal? Achei que as mulheres gostavam de outras coisas.

— Nós gostamos, mas a sua bunda é algo para se admirar.

Ele enxaguou a boca e veio até mim, em toda a sua nudez inacreditável.

— Vem tomar banho comigo — pediu, engatinhando até mim na cama.

— Eu não posso...

— Sexo de quinze minutos embaixo da ducha — Carter propôs.

Seu sorriso perfeito se abriu, ele sugou o lábio e me encarou com os olhos semicerrados.

— Eu posso ser rápido, se quiser — garantiu, uma última vez.

Arfei em expectativa, pois eu já estava úmida para tê-lo.

— Desde que você esteja dentro de mim em dez segundos — pedi, praticamente gemendo.

Carter pegou outra camisinha da cômoda e me colocou em seu colo. Agarrando-me, nos levou até o banheiro, tropeçando em seus próprios pés e por causa de nossos beijos sedentos com sabor de menta. Colocou-me debaixo da ducha gelada, de roupa e tudo, e beijou meu pescoço, desenrolando a camisinha no seu sexo com apenas uma mão, enquanto a outra estava ocupada demais me sustentando em seu colo.

Com as pernas enlaçadas em sua cintura, o meu corpo ainda quente da cama recebendo a água gelada do chuveiro que não tivera tempo de aquecer,

7 dias com você

com os beijos dele em meus lábios e o seu olhar demonstrando que estava tão pronto para mim quanto todo o resto do seu corpo, Carter puxou meu vestido sobre a cabeça, rasgou a minha calcinha em um puxão e invadiu-me profundamente.

Preciso dizer?

Ele cumpriu bem sua promessa de quinze minutos.

E naquele instante não tive dúvidas: eu tinha que contar à Lua quão apaixonada estava por ele.

Carter

Erin me deu uma hora e eu não fazia ideia se conseguiria terminar a música para surpreendê-la e cantar essa noite. Tinha uma ideia fixa na cabeça: eu queria dizer através da música o quão especial a Fada havia se tornado para mim. Se eu era um babaca para lidar com as palavras, se não conseguia dizer o que sentia da forma que ela merecia, da maneira normal, o faria com um violão no colo, Yan e Zane ao meu lado e a canção soando dos meus lábios. Era assim que eu conseguia me expressar, era assim que Erin compreenderia o que existe dentro de mim.

— *O que tá pegando?* — atendeu Zane, pelo *Skype*.

Vi-o com um sorriso meio debochado, meio preocupado no rosto. A água da piscina estava em volta dele, sinal claro de que ele estava curtindo bem o dia de hoje. A solidão no quarto estava me ajudando a montar a letra na cabeça e a elaborar uma melodia para ela. Mas quanto antes eu pudesse fazer isso, mais rápido poderia garantir a Erin que eu era totalmente dela.

— Estou criando uma música — disse a ele.

Suas sobrancelhas formaram um V tenso.

— *Como assim? Aqui, agora?*

Eu sorri.

— Sim, já tenho boa parte da letra na minha cabeça, mas preciso criar a melodia. Preciso criá-la em uma hora porque Erin precisa saber o quanto eu a quero.

Aline Sant'Ana

290

— *Apenas diga para ela, cara.* — O britânico rolou os olhos. — *Diga que quer que ela seja sua.*

— Já disse isso — resmunguei, sentindo-me impaciente. — Ela não sabe que eu a quero como namorada. Eu não pedi, não oficializei. Ela precisa entender... Precisa entender o que eu sinto de verdade. Sem dúvidas. Só que eu não consigo fazer isso dizendo, só vou me sentir confortável cantando.

— *Justamente, porra. Você não é assim* — disse Zane, olhando-me pela tela do celular. — *Ela sabe como você é, não o conheceu agora. E, olha, eu vi a maneira como você era com Lua e Maisel. Meio, sei lá, direto ao ponto como eu. Não é como se você fosse levá-la para Paris e fazer isso na Torre Eiffel. Peça a garota em namoro aqui e se tranquilize.*

— Você acha que eu deveria?

— *O quê?*

— Levá-la a Paris?

A risada de Zane me irritou.

— *Não, cara. Não acho. Chega nela aí e diz o que está pensando. Ser sincero nessas horas é o ideal. Diz que não consegue se expressar, mas que a premissa é essa. Só joga a frase «Quer namorar comigo?» e pronto. Fim do teu drama e do dela.*

— A menina gosta de mim por sete anos e eu enfim consigo retribuir o que ela sente... — confessei. — Não posso apenas jogar a frase para oficializar. Ela não merece isso. Merece tudo de mim.

— *Sete malditos anos? Caramba, Carter! E o que você vai fazer?*

Fechei os olhos e inspirei. Levou apenas um instante para eu ter a ideia, mas eu precisava de ajuda.

— Como está a sua criatividade?

— *Não muito boa, mas vai ter que servir. Do que precisa?*

— Me ajuda a criar a melodia? — perguntei.

— *Para a música dela?* — ele questionou, elevando uma oitava. — *Você está louco? Em uma hora, porra?*

— Por favor, Zane. É importante.

7 dias com você

Ele rolou os olhos, mas sorriu.

— Então, vamos resolver isso como sempre fizemos — murmurou. — Juntos.

Erin

Fui em direção ao deque no qual estava hospedada, percebendo que esse era o último dia de verdade no *Heart On Fire*. Até o sol se pôr, teríamos um passeio em Freeport, Bahamas, e embarcaríamos e viajaríamos pela noite, a fim de retornar a Miami ao meio-dia. Meu coração se transformou em um nó, pensando no quanto esse cruzeiro trouxe coisas boas para mim, o quanto eu sentiria falta dos momentos vividos aqui. Essas férias de sete dias haviam se transformado em uma busca pelo futuro e resolução do passado. Eu não poderia estar mais contente.

Vestindo uma camiseta preta do Carter, fiz a caminhada da vergonha até o meu quarto, feliz por não esbarrar com ninguém pelo caminho. Todos os eventos do *Heart On Fire* eram noturnos. Eu duvidava que uma alma conseguisse levantar para o café da manhã.

Abri a porta com cautela, retirando a roupa dele, inspirando seu perfume. Em uma das malas desorganizadas que estava na sala, pesquei um vestidinho de verão e fui em direção ao quarto, preparada para ligar para Lua e ter a conversa definitiva.

Exceto que meus olhos pararam em uma figura no meio da minha cama, sentada sobre ela, com as costas curvas. Observei o cenário e vi minhas roupas jogadas para todos os lados, inclusive meus sapatos. Por eu ter deixado a janela fechada, precisei acender a luz para compreender o que estava acontecendo. Meu coração estava batendo tão forte que não tive coragem de chamar a segurança e precisava ver o que diabos era aquilo.

Os cabelos loiros de Lua estavam bagunçados. Reconheci que era ela e suspirei em alívio, ainda que não pudesse compreender a razão da bagunça. Aproximei-me devagar, segurando o ar nos pulmões, e me sentei perto dela, só então vendo que seu rosto estava inchado e lágrimas desciam copiosamente.

— O que aconteceu? — perguntei suavemente.

Lua virou o rosto para longe, seu nariz torcido em desgosto. Tentei tocá-la, mas ela se esquivou e eu vi que suas mãos estavam vermelhas e os nós dos dedos, repletos de sangue. O pavor subiu com a bile na minha garganta e eu abri a janela para ter mais luz, caindo sobre seus pés de joelhos, pescando qualquer peça de roupa para cobrir seus dedos ensanguentados.

No momento em que fui tocá-la de novo, Lua soltou um grito.

Pude ver a dor em seus olhos e a mágoa presente neles. Eu não fazia ideia do motivo de ela estar tão magoada a ponto de ter socado alguém, mas era isso que aconteceu. Sem sombra de dúvidas, ela havia batido em alguém, porém, não existia sinal algum de violência em seu corpo. Minha mente voou para as coisas mais terríveis, me sentindo subitamente enjoada e querendo matar Yan por não estar com ela.

No entanto, algo me fez respirar com calma e, quando finalmente percebi que sua raiva estava direcionada a mim, recuei e me sentei mais distante.

— O que houve? — perguntei novamente, dessa vez de maneira mais dura, ecoando na frase o medo que eu tinha do inevitável.

Lua pegou algo na cama e jogou sobre mim uma espécie de pasta azul na qual estava escrito *Dolphin Cove*. Reconheci ser do passeio que fiz com Carter, o primeiro deles, no qual nadamos com os golfinhos. Foi tão corrido naquele dia que não tive tempo de olhar o material que haviam nos entregado.

— Abra — ela pediu com a voz grave e eu o fiz.

Dentro, tinha um CD e um DVD, como foi combinado. Mas também havia uma foto, uma grande foto com quatro imagens em quatro quadrantes, cada uma me mostrando ao lado de Carter. Na primeira, ele estava segurando meu rosto; na segunda, ele estava aproximando seu nariz do meu; na terceira, um dos golfinhos havia saltado sobre nós; e na quarta e última, ele estava me beijando.

Profundamente.

Beijo de cinema.

O beijo que estragou tudo.

— Lua, eu posso explicar... — Engoli em seco.

— Você vai explicar! — ela exigiu, com o dedo em riste tão trêmulo que suspeitei que estivesse passando mal. — Você vai explicar porque agiu como uma vadia mentirosa durante esses dias todos!

7 dias com você

Fechei os olhos com as palavras que ela usou. Meu medo de perdê-la estava apitando tão cruelmente que eu não tinha coragem de gritar em voz alta e acusá-la de ser hipócrita. Ela estava com Yan durante todos esses dias, por que parecia tão errado eu estar com Carter?

A revolta que senti foi sumindo. Lua era importante demais para eu bater na tecla de que ela estava errada e eu, certa. Às vezes, tudo o que temos que fazer é assumir uma culpa que não temos, pois ganhar a discussão pode ser sinônimo de perder quem amamos, e eu não podia perdê-la. Não. De todas as pessoas do mundo, não podia perder a minha melhor amiga.

— Lua, por favor, eu não sabia que o Carter era o Carter... — gaguejei, incapaz de conter as lágrimas quentes que desciam pelo meu rosto. Duras, como a minha mágoa. Macias, como o toque dele. Eu já sentia sua falta, pois sabia que, se tivesse que escolher entre Carter e Lua, eu a escolheria. — Quando nos beijamos pela primeira vez, eu quero dizer. Ele foi o rapaz do baile de máscaras, aquele a quem você me apresentou, lembra? Eu fugi dele na primeira vez, pois o que senti foi...

Forte.

Mas não consegui dizer.

— Oh, então você não sabia que ele era o Carter. Mas aí, depois que transaram, ele se revelou e você pensou: por que não? Lua nunca vai descobrir! É tão divertido enganar a minha amiga, agir como se ela fosse uma idiota egoísta! — Lua riu, quase tão diabolicamente quanto o Coringa interpretado pelo Heath Ledger. — Sabe como isso soa? Como uma facada nas costas! Como se você nunca tivesse me conhecido!

Comecei a soluçar, pois eu não era capaz de rebater o que ela dizia. Se fosse comigo, eu também estaria revoltada. Eu também pensaria que foi uma traição. Mas não compreendia porque ela não via que estava fazendo a mesma coisa com Yan em relação ao Carter. Talvez estivesse cega pelas atitudes, cega por eu tê-la magoado.

Meu estômago se retorceu e eu tive ânsia de vômito enquanto Lua continuava a despejar uma série de coisas horríveis sobre mim. Mentiras, mas eu não podia deixar de me sentir mal e suja.

Foi assim no passado e é assim agora.

— Quando vi Carter pela primeira vez — disse baixinho, pronta para

Aline Sant'Ana

aguentar toda sua fúria. Mas era isso, eu não estava adiando mais, ela precisava saber. — Ele estava andando na rua, usando fones de ouvido, parecendo tão bonito e inatingível. Foi assim durante longas e incontáveis semanas. Apaixonei-me por um rapaz do qual eu não sabia nome, idade, onde morava ou o que fazia. Apenas alguém que eu via na rua e era tímida demais para dizer olá.

Lua franziu os olhos, fazendo parecer que minhas palavras a atingiam em meio a feridas não cicatrizadas do seu coração.

— No dia em que finalmente tive coragem, foi em uma festa. Nós fomos, eu e você, e decidi que, se ele aparecesse, eu iria falar com ele. O rapaz era desconhecido, mas faria mal se eu dissesse olá? Então, estava confiante de que daria certo. Bem, ele realmente foi. E, naquela pista, com os olhares fixos em você, logo em seguida ele a beijou, e descobri da forma mais dolorosa que Carter era o rapaz que havia saído contigo nas últimas duas semanas. Foi uma terrível coincidência, Lua. Mas não tivemos culpa. Nem eu, nem você, nem ele.

— Você gosta do Carter desde a época em que éramos adolescentes? — Ela estava sem emoção alguma na voz.

— Eu era apaixonada por ele, Lua. Mas nunca, durante o ano inteiro que você passou com Carter, demonstrei qualquer coisa para ele. Vocês não descobriram porque sua felicidade era mais importante do que a minha. Eu fiquei quieta, Lua. Eu omiti isso por tanto tempo...

— O que é mais nojento disso tudo não é a situação, que já é ridícula, mas o fato de você ser tão fria, calculista e egoísta a ponto de preferir manter tudo em sigilo a me contar. — Sua voz estava surpreendentemente controlada, os olhos castanhos frios como dois icebergs.

— Lua, eu não contei porque...

— Você acreditou que eu ia ser uma vaca, que eu ia pedir para você terminar com ele, pois estava com ciúmes. Foi isso que passou pela sua cabeça. Você pensou o pior de mim, Erin. Pensou que eu era alguém que, em dezoito anos de amizade, nunca demonstrei ser. Uma menina mimada e imatura que não saberia lidar com o meu ex-namorado ficando com a minha melhor amiga. Quer saber? Você estava enganada. Eu lidaria bem. Eu lidaria tranquilamente bem. Pois Carter foi apenas um cara de quem gostei, mas não cheguei a amar. Eu daria a minha benção, você passaria os dias com ele em tranquilidade e não teria que perder a sua amiga.

7 dias com você

— Lua...

— Sim, está surpresa? Eu ia fazer isso porque sei o quanto Carter é um cara legal e sei o quanto você merece alguém assim. Mas agora, vendo sua personalidade mentirosa, manipuladora e escrota, não sei o que pensar, não sei se eu te conheço. Ele deve estar muito cego para ter aceitado todo o seu veneno, pois ele nunca toparia uma mentira dessas.

Oh, Deus.

— Sabe o que é pior? Você me fez socar o Yan, no dia em que ele resolveu me pedir em namoro, pois vim para cá escolher um vestido legal para usar no almoço que ele tinha programado e encontrei na sua mala essa belezura de lembrança da lua de mel com Carter. Conclusão? Yan com certeza sabia. Quando fui até o quarto dele e perguntei, ao invés de dizer a verdade, ele mentiu por você e seu namorado. Quer a moral da história? Ele é tão ridículo quanto você. Não me conhece, não sabe absolutamente nada sobre mim. Presumiu que eu teria ciúmes, presumiu que eu seria infantil e surtaria.

— Amiga, por favor...

Lua se levantou, o rosto parecendo tão fechado quanto um caixão; seus olhos fundos, suas bochechas rosadas. Eu não fazia ideia de como estava, mas meu chão tinha sumido, meu mundo havia caído, eu estava vivendo com certeza o pior dia da minha vida. A dor era gigante, tão imensa que ocupava meus pulmões. Eu me sentia vazia, oca, me sentia o pior ser humano da Terra.

Talvez eu merecesse isso tudo.

— Amizade vem de confiança, de simultaneidade e de amor — ela disse. — Amizade é algo que você conhece a pessoa a ponto de acreditar em seu melhor, e não em seu pior. Amizade é algo que eu tive por você, pois nunca deixei de acreditar na sua melhor versão. Amizade é algo que você nunca teve por mim, já que, em todos esses anos, você não foi capaz de me conhecer de verdade.

— Lua!

Levantei-me e fui até ela, segurei seu braço e não consegui esconder a dor. Olhei para sua mão, pensando que tudo havia acabado. Seu relacionamento com Yan, meu relacionamento com Carter.

Tudo acabado.

E o mais marcante de tudo: eu perdi a minha melhor amiga.

Aline Sant'Ana

— Espero que você aprenda com seus erros, Erin. Mentir é uma coisa terrível, mentir para alguém que daria um braço por você é inaceitável. Mas omitir uma situação, por pensar que essa pessoa agiria da pior forma, quando tudo o que ela fez por você foi te amar, é imperdoável.

— Eu sinto muito, Lua — implorei.

Ela tirou minha mão do seu braço e, apesar de ter doído fisicamente, a dor emocional era muito pior.

— Adeus, Erin.

CARTER

A única coisa que eu queria era ter essa música pronta para expressar meus sentimentos, e isso teria que ser feito agora, ou não haveria como. O momento era agora. Eu precisava dizer a ela o quanto estava apaixonado.

— Me mostra o que você tem — pediu Zane, puxando uma cadeira ao meu lado.

Coloquei os trechos soltos que eu tinha, e Zane me ajudou a organizar a ordem na minha cabeça. Ele colocou algumas coisas em primeiro plano e outras em segundo. Quando finalmente finalizamos isso, Zane assentiu.

— Esse vai ser o começo, certo? — perguntei.

— Sim, o foda é o refrão — respondeu ele. — Vai pensando em algo para completar o que falta enquanto eu elaboro a melodia.

Fechei os olhos e me concentrei nos momentos ao lado dela: o primeiro dia em que a vi de máscaras, a primeira vez em que a vi há sete anos, nosso primeiro beijo, o primeiro toque. Concentrei-me no som da sua respiração, nas palavras lindas que ela me disse, no movimento dos nossos corpos.

Como em um filme, nossos melhores momentos tiveram destaque, mas o que incomodava a minha mente era a música que fiz para ela, há anos. Aquele trecho me marcou, eu queria muito continuar aquela canção e, pensando bem, encaixaria perfeitamente com o que eu já tinha criado.

Peguei uma caneta, ouvindo Zane criar uma melodia para o início. Era doce, suave, algo que nós não estávamos muito acostumados a tocar, mas combinava e muito com a minha ideia inicial.

Expliquei para ele o ritmo que criei, a música que havia feito naquela época, e foi questão de minutos até juntarmos tudo. Olhamos o resultado e eu sorri com satisfação. Era isso que eu queria dizer. Amar no sentido de se doar para mim somente do jeito que ela fazia. Somente do jeito que eu fazia com ela. Como nós fazíamos um com o outro. Minha mente explodiu com a criatividade. Peguei os trechos soltos e terminei de organizá-los, criando um trecho final de uma das partes para unir o refrão à estrofe anterior.

— É isso — eu disse. — Vamos concluir a melodia.

— Cara, essa letra é linda! Ela vai pirar.

Eu sorri orgulhoso.

— Sim, porra, cada pedaço dessa música representa nós dois. Ainda mais juntando o passado com o presente...

— E ainda vem me dizer que essa merda não é amor antigo. — Bufou Zane, revirando os olhos. — Agora vamos. Trabalhamos com qual?

— A intro você pode começar com um sol sustenido. Mi semitom abaixo do si.

— Perfeito — ele elogiou.

— Sem o violão — complementei —, mas nem precisamos do instrumento para elaborar.

— Estou curtindo. E a parte do Yan?

— Yan não precisa entrar forte, apenas acompanhar o tom. Acho que o ideal seria se fosse tocada em um piano. Você não manja do teclado? — perguntei a ele.

— Sei tocar, mas estou enferrujado.

— Vamos da forma que conseguirmos — eu garanti.

— Ah, porra, não aguento ver você apaixonado. — Bufou Zane, rindo em deboche.

— Daqui a pouco é você — provoquei. — Garanto que uma hora vai aparecer uma garota que vai quebrar toda essa sua putaria costumeira.

— Difícil, hein? Difícil, meu querido.

No segundo seguinte, a minha porta foi esmurrada com força. Levantei

Aline Sant'Ana

com um sobressalto, olhando o relógio, percebendo que eu tinha dez minutos para me encontrar com Erin.

— *Abre essa porta, Carter!* — urrou Yan.

Fiz o que ele pediu e tudo o que vi foi seu rosto machucado. Fui jogado na parede e Yan aproximou seu rosto do meu, como se fosse um filho da puta lutador de UFC possuído pelo demônio da Tasmânia. Minha primeira reação foi instintiva: desfiz seu braço do meu pescoço com um único movimento, livrando-me do aperto. Então, em um impulso, dei nele um empurrão forte.

— Que porra, Yan? — gritei com raiva.

— Você e aquela menina foderam com tudo, caralho!

— Ei, ei! — Zane se intrometeu aumentando a voz, separando-nos. — O que diabos aconteceu?

— Lua descobriu a merda toda. Ela me socou e eu não fiz nada, deixei ela me bater porque eu menti para acobertar essa bagunça de vocês dois! — Yan gritou e aquilo me atingiu como um coice no estômago. Tentei processar suas palavras, tentei compreender sua fúria, mas lagrimas de raiva desceram pelo seu rosto machucado... Lua havia descoberto, ela bateu em Yan. — Você e Erin deviam queimar no inferno, caralho. Eu estou apaixonado por Lua e ela não quer me ver nunca mais.

— A decisão de mentir para sua namorada foi sua — arguiu Zane. — Carter e Erin não têm nada a ver com isso.

— Onde ela está? — Apesar do pavor, eu estava rígido como uma pedra, forte como um touro, o instinto protetor gritando nos meus ouvidos. — Onde Erin está?

— Foda-se! — grunhiu Yan, se afastando. — Resolva essa merda, Carter. Eu quero a minha garota de volta!

— Pare de ser egoísta por um instante, cara — pediu Zane, suspirando. — Olha a merda toda que aconteceu!

— Você vem me falar de ser egoísta? Sério? Carter e Erin não pensaram em mais ninguém além deles mesmos. Só queriam foder como coelhos e mentir para Lua como se fosse natural. Querem a novidade? Isso não é certo e eu perguntei se ela ia esclarecer para a Lua. Pelo visto, ela descobriu sozinha.

— Se ela ficou tão magoada por causa de Carter e Erin é porque não gosta de verdade de você...

Zane continuou discutindo com Yan, mas eu não fiquei para escutar. Estava com os pulmões ardendo, pois não conseguia respirar direito. Minhas pernas, moles, foram em direção às escadas, pois eu não queria esperar o elevador chegar. Desci tão rápido que tropecei e caí duas vezes. Quando cheguei ao deque da Erin, passei por uma série de pessoas, todas com roupas de banho, me fazendo lembrar, de repente, que estavam saindo do navio para passear em Freeport. Elas me atrapalharam como o inferno e eu as empurrei, recebendo muxoxos de desaprovação.

Quando finalmente cheguei ao quarto da Erin, sua porta estava entreaberta.

E o que eu vi partiu meu coração.

Erin

Desde que Lua havia saído, eu não consegui sair da posição em que estava no chão. Abraçada aos meus joelhos, me sentindo a criança que um dia fui, amedrontada pelos gritos dos meus pais e a perda da minha identidade. Eles sempre gritavam, nunca conseguiam resolver nada pacificamente, e, quando eu passava por esse tipo de coisa, meu mundo ruía. Lua era a única pessoa a quem eu conseguia recorrer quando as coisas davam errado e também quando davam certo. Eu não sei como fui pensar o pior sobre ela, como fui tão tola por omitir tudo. Carter se tornou tão importante para mim que tirou o meu bom senso.

Jesus Cristo, eu perdi a Lua.

A pessoa que sempre esteve comigo.

A única amiga que um dia já tive.

Chorei mais, embora não tivesse lágrimas para sair. Eu podia ouvir as pessoas lá fora, tagarelando felizes com a ideia de conhecer as Bahamas. Suas vozes, porém, não sobressaíam os gritos ensurdecedores na minha cabeça. Eu estava enlouquecendo e não sabia como sair da culpa que inundava meu corpo. Eu estava me sentindo a pior pessoa do mundo, talvez porque eu realmente o fosse.

Apaixonar-me por Carter foi o maior erro da minha vida.

Aline Sant'Ana

— Erin?

Sua voz me fez estremecer. Senti seus braços em torno de mim, levantando-me do chão, e me deixei ir. Deixei que ele me colocasse no sofá, pois eu precisava me recuperar fisicamente para conseguir dizer a ele que tudo estava acabado. Eu não estava disposta a lidar com qualquer tipo de relacionamento agora. Construir uma paixão assim, baseada numa mentira, numa fantasia, não era certo. Eu podia ver isso agora, podia ver o quanto eu e Carter estávamos nos iludindo por todos esses dias. Não havia jeito de nós dois acabarmos bem. Não havia hipótese de isso acontecer.

— Fada, me conte tudo o que aconteceu — ele pediu e eu suspirei.

Olhei para Carter McDevitt. Ele tinha a expressão exausta, como se fizesse meses que não dormia. Eu podia ver que ele estava sofrendo e também sentia dentro de mim a mesma coisa. Por sorte, Carter me conhecia o suficiente para saber o que a minha expressão significava. Aquilo era um tempo, aquilo era o fim, aquilo era uma vírgula ou um ponto final.

— Eu amo a Lua — disse a ele, e pigarreei quando percebi que minha voz não tinha saído. Repeti e Carter segurou minhas mãos. — Ela é a única pessoa nesse mundo que considero como minha família. A única que cuida de mim e que me apoia. Infelizmente, eu não acreditei que ela fosse lidar com essa situação de forma positiva e, por medo de perder você, decidi ocultar tudo.

— Não é culpa sua.

— É sim, Carter — apressei-me em mudar sua mente, pois aquilo tudo era minha culpa. — Eu deveria saber, deveria aprender com o meu erro. No passado, não deu certo. Por que no futuro teria um final feliz?

Ele segurou as laterais do meu rosto. Seu toque foi como morfina diretamente na ferida, mas ainda assim eu recuei. Não podia lidar com meus sentimentos bons agora, precisava me sentir mal o suficiente para poder colocar a verdade em sobreposição à mentira. Precisava, honestamente, sentir dor. Caso isso não acontecesse, eu acabaria cedendo, e isso seria o começo de algo completamente errado.

— Erin — ele sussurrou, sem saber onde colocar as mãos.

Por fim, apoiou-as no sofá. Percebi que estava deitada de lado e ele se sentou sobre os joelhos. Mesmo com meu coração espremido, ainda havia espaço para Carter nele. Talvez ocupasse quase todo o espaço. Porém, Lua era

7 dias com você

a minha prioridade. Eu não conseguiria fazer nada sem ela.

— Eu fiz algo para você — continuou, mostrando-me um papel amassado. Ainda que enrolado como uma bolinha, Carter o pousou ali. — Quando estiver com dúvida do que eu sinto, quando pensar que isso entre nós é errado, leia com atenção. Você não é um erro, Erin. Nunca foi. Você é o único acerto que tive. Por favor, sei que agora sua vida com a Lua está confusa e imagino que você queira se resolver com ela. Mas, olha, pensa em mim. Pensa no que vivemos. Eu sei que, se você quiser, podemos fazer isso funcionar.

— Não, Carter. Nós imaginamos que isso ia dar certo, que era bonito. Imaginamos isso tudo porque é exatamente o objetivo desse cruzeiro: fazer sua vida parecer perfeita quando não é.

— O que eu sinto não é mentira. É bonito, Erin. Nunca senti nada disso por ninguém. Não joga fora, ok? Não estou pedindo uma resposta, sei que você está atormentada, eu só quero que saiba que eu não vou desistir. Não estou desistindo de você.

É possível você perder as duas pessoas que mais se ama em apenas algumas horas?

Pelo visto, sim.

— Eu estou desistindo, Carter — sussurrei. — Por favor, esqueça o que tivemos a bordo desse cruzeiro.

Vi um lampejo de dúvida preencher os intensos olhos verdes. O maxilar quadrado estava tenso, o nariz bonito franzido e os lábios cheios, inchados. Duas lágrimas caíram do seu rosto simétrico, sendo absorvidas pela barba que não as permitiu cair em ordem natural.

Carter não se preocupou em secá-las.

Também não se preocupou em escondê-las.

Ele desceu seu rosto para o meu e senti meus pulmões frearem o ar que pretendia entrar ali. Carter segurou delicadamente a minha nuca e pousou sua boca sobre a minha, misturando o ar quente da sua respiração com o frio da minha.

— Eu nunca, em hipótese alguma, vou me esquecer de você — garantiu, encarando-me. — Pense, Erin. É tudo o que eu peço.

Com um movimento simples, ele se afastou de mim. Carter se levantou

Aline Sant'Ana

e deixou a bolinha de papel perto do meu braço. Por mais que o meu cérebro gritasse para jogar fora, meu coração me pediu para mantê-la, a fim de que eu pudesse ler quando estivesse com as feridas mais fechadas.

Deixei que a emoção sobrepusesse a razão.

Pelo visto, eu não aprendi nada.

CAPÍTULO 26

Você está na sombra do olhar
Pensei em te guardar
Pra nunca mais ter fim
Na sombra do olhar
Tentei te encontrar
Mas nada além de mim

— Malta, "Diz Pra Mim".

Sete anos atrás

Erin

Eu queria poder entender como é possível amar alguém quando você sequer tocou nessa pessoa. Ou como você pode simplesmente gostar de alguém por vê-la agir naturalmente na vida.

Não conseguia encontrar respostas para o meu sentimento por Carter, muito menos o fato de não conseguir esquecê-lo. Já tinha passado um bom tempo que ele estava namorando Lua e eu havia prometido que seria amiga de ambos, e estava sendo, porém não conseguia me sentir feliz.

Prometia para mim mesma que aquele sentimento horrível ia passar, que amar Carter McDevitt era fruto da minha imaginação, uma bobagem adolescente. Mas, quanto mais eu tentava me convencer disso, mais pensava: meu Deus, como essa besteira chamada amor não correspondido machuca!

— Você está muito pensativa, Erin. O que houve?

Estávamos em um churrasco na casa do Carter. O senhor McDevitt queria nos agradar e ele era muito divertido, sorridente e amigo de todos. Ninguém dizia que um homem como ele havia enfrentado tantas coisas ruins na vida, como a perda da esposa, o que, segundo Lua, não foi nada fácil.

— Eu só estou pensativa.

Carter sorriu, estendeu para mim a limonada fresca e eu tomei um gole, sentindo o prazer da bebida no ponto certinho que gostava.

— Um dia, você vai ter que me dizer sobre esse babaca que feriu seu

Aline Sant'Ana

coração. Cheguei a perguntar para a Lua, mas ela disse que não sabe. Enfim, estou oferecendo os serviços da banda The M's para chutar o traseiro do filho da mãe.

Encarei seus olhos de perto, tão verdes e lindos que pareciam de mentira. Seus lábios cheios estavam sujos de chocolate, ficando claro que ele roubou a sobremesa antes da hora. Tive uma vontade absurda de limpar com o meu polegar, mas meu peito ardeu porque isso era errado e eu não fazia ideia se o que mais doía era o meu sentimento ou a traição moral sobre a Lua.

— Você pode chutar o traseiro imaginário dele. Não o vejo há um tempo.

Para que acreditassem na história de que eu estava amarga por ter um coração partido, tive que inventar um amor. Na verdade, não inventei. Meu sentimento existia, mas precisei caracterizar uma pessoa para que fosse convincente e não tivesse absolutamente nada a ver com Carter.

— Olha, Erin. — Carter jogou seu braço sobre o meu ombro. Estremeci, porque a proximidade do seu corpo, somada ao seu perfume e ao céu azul, parecia o paraíso. — Você precisa se deixar levar. Às vezes, a felicidade pode estar perto, sei lá. Já reparou como os garotos olham pra você? Devia usar seu charme mais vezes.

— Não, obrigada. Não quero me envolver emocionalmente. Estou fora.

— Que besteira. Caralho, eu nunca quis me envolver, mas estou caído pela Lua. Quer dizer... Eu... a amo, sabe?

Trinta e cinco facas, meu corpo em chamas, gelo nos meus olhos e tortura terrorista teriam doído menos do que suas palavras.

— Ah, eu sei. Ela é uma garota muito doce.

Olhamos minha amiga à distância. Ela estava ajudando o senhor McDevitt a colocar hambúrgueres na churrasqueira. Os dois pareciam se dar bem.

Como se pressentisse nosso olhar, Lua acenou com a espátula e abriu um sorriso meigo. Tive vontade de chorar e, quando Carter percebeu meus olhos marejados, focou sua atenção em mim.

— Nossa, o que foi?

— O limão... Está bem azedo.

Ele pegou o meu copo e encostou os lábios exatamente no lugar onde eu havia tocado os meus.

7 dias com você

Minha mente foi para o cenário onde Carter estava literalmente colocando sua boca na minha...

Ai, meu Jesus, vou queimar no inferno.

— Está docinho... — Ele me entregou o copo novamente. — Sei que você ainda não está legal, mas precisa tentar se divertir com a gente. Fala com o Yan, com o Zane. Sei que parecem assustadores, mas são caras bem legais. Eu os amo, Erin. E estou começando a amar você também. Faça parte dessa turma.

Com um beijo na bochecha, Carter se afastou. Acompanhei seu caminhar e o vi beijar Lua nos lábios. Ela sorriu para mim e seus olhos estavam brilhantes. Ela parecia tão feliz por eu estar me dando bem com o namorado dela que não pude deixar de me sentir culpada.

E, mesmo assim, a única coisa que eu pensava era que Carter disse que me amava. Sendo do jeito totalmente errado ou certo, meu coração traiçoeiro e obscuro, começou a bater forte, acreditando no dia em que eu escutaria essas palavras de verdade.

Amaldiçoei-me. Torci para ser infeliz pelo resto da vida. Eu não merecia pessoas como Carter e Lua na minha vida. Eu merecia o pior dos momentos, merecia sofrer. Eu não era diferente das mulheres que cobiçam homens casados, que são amantes, que se deitam por prazer e por amor, ignorando a razão e cedendo à luxúria.

Eu era horrível.

Saí de lá correndo.

Mais tarde, naquela noite, Carter me mandou uma mensagem e eu prometi a mim mesma que, mais uma vez, tentaria me esforçar.

Um sentimento assim não deve ser duradouro, né?

— É, Erin, vai passar — garanti a mim mesma, sussurrando, apertando o celular no peito com a mensagem de Carter.

Carter: Gostaria que as estrelas guiassem seus caminhos. Se houver anjos nos céus, que eles possam acalmar seu coração. Gostaria de ser seu amigo e confidente, ser uma pessoa em quem você possa confiar. E quem sabe? Dizem que eu faço mágica com letras de música... Talvez eu possa fazer uma para você.

Aline Sant'Ana

306

Cinco segundos depois, outra mensagem chegou. Dessa vez, Carter cantando e dizendo:

Carter: At the sky./You can look at the stars/And I can scream (with all my heart)/ You're my angel./Then smile, smile to feel free/ We can be everything you need.

Espero que você tenha gostado.

Faça parte do nosso mundo, Erin.

Por favor. Fique bem.

Beijos e boa noite.

— Carter, você não está me ajudando a te esquecer — murmurei e fechei os olhos, tentando apagar todas as lindas imagens do vocalista da minha mente, mas repetindo a música, diversas vezes, no meu coração.

CAPÍTULO 27

> Sem contar os dias
> Que me faz morrer
> Sem saber de ti
> Jogado à solidão
> Mas se quer saber
> Se eu quero outra vida
> Não! Não!
>
> — Djavan, "Te Devoro"

Dias atuais

CARTER

Hoje é o meu aniversário.

E também o desembarque do *Heart On Fire* em Miami.

Passei a noite inteira em claro, sem conseguir pensar em qualquer outra coisa que não Erin e as músicas que eu estava compondo. Durante o sereno da noite, a ideia de conversar com Lua e esclarecer as coisas me pareceu tentadora, mas, depois que Yan acalmou-se e resolveu me contar o outro lado da história, acabei optando por deixar o tempo passar.

Não tinha muito que fazer. Eu não podia forçar Erin a conversar comigo ou a enxergar com clareza o que estava estampado na sua frente. Ela precisava de tempo, ela era a pessoa pela qual eu estava apaixonado e eu daria todo o espaço que fosse necessário.

Porém, isso não significava que eu não estava sofrendo.

— Você está pronto para ir?

Zane havia passado a noite no meu quarto, prestativamente me ajudando a escrever mais duas músicas para que Stuart não comesse nossos rins. Estávamos com a agenda apertada entre viajar para fazer uns shows e terminar as faixas do futuro CD da banda. Graças a Deus, em meio à tristeza na qual eu me meti, nós conseguimos criar alguma porcaria profunda. Dizem que todo compositor precisa viver emoções extremas, como felicidade e tristeza, para ser um ótimo profissional. É, pelo visto, o que eu achava que era o fundo do poço depois que perdi Maisel foi apenas a entrada de um buraco mais profundo e solitário. E o que eu cogitei ser felicidade era apenas o reflexo de uma mentira. Erin era felicidade, tudo sobre ela me fazia feliz, porra. Agora, ela era tristeza também, a mais profunda ausência e vazio dentro do peito.

Sentia falta da minha Fada, da maneira como ela fazia eu me sentir. Seu corpo, seu toque, seus beijos e sua voz. Sim, em algumas malditas horas, sua ausência já se tornou uma ferida. *Será que eu teria isso novamente? Será que ela me permitirá tê-la de novo?* Com uma dor gigante no meu coração, a dúvida surgiu. Sorte que eu estava na lista dos caras que acreditavam em sonhos. Eu sou o tipo de pessoa que pensa positivo até não ter outra alternativa, e, se eu aprendi alguma coisa sobre ser o vocalista de uma banda como a The M's, é que nós nunca devemos parar de sonhar.

— Estou — respondi, içando a mala nas costas. — Temos que encarar a realidade agora.

A vida não era tão doce quanto os dias que passei a bordo do *Heart On Fire.* Eu tinha tantas coisas a fazer no instante em que colocasse meus pés em Miami que duvidava da possibilidade de conseguir dormir por mais de quatro horas por noite. Enfrentaríamos uma rotina de gravar as músicas que faltavam, tirar projetos do papel e dar cor a eles, fazer as fotografias para o novo álbum, entrar em um looping infinito de idas à casa do Stuart. Além, claro, das viagens para cumprir a agenda lotada.

Não ficaria em Miami por muito tempo nas próximas semanas, e isso me amedrontava.

Parte de mim queria parar todos os afazeres e ficar no meu apartamento, ou melhor, na minha casa mais afastada da parte central da cidade, o lugar onde eu mais me sentia confortável. Aquele sobrado era maravilhoso e ele abraçaria bem o fundo do poço no qual eu me encontrava. Seria assim por longos meses: eu afundado na lama por não poder tê-la para mim e o meu coração na merda, cansado demais para tentar reverter a situação.

No entanto, eu não podia me dar a esse luxo. Eu precisava trabalhar, precisava correr atrás dos prejuízos por termos ficado sete dias parados em alto-mar, e isso significava que não havia tempo para mergulhar no sofrimento.

Quando desci pelos deques e passei pelas pessoas, meus olhos cobertos por um Ray-Ban, estava ansioso à procura de qualquer garota de cabelos cor de fogo. Minha esperança era de que Erin fosse se dar conta de que me afastar só iria nos fazer sofrer, e ela apareceria e me beijaria, dizendo que nada mais importava além de nós dois. Mas eu conhecia bem a mulher com quem eu me envolvi. Erin era uma pessoa boa de coração. Foda-se o que Lua achava dela, minha Fada era maravilhosa. Ela não daria um passo adiante com relação a nós dois enquanto não fizesse as pazes com sua melhor amiga.

Então, forcei meus pés para longe do navio, ignorando todas as saudosas despedidas dos funcionários do cruzeiro, passando com Yan e Zane ao meu lado tão devagar que parecia uma criança mimada que arrasta os tênis no chão.

Quando vi a escada e o porto de Miami, suspirei.

— Eu sei que dói. Para mim também está difícil — disse Yan, sua voz grave e rouca.

Ele chorou a merda da noite inteira.

— Desculpe por isso, Yan.

Ele olhou para mim, seus olhos nublados com os globos oculares vermelhos. Seu sorriso vacilou, mas Yan Sanders tocou meu rosto e deu dois tapinhas amigáveis.

— A vida tem dessas merdas, amigo.

Erin

A noite foi terrível. Não consegui pregar os olhos e só tive forças para me levantar quando o sol nasceu, pensando seriamente em ir atrás da Lua, mas minha amiga saiu tão depressa do navio que eu não tive tempo de me comunicar com ela. Quando perguntei à gentil moça que estava limpando seu quarto se ela sabia da garota que havia se hospedado lá, a moça apenas deu de ombros e explicou que, assim que chegou, as portas já estavam abertas, sem qualquer sinal de hóspedes por ali.

— Obrigada — disse automaticamente, puxando as minhas malas, sem conter a decepção.

Dentro de uma das malas, estavam as coisas que eu queria dar para o Carter de presente hoje, que era seu aniversário. Até pensei em deixar a caixa

Aline Sant'Ana

310

com todos os itens na porta do seu quarto, antes de ir embora, mas cogitei se isso não passaria a mensagem errada. Com certeza passaria. Eu precisava me distanciar dele e de todo o sentimento que nutrimos ao longo desses dias. Não gostaria que Carter pensasse que eu estava correndo atrás de um relacionamento ou que estava nos dando uma chance.

Não passaria por cima de Lua, não de novo.

Para Carter, deveria ser mais fácil lidar com o turbilhão emocional, já que, ao invés de ter sete anos no histórico, possuía apenas cento e sessenta e oito horas para ignorar. Eu não. Precisava enterrar esse sofrimento antigo e afogá-lo em meio à mágoa. Era muito tempo de sentimentos conflitantes me puxando para baixo, sentimentos antigos tão enraizados em mim que eu duvidava que pudessem ir embora.

Eu tinha que deixá-los ir.

Não tolerei as traiçoeiras lágrimas que descerem pelo meu rosto, mas era impossível evitá-las. Assim que avistei o porto de Miami, soube que tudo havia acabado. Tudo. E eu sabia que não estava relacionado ao navio em si, mas às experiências inacreditáveis que tive com Carter. Por Deus, eu ainda tinha suas marcas na minha pele! Podia fechar os olhos e claramente reviver seus beijos. Podia também ouvir sua voz cantando no meu ouvido.

Agarrei mais rente ao peito a bolinha de papel que Carter me deu no nosso adeus.

Não tive coragem de lê-la, mas também não pude jogá-la fora.

Desci as escadas apressadamente, quase trombando em algumas pessoas. Assim que me vi livre, o sol cobriu meus cabelos e pude finalmente respirar. Percebi, nesse instante, que nunca mais seria a mesma. Essa experiência tinha sido extracorpórea. Eu tive a felicidade, que fez meus pés flutuarem, e a tristeza, que arrancou o meu coração. Tive tudo isso, e agora tinha que lidar com as repercussões dos meus atos.

Por mais apaixonada que estivesse, minha mente só vagava para Lua.

Nossos dezoito anos de amizade passaram em minha mente como um filme clássico, o que me fez soltar o resto das lágrimas que restavam. Eu estava cansada de chorar. As emoções que agarravam meus sentidos eram demais para suportar. Não havia saída.

Entrei no táxi em piloto automático e, sem me conter, tirei o celular da

7 dias com você

bolsa, ligando para a discagem rápida de número dois, que ia diretamente para Lua, tentando uma maneira de encontrá-la, de me desculpar de modo completo e não com um simples "sinto muito".

Lua não atendeu a primeira chamada, muito menos a segunda ou a terceira.

— *Lua Anderson* — repetiu pela sexta vez. — *Acho que você sabe o que fazer após o bipe. Beijinhos!*

— Para onde, senhorita? — perguntou o taxista, um pouco impaciente por eu tê-lo ignorado todo esse tempo.

— Coral Gables, por favor.

As ruas de Miami continuavam agitadas e o calor estava fazendo a minha roupa grudar na pele. Tentei desviar a atenção para as paisagens tão conhecidas, mas a ansiedade estava me consumindo. Eu precisava conversar com minha amiga, precisava que nossa amizade se restabelecesse.

Uma mensagem chegou no celular e meu coração saltou com a possibilidade de ser ela, mas me desapontei ao perceber que era da agência. Eles estavam me pedindo para ir ao estúdio, para que pudessem combinar comigo a viagem para o Japão no próximo mês.

Esqueci-me completamente dos planos para as próximas semanas.

— Chegamos, moça — anunciou o motorista.

Paguei a corrida, busquei a chave na bolsa e forcei a caminhada pelo condomínio. Não estava me sentindo bem, por todas as coisas que aconteceram, mas eu precisava ir para a casa, não é?

Carter

— Onde vocês se meteram?

Respirei fundo ao atender a chamada do Stuart.

— Estávamos em um cruzeiro. Resolvemos tirar férias. Yan já está digitalizando as três músicas que criamos, isso basta para o novo CD?

Ele suspirou, e pude sentir que era de alívio.

— Basta, sim. Vou verificar a agenda e encaminho para vocês por e-mail

Aline Sant'Ana

312

— disse, com o tom mais leve.

— Já me atualiza mais ou menos por aqui, Stuart. Eu, Zane e Yan estamos perdidos.

— Daqui a um mês, vocês viajam para Toronto, no Canadá. Um show por lá e retornam. Vocês vão gravar durante duas semanas essas músicas que estão me enviando e, depois, começaremos a turnê pela América do Sul. Vocês sabem, não vão conseguir parar pelos próximos seis meses. Depois, descanso absoluto e já começamos a soltar promos das próximas músicas.

— Nossa, porra, Canadá? — Yan e Zane também não faziam ideia. — Sério?

— Sim, foi algo que chegou de surpresa. Eles pediram por causa de um evento e o cachê é bom...

— Stuart, você precisa nos comunicar essas coisas antes — interrompi. — Não pode aceitar essas propostas sem perguntar para a gente.

— Eu tentei falar com vocês, Carter. Tentei entrar em contato, mas tudo o que eu recebi foi a mensagem da companhia telefônica dizendo que o celular estava fora de área. Os caras precisavam de uma resposta imediata, porque isso demanda organização e tempo, entende? Estou falando de muitos dígitos no pagamento de vocês. Seis grandes e enormes dígitos para cada um.

— Que seja, Stu — resmunguei. — Pelo menos, quanto tempo temos até começarmos a gravar essas músicas?

— Três dias, e quero vocês aqui no estúdio — exigiu. — Aproveita para falar com o Lyon, o assessor. Ele tem a agenda dos eventos na televisão e entrevistas que estão marcadas pelos próximos meses. Depois disso, se organizem. Os próximos dias serão punk.

Ele desligou.

— De zero a dez, quanto estamos fodidos? — perguntou Zane.

— Dez — respondi, jogando-me no sofá de casa.

Mesmo com a agenda lotada, estressado até a porra do meu último fio de cabelo, Erin era a única coisa que ocupava a minha cabeça.

Será que havia desembarcado bem? Conversara com a Lua? Cara, eu sabia que ela estava mal. Ontem, vi seu corpo tremendo no chão depois da briga com a amiga e isso só me levava a crer que, além da sua família ser uma

7 dias com você

merda com ela, deviam discutir o tempo todo na sua frente. Erin tinha sérios problemas com pessoas elevando a voz e, pelo visto, o desentendimento com Lua trouxe à tona todos os seus traumas.

Conhecia Erin mais do que poderia confessar. Sabia dos seus medos quando era adolescente. Eu via seu olhar assustado e cabisbaixo quando Zane elevava a voz ou quando Lua gritava comigo, irritada por alguma razão tola. Erin era a favor da paz, e eu sabia que ela estava abalada pelo que passou com Lua.

Também sabia que havia prometido a mim mesmo que me manteria longe para que ela respirasse aliviada na minha ausência.

Mas não disse nada a respeito dos meus amigos.

— O que você está pensando, Carter? — Yan franziu os olhos.

— Você acha que consegue ter acesso ao número de alguém através do computador?

— Hum — pensou ele, coçando a testa. — Ah, cara, eu sou bom com esse tipo de coisa. Acho que leva uns cinco minutos, sinceramente. Do que você precisa?

— Do número da minha mulher. É disso que eu preciso.

— Ei — alertou Zane, se aproximando de mim. Ele tirou o cigarro do bolso, o acendeu, inalou a fumaça e jogou-a para longe do meu rosto. — Isso não é uma boa ideia.

— Não vou correr atrás dela, Zane. Só quero o número para que um de vocês possa mandar uma mensagem.

— O quê? — Ele riu. — Olha, ela vai arrancar nossas bolas de qualquer maneira.

— Não — disse Yan, fazendo-nos ficar em silêncio. Ele já se acomodou em frente ao computador e sequer olhou para nossos rostos enquanto digitava. — Eu posso mandar um SMS perguntando se ela conversou com a Lua. Estou preocupado com a minha garota também, Carter. Eu mataria por uma notícia dela.

— Certo, então, encontre o telefone da Erin e mande uma mensagem. Se ela te responder, por favor, me avise — pedi, fechando os olhos.

Aline Sant'Ana

Ficamos em silêncio, apenas escutando a digitação do Yan e o tragar lento de Zane no cigarro de menta.

— Você realmente gosta dela, Carter — anunciou o guitarrista, com o sotaque britânico mais acentuado.

— Eu gosto dela, Zane.

— Eu sei. — Ele suspirou. — Isso vai ter jeito, ok?

— Quero acreditar em você, cara.

— Então, faça isso. Acredite.

Erin

Meu apartamento estava limpo e organizado, quase não existia muito para chamar de decoração. Na mesa de centro, havia apenas uma foto, próxima à televisão, de mim ao lado da Lua na época em que éramos crianças.

Era como se eu estivesse preparada para fugir a qualquer minuto.

Tudo o que eu tinha que fazer era recolher as roupas e a foto com Lua para que ninguém descobrisse quem habitava esse lugar.

O pensamento era tentador e aterrorizante, mas aí recordei que já estava com planos de fugir dali a um mês. Eu estaria no Japão, desfilando, fazendo o que amo, longe do ar praiano, do cheio de sal misturado a sol e de todas as lembranças que me levavam a Carter McDevitt.

Joguei-me no sofá e, novamente, disquei o número de Lua. Ela é filha do prefeito da cidade, a nutricionista mais renomada da Flórida, quase uma celebridade. Embora agisse sobre isso de maneira indiferente, quando Lua queria, era inalcançável, e foi assim que percebi o quão frustrante pode ser quando ela não quer se comunicar com alguém. Seus dois celulares mudos, o telefone da sua casa apenas chamando e sua secretária da clínica dava uma resposta automática dizendo que ela estava viajando.

Lua Anderson sumiu do mapa.

Frustrada e cansada, resolvi tomar um banho. A água gelada serviu para aplacar um pouco meus nervos que estavam ansiosos e à flor da pele. Eu ainda tive que lidar com o perfume de Carter, que parecia grudado em mim. Por mais que eu esfregasse com o sabonete para me livrar, seu cheiro ainda mantinha-se. Uma tortura que eu não estava disposta a lidar; era dolorosa demais.

Minha cabeça já estava doendo; os olhos, inchados; e a boca, seca. Eu estava tão cansada de sentir falta dele e da Lua, e de ter pena de mim mesma, que tentei engolir o choro, porém, vazava da minha garganta e se transformava em gotas salgadas que umedeciam minha pele.

Saí do chuveiro, coloquei meu pijama, mesmo que o sol estivesse a pino lá fora, e me joguei no sofá ao lado de um pote de sorvete. O celular vibrou ao meu lado antes que eu pudesse ligar a televisão e suspirei ao ver que era um número desconhecido.

> Oi, Erin.
>
> Sei que deve estar chateada com tudo que aconteceu.
> Sinto muito por você e Lua. Mas estou preocupado com ela.
> Acho que sabe que sua amiga fodeu com o meu rosto e também está com raiva de mim por ter mentido. Olha, só estou preocupado, ok? Ela não atende as minhas ligações e eu gostaria de saber se ela respondeu as suas.
>
> Por favor, se tiver notícias, me liga.
>
> Yan.

Yan era um bom rapaz. Eu sabia o quanto ele gostava da minha amiga. Tanto que tinha até encontrado uma maneira de achar meu telefone só para ter notícias dela.

Infelizmente, tudo deu errado. Por minha culpa, evidentemente. Carter queria que eu contasse para ela o que aconteceu. Yan concordava. Se bobeasse, até Zane acreditava que essa era a jogada mais justa, mas eu fui medrosa, fui covarde, fui uma imbecil.

Agora todo mundo tinha que lidar com a dor.

> Oi, Yan.
>
> Sinto muito, ela não responde nenhuma ligação ou mensagem minha.
> Também não está on-line em qualquer rede social.
> Desculpe por tudo o que causei a vocês.
>
> Erin.

Aline Sant'Ana

Em seguida, meu celular apitou. Percebi que estava vendo embaçado e, que surpresa... mais lágrimas escorriam.

> Eu sinto muito por você e Carter também.
> Você tá legal?

Sorri melancólica e respondi em seguida.

> Não. Estou péssima. E você?

Em cinco segundos, a tela piscou novamente.

> Estou uma merda.
> Carter também está, sabe? Ele sente sua falta.

Aquilo era golpe baixo. Eu estava balançada. Meu coração sofrido, batendo devagar no peito.

Agarrei o sorvete e enfiei uma colherada generosa na boca.

> Não estamos falando do Carter, Yan.
> Se eu tiver notícias da Lua, prometo que vou te avisar.
> Bjs.

Esperei por um minuto inteiro até ele responder.

> Tudo bem, aceito seu silêncio.
> Fica bem, tá?
> Beijo.

Suspirei fundo e olhei para a televisão, percebendo que o universo conspirava mesmo contra mim.

— *Diário De Uma Paixão* é sacanagem... — reclamei baixinho, abraçando-me às almofadas, sentindo falta dos filmes de terror de baixo orçamento e da companhia da minha melhor amiga.

CARTER

— Ela está magoada, mas bem. No entanto, sem notícias da Lua — disse Yan, cabisbaixo.

— Não vou aceitar vocês chorando pelos cantos. — Zane se levantou e caminhou até a minha geladeira. De lá, retirou um engradado de *Heineken* e colocou sobre a mesa de centro. — Bebam. Espero que o álcool cure corações partidos.

Sem pensar duas vezes, retirei uma das long necks e virei praticamente todo o conteúdo, adorando a sensação gelada e espumante descendo pela garganta. Fechei os olhos porque tudo me lembrava Erin. Nunca vou me esquecer da sensação do gelo contra sua pele febril. Ela ficou tão linda e corada quando fiz aquilo, tão entregue a mim e confiante.

— É difícil — disse Yan, verbalizando meus pensamentos.

— Olha, para distrair vocês: Lyon acabou de mandar a merda da agenda e eu fui comparar com os planos de Stu. — Zane estava agitado, andando pela sala como se estivesse com formigas na bunda. — Sinceramente? Estamos fodidos. Os caras fizeram planos futuros. Vocês sabiam que vamos passar onze noites e doze dias na Europa no ano que vem? Ele já está fazendo o cronograma para o novo CD e não disse merda nenhuma!

— Estou cansado do Stuart. — Yan virou sua cerveja. — Ele sempre faz essas merdas. Nós temos voz também, caras. Não sei se eles perceberam, mas somos a banda. Se decidirmos não aparecer, não tem show. Essa maneira que ele tem de mandar na gente como se fôssemos adolescentes é ridícula.

— Vou conversar com ele — garanti e suspirei. — Se não conseguirmos dar um jeito, encontramos uma pessoa para substituí-lo. De qualquer maneira, temos um ano para pensar sobre isso. Vamos focar no agora, que é gravar essas músicas, fazer o show em Toronto, participar das entrevistas e a turnê na América do Sul, beleza?

— É, acho que podemos fazer isso — disse Yan, mas Zane manteve a expressão determinada.

— Stuart tem uma chance para não foder com tudo. Se ele continuar agindo assim, não vai ser só a demissão que vou ter o prazer de vê-lo assinar. Faço questão de dar um murro na cara dele.

Eu e Yan soltamos uma risada.

Aline Sant'Ana

— Beleza, lutador de UFC. Vamos beber e relaxar um pouco. Daqui a três dias o inferno começa — eu disse e eles concordaram.

CAPÍTULO 28

Eu só queria uma música
Pra lembrar daquele dia que marcou para nós dois
Eu só queria uma música
Pra dizer tudo o que eu quero sem me arrepender depois
(para nós dois)
Até faria uma música pra você e ninguém mais
Pra gente viver em paz

— Fresno, "Uma Música".

CARTER

Estava num ritmo frenético com Yan e Zane. Depois de três dias, desde a chegada em Miami, nós começamos a gravar sem parar. Agora, quinze dias depois, estávamos quase proibidos de aproveitar os intervalos de poucos dias. Nossa rotina se resumiu a acordar às cinco da manhã e dormir à meia-noite. Sair? Beber cerveja com os caras? Muito raramente. Eram entrevistas por cima de entrevistas, sessões fotográficas, planejamento dos shows e muito ensaio. O clima era tão insano que até Yan, que, em geral, era um cara controlado, estava estressado.

— No três — pediu Zane, na guitarra. — Um. Dois e... Vai!

Ele estava tentando encontrar uma maneira de iniciar seu solo sem que o baixo, tocado por Chang, um dos caras que Stu contratava como suporte para os instrumentos que faltavam, atrapalhasse o ritmo. Pelo visto, a improvisação que Zane estava tentando criar ia por água abaixo, pois os instrumentos anulavam um ao outro.

— Não tem como, ZN — o chinês que adorava inventar apelidos para as pessoas disse. — É a hora do baixo ali. Você não pode começar a dedilhar feito louco e interromper.

— Eu posso fazer a merda que eu quiser, coreano. É só você encurtar sua aparição que eu puxo meu solo — resmungou, com o cigarro de menta quase caindo dos lábios. — Foda-se. Tenta fazer o que eu pedi.

— Nessa música não cabe solo de guitarra, Zane — interrompeu Yan,

Aline Sant'Ana

girando as baquetas da bateria nos dedos. — Não inventa moda. E *Chang* é chinês.

— Estamos sem tempo para replanejar a música. Ela foi feita assim. Se está insatisfeito com ela, tiramos do CD até encontrarmos algo melhor — garanti e vi seus olhos escuros rolarem por trás das pálpebras.

— Você sabe que eu estou certo, Carter — rebateu e deixou a guitarra no suporte. — Preciso de uma pausa.

— Vamos almoçar — opinou Yan. — Meus braços estão com câimbras também.

Saímos do estúdio e escutamos a reclamação do Stuart sobre o fato de estarmos adiantando a hora do almoço. Tínhamos uma entrevista marcada para às quatro da tarde, que ia ser ao vivo em escala internacional. Era um *talk-show* com Trissa Delacroix, uma jovem que conquistou a América com sua maneira divertida e despojada de conversar com os famosos. Muitos estavam dizendo que ela ocuparia o lugar da *Ellen Degeneres* um dia, mas eu duvidava que alguém pudesse roubar os tabloides daquela mulher. De qualquer maneira, estava ansioso para esse encontro específico, porque as perguntas seriam espontâneas e sentimentais; esse foi o acordo que Trissa fez conosco, como se fosse uma ideia valiosa nos pegar no pulo.

E, porra, eu não era bom com sentimentos.

Lembrar-me disso automaticamente me fez lembrar de Erin Price. A maneira como as frases se perdiam quando eu estava perto dela, o modo como seus olhos se tornavam gentis quando percebia que eu falaria qualquer coisa, menos o que deveria realmente dizer. Seu carinho era um suporte imenso e peguei-me desejando que ela estivesse aqui, que fizesse parte da minha vida, que ela pudesse ficar nos bastidores e abrir um sorriso quando eu precisasse.

Todos esses dias sem ela tinham sido torturantes.

Yan e Zane perceberam o quanto estar sem Erin me afetava, da mesma maneira que estar sem Lua atrapalhava o desempenho de Yan como músico. Essas coisas interferiam em quem nós éramos e como lidávamos com nosso dia a dia. Enquanto Yan se tornava mais rabugento e impaciente, eu abaixava a cabeça e lidava com a tristeza de forma depressiva. Estávamos assim, nós dois sofrendo, cada um à sua maneira.

— Vamos comer porcaria ou algo saudável? — Zane se enfiou na BMW nova que havia comprado. O motor era uma máquina de rugir e ele parecia

7 dias com você

bem feliz em, às vezes, deixar sua estimada Harley na garagem. Eu me sentei no banco do carona e Yan no banco de trás. — Decidam.

— Por algum motivo, quero fast-food — Yan opinou, esticando-se no banco traseiro. — *Burger King.*

Caralho, eu amava BK.

— Meu voto é o mesmo.

— Então vamos — concordou Zane.

— Ainda temos que voltar para o estúdio, terminar o que devemos, tomar banho e ir para a entrevista — alertou Yan. — Que droga de agenda corrida.

— Relaxa. Vai dar tempo.

— É, mas ajudaria se Zane fizesse sua mágica de correr entre os carros — falou Yan, soltando uma risada irônica.

— Ah, as mocinhas querem diversão? Então, teremos diversão — brincou Zane e eu soquei seu braço, fazendo todos rirem em seguida.

Quando ligamos o rádio, ocasionalmente The M's estava tocando, e eu me perguntei se Erin também tinha a minha voz soando em seus alto-falantes mesmo sem querer, mesmo que fosse uma obra do universo para ela que pudesse se lembrar de mim.

Sorri tristemente.

E torci para que a resposta fosse sim.

Erin

Eu não me dei conta disso, mas agora eu podia ver: Carter McDevitt estava em todos os lugares de Miami. Sua voz soava nas rádios, trechos dos seus clipes apareciam na MTV e existiam propagandas de shows da banda The M's espalhadas por toda a cidade. Eu realmente não sabia como fechei os olhos para tudo isso ao longo dos anos, mas eu o fiz. Ignorei o homem que me conquistou sem qualquer esforço, pois custaria admitir que, depois de sete anos, depois também de namorar a minha melhor amiga e se casar com outra pessoa, eu ainda o amava.

Olhei para o relógio digital ao lado da cama. O bendito me acordou com a voz do Carter cantando algo sobre o amor. Esse era um dos hits do antigo CD e os radialistas comentavam que a banda era a sensação do momento, citando a agenda de shows, que fiz questão de ignorar. Desliguei o aparelho e me concentrei no horário que piscava em letras vermelhas gritantes. Mais uma vez, estava acordando depois do meio-dia. Não tinha muito que fazer além de tentar me acostumar a ficar acordada à noite, já que, dentro de quinze dias, eu estaria pegando um voo para o Japão e não havia qualquer sessão fotográfica ou desfile nos próximos dias.

Você não possui novas mensagens.

Outra recordação de que Lua não retornou nenhumas das cento e cinquenta e cinco mensagens, trinta e nove correios de voz e, bem, perdi a conta do número de ligações. Minha amiga definitivamente não estava me perdoando, ou sequer dando a entender que um dia faria isso.

Obriguei meus pés a saírem da cama, mesmo que meu coração estivesse mais pesado do que o resto do corpo, e tomei um breve banho. Meus cabelos vermelhos estavam hidratados e eu parecia bem no espelho, exceto pelas olheiras de cansaço e os lábios rachados de tanto mordiscá-los em ansiedade.

Quando fui para a sala, recebi uma mensagem do fotógrafo de Paris, alertando-me de que, em breve, mandaria as fotos da campanha que fiz no mês passado, como prova e pedido de autorização para usar os direitos. Jesus Cristo. Parecia que mil anos se passaram desde então. A vontade que tinha era de voltar no tempo e ter dito não à proposta da Lua, para não ter me apaixonado novamente por Carter e, principalmente, estragado tudo com a minha amiga. Também não teria agido de maneira insegura — que sempre foi presente na minha vida —, pois não passaria por nenhuma situação na qual fosse exigida a autoconfiança.

O otimismo não era uma fonte de energia para mim agora. Eu estava me afundando lentamente no pântano do sofrimento, e não tinha qualquer esperança de que conseguiria sair dali. A verdade é que perder um grande amor é dolorido, mas deixar uma amizade de anos ir pelo ralo é intolerável.

Tentando ignorar a mesa cujo pacote do presente que eu comprara para o Carter repousava, sentei-me no sofá. Antes que pudesse me acomodar novamente, levantei e obriguei-me a guardar a caixa no guarda-roupa.

Em seguida, fiz a única coisa que tem me distraído durante esse tempo: afundei no sofá e liguei a televisão.

7 dias com você

Carter

Corremos feito loucos, conseguimos concluir o cronograma e encerramos o ensaio da música *Five Minutes*. Embora Zane não estivesse nada contente com a falta do solo de sua guitarra, conseguimos convencê-lo de que a canção foi feita para ser assim e nem sempre podíamos deixá-lo em evidência. Zane resmungou, mas Yan o acalmou.

Tínhamos uma hora entre tomar banho e nos arrumar, o que significava que teríamos que aguentar toda a parafernália de maquiagem e aquelas tralhas esquisitas que deixavam nossos cabelos apresentáveis. Estava desanimado com isso, mas a banda toda estava irritada.

O estúdio da VMV era no centro da cidade. Como foi anunciado que estaríamos lá, não estranhei o fato de que existia uma fila de fãs sendo controlados por seguranças em uma barreira. As pessoas carregavam pôsteres nossos, CDs, faixas na cabeça com nossos nomes e gritavam; muitos gritos de boas-vindas.

Apesar de estar dentro da van escura, já podia sentir meus lábios se erguendo em um sorriso. Se um dia tive alguma dúvida a respeito de como escolhi viver, ver essas pessoas tão apaixonadas pelas músicas e por nós acabava com qualquer incerteza.

Eu amava cada pessoa que faltou no trabalho, no curso, na escola ou que apenas dedicou um pouco do seu tempo para nos receber.

A porta da van se abriu e Zane desceu acenando, seguido por Yan. As garotas iniciaram uma insana sinfonia de gritos e, quando finalmente pus meus pés na calçada da VMV, os flashes dos fotógrafos me cegaram e os gritos se tornaram ensurdecedores.

— Carter! — Ouvi alguém gritar e, apesar de estar com o horário corrido, parei por uns minutos para dar atenção.

Uma garota beijou minha bochecha e deixou uma marca de batom. Tirei fotos com o pessoal e dei tantos autógrafos que meus dedos ficaram escurecidos pela tinta.

Aquilo era gratificante.

— Eu te amo, Carter! — uma menina gritou a plenos pulmões e seus olhos

Aline Sant'Ana

estavam cheios de lágrimas quando passei pelas portas amplas do estúdio.

— Carter, temos que entrar — disse Stu, exigindo que eu desse atenção ao horário.

Desvencilhei-me dele e fui até a menina. Seus cabelos estavam presos em um rabo de cavalo e os olhos azuis, vermelhos de tanto chorar. As pessoas gritaram, aprovando a minha atitude por ter voltado por ela, mas eu não estava fazendo aquilo para impressionar, mas sim porque seu rosto estava literalmente marcado pelas lágrimas e eu a teria notado se não estivesse com pressa.

— Oi, desculpa. — Ela abriu os lábios em choque. Vi suas mãos trêmulas estendendo uma foto minha, fornecendo também uma caneta para autografar. — Qual seu nome?

— Alexis.

— Oi, Alexis. — Sorri para ela, tranquilizando-a, enquanto autografava e fazia uma dedicatória legal. Entreguei a foto e vi seus olhos se encherem de lágrimas novamente. — Você estava ansiosa para vir aqui e não dormiu à noite?

— S-sim — ela gaguejou, com o maxilar tremendo, seus dentes batendo. — Oh, Deus. Eu n-não acredito q-que estou fal-lando com v-você!

— Ah, não se preocupe. Não quero que fique assim, tudo bem? Vamos tirar uma foto?

Ela assentiu, incapaz de dizer qualquer outra coisa. Envolvi o braço em seus ombros e a trouxe para perto enquanto, trêmula, Alexis fazia uma selfie. Quando percebi que seus dedos estavam impossibilitados de fazer uma imagem decente, tirei a foto por ela.

Alexis me agradeceu e eu dei um beijo em sua bochecha.

— Obrigado por curtir a The M's e obrigado por sua presença — sussurrei e Alexis sorriu emocionada, balançando a cabeça sem parar. — Obrigado por virem, pessoal! — gritei para o resto das pessoas e ouvi seus gritos dizendo aleatoriamente o nome da The M's.

Voltei para o estúdio e vi Zane e Yan com os braços cruzados no peito, olhando-me com atenção.

— Você é um fofo, Carter — brincou Zane e Yan riu.

7 dias com você

— Não me custava nada fazer aquilo — respondi, já caminhando rapidamente em direção ao camarim com os caras. — Eu vi o quanto era importante para ela que eu desse atenção. Realmente não tomou mais do que cinco minutos do meu tempo.

— Eu sei — concordou Zane, sem brincadeira na voz dessa vez. — É por isso que elas te amam, cara. Você se preocupa. Isso é raro.

— Nós nos preocupamos — corrigi.

— Vocês têm quinze minutos! — gritou Stu.

Fechei os olhos e deixei que me maquiassem.

Erin

Estar preguiçosamente em casa tinha lá suas vantagens. Eu ia ao mercado da esquina e comprava coisas que uma modelo não deveria ingerir, tomava cerveja normal ao invés de *light* e fazia tantos cupcakes que meu apartamento cheirava a bolo e chocolate. Cozinhar se tornou uma terapia interessante, mas não arriscava nada salgado em meu estado de espírito, apenas sobremesas deliciosamente doces.

Enquanto *Demi Lovato* cantava seu novo *hit* de sucesso na televisão, eu tentava dançar pela cozinha e terminar a receita de brownie que baixei da internet. Meu almoço tardio seria nada mais do que um copo de leite e brownies recém-saídos do forno. Estava tentando me animar à minha maneira. Algumas pessoas vão fazer dança de salão, outras vão correr no parque. Eu fazia sobremesas.

Percebi que a massa já estava assada após alguns minutos e voltei para a sala para comer tranquilamente. Zapeei os canais, já cansada de assistir clipes de música, e parei no programa da Trissa, que eu adorava. Ela falava sobre vários assuntos, como uma Oprah da atualidade. Os cabelos elegantemente cacheados caíam sobre o rosto redondo. Seus lábios finos usavam um batom vermelho vibrante e os olhos gentis pareciam dois pontos nublados. Ela foi considerada uma das mulheres mais bonitas e influentes pela revista Forbes, e eu duvidava que alguém pudesse abalá-la.

Mas bastou um segundo a mais encarando a tela da televisão para eu perceber que tinha algo errado.

Aline Sant'Ana

No plano de fundo do programa, uma foto digital de três homens sexy vestidos com jaquetas de couro, com *Ray-Ban* nos olhos e jeans rasgados apareceu. O cara de cabelo castanho-claro estava na frente, propositalmente mordendo o lábio inferior, com as mãos enfiadas nos bolsos frontais dos jeans. O moreno, de cabelos curtos e arrepiados, tinha a pose de durão com os braços cruzados no peito, mas um sorriso torto no rosto. E o terceiro, à esquerda do central, com os cabelos escuros na altura do ombro, fazia uma pose que deixaria qualquer mulher babando: ele tinha os dedos entre os fios, puxando-os para cima, exibindo evidentemente o braço forte e tatuado que ia além da manga da camiseta.

— *A entrevista mais esperada da semana* — disse Trissa, sorridente. — *The M's!*

— Oh, meu Deus! — gritei.

Deixei cair o leite no tapete. Meu coração bateu tão forte no peito que tive o instinto de pegar meu celular e ligar para a ambulância. Carter McDevitt foi o primeiro a aparecer, seguido de Yan e depois Zane. Eu não conseguia olhar para os outros rapazes, pois o vocalista da banda era o único que valia a minha atenção. Ele parecia o mesmo de alguns dias atrás, intocável, mas tão vivo na minha memória que eu ainda podia senti-lo.

Lágrimas vieram aos meus olhos quando ele olhou para a câmera e sorriu.

Trissa ofereceu o sofá cor de creme para os garotos sentarem. Eles pareciam tranquilos, como se fizessem isso o tempo todo, e era difícil associá-los a tanta fama quando me lembrava de conversar tão tranquilamente com eles. As meninas da plateia estavam agitadas e os três não conseguiam tirar o sorriso de felicidade dos lábios.

Carter estava lindo.

Vestia uma calça jeans branca e uma camiseta do Pink Floyd escura com as letras claras. Ele tinha diversas correntes no pescoço, colares de todos os tipos, e seus cabelos bagunçados pareciam macios. Eu me recordava como eram realmente macios entre os meus dedos. Perguntei-me se ele ainda cheirava a lírio e couro.

— *Obrigada por virem, meninos. Soube que a agenda de vocês anda uma loucura essa semana* — começou Trissa e os três riram. — *Bem, as garotas estavam animadas para vê-los. Vocês viram a fila de fãs lá fora?*

7 dias com você

— *Eu vi, uma loucura!* — Yan riu.

— *Pois é, adorei a recepção das garotas* — brincou Zane.

— *É sempre um prazer ver os fãs* — falou Carter, por último.

Sua voz era como uma droga para mim depois de dias de reabilitação.

— *Soube por fontes seguras que vocês vão começar uma turnê de shows em breve e, depois, pretendem lançar um CD.* — Trissa sorria abertamente. — *A novidade tem me deixado ansiosa. Confesso: sou fã.*

— *Obrigado, Trissa* — respondeu Carter, fazendo novamente meu coração bater forte no peito. — *Temos vários projetos em andamento e algumas coisas acontecendo. Estamos tentando concluir o quinto CD da banda ainda esse ano e, embora pareça difícil, não é impossível.*

— *Isso é incrível! Mal posso esperar para ouvi-lo!* — Ela estava animada. A plateia se manifestou. — *Vocês são muito queridos pelo público. As fãs literalmente idolatram a The M's. Como é para vocês lidar com tantas pessoas? Tão expostos na mídia?*

— *Nós somos tranquilos em relação a isso* — contou Zane. — *Gostamos do contato com os fãs e a mídia tem sido boa para nós. Não temos do que reclamar. Eu posso falar por nós três: nós amamos nossos fãs. Cada recado que recebemos, cada carta, cada abraço e incentivo é o que nos motiva a ir adiante.*

— *Ah, que fofo! Vocês são muito bonitos, rapazes.*

— *Oh, obrigado, Trissa* — flertou Zane. — *Se você quiser, sabe, a gente pode trocar telefones depois.*

— *Você sabe, eu sou casada, e provavelmente o Troy está tendo uma úlcera agora por me ver sendo cantada por você.*

— *Eu não o culpo, sou irresistível.*

A plateia riu e Carter olhou novamente para a câmera.

Será que ele pensava em mim? Será que ele imaginava que eu estava assistindo sua entrevista? Eu tinha mil e uma razões para desligar a televisão, tinha de verdade que me manter afastada disso tudo, mas não conseguia.

Não quando sentia que alguma coisa excepcional ia acontecer bem ali, na frente dos meus olhos.

Aline Sant'Ana

Carter

Eu estava nervoso e, no meio disso, acabei descobrindo o que me acalmava: Erin. Pensar nela era o substituto perfeito para o clips que sempre trazia entre os dedos como distração. Lembrar dos cabelos cor de fogo, os olhos azuis como o céu e os lábios macios me fazia relaxar como uma criança após ouvir uma canção de ninar.

Jesus, eu queria que ela estivesse me assistindo agora.

— *Ouvi boatos de que vocês fizeram um show particular em um cruzeiro* — disse Trissa, e meu corpo imediatamente endureceu. Olhei para Yan, que tinha o rosto mais fechado, e Zane, que não perdia a pose. — *Vazaram fotos na internet, vocês viram?*

O telão exibiu uma foto minha cantando ao lado de Yan, no karaokê. Suspirei fundo quando percebi que ninguém adicionou a palavra "erótico" ao contexto. Realmente, graças a Deus, eles eram discretos. Seria fácil comentar sobre nossas férias inesperadas de sete dias.

— *Não foi um show particular, para ser sincero* — disse Yan, por nós. — *Era um karaokê que, hum, bem, nós decidimos participar. Foi divertido.*

— *Ah, eu imagino.* — Trissa cruzou e descruzou as pernas. — *Foi um momento de férias para relaxar, estou certa? Bem, falem um pouco sobre os novos shows e projetos de vocês.*

Zane começou a falar das coisas que tínhamos sido instruídos a dizer. Trissa seguiu o padrão: recordado nossa trajetória até sermos o que somos hoje; revivido alguns de nossos clipes, shows e momentos com os fãs; falado a respeito da família de Zane, que tinha se mudado da fria Londres para a latina Miami, quando ele era pequeno. Agora, chegou a hora de comentar sobre o futuro. De acordo com Stu, não podíamos falar o nome do álbum nem as faixas, mas eu tinha algo preparado para hoje. Não funcionava como uma última cartada para conquistar Erin, pois eu sequer podia imaginar se um dia ela veria esse programa, entretanto, a música que eu comecei no navio estava pronta, tinha melodia e seria a primeira faixa do novo CD. Stuart já queria começar a produção do clipe musical e eu estava me coçando para cantá-la ao vivo. Conversei rapidamente com os produtores do programa e sabia que nosso agente ficaria ensandecido por ela ser apresentada assim, de surpresa, mas foda-se. A sensação que eu tinha era de que, se não tirasse esse sentimento do peito através da melodia que nós nos empenhamos em criar, eu estaria completamente perdido.

Esperei o britânico terminar de falar sobre o presente e, antes que Trissa pudesse abordar a próxima pergunta, ajeitei-me no sofá e pigarreei.

— *Na realidade, nós temos uma surpresa para vocês hoje* — eu revelei e, além de Yan e Zane, pude ver o choque estampado no rosto de todos.

— *Sério, Carter?* — Trissa duvidou. — *Bem, eu adoro surpresas. O que você tem na manga?*

Levantei-me e ajeitei as roupas. Zane recebeu sua guitarra e Yan, como não poderia entrar com a bateria, ficaria de segunda voz, tocando o baixo. Apesar de ele não saber muitas coisas a respeito de instrumentos de corda, arriscava com a Gibson. Essa música exigia bateria, mas a minha sorte é que Zane havia trazido o som auxiliar que complementaria os instrumentos.

— *Vocês vão tocar uma música nova?* — Trissa ajeitou o microfone e brincou comigo, arrumando uma mecha do meu cabelo para trás dos olhos.

Sorri para ela.

— *Sim, essa música nunca foi tocada antes em lugar algum. Ela é extremamente especial para mim* — respondi, engrossando a voz.

A emoção de tocar a música da Erin pela primeira vez estava correndo em meu sangue. Eu podia me sentir borbulhar, mas precisava ser forte e pensar que, droga, era apenas uma música. Claro que, para ela, existia um significado e todo o sentimento que tinha por trás. No entanto, se havia algo que gostava de fazer em relação à The M's, era poder expressar a vida através das batidas unidas de Yan, Zane e a minha voz.

Amava isso e estava apaixonado por Erin.

Ia dar certo.

— *Que incrível* — falou Trissa, trazendo-me para o presente. — *É importante para você por causa de alguma garota?*

Eu poderia fazer uma declaração incrível para Erin ali, contudo eu não queria expô-la. Também não estava preparado para estragar ainda mais as chances de ela se reconciliar com a Lua. A relação delas está fragilizada.

Porra, eu não ia ser um babaca.

Aline Sant'Ana

— É para alguém especial, sim, mas isso é tudo o que vai arrancar de mim, Trissa.

Ela riu junto com a plateia e eu ajeitei-me à meia-luz do programa. Os painéis de cor laranja que faziam parte do cenário assumiram tons dégradés entre marrom e amarelo, por causa das luzes intensas e mais fracas. O clima se tornou romântico e, então, Zane puxou o início da canção com a guitarra suave.

Colei a boca no microfone e olhei para a câmera mais próxima.

— Essa música se chama Masquerade.

Erin

O papel que Carter me deu no cruzeiro em despedida estava no mesmo formato de bola amassada sobre a mesa de centro. Por algum motivo, quis agarrá-lo para ver se era a música que ele estava começando a cantar na televisão, porém, não precisei. Meu coração sabia que era, e a letra, oh, Deus, a letra era sobre nós dois.

— *At the masquerade. All I can see is your eyes. And can't replace. All I have inside.* — Carter olhava tão intensamente para a câmera que pensei se ele era capaz de me ver, capaz de sentir que eu estava ali.

Meu coração bateu na boca, a respiração ficou presa e as lágrimas saíram sem intenção de cessar. A música tinha um toque melancólico, romântico, suave, mas com uma ligeira batida de rock, que não podia faltar. Era como se ele tivesse unido tudo o que existia de mais sentimental no universo e criado essa canção.

— *But I know, I know this is how we play. And the love, it can be easy. So tell me how can't you make my whole world change? And how do you make my mind go completely insane?*

A voz do Yan entrou ao fundo e, juntos, eles se uniram para cantar o refrão. Pareciam dois garotos de almas unidas pela mesma dor. Eu tive vontade de me esfaquear por ter sido a responsável por esse sofrimento.

— *Take my hand and runaway with me. Keep kissing me, please, all the time. You're my fairy, my angel, my baby. You're the one that I want in my life.*

7 dias com você

Ah, Deus, acompanhar o que tudo aquilo significava era demais para mim. Eu queria abraçá-lo, beijá-lo, queria tirá-lo daquela televisão e puxá-lo para os meus lençóis. Queria que Carter soubesse o quão difícil era manter-me afastada, queria que ele também soubesse o quanto eu o amava.

— *At the sky. You can look at the stars. And I can scream (with all my heart). You're my angel! Then smile, smile to feel free. We can be everything you need. Explain how will you be a part of me? 'Cuz all I need is feel complete.*

Carter, com os olhos fechados e a emoção sendo transmitida por cada poro do seu corpo, repetiu o refrão mais uma vez e finalizou com a primeira estrofe, cantando em acústico.

As pessoas começaram a aplaudir enlouquecidas e Zane e Yan o abraçaram, elogiando a performance. Trissa estava com lágrimas nos olhos e eu... Bem, meus joelhos estavam no chão, minhas mãos agarradas à bolinha de papel, que, sim, comprovei que era realmente a letra da música finalizada com sua letra cursiva e masculina.

Carter McDevitt estava em um canal que passava por todos os quatro cantos do mundo, cantando uma música que falava sobre nós dois, dizendo indiretamente que tinha alguém especial em sua vida. Mas não havia, pois eu não permaneci. Tive medo de viver esse romance, perdendo Lua no processo, e acabou que o perdi também. Perdi uma parte da minha alma e do meu coração.

Não sabia onde tanta dor iria parar, como conseguiria fazê-la passar, mas eu precisava encontrar uma maneira.

Precisava encontrar o meu final feliz.

Carter

Existem músicas que levam a sua alma para longe, e, quando você as canta, se sente exposto. Quando terminei Masquerade, me senti nu em frente à plateia. Era como se eles soubessem exatamente o que eu tinha vivido durante os últimos dias e o que eu sentia por Erin Price. Mesmo assim, recebi uma salva de palmas e o abraço da Trissa em despedida. Fiquei um pouco aéreo com o final do *talk-show*, mas Zane e Yan fizeram questão de me ajudar a sair dali.

Aline Sant'Ana

— Vocês ficaram malucos? — gritou Stu, não escondendo sua indignação nos bastidores. — Lançaram a música em um programa de televisão, sem antes fazer o clipe, sem sequer ela estar preparada para ser lançada. Desde quando vocês começaram a planejar as coisas nas minhas costas?

— Olha, Stu, Carter precisava... — começou Yan e eu o interrompi.

— Começamos a fazer essas coisas a partir de agora, e você está demitido, Stuart.

Ele abriu a boca e arregalou os olhos.

— O quê?

— Eu precisava lançar essa música. Era uma questão pessoal. Se você não entende que fazemos isso por amor e não por dinheiro, então não merece fazer parte da merda da equipe. Outra coisa importante: as agendas que você nos mete impedem a gente de viver. Eu estou cansado, Yan está exausto e Zane, quase cochilando pelos cantos. Precisamos de um tempo, de uma pessoa que entenda nossas necessidades, e você é uma grande pedra no sapato, porra — resmunguei, quase alterando a voz. Respirei fundo e me controlei. — Stu, apenas caia fora. Por favor, vá embora.

— Como vocês vão continuar sem mim? Enlouqueceram de vez? — ele insistiu. — Não há maneira alguma de...

— Cai fora, Stuart. — Yan nos empurrou para seguirmos adiante. Quando ficamos longe o bastante do cara, nós três respiramos aliviados. — Graças a Deus alguém teve coragem de fazer essa porcaria. Demitir Stu foi a melhor coisa que fizemos.

— Não aguentava mais — confessei.

Seguimos para a parte dos fundos do VMV, onde a van já nos esperava. Entramos sem sermos vistos e, por todo o momento, minha mente estava nas coisas loucas que aconteceram. Tinha lançado Masquerade, demiti Stu e meu coração batia ensandecido no peito.

— Carter — Zane me chamou.

Ele tinha uma expressão sombria e decidida em seus olhos. Era difícil lê-lo, pois o londrino tinha cara de vampiro e ocultava muito bem as emoções e as intenções. Franzi os olhos e esperei a continuação.

— Você realmente gosta da Erin, não é?

7 dias com você

A pergunta me pegou como um soco no estômago. É claro que eu gostava! Eu estava de quatro por ela e ele sabia.

— Sim — respondi, cauteloso.

— Quero fazer algo por você e também por ela. Sei que passei pouco tempo ao lado da Erin no cruzeiro, mas pude ver que ela é uma garota legal e que vale a pena. — Ele baixou o rosto. Seu semblante se tornou mais suave e ele retirou o celular do bolso. — Está vendo o Google Maps?

Tirei os óculos escuros e vi dois pontos na tela do celular. Um em andamento, sinalizando o carro em A, e o outro, B, parado a alguns quilômetros de distância.

— O que tem? — questionei.

— Yan conseguiu o endereço dela para mim — explicou, e eu trinquei o maxilar, sentindo o corpo todo responder a essa notícia.

— Eu não posso ir vê-la — praticamente grunhi, pois o que eu queria dizer era o oposto disso.

— Sim, eu sei. Não estou dizendo que você vai, estou dizendo que eu vou — explicou Zane.

A ideia me deixou doente. Zane era um fodido conquistador. Ele estava acostumado a lidar com as mulheres, principalmente a consolar as que precisavam de carinho. Antes que eu pudesse conter o ciúme, lancei um olhar fuzilador para o cara, que automaticamente entendeu meus motivos.

— Você não ouse, porra!

— Carter, não vou ficar com ela. Você não quer saber como ela está? Não quer que alguém saiba como anda a cabeça dela? Se ela ainda pensa em você? Conversei com o Yan a respeito e ele achou melhor eu ir, pois sou o mais neutro dessa situação. Posso ir lá, ver como Erin está, posso apenas assistir a um filme e sondá-la para compreender o que está acontecendo. O que não pode é você ficar assim. Porra, Carter, facilita!

— Não quero você perto dela, Zane — grunhi, pois era verdade. Ele iria beijá-la, eu podia sentir isso. Erin estava magoada. O que a impediria de ter um momento com Zane?

Os olhos escuros do londrino se estreitaram. Estávamos em lados opostos da van, então, foi fácil ele se inclinar e colocar a mão sobre o meu joelho.

Aline Sant'Ana

— Eu prometo pelo meu irmão, pela minha mãe e pelo meu pai que não vou encostar um dedo nessa menina. Apesar de ser linda, eu a vejo como se fosse uma irmã e não uma possível transa. Segundo: ela é sua. De corpo, alma, coração e essas merdas românticas todas que eu não entendo. Terceiro: que espécie de homem acha que eu sou, caralho? Não furo os olhos dos meus amigos, principalmente os seus ou os do Yan. Alguma vez demonstrei algo por Maisel? E olha que a vadia tentou a toda hora tirar as minhas calças.

Minha ex-esposa era mesmo atraída por Zane. No começo, eu não quis ver, mas depois se tornou meio óbvio. Ele fugiu dela como o diabo foge da cruz e honrou nossa amizade, apesar da tentação constante.

Acontece que Erin era a minha preciosidade, o convite direto para ser feliz. Ela era uma coisa doce, quente como o inferno quando queria, mas era a minha Fada em sua inocência deliciosa. Ela era minha e aquele sentimento de posse corroía a merda do meu estômago.

— Carter, confia nele — pediu Yan, numa última tentativa. — Ele vai conseguir conversar com a Erin e as coisas podem ficar mais tranquilas. Faça isso por mim e por você, por favor.

Fechei os olhos e tentei empurrar o monstro do ciúme para o fundo da mente. Em seguida, olhei para o meu amigo e segurei sua mão.

— Se fizer um movimento para cima dela e eu descobrir, você morre. Juro, cara. Eu amo você, mas a Erin é importante demais para mim.

Ele bateu no teto da van e o carro imediatamente parou. Zane colocou o celular novamente no bolso dos jeans e, como de costume, deu dois tapas leves no meu rosto.

— Eu prometo que vou trazer a sua garota de volta.

7 dias com você

CAPÍTULO 29

E quando eu me perco em suas memórias
Vejo um espelho contando histórias
Sei que é difícil de esquecer essa dor
E quando penso no que vivemos
Fecho os olhos, me perco no tempo
Pra mim não acabou

— Malta, "Memórias"

Erin

Depois da declaração do Carter, liguei tanto para a Lua que devo ter lotado seu celular de mensagens. Estava cansada, me sentindo exausta emocional e fisicamente. Precisava acertar a minha vida de uma vez por todas e não fugiria dos confrontos dessa vez. Tinha que conversar com ela, nem que tivesse que aparecer na casa do prefeito e verificar se ela estava escondida lá.

Duas batidas soaram na porta, tirando-me do devaneio. Estranhei, porque geralmente o rapaz que ficava no condomínio avisava sobre visitas. Olhei para mim. O pijama colorido de flanela definitivamente não combinava com o clima de final do verão em Miami e os cabelos brilhosos, ainda que elegantes, estavam bagunçados após o banho. De qualquer maneira, eu não poderia ter alguém ilustre atrás daquela porta.

Então, eu a abri.

Zane D'Auvray tinha um semblante gentil no rosto, com o qual eu não estava habituada. Meu coração ficou literalmente pesado, porque, em questão de segundos, pensei que Carter também estava ali, porém, logo vi que ele estava sozinho.

— Posso entrar? — Ele colocou em meu campo de visão uma sacola de papel. — Trouxe coisas que eu acho que as mulheres gostam de comer quando estão deprimidas. Quer dizer, não sei bem como você está, então, eu trouxe o que li no Google sobre a TPM. Acho que foi em um blog sobre hormônios femininos. Cara, eu realmente não sei o que vi.

Cruzei os braços na altura dos seios.

Aline Sant'Ana

— Certo... Você aparece no meu apartamento, que, por sinal, não sei como conseguiu o endereço, e traz uma série de coisas gordurosas, supondo que eu estou deprimida e de TPM?

— Desculpe-me, Erin. Não estou acostumado a lidar com o sexo feminino, não dessa maneira. Mas prometo que vou tentar ser um bom amigo. Só me deixa entrar para que possamos conversar.

Não estava animada com a perspectiva de ter Zane no meu apartamento. Ele era um rapaz legal, mas nós não havíamos conversado muito durante o cruzeiro. Sabia das suas intenções com as mulheres e criei um preconceito a seu respeito. Se ele estava aqui com a intenção de tirar meu pijama, podia dar meia-volta, porque eu jamais cairia em suas cantadas baratas.

Além disso, Zane era uma lembrança dolorosa do homem que eu amava.

— Qual são suas intenções aqui, Zane?

— Apenas conversar — garantiu e sorriu. — Eu prometo.

Carter

Zane mal havia saído da van e eu já estava com os nervos à flor da pele. Tinha uma crise de ansiedade — ou sei lá que diabos era — acontecendo dentro de mim. Yan estava tentando me acalmar, mas a ideia de que meu amigo estava perto da minha Fada enquanto eu me mantinha longe era terrível como o inferno.

— Ele só vai sondar o que está acontecendo — disse Yan e a van parou em um dos semáforos da cidade.

— Para onde, senhores?

— Quero ir para o meu apartamento — exigi, um pouco mais ríspido do que deveria. Precisava aprender a lidar com essas mudanças de humor que Erin me causava. O ciúme e a preocupação somados à saudade tiravam o resto de bom-senso que existia dentro de mim. — E você, Yan?

— Também — respondeu.

Yan, Zane e eu temos uma história um pouco cômica a respeito desse conjunto de apartamentos no bairro de Coconut Grove. Soubemos a respeito dele quando ainda estava na planta e tivemos que persuadir toda a equipe de arquitetos e engenheiros para refazerem o que eles planejaram: ao invés de uma cobertura, haveria três, uma embaixo da outra, mas as três seguidas. Era esse o nosso acordo e pagaríamos o dobro do que eles cobravam.

Sem sombra de dúvidas, conseguimos o que queríamos.

Yan morava no meio, eu embaixo e Zane no topo. O que nos dividia era apenas o elevador que, honestamente, só ia para o andar pedido se você tivesse a chave. Dessa forma, era apenas girar a peça na fechadura interna que já estaria no lugar certo. Havíamos combinado que teríamos a chave um do outro para emergências, mas tínhamos um acordo mútuo de ligar sempre antes, para que não houvesse surpresas como, por exemplo, dar de cara com algum de nós transando.

— Você acha que ainda há chance para nós? — perguntou Yan, franzindo as sobrancelhas espessas.

De uma maneira muito melancólica, compartilhávamos o mesmo problema.

— Acho que nós precisamos acreditar, Yan. Isso é tudo o que podemos fazer no momento.

— E confiar no Zane — ele completou, dando um sorriso torto.

Concordei com meu amigo e suspirei fundo por finalmente ver os portões do prédio em que morávamos.

— Isso é tudo o que podemos fazer, cara — respondi tardiamente, e nós dois ficamos pensativos, pois sabíamos que Zane geralmente estragava tudo o que tocava. O problema era que, para acontecer o melhor cenário com nossas garotas, tudo o que tínhamos que ter era um pouco de fé.

Erin

Ter um rapaz de um metro e oitenta no meu apartamento usando um coque frouxo no cabelo e fumando cigarro de menta era meio estranho. Ainda mais se essa pessoa era considerada famosa pelos quatro cantos do mundo. De alguma maneira, me sentia confortável ao lado do Carter, como se ele fosse um mero mortal, mas Zane exalava essa coisa de astro do rock intocável, como Adam Levine. Era como se ele tivesse nascido exatamente para ser isso na vida e, apesar de lidar com vários famosos pelos eventos aos quais eu comparecia como modelo, esse menino de palavras puxadas e enfeitadas me deixava constrangida.

— Muito bem, Erin — disse ele, depois de vários minutos em silêncio. — Vamos fazer o seguinte: eu finjo que estou aqui como um ombro amigo e você finge que me considera o bastante para desabafar. Sei que você não quer fazer isso, mas, pelo que vi, Lua ainda não voltou a falar contigo. Então, eu meio que sou a única opção que você tem.

— Como sabe que ela não voltou a falar comigo?

— Sei por que ela não está aqui. Garotas gostam de estar ao redor umas das outras. Sua amiga com certeza estaria esticada no sofá e de pijamas vendo algum filme para te apoiar.

Zane estava na minha poltrona vermelha e eu no sofá de dois lugares macio e cor de creme, longe o bastante do seu cigarro, mas perto o suficiente da análise que fazia a cada frase que eu soltava.

— Para um homem que não sabe nada sobre as mulheres, você está me saindo um bom entendedor.

— Sei sobre elas, Erin, mas definitivamente não as coisas menos importantes.

— E o que é mais importante do que o bem-estar de uma namorada?

— Sexo — respondeu prontamente. — E, olha, essa palavra "namorada" me causa urticária. Preciso pedir que não a repita.

Ri baixinho e ele sorriu para mim. Zane esperou eu tomar a vitamina de maçã, banana e chocolate que eu tinha na caneca para depois me acompanhar, bebendo um pouco do uísque envelhecido que ofereci a ele quando chegou.

— Ele parece um pedaço de merda, sabe?

Foi o bastante.

Baixei a cabeça, incapaz de lidar com os olhos de Zane, e comecei a brincar com o fio que estava desfazendo a barra da calça de flanela.

— Ele não dorme e não come direito. Cria músicas em cima de músicas, não que eu esteja reclamando, pois o material daria uns quatro CDs tranquilamente. O problema todo está em seu rosto abatido e... porra, Carter perdeu a vontade de ir adiante, Erin. Ele pode ser um otimista babaca que acredita que você vai voltar, mas meio que o cara está perdendo as esperanças.

7 dias com você

Pode estar sorrindo para as câmeras, porém, eu e Yan sabemos o quão fodido ele está por dentro.

Ouvir aquilo tornava tudo real. Como autoproteção, eu imaginei que Carter estava bem, beijando outras garotas — o que era insuportável —, porém, mais interessante do que pensar que ele estaria sofrendo, ainda mais por mim. No fundo, eu sabia que eu era importante para ele, no entanto, optava pela versão em que Carter não estava tão machucado quanto eu, pois esse sentimento me massacrava. Queria acreditar nisso para não deixar a culpa pesar sobre os meus ombros.

Só que não havia como fugir do que eu vi hoje na televisão, da música que ele criou para mim e de todo o sentimento que passou dos seus olhos para a tela. Não tinha como fugir do jeito que seus lábios sorriram ao se lembrar das estrofes fofas ou como seu rosto se transformava em dor quando chegavam às partes mais delicadas. Ele era um poeta romântico, declarando os sentimentos através de melodias afetuosas e a voz aveludada.

Como não amar um cara que é capaz de fazer algo assim por você? Ainda mais quando esse é o mesmo cara por quem você se apaixonou pela primeira vez e o mesmo homem que, em sete dias, foi capaz de trazer sete anos de sentimentos conflitantes de volta? Carter era a mistura do meu passado adolescente com o presente adulto. Ele era a soma da inocência do primeiro amor com a paixão incendiária da minha realidade. Ele era tudo o que eu precisava. Eu não podia, nem se quisesse, me afastar disso agora.

— Eu estou um lixo também, Zane. Tenho uma viagem para o Japão e a única coisa que consigo fazer é pensar nele e em como ele está. — Zane se inclinou para me ouvir melhor, apagando o cigarro e apoiando os cotovelos nos joelhos. — Não consigo parar de pensar que estraguei tudo. Também não consigo parar de pensar que perdi a minha melhor amiga. Mesmo que eu ainda tivesse o Carter, me sentiria horrível, pois seria como ligar o foda-se para o que Lua pensa e seguir em busca da minha felicidade. Isso é errado, Zane. Eu não posso dar as costas para ela. Não posso jogar tantos anos de amizade no lixo.

Ele pensou por um momento e suspirou.

— A única coisa que te segura de ir atrás de Carter agora é a Lua?

Meu coração acelerou em resposta.

— Sim — respondi, sem pensar duas vezes. — Eu preciso me resolver

Aline Sant'Ana

com ela, Zane. Não posso simplesmente passar por cima de tudo. Não consigo.

— Bem, vamos deixar esse assunto para mais tarde — falou Zane, levantando-se da poltrona, totalmente à vontade no meu apartamento. Eu não morava em um bairro simples de Miami, mas meu cantinho não era extremamente luxuoso: pouca mobília e quase nada pessoal.

Vi-o pegar a sacola de coisas que havia trazido e me jogar um pacote de salgadinho.

— Vamos comer besteiras e assistir filmes.

— Foi para isso que você veio, Zane?

Ele sorriu.

— Não. Vim aqui para te fazer enxergar que algumas coisas são simples, mas nós as complicamos. Por exemplo, eu poderia me arriscar e fazer algo para a gente comer ao invés de simplesmente te dar o salgadinho. Mas eu preferi comprar algo pronto, entende?

— O que isso quer dizer?

Ele voltou e se jogou no sofá ao meu lado, puxando para si a manta de flanela que estava no encosto. A verdade é que não estava frio, mas o ar-condicionado estava ligado, pois eu amava meus pijamas de flanela.

— Deixa para lá — ele resmungou. — Vamos assistir ao filme, tudo bem?

Zane ligou a televisão, esticou-se mais confortavelmente e deixou que uma comédia do Adam Sandler nos envolvesse.

Carter

> Ela está bem. Arrasada, insegura, parece que vai desmoronar a qualquer segundo, mas bem. Erin gosta de você, cara. Do tipo, sei lá, ela te curte pra caralho. A única coisa que a está impedindo de estar contigo agora é a Lua. Encontre um jeito de falar com ela para que você possa sossegar a cabeça.
>
> Abraço.

Li e reli a mensagem do Zane várias vezes. Respondi-o, com os dedos trêmulos, e quase todas as palavras saíram erradas. Zane respondeu apenas com uma piscadinha e dizendo que voltava à noite para que nós pudéssemos conversar.

Confesso que a atitude do cara me surpreendeu. Ele odiava lidar com sentimentos, mas ainda assim estava se esforçando por mim e Erin. Tinha que dar esse crédito a ele.

Yan me lançou um olhar repleto de preocupação quando estendeu uma dose de uísque com gelo.

— Notícias?

— Sim, parece que ela só não volta para mim por causa dessa pendência com a Lua. Eu já sabia disso.

— Só que você não pode forçar, cara. — Yan virou sua bebida. Estávamos na minha sala, esticados nos divãs, assistindo *House of Cards*. Não podíamos estar menos interessados no que *Francis Underwood* fazia. A verdade é que nossas mentes estavam em nossas garotas.

— Não posso, mas eu preciso encontrar uma maneira de falar com a Lua, Yan. Isso está ficando infantil e ridículo, porra.

— Erin a magoou, Carter. Ela mentiu para a Lua, não só a seu respeito, mas mentiu que há sete anos te amava. Além disso, pensou o pior da amiga, imaginando que Lua não seria madura o bastante para aceitar vocês dois. Isso é golpe baixo, sabe?

Suspirei.

— Tenta ver o lado dela — insistiu Yan. — Você não estaria puto?

— Não, Yan. Eu passei pela mesma coisa, cara. Você ficou com a Lua na minha frente e eu não pude me importar menos. Para mim, foi natural. Não fiquei encanado com isso.

— Não sobre mim e a Lua, mas sobre a confiança que deposito em você. Imagina se eu mentisse porque te achava infantil o bastante para não saber lidar com essa merda? Imagine se eu pensasse o pior de você? Caralho, ia ser o fim da The M's.

Pensando sob essa perspectiva, compreendia o lado da Lua. Mesmo assim, não justificava a reação exagerada dela em socar Yan, gritar com Erin e dar um gelo na garota que a amava. Lua podia julgar Erin, mas ambas eram humanas e as duas estavam errando feio.

Aline Sant'Ana

— Qual é o número da Lua, Yan?

Ele virou o resto da bebida e jogou o gelo dentro da boca, triturando o cubo com os dentes.

— Você vai ligar para ela?

— Vou mandar uma mensagem.

— Não fala merda, ok? Isso deve estar sendo difícil para ela também.

Assenti porque, por mais que imaginasse Lua como uma gladiadora por trás da pinta de nutricionista de sucesso, sabia que ela era apenas uma menina assustada e frustrada por ter sido subestimada pela pessoa que mais amava.

— Antes de enviar eu te mostro, beleza?

Yan assentiu e comecei a digitar.

Erin

Ele não era uma companhia ruim.

Zane ria enquanto Adam Sandler se atrapalhava com a Jennifer Aniston no filme e eu passei a invejar a maneira como seu coração estava livre do amor. Para ele era fácil viver com várias garotas sem se apegar a nenhuma delas, aceitar a condição de solteiro e abraçar isso como se fosse o cinturão de ouro de um prêmio de luta.

Zane parecia feliz com sua condição de não-estou-me-apaixonando-até-dois-mil-e-sessenta, e, juro, eu invejava isso.

O amor pode ser incrivelmente doloroso quando quer.

— Erin — ele me chamou e eu virei a atenção para seu rosto inexpressivo. — Posso te dizer uma coisa antes de o filme acabar e eu ir embora?

A presença dele criou certa ilusão de eu não estar sozinha.

Eu estava irremediavelmente solitária.

— Sim.

— Conheço Carter desde que ele era jovem demais para saber beijar garotas. Conheço tantas manias dele que, às vezes, me pergunto se alguém seria capaz de vê-lo através de tudo como eu. Ele é um cara legal, um homem que eu desejaria ser, uma pessoa de coração tão bom que, muitas vezes, anula a si mesmo. Ele me lembra muito você, em tantas coisas, que é ridícula a semelhança, embora vocês dois não pareçam enxergar isso.

Zane virou o rosto para me dar privacidade, mas continuou falando.

— Nunca, em todos esses anos, eu o vi assim. Ele realmente está apaixonado por você. Ele está naquela fase de torpor em que você acredita que as coisas não aconteceram de verdade. Pelo amor de Deus, ele compõe músicas e músicas sobre você, Erin. Carter está tão nessa quanto você.

— Zane...

— Eu adoraria sentir o amor. Mas não sinto. Não sei por que tenho esse problema, acho que sou incapaz de sentir essa coisa, embora tenha algo forte demais pela minha família. É isso. Sou oficialmente incapaz de amar alguém, porém, Carter não é, Erin. Ele é de carne e osso, um ser humano de mais qualidades do que defeitos. Porra, não é porque o considero um irmão, mas o cara é perfeito.

Zane era incapaz de amar?

Meu coração afundou ainda mais no peito enquanto eu ouvia seu desabafo.

— Não sou de me abrir com as pessoas, Erin. Mas, às vezes, tudo o que precisamos fazer é deixar alguém ver a superfície para ela descobrir o todo. O que quero dizer é: sou um fodido, sua sorte é que não se apaixonou por mim. Você ama um cara que tem tudo para te dar o que você merece, ele te ama também, caralho! Sabe quantas vezes eu escutei essa maldita frase e não pude retribuir?

— Não.

— Infinitas vezes. — Suspirou e finalmente me fitou. — Carter quer você como nunca antes quis algo. Não jogue isso fora.

— Eu...

— Não jogue isso fora — repetiu, com a voz mais densa dessa vez. — O amor é para poucos. Aproveite isso, tá?

Ele se aproximou de mim e me deu um demorado beijo na testa. Por um segundo, titubeei, mas, em seguida, envolvi meus braços em volta dele e o trouxe para perto. Pude sentir a ferida de Zane me atingir como facas no

Aline Sant'Ana

estômago e tive a absoluta certeza de que ele nunca havia dito nada assim para alguém.

— Você é uma pessoa boa, londrino. Tenho certeza de que vai encontrar o amor um dia.

Ele riu amargamente.

— Não quero. Não faço questão. Só disse essas coisas para que saiba que o que você tem com Carter é raro o bastante para lutar.

Afastei-me do seu abraço e encarei os olhos escuros.

— E se eu não tiver forças, Zane?

Seu sorriso preguiçoso foi tão triste quanto os quadros de Giovanni Bragolin.

— Continue tentando.

CARTER

Lua não respondeu nenhuma das mensagens, mas eu não estava surpreso. Sabia que para ela aquilo era difícil e não havia uma pessoa mais orgulhosa na face da Terra do que a filha do prefeito Anderson. Yan parecia desanimado quando estávamos na metade da garrafa de bebida e meus olhos preguiçosamente foram se fechando.

— Ela nunca vai responder — ele falou, depois de horas em silêncio.

— Ela não quer dar o braço a torcer — expliquei, pois, se ainda a conhecia bem, sabia que ela não queria ser a primeira a ceder.

— Talvez ela sequer saiba o quanto eu...

Meu celular apitou, interrompendo Yan, e meu coração saltou ao ver que era uma mensagem dela. Suspirei de alívio e comecei a correr meus olhos rapidamente pelas palavras.

> Você realmente a ama, Carter? De todo o seu coração?
> Como se não pudesse respirar sem que ela estivesse por perto?
> Como se sua felicidade dependesse do sorriso que ela te dá?
> Como se todo o universo não importasse quando Erin toca você?
> Responda sim ou não para todas as perguntas.

Com lágrimas enchendo meus olhos, digitei a verdade.

Sim. Eu faço e sinto tudo isso, Lua.

Ela não respondeu e Yan interpretou isso como o fim, embora eu sentisse, lá no fundo, que Lua estava a um passo de deixar seu orgulho de lado.

Eu torcia para que sim.

Aline Sant'Ana

7 dias com você

CAPÍTULO 30

**'Cause if you want to keep me
You gotta gotta gotta gotta
Got to love me harder
And if you really need me
You gotta, gotta, gotta, gotta
Got to love me harder
Love me harder**

— **Ariana Grande feat The Weeknd, "Love Me Harder".**

Erin

Abri as pálpebras, me sentindo tão sonolenta que mal conseguia erguê-las. A primeira sensação que tive foi a de que estava em outro lugar, algo diferente de onde me imaginaria acordando, e então percebi que era porque tinha um colchão sob mim.

A memória resolveu processar lentamente o que havia acontecido. Na final da tarde de ontem, eu estava com Zane, assistindo a um filme enquanto falávamos sobre Carter. Depois, ele resolveu ficar mais um pouco e colocar outra coisa para nós assistirmos e o cansaço acumulado me venceu, pois eu não me lembrava de nada.

Exceto, claro, que eu havia dormido no sofá e acordado na cama, como uma criança que acredita no poder de teletransporte, quando, na verdade, é apenas o pai levando-a para dormir.

Zane me pegou no colo?

Sorri, imaginando a cara amarga dele ao ter que fazer algo tão doce por alguém.

Espreguicei-me e levei alguns segundos para me dar conta de que meu apartamento cheirava a algo totalmente oposto ao habitual: café e torradas com manteiga. Pensei imediatamente em Zane. Talvez ele tivesse ficado cansado também e dormido no sofá, mas, quando caminhei até a sala e meus olhos focaram na cozinha, vi a silhueta de um corpo feminino e os cabelos loiros e inconfundíveis da minha melhor amiga.

— Lua?

Aline Sant'Ana

Ela se virou e abriu um sorriso cauteloso.

— Oi.

Veja bem, são tantos anos de amizade que Lua havia passado de apenas uma amiga para uma irmã. Nós partilhávamos sonhos juntas e dividíamos frustrações de uma vida inteira. Ela era a pessoa que me compreendia e sabia todos os meus segredos — bem, agora sim, ela sabia de todos eles — e não existia nenhuma barreira mais entre nós.

Pela primeira vez em tanto tempo, pude finalmente respirar em alívio.

— Fiz café da manhã. Você sabe, não consigo ser uma pessoa matinal até ter algo no estômago — falou, mas sua voz não estava cantarolada como de costume, me fazendo perceber que tínhamos muito a esclarecer.

— Lua...

— Primeiro o café — ela interrompeu, colocando sobre a mesa tudo o que preparou. — Depois nós conversamos.

Fiz o que pediu. Alimentamo-nos sem dizer uma palavra. Estávamos apenas esperando o momento certo e eu tinha a insuportável ansiedade consumindo-me por completo. Meu coração era uma pedra quente que batia como o retumbar de um tambor. Embora me sentisse mais tranquila por finalmente vê-la depois dessas duas semanas, esperando que houvesse uma chance para nossa amizade, algo em mim gritava lá dentro que as coisas não seriam tão fáceis quanto parecia.

— Primeiro, eu quero te pedir desculpas por ter saído do navio sem me despedir — ela começou, arqueando uma de suas sobrancelhas delineadas. — Nós nunca discutimos e, eu, bem, não sabia o que fazer. Acabei ficando com tanta raiva que não pensei direito.

— Não acho que você deva se desculpar, eu...

— Erin, vamos fazer assim: eu falo e você escuta. Depois, você diz o que pensa, tudo bem?

Concordei em silêncio.

— Somos amigas há muitos anos. Não preciso fazer uma linha do tempo para citar todos os momentos importantes que passamos juntas. Também não preciso recordar o que houve conosco. Mas preciso dizer o que realmente me afetou em tudo isso — ela disse, distraidamente mexendo no guardanapo de pano sobre a mesa do café da manhã. — Era suposto que você me conhecesse melhor do que ninguém, melhor do que meus pais, até. Nós já conversamos sobre tipos de absorvente, sobre o fim do mundo, os homens mais gatos do universo e alternativas de fuga caso roubássemos um banco. Você sabe do que eu gosto, o que eu aprecio, o que não aprovo. De todas as pessoas do mundo, justamente você, duvidou de mim. E foi isso que me rasgou por dentro.

— Lua...

— Eu falo primeiro, lembra?

Assenti.

Era capaz de ouvir a mágoa em sua voz. Uma dor tão cristalina que me alcançou. Eu me sentia um lixo por amar Carter e esconder isso dela durante tantos anos. Por também ter mentido quando tudo o que deveria ter feito era usar a carta da honestidade.

Lua tinha lágrimas nos olhos e sua voz tremulou.

— Pensei que não houvesse segredos entre nós, durante todos esses anos que passamos juntas, as confissões que fizemos. Meu Deus, Erin! Eu te contei quando beijei uma menina!

— É, eu lembro disso.

Ela riu, mas lágrimas desceram livremente por sua bochecha. Eu não conseguia chorar, embora o ardor estivesse consumindo a minha garganta e pinicando os olhos.

— Eu te contei cada pedaço meu, do meu coração e da minha alma. Você me leu, você sabe que sou um livro aberto para você. Não há nada que Erin Prince não saiba sobre Lua Anderson. Bem, era nisso que eu acreditava. Até, então, de repente, surgir uma realidade totalmente alternativa na qual a Erin, minha melhor amiga, a pessoa que eu — supostamente — deveria conhecer da mesma forma que ela me conhece, não passava de uma mentirosa.

Doía ouvir aquilo.

— Mas o que mais me fere não é o que você ocultou de mim — apesar de isso me machucar muito —, mas a maneira que você não pensou em si mesma. Teria sido tão simples! Você me diria que estava apaixonada por Carter, que o viu na rua e aquilo foi, sei lá, amor à primeira vista, e eu teria recuado. Porque ele não era importante para mim do mesmo jeito que era para você, que é para você.

Aline Sant'Ana

350

— Lua... — tentei novamente, vendo que ela soluçava dessa vez. Seu dedo apontou em riste e o rosto, tão delicado, parecia enfurecido pela dor.

— Se você não tivesse se anulado, poderia ter vivido um amor genuíno ao lado dele. Mas, não, você pensou em mim primeiro. Te agradeço por isso, Erin, mas sua atitude altruísta mostra o quanto você se esconde. A Erin que eu admiro não me teme! Ela pode ter medo do pai violento e da mãe submissa, mas a Erin que eu amo nunca, em hipótese alguma, duvidaria do que eu sou capaz de fazer por ela. E, você, não sei... Você duvidou, Erin. Isso me feriu como uma foice direto no estômago. Você me machucou tanto, me fez pensar que todas as coisas que fiz por você não foram suficientes para te provar que sou diferente da sua família enlouquecida.

— Eu acredito em você — disse em voz alta, a agonia sobrepondo o pedido de Lua.

— Você não acreditou em mim quando eu e você mais precisávamos! Tudo o que eu queria era a sua felicidade, você não era capaz de ver isso? Sempre busquei o melhor para você e tudo o que você fez foi viver no sofrimento por sete anos porque não quis me magoar. Sabe da novidade? Eu sou forte, Erin. Sou uma gladiadora usando salto alto e você deveria saber disso!

Estávamos gritando.

E chorando.

Definitivamente soluçando.

— Você pensa tanto nas outras pessoas que não faz o certo, o óbvio. Complica o simples. Age como uma adolescente — desabafou, segurando-se para não dizer mais. Eu podia compreender sua exaltação, pois tudo o que ela fez durante esses anos foi tentar me ajudar com os meus problemas e fraquezas. Ela não aceitava que minha cabeça abaixasse tão facilmente para as pessoas e me ensinou a confrontá-las.

— Não sou mais aquela garota — pronunciei firmemente, pois era verdade.

Lua se levantou, não acreditando nem por um segundo no que eu estava dizendo, tinha isso estampado como um adesivo na testa pálida. Ela retirou o celular do bolso da calça jeans e o empurrou sobre a bancada, até que tocasse meus dedos.

7 dias com você

— Veja o que a sua insegurança faz com as pessoas. — Dessa vez, sua voz falhou um pouco.

As lágrimas nublaram a minha visão.

Peguei o celular e só então percebi que meus dedos estavam brancos e trêmulos. Assim que desbloqueei a tela, vi que era uma série de mensagens entre ela e Carter.

Comecei pelas primeiras.

> **C. McDevitt:** Lua, eu não sei se você foi capaz de amar um dia ou conhecer alguém que marcasse tanto você a ponto de acordar e dormir pensando nessa pessoa. Também não sei se você me considera — digno o suficiente — para você ler isso até o final. Mas sei que há uma alma boa aí dentro, uma versão não tão orgulhosa e mais sensata.
> E torço para que ela me escute.

> **C. McDevitt:** Erin é uma pessoa delicada. Talvez por todas as coisas que passou quando jovem e talvez por não se sentir bem consigo mesma.
> Claro, eu, você e o resto do mundo sabemos o quão tolo isso é, pois ela é incrível. Mas ela não vê isso, entende? Eu posso cobri-la de elogios, posso dizer mil coisas incríveis, mas eu não sei se ela é capaz de acreditar em nada disso.
> Tenho certeza de que Erin não faz isso de propósito.

> **C. McDevitt:** Percebi, no dia em que vocês discutiram, que os medos dela retornam quando alguma coisa fora do normal acontece. No caso de vocês, foi uma briga. Percebi também que ela não é capaz de seguir em frente, como se ela sentisse que você fosse a última pessoa do mundo que restasse e, se isso acabasse, ela se transformaria em pó.

> **C. McDevitt:** Uma amizade assim é bonita e pode ser um pouco extremista, mas eu não a culpo. Ela não teve ninguém na sua infância além da garotinha loira que a ajudava, e tudo o que ela podia fazer era agarra-se a isso.
> Agarrar-se a você.

> **C. McDevitt:** Não estou te mandando essas mensagens para que limpe a minha barra com a Erin, mas para lembrá-la do quanto você é importante na vida daquela mulher. Ela também é extremamente importante na sua e, sei que, apesar de ela ter te magoado, também não foi intencional. Tudo o que ela queria era proteger você, proteger a todos nós.

Aline Sant'Ana

> **C. McDevitt:** Acabou que todo mundo ficou machucado, né?
> Yan mal pode dormir, eu tenho canções depressivas rodeando a minha cabeça, Zane não leva ninguém para o apartamento, pois se sente culpado de transar quando todo mundo tá na merda e eu imagino que para você e Erin também esteja sendo bem difícil.

> **C. McDevitt:** Então, eu lhe peço para rever as coisas que são prioridades na sua vida. Erin é uma pessoa que te marcou, marcou a mim também. Ela é doce, incrível, sexy, linda e perfeita. Ela é o que eu preciso para ir adiante, o combustível do meu motor.
> Cara, fica difícil respirar longe dela.

> **C. McDevitt:** Mesmo que você não se importe com o rumo que toma a minha vida e os problemas que estou enfrentando, peço que pense na Erin.
> Você tem a sua família perto, tem seus amigos da alta sociedade. Ela só tem a filha do prefeito. Ela só tem você, Lua.
> E tem a mim também, porra, de todo o coração, ela me tem.

> **C. McDevitt:** Faz um favor? Cuida da Erin. Volta a falar com ela.
> Deixe-a feliz. Se ela não quiser se relacionar comigo, beleza. Mas leve-a para sair, deixe que ela experimente a sensação incrível de ser ela mesma, deixa-a ver o quanto ela pode surpreender um cara.
> Ela precisa sentir-se feliz e, mesmo longe, espero que ela consiga.
> Então, passo a bola para você, Lua. Cuida da minha Fada.
> Garanta que ela vai estar bem. Isso é tudo o que eu te peço.
> C.

Parei na última mensagem que ele havia mandado, embora o aparelho acusasse que existiam mais duas interações entre os dois. Meu coração não doía, ele sangrava. Carter McDevitt tinha dito que me amava, ali, naquelas malditas palavras, ele disse que me *amava*, que me *queria* e que *sofria* por mim.

A concepção de que estava "tudo bem" durante esses dias em sua vida foi descartada imediatamente.

Eu saltei da cadeira e comecei a andar pelo apartamento como se procurasse alguma coisa, como se a mobília estivesse pegando fogo ou o mundo, desabando em pleno Apocalipse. Meus pés não conseguiram ficar parados e a respiração acelerava tanto que parecia que eu andava a duzentos quilômetros por hora.

7 dias com você

Senti duas mãos agarrando meus ombros.

Lua abriu um sorriso bondoso no rosto inchado e parou meu frenesi. Os olhos castanho-esverdeados estavam calmos e tranquilos; dessa forma, meu corpo foi esfriando da agitação, ainda que o coração, agitado no peito, não parecesse ter intenção de me dar qualquer pausa.

— Eu... Ele... Eu... — comecei a gaguejar. Não era capaz de formar frases inteiras e percebi o estado lastimável em que me encontrava.

— Respira comigo, Erin. Pelo amor de Deus, você não vai sofrer uma crise de ansiedade em pleno sábado, né? Acalme-se! — ela pediu e eu fiz uma série de exercícios respiratórios, tentando não pirar.

— Carter — consegui dizer, mas o resto se tornou um grande chumaço de algodão na garganta. Não era capaz de concluir meus pensamentos. — Ele...

— Eu sei. Você o ama faz tanto tempo que parece mentira. Você simplesmente não consegue acreditar que isso é real — Lua falou e algumas lágrimas saltaram pelas minhas pálpebras, porque aquilo era muita coisa para absorver. — Acredite, é real.

Lua estava me apoiando. Não tinha certeza se nós voltaríamos a ser o que éramos, mas, naquele segundo, ela foi a amiga que eu precisava, ainda que eu não merecesse. Ela me chacoalhou para o mundo e, honestamente, esse sempre foi seu trabalho durante os anos. A filha dos Anderson tirava as pregas que eu colocava sobre as pálpebras e me fazia enxergar o mundo da maneira certa. Ela me fazia forte.

Naquele instante, senti que poderia tocar o céu se quisesse.

— Eu o amo, Lua.

— Eu sei.

— Eu não posso dizer que esperei isso acontecer, pois realmente desisti. Mas todos os relacionamentos frustrados que tive no decorrer da minha vida foram porque...

— Porque ninguém era Carter McDevitt — Lua concluiu por mim, vendo-me através de tudo aquilo. Os olhos dela ficaram emocionados e ela secou minhas lágrimas, expondo as dela dessa vez. — Poderíamos fazer como nos filmes, onde você corre como louca atrás dele, mas, antes, preciso dar um jeito em você. Prometo que vai ter o seu "felizes para sempre", porém, me permite tirar essas olheiras e ajeitar os cabelos? Não vai aparecer lá feito uma maluca

Aline Sant'Ana

condenada com...

Interrompi seu falatório e a abracei tão forte que pude ouvir sua coluna estalar. Eu sentia falta dela, mas não por ser meu suporte, mas por ser parte de mim. Lua era a minha metade e, mesmo que Carter dissesse que nossa amizade era extrema, eu não me importava.

— Eu não posso pedir desculpas o suficiente para você, Lua. Por ter mentido todo esse tempo. Não fiz por mal, e sim por medo. Você e Carter eram importantes demais. A ideia de perder um dos dois era como a morte, e eu não suportaria. No fim, todo mundo se magoou, e eu sinto muito.

Nos afastamos e ela soltou um suspiro.

— Eu perdoo você se, pela primeira vez em vinte e quatro anos, eu a vir correndo atrás da sua felicidade.

— Eu vou, Lua — soltei a voz com o ar que exalava dos pulmões e todos os sentimentos imensos que flutuavam dentro de mim. — Prometo que vou.

Carter

A ressaca é uma vadia.

Estava certo de que Deus criou isso como punição para as merdas que gostávamos de fazer. Como, por exemplo, virar duas garrafas de uísque importado com Yan para celebrar o sofrimento de amarmos duas garotas impossíveis. Ele comentou comigo, no meio da noite: "Nós podemos ter quem quisermos. Estou certo de que, se eu ligar para Rihanna, ela vem me beijar agora".

Sim, nós poderíamos ter qualquer garota.

Mas amávamos as duas meninas difíceis de lidar.

Zane tinha voltado antes das onze da noite, e acabou bebendo conosco. Confesso que estava morrendo por dentro por causa de todos os momentos que ele teve com ela — fiz questão que me contasse passo a passo o que aconteceu a cada segundo, inclusive o fato de ele levar Erin para a cama como um bebê — e pareceu tudo inocente. Bem, era estranho adicionar inocente a uma das coisas que Zane era, mas foi a primeira vez em todos os anos que percebi que ele seria capaz de ser amigo de uma mulher sem querer tirar a calcinha dela.

7 dias com você

Foda-se. Erin não estaria sendo amiga dele, pois a Fada havia saído da minha vida e, consecutivamente, da vida de todos nós.

A verdade também é uma vadia.

Meu apartamento cheirava a cigarro de menta, álcool e desodorante masculino. Yan já tinha saído e eu estava só, o que me fez sentir estranhamente solitário. O dia lá fora estava quente e, pela posição do sol, que estava entrando por todas as janelas, já tínhamos passado do meio-dia.

Resolvi que era hora de tomar um banho.

Liguei a *playlist* parcial do futuro CD da The M's — estávamos em processo de análise do material — e deixei as caixas de som que estavam espalhadas pelo ambiente ditarem o ritmo. A primeira música era um rock animado, lembrava muito a batida de *Animals*, do *Nickelback*, e eu me peguei pensando se isso não tinha dedo do Yan. Ele meio que era fã dos caras, embora tivesse vergonha de admitir.

Estava tentando guiar meus pensamentos para longe, mas a conversa com Lua me afetou. O fato de ela não ter me respondido me dava uma pontada de esperança, mas, ainda assim, era doloroso acreditar no incerto. O problema da fé é exatamente esse: você precisa depositar a crença em algo que não consegue tocar ou ver. A minha fé estava em um relacionamento com Erin e eu sequer sabia se isso poderia existir. Na minha cabeça soava como a melhor das canções, mas e a realidade?

Lavei meu corpo, os cabelos e aproveitei para me barbear. Fazia uns dias que não cuidava do rosto, mesmo para a entrevista de ontem, eu parecia um mendigo. O cheiro de eucalipto do shampoo preencheu o ambiente e eu senti saudades da Erin pela milésima vez desde que nos separamos. Sentia falta dela. Do toque, dos beijos, das quase declarações de amor. Sentia falta de estar viajando e descobrindo um mundo completamente novo ao seu lado, porém, o que mais me dava saudade eram os lençóis que mantinham seu aroma pela manhã, seu rosto sonolento, seu beijo tímido e atrevido à tarde e os gemidos baixinhos que soltava durante a noite.

Envolvi uma toalha na cintura, obrigando-me a me livrar das recordações e desembaracei os fios com os dedos mesmo. Não estava a fim de arrumar qualquer merda em mim, a não ser a barba, por obrigação. Eu ficava ridículo de barba.

Cheguei o celular sobre a cômoda e possuía apenas uma mensagem do Yan.

Aline Sant'Ana

> Lyon concordou em ficar no lugar de Stuart, mas apenas temporariamente. Temos que encontrar alguém em um ano.

Respondi um OK, pensando que o mundo realmente não parava para que pudéssemos lidar com uma droga de coração partido.

Erin

Encontrar o prédio onde morava Carter, Yan e Zane foi fácil, pois o guitarrista da banda fez questão de me responder em cinco minutos depois que pedi o endereço. O difícil mesmo era convencer o porteiro de que eu não era mais uma fã louca dos meninos.

— Eu juro. — As rugas no seu rosto se intensificaram pela expressão carrancuda. — Eu os conheço há sete anos.

— Isso é o que todas as meninas dizem, senhorita. Todas já foram para a cama com os três, já tiveram seus telefones e subiram por esses elevadores. Bem, isso é o que elas querem que eu acredite para facilitar o acesso, mas nunca acontece. Não sou bobo, mocinha.

Soltei um suspiro de indignação.

Lua me fez colocar um dos vestidos floridos da temporada. Ele tinha um corte envelope e um pequeno laço na cintura, que o mantinha no corpo. A cor favorecia minha pele que estava quase bronzeada e também os cabelos ruivos. Era uma peça em cor gelo no fundo e flores azuis, cinzas e pequenas nuances em amarelo. Tudo isso me destacava. Mas o que adiantava estar com os cabelos arrumados, perfume por todo o corpo e uma leve maquiagem no rosto, além de saltos altos, se o porteiro não autorizava a minha entrada?

Quando fui pegar o celular para ligar para Zane, uma voz me chamou.

— Erin?

Engoli seco quando vi Yan. Nós não tínhamos nos encontrado desde o navio e a primeira coisa que notei foi que ele era o reflexo de um cara apaixonado com o coração ferido. Seus olhos cinzentos estavam fundos e as bochechas, pálidas. Pela aparência, até emagreceu.

— Oi, Yan.

Lua pediu para eu correr atrás do meu "felizes para sempre", mas não disse nada sobre eu não poder interferir no seu.

— O que está fazendo aqui? — ele perguntou em tom ameno, mas curioso. — Nossa, estava de saída para resolver umas pendências da banda... Senhor Weiss, deixe a menina entrar.

Quase tive um impulso de dizer: *"eu não disse que era amiga deles, caramba!".*

O homem revirou os olhos e os grandes portões se abriram.

Senti-me na Fantástica Fábrica de Chocolate numa versão arquitetônica com vidros e flores. Muitas flores.

A entrada do edifício era elegantíssima. Percebi que era um conjunto de três prédios e o mais extraordinário deles ficava no meio, com surpreendentes Deus-sabe-quantos andares. Era tudo muito bem feito com jardins dignos de quintais da rainha e pedras polidas para que você pudesse pisar sem maltratar a grama verde, que brilhava a ponto de doer os olhos.

Nós caminhamos até a área interna do maior prédio e Yan se conteve antes de abrir as portas de vidro.

— Você está indo ver o Carter?

— Sim, estou. — Sorri e, juro, Yan soltou uma risada junto comigo. — Se eu fosse você, ligava para a Lua e dizia que precisa ter uma conversa definitiva com ela. Acho que todos estamos nos encaminhando para isso.

— Fizeram as pazes? — Ele parecia quase envergonhado pela quantidade de emoção que transbordava em seu semblante.

— Sim, fizemos.

Yan mordeu o lábio inferior e, em seguida, me abraçou a ponto de tirar meus pés do chão. Ele começou a rir contra os meus cabelos e eu acariciei suas costas, sentindo que o amor era contagiante. Assim que os saltos fizeram um suave barulho, soube que estava novamente no chão.

Yan sorriu para mim.

— Eu vou fazer isso agora mesmo, Erin. Queria te pedir desculpas por...

— Não, não agora. Ninguém mais precisa pedir desculpas. Estamos bem — garanti, franzindo o rosto em desagrado. — Vá dar um jeito de fazer a minha amiga feliz, Yan. Por favor.

Aline Sant'Ana

Ele titubeou por um segundo e piscou freneticamente.

— O apartamento do Carter exige uma chave para entrar. Os últimos três andares são nossos, então, é necessário colocar a chave no elevador para que possa subir ao andar dele — contou Yan, tateando seus bolsos rapidamente. Ele arrancou algo de um cordão e estendeu para mim a chave relativamente maior do que as outras. Era dourada, como se guardasse um prêmio incrível. — Ele mora no vigésimo oitavo andar.

Suspirei fundo e ele ficou novamente estático.

— Vá! — exigi, rindo. — A Lua está no meu apartamento.

Yan não se despediu de mim nem se deteve. Ele não precisava. Eu conhecia a ansiedade que corria em suas veias, aquela sensação de que o definitivo estava acontecendo e não havia retorno.

A hora era agora.

Com as pernas bambas, chamei o elevador e vi os três últimos botões com o acesso para encaixar a chave. Coloquei no andar referente ao do Carter e, juro, a cada andar que subia, meu coração batia mais rápido.

Comecei a contar para aplacar o fervor do sangue que viajava pelas minhas veias.

Doze. Treze. Quatorze...

Carter

Distraído, fui à cozinha, ainda pensando na parafernália do Lyon, Stuart e toda essa porcaria. Yan me disse que sairia para resolver o básico, mas a minha mente não parava de arquitetar. Quem cuidaria da The M's? Com certeza, precisávamos de uma pessoa até o ano que vem, quando as turnês pela Europa começariam.

Tomei café, ainda preguiçoso demais para tirar a toalha da cintura e fazer qualquer coisa a respeito. Levantei-me para ir até a sala quando a faixa do CD mudou e *Masquerade* começou a tocar. Fechei os olhos, revivendo aquela música. Todas as lembranças e as memórias que ela trazia faziam com que eu me sentisse completo.

Como se Erin estivesse aqui.

Quando ergui os olhos, a porta do elevador se abriu e não pude acreditar no que estava à minha frente.

Os cabelos vermelhos em torno do rosto de boneca, o vestido em tom branco parecendo uma fada, os olhos azuis brilhantes e os lábios sendo mordiscados de ansiedade.

Tive que fechar os olhos e abrir mais uma vez, só para ter certeza de que não era um efeito retardatário da bebida.

Erin Price estava realmente no meu apartamento.

— Oi — ela disse, sua voz não mais do que um sussurro. A música ainda tocava ao fundo e Erin estava ali, perto de mim, mas, por algum motivo, eu não conseguia dar um passo até ela.

— Fada — murmurei, impossibilitado de dizer algo mais.

Ela sorriu e se aproximou lentamente.

Por favor, não seja uma miragem.

— Eu fui medrosa — ela falou de repente, e eu não demonstrava nenhuma reação. Não conseguia. Eu estava literalmente nas nuvens. Nem sabia que podia me sentir tão leve em questão de segundos. Era como se toneladas tivessem evaporado no ar. Mesmo assim, seus olhos se estreitaram e Erin ergueu a cabeça, e não perdi o par de estrelas que brilhava nas íris azuladas. — Fui uma covarde porque o que senti por você foi um reflexo do passado e essa época foi terrível para mim.

Dei um passo em sua direção.

— Foi difícil perceber e aceitar que estava três vezes mais apaixonada por você do que no passado. Foi impossível porque aquilo já era imenso, Carter. Tem ideia? Eu não sabia que poderia gostar tanto assim de alguém, ainda mais alguém que, indiretamente, já havia me ferido. Eu tive tanto medo! Minha mente se tornou uma verdadeira bagunça e eu agi como uma adolescente de dezesseis anos.

— Nunca quis ferir você, linda.

Não contive o impulso. Toquei com os nós dos dedos a sua pele macia, lembrando-me exatamente como ela era incrível sob o toque. Meu coração estava batendo no peito como se quisesse me lembrar de que ele existia.

Aline Sant'Ana

Eu sei, porra. Sei que você está aí. Sei que a ama.

— Acredito em você — ela respondeu num fôlego só.

— Você está aqui apenas para pedir desculpas? — questionei, incapaz de pensar coerentemente. Ela sugava a energia das minhas pernas e fazia meu peito arder. Amá-la era uma coisa belamente insana. — Ou está aqui porque, além de acreditar em mim, acredita em nós?

Erin fechou os olhos e eu acariciei seu lábio inferior com o polegar, como se fosse um artista e estivesse mentalizando seu rosto, como se pudesse pintá-la em um quadro, como se tivesse o poder de decorar suas cores e delicadezas.

— Não será fácil — pronunciou com atenção, trazendo-nos para a realidade. — Nossas agendas podem não combinar, os horários, países e tudo mais. Eu posso estar no Japão e você, na Argentina.

— Meu sentimento por você não vai mudar — falei baixinho. Nossa música já havia acabado e outra estava começando. Era também sobre nós, embora ela ainda não soubesse. — Erin, entenda uma coisa: eu posso estar em outra galáxia que ainda vou amar você.

Ela piscou freneticamente em surpresa e eu decidi continuar.

— Nossa história ainda será aquela canção. Nosso passado ainda será doloroso e o nosso futuro, incerto. Mas, enquanto eu existir, enquanto nosso presente for tão bonito quanto sei que é, estarei apaixonado por você. Estarei tão apaixonado que não farei qualquer outra coisa a não ser amá-la. É doentio, eu sei, mas você não pode me julgar. Acho que somos todos loucos, amor.

Se eu tivesse o poder de parar um momento, seria exatamente esse.

— Eu senti sua falta.

— Eu morri, Erin. Agora acho que estou ressuscitando.

Por um segundo, vi que possuía uma luta em seus olhos. Mas, meio instante depois, ela ficou na ponta dos lindos pés e segurou meu rosto, pairando seus olhos sobre os meus. Ela me sondou por um momento, como se quisesse ter a certeza de que eu estava totalmente atento a suas íris azuis.

Seus olhos dançaram e seu nariz tocou o meu.

Ela abriu os olhos e inspirou.

— São mais de dois mil e quinhentos dias amando você, Carter. Acredite, eu fiz as contas. Amando cada jeito, cada toque, cada sorriso. Mesmo à distancia, eu te amei, mesmo quando você não estava por perto, mesmo quando o destino te levava para outras pessoas — todas, menos eu. Ainda que parecesse impossível e improvável. Mesmo que eu tivesse medo demais de dizer em voz alta. É muito tempo e eu mal posso acreditar que estou finalmente dizendo isso enquanto vejo seus olhos transmitirem tudo o que sinto.

— Se eu tivesse olhado pelas ruas, isso teria acontecido há muito tempo, Fada — confessei, com medo do que teria poupado se apenas tivesse prestado atenção em seu marcante rosto.

— Não — ela apressou-se em negar. — Esse momento, Carter. É exatamente aqui que deveríamos estar.

— Sem arrependimentos? — perguntei suave, aproximando-me de um jeito novo.

— Sem arrependimentos — respondeu em um só fôlego.

Erin

Quis tanto Carter comigo que a saudade passou a gritar nos meus ouvidos de modo acusatório. Todo o sentimento doce no qual estávamos envolvidos explodiu em um lento e delicado beijo. Nossas bocas selaram em acordo mútuo e eu quase pude escutar os anjos cantando, mas a verdade é que tudo o que eu podia ouvir de verdade era sua voz cantando algo sobre a dor de amar, nas caixas de som, além do meu coração que palpitava loucamente.

— Você fez muita falta. — Suas mãos vieram para a minha nuca, elevando todo o meu cabelo ruivo e espesso, e seu corpo se colou junto ao meu.

O choque que percorreu cada centímetro da minha pele não passou despercebido, pois Carter, invadindo a minha boca com sua língua pela primeira vez em semanas, vibrou seu gemido no fundo da minha garganta, trazendo um prazer imediato para cara poro do meu corpo.

Era tão poderoso, tão forte isso o que tínhamos!

A aspereza do seu toque, a maciez dos lábios, a forma que me sentia em sua presença era o lembrete do quanto éramos bons juntos.

Deus, que saudade.

Aline Sant'Ana

— Carter... — sussurrei, apertando-o contra mim. Beijei sua bochecha, seu queixo, sua testa, seus olhos e seu maxilar. — Preciso de você.

Ele se afastou o suficiente para me mostrar o quanto estava ofegante e com vontade de mim. Com os olhos semicerrados e preguiçosos de tesão, beijou-me novamente com toda aquela fúria e posse de um cara apaixonado. *Era tão lindo sentir e ver isso de perto!* Suas mãos surgiram segurando meus quadris, acariciando-me no processo, erguendo lentamente o vestido para cima, me fazendo adorar o atrito do tecido com a pele, somado ao calor do seu toque.

Fechei fortemente os olhos e suguei o ar para os pulmões, sentindo sua língua insinuar a ponta nos meus lábios mais uma vez enquanto ele tinha-me sob controle.

— Também te quero. Hoje e pelo resto da vida, linda — prometeu, raspando os dentes na minha garganta, puxando a pele do pescoço de maneira excitante. Eu já era gelatina em suas mãos. Meu corpo estava ardendo em febre e ondas de prazer dominaram do meu ventre para os lábios vaginais, umedecendo-me, deixando-me totalmente ansiosa para recebê-lo.

Apesar da mudança erótica de cenário, podia ver que Carter estava encontrando uma maneira nova de dizer que me amava. E se palavras não cobrissem o que precisávamos, que seja. O homem que estava comigo agora provou que, mesmo em linhas tortas, uma história possui seu destino. Era para ficarmos juntos desde o começo. Então, sim, tivemos problemas no meio do caminho, mas hoje éramos a nossa certeza.

— Então, fica comigo — pedi em um cochicho, sentindo que estávamos caminhando para algum lugar de seu apartamento.

A minha felicidade não podia ser contida em um sorriso. Meus lábios estavam largos enquanto caminhávamos entre tropeços. Meus olhos, umedecidos, e, poderia parecer um grande exagero, mas, honestamente, depois de tudo o que passamos, eu só precisava de uma chance para abusar da felicidade que sentia.

Com um sorriso malicioso, como se lesse meus pensamentos, ele abriu uma porta atrás de si e, ainda me beijando, levou-me para um amontoado macio de cama. Percebi que estava em um colchão d'água.

Carter se inclinou para mim, deixando claro que suas atitudes, como sempre, regeriam mais do que as palavras. No instante em que seus antebraços

7 dias com você

repousaram ao lado da minha cabeça e eu inspirei o mesmo ar que ele, ele encarou meus olhos.

— Você é linda.

A minha pele se transformou em brasa quando ele me tocou novamente. Percebi que sua toalha estava se abrindo, incapaz de conter a ereção pulsante que existia ali. Carter era tão gostoso que só a visão dele parcialmente nu me deixava ofegante.

Meu Deus, *todas* aquelas tatuagens.

Suas mãos gentis desceram para a minha cintura, puxando-me, apertado para os seus braços fortes. Sua boca cobriu a minha pele do queixo e desceu até a orelha, sugando e mordiscando, fazendo as minhas pernas se contorcerem. Enquanto ele trabalhava agilmente no cordão que prendia o vestido, eu arranhava suas costas nuas, e pude ouvir, em seguida, o seu rosnado de satisfação quando terminou de me desembrulhar como seu presente.

— E você estava sem lingerie esse tempo todo? — ele perguntou, retoricamente, praticamente grunhindo dessa vez.

— Sim — provoquei, usando um tom inocente para tentá-lo.

— Você é demais para o meu próprio bem, Fada.

Seu beijo dessa vez veio como tudo sobre nós dois: intenso, louco e perdido em uma tensão sexual misturada à paixão que só poderia dar numa explosão infinita. O vestido foi jogado bruscamente para cima, assim como a toalha que não servia para nada além de nos atrapalhar.

Livre de tudo, me concentrei no pensamento superficial de que ele era o homem mais incrível que já tive o prazer de ver sem roupas. Carter, todo alto, forte e malhado com o sexo longo e rosado, pronto para mim, era algo para me fazer suspirar e sonhar. A minha sorte é que ele era a minha realidade.

Quando sua boca veio ávida, sem qualquer perda de tempo, eu resfoleguei, pois não tinha mais nada além de pele com pele e o contato da sua ereção com a umidade do meu corpo foi tudo o que precisávamos para não deixarmos nem um segundo passar.

— Oh, Deus... — soltei, mas fui calada.

Carter se estabeleceu sobre mim quando chegamos ao quarto e cutucou-me com a glande inchada, fazendo com que eu mordesse meu lábio inferior

Aline Sant'Ana

em desejo. Os cabelos castanhos estavam despretensiosamente caídos sobre os olhos verdes e aquilo foi o suficiente para me fazer ceder.

Quando estava perto de pensar que ele me penetraria, ele mudou de ideia.

Ele nos girou e caiu sobre a cama, comigo deitada sobre o seu corpo. Viramos mais um par de vezes, quase em batalha, até que finalmente fiquei por cima. Dividindo as minhas pernas, montei em seu quadril, e Carter amaldiçoou em nome de uns cinco santos enquanto eu me movi sobre ele. Estabelecendo a excitação do nosso ponto, acariciando a nós dois com o mover sensual dos meus quadris para frente e para trás, minha mente se tornou um nada. Eu só queria sentir o atrito e ter um curto orgasmo.

Gemendo, fui puxada para baixo e senti a língua dele deslizar para dentro da minha boca em um girar enlouquecedor, enquanto eu guiava as minhas mãos para acariciar suas tatuagens, seus braços, aprovando o seu físico e o seu rosto incrível, totalmente perdida em minha paixão antiga. Carter empurrou ritmicamente seus quadris contra mim, ao som dos nossos gemidos entrecortados, fazendo-me ver estrelas pela forma que ele conseguia me acariciar.

— Por favor... — sussurrei, louca pelas provocações.

Carter agarrou meus quadris, segurando-me firme e duro para que ele pudesse arrastar a sua língua nos meus bicos entumecidos e puxá-los entre os dentes. Eu estava totalmente absorta, sequer tendo a consciência de qualquer outra coisa. O único ponto importante era que eu precisava tê-lo dentro de mim.

Quando sentei novamente em seu ventre, meu sexo molhado tocou seu membro quente e extenso, fazendo Carter gemer alto enquanto se erguia. Sob a pele quente da cintura e o mover dos seus quadris, a trama de apertados músculos do estômago ficou evidente, fazendo-me focar em seu abdômen definido e maravilhoso.

Pisquei e Carter me virou na cama, para ter o tempo que quisesse e ficar em cima de mim. A sua ereção tocou o meio das minhas coxas em definitivo, como uma marca quente, enquanto ele se posicionava para se ajeitar, separando as minhas coxas com seus joelhos.

Arqueei-me, gemi forte e disse seu nome pausadamente.

7 dias com você

365

— Carter...

Ele se inclinou para o lado e pegou a carteira na gaveta, retirando uma camisinha de lá. Apesar de confiar nele, durante minha fossa, eu me esqueci de um ou dois dias de tomar a pílula, então não era seguro transarmos sem proteção agora.

Investindo em minha boca e com a ponta da sua ereção no meu sexo, a sensação que eu tinha era de que Carter tinha tocado cada centímetro do meu corpo e, droga, eu precisava de mais.

Meu núcleo estava intensamente latejando por ele.

— Carter, a gente pode pular as preliminares?

Ele sorriu em resposta.

O corpo de Carter ficou tão rígido sobre o meu que minhas mãos sentiram seus músculos como se fossem pedras aquecidas. Finalmente dentro de mim, eu experimentei a sensação familiar do quanto ele era grande e espesso, com seu peso absurdamente maior do que o meu e a temperatura da sua pele tão febril que deveria beirar os quarenta graus.

E mesmo com todos os contras da sua altura, peso e corpo, Carter foi perfeito...

Sua cabeça caiu sobre o meu pescoço enquanto ele iniciava estocadas suaves, deslizando seu pênis em mim. Acariciando-me dentro e fora, coloquei as mãos em suas costas e desci para a sua bunda, adorando a movimentação que ele fazia e a maneira que ele a contraria, mostrando que o tesão estava crescendo nele à medida que sentíamos um ao outro.

Ele não era o único a estar no pico.

Carter grunhiu, e o som foi animalesco. Aqueles olhos verdes compenetrados nos meus, aqueles lábios inclinando-se para beijar a minha boca, meu pescoço e orelha, tomando-me não só sexualmente, mas também da maneira sentimental e excitante que somente nós dois entediaríamos.

— Tão minha.

Os bicos dos meus seios começaram a formigar igualmente tal como o meu centro, sentindo a pressão do seu corpo que servia como um grande impulso de prazer. Precisei abrir a boca, respirando duramente para conseguir puxar o ar. Os brotinhos intumescidos e as profundezas do meu centro formigaram

Aline Sant'Ana

e aqueles golpes duplos, amplos e frenéticos varreram todos os céus.

Voei.

Para longe dali, em qualquer outra dimensão quando o orgasmo mais longo da minha vida se construiu. Tão deliciosamente intenso que deixou a minha vista embaralhada e o meu corpo inteiro em um frenesi completo, lotado de saudade, amor e carinho por aquele homem que tinha posse do meu coração e da minha pele.

Percebi seus músculos tremerem embaixo da minha mão e acariciei o seu rosto durante o seu orgasmo, percebendo que Carter me olhava nos olhos enquanto alcançava o ápice, deixando-me ver a chama que nós estimulávamos um no outro desde o dia que nos cruzamos na rua pela primeira vez.

Eu poderia ter sido tímida, fugido e virado a esquina, depois espreitado seus passos toda vez que nos encontrávamos, mas havia um ímã em nós que não nos deixava muito distantes um do outro. Ele também poderia ter pertencido a outras mulheres, ter me ignorado na adolescência por não me ver, mas aqui estava eu, agarrada aos braços fortes e duros daquele homem, sentindo o seu perfume misturado ao suor limpo dos nossos corpos, tendo a total certeza de que nada pode ser tão forte do que o amor à segunda vista. Quem liga para a lógica, certo? Amores à segunda vista são tão interessantes quanto os à primeira vista, e eu o amava por isso.

Porque Carter poderia vestir mil máscaras, ter vivido mil vidas, ter beijado mil mulheres, mas a verdade era inevitável, e o destino fez questão de deixar isso bem claro.

Eu pertencia a ele e ele pertencia a mim.

Carter

Existia um limite de felicidade que eu havia vivido; uma margem muito irrisória se comparada ao que sentia por estar com Erin nesse exato instante. Ela era incrível para mim, com certeza a melhor coisa que me aconteceu e não tinha como negar isso. Não estava certo se conseguiria ter tamanha explosão de alívio e alegria outra vez, mas o fato de a minha Fada estar deitada nos meus braços era o suficiente para eu alcançar o máximo que imaginei ser humanamente possível.

— Fada, eu quero tornar isso oficial — disse baixinho, fazendo círculos nas suas costas.

Ela deu uma risada.

— Acho que nós acabamos de fazer isso, Carter.

Adorava quando ela exibia seu bom-humor. Era a Erin que eu adorava trazer à tona.

— Não, digo, para as pessoas, sabe?

Erin se deitou sobre mim e apoiou o queixo no meu peito. Olhei-a, naquela posição em que seu rosto ficava ainda mais jovem, e a vi abrir um sorriso sincero.

— Você vai me apresentar como sua primeira dama ou algo assim?

— Na verdade, a vantagem de ser artista é que poucas coisas já tornam tudo oficial.

Tirei o celular de cima da cômoda e acessei a minha câmera. Tirei o flash, mirei e o ergui sobre nossas cabeças. Erin não aparecia da maneira que eu queria, então, teríamos que mudar a posição.

— Vire-se de frente — pedi a ela.

— Como assim? — indagou, abrindo os lábios em desentendimento. — Quer que eu te use de colchão?

— Exato.

Relutantemente, ela o fez.

Seus cabelos se espalharam pelo meu rosto e eu aproveitei uma mecha para fazer um bigode em mim. Pela câmera frontal, Erin podia ver a besteira que estava fazendo e ela começou a rir. Cobri seu corpo com o lençol, e, no instante em que ela fechou os olhos e abriu a boca para gargalhar, bati a foto. Meu rosto estava cômico. Eu tinha um biquinho nos lábios para segurar seu cabelo em forma de bigode e os olhos estavam bem abertos.

Erin continuou a rir e eu usei um efeito para melhorar a qualidade da imagem.

— Qual é o seu *Instagram*, Fada?

Ela disse e eu adicionei e a marquei em seguida.

Aline Sant'Ana

"Jamais pensei que seria possível me apaixonar tão fortemente por alguém. Jamais pensei que seria capaz de me sentir tão completo. Jamais pensei que teria a oportunidade de viver algo tão bonito"

Acrescentei um pedaço da música Masquerade e finalizei:

"Amo você, Fada."

Apertei enviar e voltei-me para observar a reação da Erin.

Seus olhos azuis estavam bem abertos e ela começou a acompanhar a sequência de comentários e corações na foto. Seu choque foi visível. Acredito que ela pensava que as pessoas falariam mal a seu respeito, mas muitas apenas felicitaram-nos.

Ela abriu um daqueles sorrisos que fazia meu coração apertar.

— Essa foi uma linda declaração de amor.

— Obrigado, senhorita oficial McDevitt. — Ela riu. Circulando meu nariz no seu, abandonando o celular e montando em seu corpo macio que cheirava a pêssegos, novamente me perdi. — Não tem mais como escapar.

— Eu nunca tive intenção de fugir.

— Bem, você me deixou depois do primeiro beijo.

— Fugi do primeiro, mas estarei aqui para o último, Carter.

— Daqui a cem anos?

Ainda era uma surpresa para mim eu ser responsável por um dos pedacinhos do paraíso: seu sorriso.

— É. Cem anos parece o suficiente.

EPÍLOGO

You are the strength
That keeps me walking
You are the hope
That keeps me trusting
You are the life
To my soul
You are my purpose
You're everything

— Lifehouse, "Everything"

CARTER

O planejamento do novo CD da banda The M's estava a todo vapor e a turnê do *In Vegas* tinha acabado essa semana. Eu mal podia acreditar que estava voltando para casa depois de três meses longe da minha Erin. A emoção de vê-la já estava me corroendo e, depois de tê-la pedido em casamento e de me ter oficialmente como seu noivo, as coisas entre nós ficaram cada vez mais intensas. Eu queria tanto poder ficar com ela vinte e quatro horas por dia. Queria ajudá-la a planejar as coisas do casamento, queria poder experimentar todos os tipos de bolo só para ver seu rosto de satisfação.

Porra, ela era a minha noiva!

Yan me deixou na porta de casa, sorrindo e acenando, mas eu mal me despedi dele, na pressa para abrir a porta e me deparar com a mulher da minha vida.

Eu e Erin havíamos comprado uma casa na ilha de Key West, em Miami, tanto em razão da privacidade como pela beleza das praias. Nossa residência ficava a cinco minutos de caminhada do calçadão e nós adorávamos passar nossos momentos ali, olhando o mar, namorando como dois adolescentes.

Eu não conseguia ver um cenário no qual eu deixaria de ter essa paixão por Erin.

Quatro anos juntos e eu só queria a eternidade.

Girei a chave, abrindo a porta em seguida e me deparando com Erin

Aline Sant'Ana

370

descendo as escadas de dois em dois. Ela deve ter escutado o carro do Yan, pois a pressa para me ver era tão insana e ansiosa quanto a minha.

Nós não dissemos uma palavra um para o outro, pois nossos sorrisos eram o suficiente. Erin estava com uma camiseta comprida da The M's e isso era tudo. Ela tinha os cabelos ruivos soltos e os olhos azuis brilhantes, e me envolveu com seus braços.

Ah, Deus, seu perfume! Como morri de saudade!

— Senti sua falta — disse suavemente, descendo minha mão pelas suas costas e lateral das coxas, reconhecendo cada centímetro que eu amava.

— Você não faz ideia — respondeu ela, sua voz doce como vinho tinto. — Eu estava tão ansiosa para te ver! Preparei um jantar com a ajuda da Lua e espero que você goste.

— Vou amar — garanti a ela, admirando sua boca —, mas primeiro, quero te beijar.

Erin deixou apenas a luz do corredor acesa e eu pude ver da sala as velas sobre a mesa da cozinha. Sorri contra sua boca, segurei a nuca delicada da minha noiva e toquei seus lábios com os meus.

O beijo que ela me deu era uma mistura de saudade e amor e eu adorava sentir isso através do seu toque. As delicadas unhas arranhando minha pele, meus ombros e meu pescoço, seus lábios brandamente envolvendo os meus, sua língua com sabor de morango rodeando e acariciando a minha enquanto eu tinha vontade de me enfiar embaixo da sua pele e nunca mais sair de lá.

O fôlego nos faltou. Eu a levantei e a trouxe para o meu colo, jogando a mochila que estava nas minhas costas no chão em um baque surdo. Ela sorriu, agradecida por eu a querer tanto — o que era tolo, pois eu a queria sempre.

— Por mais que eu esteja morrendo de vontade de fazer amor contigo agora, você precisa me deixar seguir o plano de boas-vindas.

— Amor, por favor, eu preciso sentir você — pedi baixinho.

Ela mordeu minha boca e soltou um gemido.

— Eu sei, eu também, mas prometo que você vai ficar feliz com esse jantar — murmurou ela, descendo do meu colo.

Tudo bem, eu estava louco para senti-la, mas, se Erin tinha um plano

7 dias com você

para mim, isso soava ainda melhor. Ela adorava fazer surpresas. Acho que, desde o dia em que eu a surpreendi indo para o Japão apenas para vê-la quando estávamos separados no início do namoro, ela sentia que precisava me recompensar eternamente.

Porra, tão linda!

De calcinha rendada preta e uma camiseta comprida, Erin me guiou até a mesa de jantar. Ela fez uma superprodução, e eu duvidei que comeríamos tudo da mesa. Havia também uma batida de saquê com morango em uma grande jarra.

Sorri, pois a imaginei preparando tudo e roubando alguns morangos. Isso explicava o sabor da sua boca.

Tive que beijá-la mais uma vez antes de me sentar à mesa.

Erin me contou sobre o projeto que fez no decorrer dos meses. Eu sabia, pois nos falávamos todos os dias por *Skype*, mas adorava vê-la falando, com os olhos brilhando, a respeito da profissão. Depois que foi contratada pela *Way*, sua vida não parava e, adivinha? A gostosa da minha noiva era uma *Angel da Victoria's Secret*, caralho! O dia em que ela desfilou com aquelas asas brilhantes e cor-de-rosa, *lingerie sexy*, sorrindo e mandando beijos para os fotógrafos, eu fiquei tão louco e orgulhoso que pensei que meu coração ia parar.

Todos da banda fizeram questão de estar na primeira fila, assim como eu.

Minha Erin era um sucesso e toda vez que pensava sobre isso me lembrava daquele dia em que cuidei do seu mal estar pós-bebedeira na casa do lago, em que a insegurança dela falava mais alto e a autoestima era mínima. Se ela soubesse que estaríamos aqui hoje, que teria alcançado o topo na carreira, ela conseguiria ter sido mais forte?

Eu queria ter sido menos idiota naquela época, queria ter ficado com ela.

— Eu pedi um tempo para a agência — Erin chamou minha atenção enquanto comíamos. — Eu quero me dedicar ao casamento e ao planejamento da lua de mel.

— E eles entenderam?

Erin sorriu com os olhos emocionados.

Aline Sant'Ana

— Sim. — Suspirou. — Entenderam perfeitamente.

Ela estava radiante desde o dia em que a pedi em casamento.

Não fiz nada grande, mas a surpreendi de uma maneira diferente. Ela estava se preparando para um desfile, imaginando que eu ia viajar para uma das turnês, mas eu menti para ela a respeito da data e fiquei em Miami na casa do Yan e da Lua. Acabei chegando à produção do desfile antes dela, comentei com todos sobre meu plano e eles acabaram me ajudando.

Erin tinha que fazer três trocas de roupa. Ela desfilou com as três e, quando chegou para buscar a sua própria, o anel de noivado caiu da peça. Vi, escondido, quando ela pegou o anel, curiosa sobre o que era. Quando olhou para os lados para perguntar a quem ele pertencia, as pessoas a haviam deixado sozinha. Seu rosto se contorceu. E lá estava Erin, solitária, segurando um anel que não sabia de quem era.

Eu apareci e seu rosto de surpresa foi maravilhoso. Ajoelhei-me e, sem dizer nada, retirei delicadamente o anel da sua mão trêmula. Disse que sete dias haviam sido suficientes para eu saber que a amava, embora tenha atrasado sete anos da nossa história. No nosso aniversário de quatro anos, percebi que não havia dúvida alguma de que ela era para ser minha para o resto da vida. Pedi para que fosse a senhora McDevitt e, em meio a lágrimas — de nós dois e de toda a equipe —, ela disse sim.

— Fico feliz, amor — eu disse, sorrindo, levando até a boca o salmão grelhado.

Deixamos o drink de saquê para mais tarde, pois, segundo Erin, ela tinha algo para me mostrar ainda. Deixei que ela ditasse o programa, porque olhá-la tão empenhada em me fazer feliz me deixava cheio de amor e orgulho. Eu queria dizer durante todos os segundos do ano que eu a amava, e mesmo assim não seria suficiente.

Erin vestiu um short jeans e me puxou porta afora. Eu a segui, sentindo a brisa gélida do oceano atingir nossos rostos. A lua minguante apontava no céu para nós.

Beijei seus dedos enquanto ela me puxava. Seus cabelos vermelhos emolduravam o lindo rosto sardento enquanto ela se virava e sorria para mim. Retiramos os sapatos quando chegamos à areia da praia e o mar parecia formar ondas espumantes como champanhe escuro.

Fechei os olhos por um instante, lembrando-me das cores exuberantes que vimos no México. A bioluminescência foi um dos momentos mais incríveis que tivemos na nossa história.

Erin continuou me guiando, levando-me para um dos cantos que estavam iluminados da praia. Meus olhos correram para aquele local específico onde havia pequenas fogueiras em torno de algo que eu não consegui identificar.

— Feche os olhos — ela pediu, sorrindo.

Seus olhos estavam muito emocionados e duas lágrimas desceram por suas bochechas.

— Você está me preocupando, amor.

— É felicidade. Só estou feliz — garantiu, ainda segurando o choro. — Feche os olhos, meu vocalista.

Fiz o que ela pediu.

A areia adentrava nos meus dedos dos pés e afundava a cada passo que dava. O cheiro de madeira queimada se tornou intenso e, por trás das minhas pálpebras, percebi a iluminação se intensificando. Erin me avisou que tinha uma pedra no caminho e eu desviei. Ela continuou me guiando e segurou na minha cintura, me virando para a posição certa.

— Abra.

A primeira coisa que vi foi o meu coturno e debaixo dele a data 1988 escrita com pequenas conchas do mar. A minha data de nascimento. Logo após, ao lado, estavam os saltos altos de Erin com o ano 1991, escrito também com conchinhas do mar.

Meu coração literalmente parou ao ver sapatinhos de bebê com a data do próximo ano representado pelas conchas.

Isso significava...

— Erin, um bebê? — perguntei e meus joelhos fraquejaram. Porra! — Você vai ter um bebê? Nós vamos ter um bebê?

Ela já chorava copiosamente enquanto assentia. A minha cabeça começou a rodar a respeito do jantar. Ela adiando o fato de não tomar bebida alcóolica, o pedido de afastamento da agência, o apetite surpreendente dela... A felicidade aqueceu meu peito de uma maneira que jamais poderia prever.

Aline Sant'Ana

— Eu amo você, Erin. Amo demais. Meu Deus, que presente maravilhoso você me deu.

— Três meses. — Ela levantou a camiseta folgada. Sim, por isso ela estava se escondendo em meio a essa roupa toda. Cara, eu mal podia acreditar. A barriguinha dela estava levemente saliente, pouca coisa, mas eu já podia ver o volume arredondado. Que coisa mais linda, Jesus Cristo. — A gente fez sem proteção antes de você ir, tive que parar de tomar a pílula por alergia ao componente novo. Você se lembra?

Claro, mas eu mal podia imaginar que ela engravidaria com apenas uma tentativa.

Eu estava quente por dentro, sentindo um amor incondicional por esse serzinho que eu nem conhecia. Ajoelhei-me, beijei sua barriga, percebendo que chorava ao ver o brilho das minhas lágrimas na sua pele pálida.

O crepitar da lareira, o cheiro do mar...

O momento era mais do que perfeito.

— Ei, você — falei para a barriga, o que parecia idiota, mas eu sentia que o bebê podia me ouvir. — Sou seu pai, sabia? Estive ausente, sem imaginar a surpresa que a mamãe preparava para mim. Você é um presente e eu já amo você.

Levantei lentamente, retirei por completo a blusa da Erin, notando a diferença do seu corpo, no qual já se via algumas modificações. Beijei sua boca com delicadeza, acariciei suas costas e suspirei em seu pescoço. Senti quando seu choro baixinho foi cessando, quando a ansiedade dela de me contar aquilo foi sumindo pouco a pouco.

A minha aceitação deu forças a Erin.

— Nunca ia ficar infeliz com uma notícia dessas, amor — garanti. Erin não precisava me dizer, ela estava insegura, eu podia sentir. — Eu quero receber dez notícias assim, ter dez filhos com você, e espero que eles tenham seus cabelos ruivos lindos, seu nariz perfeito e seus lábios macios.

Ela sorriu.

— Eu quero ver os seus olhos, a sua determinação e a sua paixão por música. Quero ver a nossa mistura, o que o nosso amor conseguiu alcançar.

Encarando aqueles olhos azuis brilhosos da minha noiva apaixonada que havia adicionado mais uma razão de viver para a minha vida, eu disse em um sussurro:

— A plenitude, Erin. Nosso amor alcançou a plenitude.

Fim

Aline Sant'Ana

MASQUERADE
Aline Sant'Ana

At the masquerade
All I can see is your eyes
And can't replace
All I have inside (of me)

No baile de máscaras
Tudo o que eu posso ver são seus olhos
E eu não posso substituir
O que há dentro (de mim)

But I know, I know this is how we play
And the love, it can be easy
So tell me how can't you make
my whole world change?
And how do you make my
mind go completely insane?

Mas eu sei, sei que é como nós jogamos
E o amor, o amor consegue ser fácil.
Então me diga como você pode fazer o meu
mundo inteiro não mudar?
E como você consegue fazer a minha mente se
tornar completamente insana?

Refrão

Take my hand and runaway with me
Keep kissing me, please, all the time
You're my fairy, my angel, my baby
You're the one that I want in my life.

Segure a minha mão e fuja comigo
Continue me beijando, por favor, todo o tempo
Você é a minha fada, meu anjo, meu amor
Você é a única que quero na minha vida

At the sky.
You can look at the stars
And I can scream (with all my heart)
You're my angel.

No céu
Você pode olhar as estrelas
E eu posso gritar (com todo o meu coração)
Você é meu anjo

Then smile, smile to feelfree
We can be everything you need.
Explain how will you be a part of me?
'Cuz all i need is feel complete.

Então sorria, sorria para se sentir livre
Nós podemos ser tudo o que você precisa.
Explique como você pode ser uma parte de mim?
Porque tudo o que preciso é me sentir completo

7 dias com você

Refrão

Take my hand and runaway with me
Keep kissing me, please, all the time
You're my fairy, my angel, my baby
You're the one that i want in my life.
(You're the one, You're the one
The one that I want in my life)

At the masquerade (at the masquerade)
All I can see is your eyes (your eyes)
And can't replace
All I have inside (of me)

Segure a minha mão e fuja comigo
Continue me beijando, por favor, todo o tempo
Você é a minha fada, meu anjo, meu amor
Você é a única que quero na minha vida
Você é a minha fada, meu anjo, meu amor
Você é a única que quero na minha vida

No baile de máscaras (no baile de máscaras)
Tudo o que eu posso ver são seus olhos (seus olhos)
E eu não posso substituir
O que há dentro (de mim)

Aline Sant'Ana

7 dias com você

AGRADECIMENTOS

7 Dias Com Você foi um passeio formidável, mas que não seria possível sem o apoio incondicional da minha família, do meu namorado, das minhas amigas e leitoras. Vocês torcem tanto por mim, que meu coração se enche de felicidade. Cada palavra, abraço, incentivo e carinho são um combustível.

Crel Sant' Ana, Vanessa Sant' Ana, Helena Cecília, Valdeci dos Santos, Rodolfo Carlos Martins, Aline Cirera, Gabrielli Bonatelli, Fabiana Souza, Raíssa Zaneze, Caroline Amorin, Kalliel Helena, Nathalia Zumstein, Jéssica Gomes e, claro, todas as minhas "santinhas": Amo incondicionalmente vocês.

Também preciso agradecer as pessoas que aguentaram as minhas chatices durante a criação de 7 Dias: Veronica Góes, Andrea Santos, Izabela Lopes e Ariel Cristina. Vocês são uns verdadeiros anjos fantasiados de seres humanos.

Obrigada por toda a ajuda, paciência e amor.

Necessito deixar o meu imenso carinho pela Editora Charme que antes de qualquer coisa tem acreditado em mim e me dado asas para voar. Amo essa equipe!

E um IMENSO obrigada a você que leu até aqui. Carter e Erin se tornaram uma adorável surpresa. Espero que tenham se apaixonado por eles, acreditado neles e torcido da mesma maneira que eu fiz.

Sintam-se fortemente abraçados por mim.

Beijinhos e até a próxima!

Aline Sant'Ana

CONHEÇA UM POUCO MAIS DO TRABALHO DA AUTORA

Aline Sant'Ana

Conto de Janeiro a Janeiro
somente ebook

Janeiro Proibido **Fevereiro de Esperança** **Março de Promessas**

Para Gabriela, Janeiro é sempre um mês complicado. Ao mesmo tempo que deveria ser um mês de diversão, pelas férias, mergulhos na piscina e tudo que se espera desse período, ela precisa enfrentar a presença do homem por quem está perdidamente apaixonada. Mas, o que ela não sabe ainda, é que esse sentimento é recíproco.

Seria tudo muito simples, se esse não fosse um amor proibido.

Após sucumbirem ao desejo impossível de controlar, Gabriela e Raphael precisarão tomar a decisão que poderá mudar o curso de suas vidas. Será que seu amor é forte o suficiente para lidar com as críticas e o preconceito da sua família? Ou será que é mais fácil desistir?

Adler se apaixonou à primeira vista. Quando conheceu Sarah, numa festa, ele soube que tudo em sua vida iria mudar. Após lutar muito para conseguir conquistar o amor de Sarah e realizar o seu sonho de casar com ela, Adler se vê preso num relacionamento morno, desgastado e fadado ao fracasso.

Cansado de viver aquela relação solitária, ele decide reconquistar sua mulher, mas ao ler uma carta endereçada a ela e segui-la em uma noite fria, ele se depara com aquilo que ele mais temia.

Será que Adler e Sarah conseguirão superar o desgaste da relação e o fantasma da perda da confiança, para salvar seu relacionamento? Ou será que é tarde demais para os dois?

Marjorie Hughes possui uma lista de coisas a fazer antes de completar dezoito anos. Após perder, há três anos, o seu melhor amigo e primo, Fred, ela havia decidido honrar todos os desejos dele e principalmente as coisas que o garoto adoraria fazer caso sua saúde não fosse tão debilitada. O problema é que o item mais difícil da lista se trata da perda da virgindade e, próxima do seu aniversário, Marjorie sabe que tem os minutos contados.

Enquanto a garota procura realizar um dos itens, acaba encontrando, em uma festa universitária, o sensual Ryan James. Baterista de uma banda quase famosa da Irlanda, o homem é problema com P maiúsculo e Marjorie logo nota isso.

Mas quem sabe o que a vida reserva?

Talvez o fato de Ryan ser viciante como uma droga e mulherengo como ácido consiga fazer Marjorie perceber que o amor nem sempre acontece com pares perfeitos e primeira vez idealizada com o príncipe encantado...

Bem, há quem goste dos vilões, não é?

Aline Sant'Ana

Abril Obstinado **Maio de segredos** **Junho Destinado**

Rebekah Blake e Ben Gold, atualmente o médico mais bem-sucedido de Nevada, namoraram por três anos. O namorado inteligente e inquebrável abalou seu mundo e a proporcionou momentos incríveis. No entanto, uma proposta irrecusável obriga Ben a mudar de cidade e acabar com o relacionamento.

Um ano depois, Rebekah descobre que Ben vai se casar. Ela o conhece bem e sabe que ele está prestes a cometer o maior erro de sua vida, casando-se com uma mulher que ele obviamente não ama; não depois de tudo o que viveram. Sem pensar duas vezes, Rebekah entra no carro e vai para Las Vegas, na tentativa desesperada de mostrar a Ben o quanto são bons juntos e, principalmente, que ainda há chance de viverem esse romance.

Derek é um adolescente brasileiro que se mudou para Lisboa com a família. Desde então, sua vida tem sido uma surpresa agradável. Fez novos amigos e suas notas aumentaram, porém, o que tem feito o seu coração realmente acelerar é a garota mais quieta da escola.

Um tanto estranha e cheia de manias, Leonor veste moletons compridos e é antissocial. Mas Derek logo viu que havia algo especial nela e, há um ano, guarda esse inexplicável sentimento platônico dentro de si. Até que o destino faz o que parecia ser impossível: aproxima os dois. A partir daí, eles iniciam uma relação. Uma bonita amizade, a princípio. Com o tempo, o relacionamento evolui para um romance, mas o silêncio de Leonor a respeito de seu passado faz com que Derek questione se tantos segredos não poderiam colocar tudo a perder.

Até o mais doce dos homens pode se transformar em amargo quando a ganância de ter milhões na conta bancária passa a ser sua prioridade. Caleb e Zoey tiveram o relacionamento dos sonhos durante a adolescência e o início da fase adulta. O sentimento era tão forte que imaginavam estar destinados um ao outro.

No entanto, com o alcance do sucesso profissional de Caleb, sua personalidade muda. Ele se perde nos acordos e propostas financeiras, deixando de lado a parte mais importante da sua vida: o amor. Em uma trama na qual nada é o que parece, Junho Destinado prova que nem sempre a vida é capaz de fornecer uma segunda chance e o que as linhas escritas pelo destino são impossíveis de serem apagadas.

 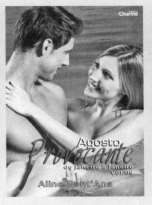 

Julho Irresistível **Agosto Provocante** **Setembro Inevitável**

Thomaz Sin é um dos políticos mais promissores e dedicados dos Estados Unidos. Com planos ousados, o congressista tem todos os pré-requisitos para ser um excelente governador, inclusive carisma e muita lábia.

No entanto, há algo a respeito de Thomaz que não existe conserto: sua vida pessoal. Livre da paixão, ele não consegue se envolver com nenhuma mulher por mais de uma noite e isso, espalhado pela mídia, é como se entregasse de bandeja a vitória para a oposição.

Ameliah Denali, a competente líder de Relações Públicas do congressista, não aguenta mais ver notícias do seu chefe fazendo todos os tipos de coisas erradas. Ela acredita que ele será um excelente governador, Thomaz pode realmente mudar o mundo, porém tudo o que ele precisa é aquietar e mostrar para todos quem está no controle. Thomaz precisa encontrar uma namorada.

Julho Irresistível mostra que, muitas vezes, tudo o que precisamos é dar uma chance para o amor e um sentimento, forte como esse, é tão irresistível que pode ser capaz de transformar doces mentiras em inevitáveis verdades.

Após sair de um relacionamento que lhe rendeu inúmeras traições, Callie jurou jamais se apaixonar novamente.

Feliz e tranquila por conseguir se manter afastada sentimentalmente do sexo oposto, ela segue sua vida. No entanto, dois anos depois, em seu primeiro dia na universidade, ela conhece David Colleman.

O canadense é lindo, encantador e com personalidade divertida, mas troca de garota como quem troca de roupa, exatamente como seu ex-namorado.

Callie logo percebe que ele é problema. Ela decide, então, fugir de suas garras como o Diabo foge da cruz.

A fuga até teria sucesso se David não fosse um provocador nato.

E, claro, se ele não estivesse determinado a tê-la.

Gabriel Russell tem um amor platônico há anos. Ele é apaixonado por sua melhor amiga, Angela Martini, sua fiel companheira desde que eram crianças.

Angela, no entanto, é incapaz de notar Gabriel. Ele é o seu melhor amigo e ela jamais sonharia em estragar essa amizade. Portanto, curte a vida com outros caras até encontrar o verdadeiro amor.

Em uma madrugada aparentemente comum, Gabriel abre sua porta e se depara com uma Angela bêbada e cheia de problemas. Sua melhor amiga , em meio ao desespero, solta uma surpresa inesperada.

Setembro Inevitável prova que é nas horas mais difíceis que surgem os sentimentos mais sinceros e que, às vezes, o amor está tão perto que tudo o que temos que fazer é olhar para quem está ao nosso lado.

Aline Sant'Ana

Entre em nosso site e viaje no nosso mundo literário.
Lá você vai encontrar todos os nossos
títulos, autores, lançamentos e novidades.
Acesse www.editoracharme.com.br

Além do site, você pode nos encontrar em nossas redes sociais.

https://www.facebook.com/editoracharme

https://twitter.com/editoracharme

http://www.pinterest.com/editoracharme

http://instagram.com/editoracharme